FRIEDERIKE SCHMÖE

Du bist fort und ich lebe

IN DIE ENGE GETRIEBEN Sams Mutter Victoria May ist Künstlerin. Zu ihrem 60. Geburtstag bereitet Sam eine Jubiläumsausstellung vor. Sie soll im Coburger Kongresshaus stattfinden. Bei der Suche nach Material entdeckt Sam ein Foto, aufgenommen in den 1980ern in Griechenland. Eindeutig ist Victoria darauf zu erkennen – aber wer ist die andere Frau, und warum sieht Sam ihr ähnlich? Auf ihr Nachfragen mauert die Familie, auch ihre geliebte Großmutter Blanca ist ihr keine Hilfe. Doch dann tritt der Journalist Roman in Sams Leben, dessen Vater vor Jahren ein griechisches Polizeiprotokoll für die Familie übersetzt hat. Sam wird hellhörig: Hat das etwas mit der Unbekannten zu tun? Ist sie eine Verwandte? Aber warum wird sie totgeschwiegen? Während die Familie alles daransetzt, Sams Recherchen zu untergraben, fördern sie und Roman Stück für Stück ein schockierendes Geheimnis zutage …

Eine in die Enge getriebene Frau, eine dominante Familie und ein grauenvolles Geheimnis.

Friederike Schmöe wurde 1967 in Coburg geboren. Nach dem Studium der Germanistik und Romanistik promovierte und habilitierte sie. Neben ihrer Tätigkeit als Dozentin für Linguistik an den Universitäten in Bamberg und Saarbrücken schreibt sie seit 2000 Kriminalromane und Krimikurzgeschichten. Außerdem gibt sie Kreativitätskurse für Kinder und Erwachsene im In- und Ausland und veranstaltet Literaturevents, auf denen sie in Begleitung von Musikern aus ihren Werken liest. Neben der Arbeit an einer Krimireihe um die Bamberger Privatdetektivin Katinka Palfy schreibt sie an einer Krimiserie mit der Münchner Ghostwriterin Kea Laverde als Hauptfigur. Der 2009 erschienene erste Band wurde von Brigitte unter den »besten Taschenbüchern für den Urlaub« empfohlen.

Bisherige Veröffentlichungen im Gmeiner-Verlag:
Still und starr ruht der Tod (2012)
Rosenfolter (2012)
Wasdunkelbleibt (2011)
Wernievergibt (2011)
Süßer der Punsch nie tötet (2010)
Wieweitdugehst (2010)
Bisduvergisst (2010)
Fliehganzleis (2009)
Schweigfeinstill (2009)
Spinnefeind (2008)
Pfeilgift (2008)
Januskopf (2007)
Schockstarre (2007)
Käfersterben (2006)
Fratzenmond (2006)
Kirchweihmord (2005)
Maskenspiel (2005)

FRIEDERIKE SCHMÖE

Du bist fort und ich lebe

Roman

GMEINER *Original*

Ausgewählt von
Claudia Senghaas

Personen und Handlung sind frei erfunden.
Ähnlichkeiten mit lebenden oder toten Personen
sind rein zufällig und nicht beabsichtigt.

Besuchen Sie uns im Internet:
www.gmeiner-verlag.de

Im Ehnried 5, 88605 Meßkirch
Telefon 07575/2095-0
info@gmeiner-verlag.de

1. Auflage 2013

Lektorat: Claudia Senghaas, Kirchardt
Herstellung: Julia Franze
Umschlaggestaltung: U.O.R.G. Lutz Eberle, Stuttgart
unter Verwendung eines Fotos von: © AntonRussia / photocase.com
Druck: GGP Media GmbH, Pößneck
Printed in Germany
ISBN 978-3-8392-1459-6

Diese Geschichte ist eine erfundene Geschichte. Das bedeutet nicht, dass sie nicht wahr wäre. Jede Geschichte ist wahr. Auch wenn sie erfunden ist.

I

»Kaum zu glauben, dass deine Mutter schon 60 wird«, sagt Luna. Sie sitzen im Schneidersitz auf dem Teppich und wühlen in den Fotokisten, die Sam bei Blanca abgeholt hat.

»Ja, sie wirkt jünger«, bestätigt Sam, obwohl ihr das Wort ›jung‹ unpassend vorkommt.

»Die berühmte Victoria May. Als ich dich kennenlernte, war ich total von den Socken, dass du ihre Tochter bist.«

Sam lacht. Luna ist leicht von großen Namen zu beeindrucken. »Die Tochter steht lebenslang im Schatten der Mutter«, sagt sie theatralisch.

»He, so war das nicht gemeint!«

»Weiß ich doch!«

Die Bewunderung anderer für ihre Mutter geht Sam mitunter gegen den Strich. Nicht, dass sie neidisch wäre. Sam hat nie eine Künstlerkarriere angestrebt. Sie fühlt sich nicht stark genug, nur von ihrer Kreativität zu leben. Sie mag auch das Handwerkliche. Das Bodenständige. ›Das hast du von deinem Vater‹, hört sie Victorias Stimme.

Jetzt bloß nicht über die Familie nachdenken. Sam hat sich einzig und allein bereit erklärt, die Ausstellung zu Victorias Geburtstag vorzubereiten. Sie ist gottfroh, dass Luna mitmacht. Sie beide haben sich im Studium kennengelernt. Textildesign. Luna macht sich gerade mit einem eigenen Atelier selbständig. Liegt Sam damit in den Ohren, sich anzuschließen, aber Sam arbeitet für ein anderes Label.

»Schau mal!« Sie zieht wahllos ein paar Fotos aus einer Kiste. »Was wir damals anhatten – scheußlich, oder?«

Luna ist kurzsichtig. Sie streicht sich die kurzen, roten Strähnen hinter die Ohren und zwickt die Lider zu Schlitzen zusammen. »Nicht mehr der allerneueste Schrei. Aber man könnte was draus machen. Ich sag's ja: die dumpfen, spießigen 80er Jahre.«

»Wir sind echte Kinder dieser 80er«, wendet Sam ein. Sie liebt die Kabbeleien mit Luna. »Mach uns nicht runter. Spießer, wir beide?«

Sie sehen einander an und lachen.

»Ich dachte, spätestens mit 25 bin ich nicht mehr zu retten«, erläutert Luna ernsthaft.

»Das dachtest du, als du 15 warst.«

»Jetzt bin ich 30! Schande! Kannst du dir vorstellen, Luna Meier ist 30?« Luna schüttelt den Kopf so heftig, dass ihre Ohrhänger, riesige mit Türkissplittern besetzte Ovale, wild schaukeln.

»Du siehst aus wie 29, also mach dir nichts draus.« Sam rührt in der Fotokiste. Sie brauchen erstmal genug Material, aus dem sie später auswählen. Sam hat das noch nie gemacht: eine Ausstellung vorbereitet. In der Familie ist sie die Einzige, die dazu imstande ist. Das jedenfalls hat ihr Vater ihr anvertraut. »Im Ernst«, hat er geseufzt, »denkst du, deine Brüder wollen sich an einer Jubiläumsausstellung für ihre Mutter beteiligen?«

Warum eigentlich nicht meine Brüder, denkt Sam jetzt. Okay, Igor wohnt weiter weg, und Nikolaj hat sich gerade selbständig gemacht. Aber ich habe auch einen Job! Letztlich hatte einfach niemand Lust, diese Aufgabe zu übernehmen. Nur Sam, stets hilfsbereit und pflichtbewusst, hat sich bereiterklärt.

Zum Glück ist Luna mit von der Partie. Luna, das kreative Enfant terrible aus der Coburger Szene. Obwohl sie gar nicht von hier stammt. Aus Schleswig-Holstein in den Süden geplumpst, weil sie an der FH studierte, und dann geblieben. Sam lächelt. Tatsächlich hat sie Luna kennengelernt, als sie Victoria zu einem Vortrag in der Fachhochschule begleitete, und da saß auch Luna im Publikum. Bunt wie ein Kakadu, mit ihren selbstgeschneiderten Klamotten und den frech geschnittenen roten Haaren.

Jetzt hocken sie auf dem Teppich in Sams kleiner Zweizimmerwohnung in der Coburger Innenstadt. Frühlingsluft strömt durch die offenen Fenster herein. Ab und zu hört man Leute die Straße entlanggehen oder ein Auto im Schritttempo nach einem Parkplatz suchen.

Außer Victorias Gemälden wollen sie ein paar Familienfotos zeigen, aus Victorias Jugendjahren, Bilder von ihren Reisen nach Griechenland, Italien und Südamerika, wo sie sich Inspiration holte. Sam denkt gern an diese Zeit zurück, als sie bei ihrer Großmutter Blanca bleiben durfte, wochenlang ohne mütterliche Kritik. Sie hat überlegt, vielleicht eine von Blancas frühen Skulpturen mit auszustellen, aber natürlich wird die Schau ganz auf Victorias Lebenswerk fokussiert sein. Sam hat im Kopf längst die Meilensteine zusammengestellt, die die Künstlerinnenkarriere ihrer Mutter ausmachen. Sie braucht nur noch eine zündende Idee, was die Darstellung betrifft. Eigentlich schwebt ihr eine Videoinstallation vor, die den Besuchern, begleitet von Musik und kleinen Filmsnippets, Victorias Leben präsentiert. Bloß nichts Altbackenes. Victoria würde durchdrehen.

Luna greift ihrerseits temperamentvoll in die Kiste. »Und das hier? Das muss ein älteres Foto sein. Die Farben sind schon nicht mehr ganz das Wahre.« Sie hält es sich dicht vor die Augen.

»Himmel, Luna, setz deine Brille auf.«

»Also, hier ist deine Mutter drauf. Zusammen mit … mit …«

»Zeig!« Sam streckt die Hand aus. Ihre Familie ist so groß, so weitläufig, dass sie selbst manchmal durcheinanderkommt mit all den Tanten, Cousinen und Nichten. Wie gut, dass ihre

Brüder noch keine Kinder haben, das würde die Verwirrung perfekt machen.

»Warte doch mal. Wenn Victoria und die Frau neben ihr nicht gleich alt wären, ich würde denken, das bist du!«

»Quatschkopf. Versuch's mit Kontaktlinsen«, lästert Sam und schnappt sich das Foto.

Zwei Frauen stehen hoch über dem Meer. Das Wasser liegt tief unter ihnen, in einem verblassenden Grün, und im Hintergrund erhebt sich ein bräunlicher Hügel.

»Ist das nicht Victoria?« Luna reibt sich die Augen. »Also, ich finde, vom ästhetischen Standpunkt her, das Foto gehört in die Ausstellung.«

Sam starrt entgeistert auf das Bild. Luna hat recht. Die Frau neben Victoria sieht aus wie – Sam. Das gleiche schwarze Haar, der gleiche Schnitt der Augen, der gleiche Herzmund. Beide Frauen lächeln in die Kamera, als habe man sie überrascht, sie aus einem angeregten Gespräch gerissen, als sei der Fotograf direkt vor ihnen aus einem Loch im Boden geschlüpft und habe ›Kuckuck‹ gerufen.

»Na?« Luna hockt sich neben Sam. »Was sagst du? Die Ähnlichkeit ist bombastisch.«

»Stimmt.« Sams Hals ist ganz trocken.

»Wer ist das?«

»Ich habe keine Ahnung.«

»Victorias Cousine? Eine Freundin?«

Sams Blick hat sich längst an der schwarzhaarigen, wohlproportionierten Frau festgesaugt, die so einen Kontrast abgibt zu Victoria. Victoria, knochig, knabenhaft, blass, mit malvenfarbenem Haar.

»Komm schon!« Luna macht ihr Clownsgesicht. »Klingelt nichts bei dir? Sie muss mit dir verwandt sein, wenn ich es mir recht überlege.«

Lunas Geplapper zieht gedämpft an Sam vorbei. Draußen

vor dem Fenster tschilpen Vögel. In der Nachbarwohnung geht etwas zu Bruch.

»Sam?« Luna stupst ihre Freundin in die Seite.

Sam legt die Aufnahme weg. Auf den zweiten Blick ist die Ähnlichkeit so auffällig nicht. Na gut, das schwarze Haar, aber Blanca, Sams Großmutter, hatte bis in ihre 60er Jahre hinein schwarzes Haar. Und viele Frauen haben breite, geschwungene Hüften so wie Sam. Blanca zum Beispiel. Sam lächelt, als sie an ihre Großmutter denkt. Sie wurde kürzlich 83 und ist immer noch ein Ausbund an Temperament und Lebensfreude. Kann es locker mit Luna aufnehmen.

Sams Finger zeichnet die Konturen der beiden Frauen auf dem Foto nach. Luna allerdings ist schon mit etwas Neuem beschäftigt.

»Eine Aufnahme von dir und Ralf!« Lachend hält sie das Bild hoch. »Sei froh, dass du den Typen los bist!«

An Ralf erinnert zu werden, tut Sam überhaupt nicht gut. Obwohl Luna ihr aus dem Herzen spricht, schmerzt sie der lässige Tonfall. Als sei es ein Klacks, über eine fünf Jahre währende Beziehung hinwegzukommen. Wenn sie es genau nimmt, dann waren die ganzen fünf Jahre eine Beziehungskrise.

»Gib her!« Sam nimmt Luna das Foto aus der Hand und betrachtet es. Eine Aufnahme zu Weihnachten vor zwei Jahren. Ralf füttert Sam mit einem Hering. Die beiden sitzen an einem festlich gedeckten Tisch. Neben Sam kauert Nikolaj auf seinem Stuhl, sich sichtlich unwohl fühlend. Sam kichert. »Nikolaj hasst Familienfeste.«

»Vernünftige Einstellung. Was macht eigentlich dein anderer Bruder?«

»Igor leitet ein Freizeitbad in Südbayern. Wollte möglichst weit weg von Coburg und der Familie.« Sam ist mit zwei jüngeren Brüdern geschlagen. Da ist Nikolaj, dem sie so ähnlich sieht. Auch er dunkelhaarig, während Igor, der zwei Jahre älter ist als Nikolaj, das malvenfarbene Haar ihrer Mutter geerbt hat. Sogar das Harsche, Knochige ist ihm eigen, obwohl er dank etlicher Bierchen pro Abend ziemlich an Gewicht zugelegt hat und deshalb bulliger wirkt.

»Lass uns doch mal rausfahren«, schlägt Luna verträumt vor. »Ein Wellnesswochenende irgendwo, Sauna, Disco – wo man jemanden kennenlernt!«

Sam seufzt. Ein Mann ist wirklich das Letzte, was sie gerade will. Sie arbeitet freelance als Textildesignerin für ein großes Label, ein Job, der ihr beim stetigen Konkurrenzkampf in der Branche alles abverlangt. Im Augenblick macht sie sich sogar Hoffnungen, auf lange Sicht zur Programmleiterin im Bereich Küchentextilien aufzusteigen. Je sichtbarer sie sich für die Firma einsetzt, umso eher wird die Chefin ihr den Vorzug vor anderen Designerinnen geben. Das würde eine Festanstellung mit geregeltem Gehalt bedeuten. Und dann hat sie sich Victorias Ausstellung aufgehalst.

»Ich fürchte, Urlaub steht in absehbarer Zeit nicht auf dem Programm.« Sam legt das Foto zurück in die Kiste. »Ich bin die Einzige in der Familie, die sich bereiterklärt hat …«

»He, Sam, ehrlich währt am längsten. Du erklärst dich zu allem bereit! Besonders, wenn es deine Sippe betrifft.«

»Gut erkannt.« Sam fühlt sich ertappt.

Luna lacht. »Danke, dass du mir in diesem Zusammenhang zustimmst.«

Sam schluckt hart. Manchmal ist ihr alles zu viel. Die Wochenenden, die sie bei ihren Eltern verbringt, seit Ralf gegangen ist sogar noch häufiger und länger als früher, werfen spätestens ab Mittwoch ihre Schatten voraus. Abendessen am Samstag, Kaffeetrinken am Sonntag, anschließend ein Spaziergang zum Familiengrab. Jetzt hat Nikolaj eine Freundin. Er wird, wenn er klug ist, weniger Zeit mit seinen Eltern verbringen als mit Trixi. Dann Blanca. Sam liebt ihre Großmutter von Herzen. Mehrmals die Woche schaut sie bei ihr vorbei, erkundigt sich, ob alles in Ordnung ist. Bei Blanca kann Sam entspannen. Was ihr an den Samstagen und Sonntagen mit Victoria und Robert nie gelingt.

Zwar hängt Sam an ihrem Vater. Aber für ihn gibt es nur die Firma. Seine Fliesen. Ödnis pur. Und für ihre Mutter gibt es nichts als die Kunst. Kein Wunder, dass ihre Beziehung längst erloschen ist und sie ihre Kinder brauchen, um sich nicht sieben Tage die Woche anzuschweigen.

»Denk an Igor! Er hat weder Ahnung von Kunst noch hat er sich je dafür interessiert, irgendwas zu gestalten. Er ist wie unser Vater!«, verteidigt Sam sich. Allein die Vorstellung, der einsilbige Igor könnte eine Ausstellung vorbereiten! Vermutlich würde er Victorias Bilder an die Wand nageln und die Angelegenheit für ausgeführt erklären.

»Euer Vater ist ... menschlich«, lässt sich Luna vernehmen. »Hast du ein Bier?«

Sam geht in die Küche und kommt mit zwei Flaschen Beck's zurück. »Ich hatte neulich einen Termin in München und habe Igor auf dem Rückweg besucht. Seine Wohnung sieht so aus, als wäre er gestern eingezogen und hätte schnell ein paar Möbel vom Sperrmüll reingestellt. Wohnlich ist da nichts! Er hat einfach kein Faible dafür.«

»Klar, unter Igors Regie wäre die Ausstellung dem Tod geweiht!« Mit dramatischer Geste wirft Luna die Arme in die Höhe, bevor sie nach der Bierflasche greift. »Und Nikolai ist mit seiner neuen Freundin beschäftigt. Wie hat er sie eigentlich kennengelernt? Prösterchen!«

Es ist soweit. Sie sind beim Familientratsch angelangt. Luna, die bei ihrer alleinerziehenden Mutter ohne Geschwister und andere Verwandte aufwuchs, findet Sams weitverzweigte Familie ausgesprochen attraktiv. Ein Objekt, das sie mit Vergnügen seziert und analysiert. Sam ahnt, was dahintersteckt: Luna fragt sich, wie sie selbst in so einem Clan leben würde. Ob sie eine andere wäre, wenn sie einen anderen familiären Hintergrund besäße. Es wurmt Luna, diese Erfahrung nie machen zu können, es sei denn, sie setzt mindestens drei Kinder in die Welt. Allerdings plant Luna Sams Einschätzung nach genau das Gegenteil: Sie lebt für ihr Atelier und für ›Lu-Naht‹, ihre Marke, mit der sie sich in der Modewelt freizuschwimmen beginnt.

»Trixi war seine Patientin. Sie hatte im Winter einen Sportunfall mit anschließender Knieoperation.« Nikolai, Sams jüngster Bruder, arbeitet als Physiotherapeut. Victorias drittes Kind, und auch dieses, gleichwohl begabt, tritt nicht in die Fußstapfen der Mutter. Sam kramt noch einmal das Foto mit der unbekannten Frau aus der Kiste. Grüblerisch pustet sie in die halbleere Bierflasche.

»Wenn du Nikolai schön bittest, hilft er uns bei der Vorbereitung. Er frisst dir aus der Hand.«

»Nikolai übernimmt die meiste Organisationsarbeit und die Absprachen mit der Stadt. Das Geschäftliche eben.« Die Ausstellung soll im Kongresshaus stattfinden, das braucht eine solide Verhandlungsbasis, weiß Sam, und da ist Nikolai genau am richtigen Platz. »Schau!« Sie zeigt auf das Foto. »Da steht ein Auto im Hintergrund.«

Luna beugt sich über das Bild. »Stimmt. Ein Mann sitzt drin.«

Die Fahrertür des Wagens steht offen. Man sieht ein Männerbein herausragen, schicke Halbschuhe und eine Anzughose.

»Wer ist das?«, fragt Luna.

Sam zuckt die Schultern. »Keinen Schimmer.«

»Wo wurde die Aufnahme gemacht?«

»Im Süden, schätze ich. Italien, Spanien?«

»Frag deine Mutter, Schätzchen. Sie wird ja wohl wissen,

wo sie damals Urlaub gemacht hat.« Luna steht auf. »Ich muss los.«

»Gehst du noch mal ins Atelier?«

»Was bleibt mir übrig? Nächste Woche fahre ich nach Frankfurt. Treffe ein paar Leute mit todschicken Läden. Die sollen natürlich eine Lu-Naht-Kollektion kaufen.«

Sam ignoriert Lunas gespielt gestressten Blick. Ihre Freundin lebt für ihren Job. Sie liebt Geschäftsverhandlungen, genießt es, um Verträge zu kämpfen und mit einem Sieg abzuschließen. Luna traut sich an die richtige Mode. An Klamotten. Blazer, Blusen, Hosenanzüge. Sam wünscht, sie könnte ebenso für ihre Arbeit brennen. Aber ihr Job ist eben nur ein Job für einen anderen. Sam setzt nicht ihre eigenen Träume um, sondern die Visionen des Labels, für das sie arbeitet. Und dabei geht es leider nicht um schicke Sachen zum Anziehen, sondern um Kissen, Steppdecken, Vorhänge und Kleinzeug für Küche und Bad.

»Danke, Luna!«

Luna küsst Sam auf die Wange. Einer ihrer Ohrhänger streift Sams Lippen.

2

Der Himmel hängt tief, als Sam am nächsten Morgen aufsteht. Ihre Zwei-Zimmer-Wohnung hinter der Morizkirche lässt wenig Blick in die Natur zu, dafür auf die Südseite der Kirche, die Pfarrgasse und die Schüler, die sich kurz vor acht um das Gymnasium gleich um die Ecke drängen. Unselige Erinnerungen, denkt Sam lächelnd. Dabei ist ihr gar nicht zum Lächeln zumute. Sie hat kaum geschlafen. Die Luft war drückend in der engen Wohnung, und auch durch das offene Fenster drang kaum Abkühlung herein.

Sam gießt Tee auf und lässt sich an ihrem Arbeitstisch nieder. Seit sie bei Ralf ausgezogen ist, aus seinem schicken Würfelhaus am Hang in Pilgramsroth, genießt sie das Leben im Stadtzentrum, umgeben von historischen Gebäuden und umtost vom Alltag einer temperamentvollen Kleinstadt. Sie liebt es, ihren eigenen Rhythmus zu leben, ohne auf Ralfs Termine eingehen, sich nach ihm richten zu müssen. Nicht, weil sie das abgesprochen hätten, sondern weil er schlicht davon ausging, dass Sam es sein würde, die sich anpasst. Dass sie, die Freelancerin, ihr Werkzeug fallen lässt, wenn Ralf früher heimkommt. Wenn er Kollegen zum Essen mitbringt.

Es ist aus, denkt Sam, und erinnert sich an Lunas Worte: »Sei froh, dass du den Typen los bist!«

In Liebesdingen ist Luna cool. Das Problem ist nur, dass Sam Ralf gar nicht los sein wollte. Nicht so schnell und nicht so radikal. Sein Auftritt an jenem Abend kurz nach Neujahr – ein Schock. »Ich gehe. Ich halte deine Familie nicht mehr aus.«

Es ging nicht um mich, denkt Sam knapp und presst die Lippen zusammen. Es geht nie um mich. Es geht um die Familie.

Um sich abzulenken, schaltet Sam den Computer ein. Sie klickt das Designprogramm an, mit dem sie ihre Stoffentwürfe digitalisieren kann. Die Software ist neu, sie benötigt Zeit, um sich einzuarbeiten. Aber heute fehlt ihr die Konzentration. Die Fotokiste steht immer noch auf dem Teppich. Sam nippt an der Teetasse und kauert sich vor den Karton. Das Bild mit Victoria und der Unbekannten lässt sie nicht los. Sie betrachtet das verblichene Foto. Victorias Züge kennt sie. Schon als sie jung war, lag Anspannung auf ihrem Gesicht. Sam hat wenige Aufnahmen aufgestöbert, wo ihre Mutter fröhlich lacht oder offen in die Kamera blickt. Und dann die Gesichtszüge der Unbekannten. Sams Zeigefinger fährt über das Foto. Ihre Familie ist wahrhaftig weitläufig. Vielleicht ist die Unbekannte irgendeine Cousine aus den USA, von der Verwandtschaft ihres Großvaters.

Das fand Ralf schick an Sam: eine Familie mit Wurzeln in den Staaten. Das klang exklusiv in Ralfs Ohren. ›Wie geil ist das denn! Deswegen hast du einen englischen Vornamen‹, prahlte er auf einer Party, wobei er Sams Haar verwuschelte.

Blanca heiratete Ende der 40er einen Amerikaner. Einen Reporter namens Isaac aus Albany, New York, der gekommen war, das verheerte Land abzulichten. Isaac bestand darauf, dass der Familienname, May, einzig und allein mit englischen Vornamen zusammenpasste. So wurde Blancas und Isaacs Tochter auf den Namen Victoria getauft, und Victoria bewahrte die Tradition, indem sie ihre Erstgeborene Samantha nannte. Doch bald darauf starb Isaac, und Victoria warf die Familiengepflogenheiten über Bord. Sams Brüder bekamen russische Namen. Blanca missfällt dies noch heute, aber sie sagt nichts dazu.

Sam ruft Victoria an. Ihr Vater ist längst im Geschäft, doch ihre Mutter wird noch am Frühstückstisch sitzen, Musik hören, Strawinsky wahrscheinlich, und in irgendeinem Magazin lesen, bevor sie gegen Mittag ins Atelier geht.

»May?« Victorias Stimme am Telefon klingt meist scharf. Es ist, als schneide sie ihren Namen mit einem Messer aus der Luft.

»Hallo, Mutter. Hier ist Sam.«

»Ach, schon wach?«

»Und selbst?«

Sam wartet auf eine Reaktion. Im Umgang mit ihrer Mutter besteht immer die Frage, wer den längeren Atem hat.

»Du weißt ja, dass dein Vater um halb acht zu seinen Fliesen geht. Gibt's was Neues?«

»Luna und ich haben gestern Abend an der Ausstellung gearbeitet.«

»Kommt ihr voran?«

»Das Konzept steht im Großen und Ganzen.« Es ist nur eine Notlüge, denkt sie.

»Ich hoffe, dass du bei der Auswahl der Fotos wirklich kritisch bist. Denk daran, die Öffentlichkeit bekommt Einblick in mein Leben. Wir müssen genauestens überlegen, was zu sehen ist und was nicht.«

»Natürlich, Mutter. Das haben wir doch besprochen.«

»Es schadet nie, heikle Dinge wieder in Erinnerung zu rufen«, entgegnet Victoria unbestimmt.

»In dem Zusammenhang hätte ich eine Frage«, beginnt Sam. Plötzlich ist sie nervös. »Luna und ich haben gestern ein Foto von dir ausgegraben. Du bist damals wohl 30. Es wurde irgendwo am Meer gemacht, aber wir können nicht einordnen, wo.«

»Steht nichts drauf? Kein Datum?«

Sam dreht die Aufnahme in den Händen. Gestern Abend, im Halbdunkel, hat sie die blassen Bleistiftlinien nicht gesehen.

»Tatsächlich! 1982.« Ihr Herz schlägt schneller.

»1982? Da war ich in Griechenland. Eine Inspirationsreise. Du warst ein Baby. In Mutters Obhut.«

Wo sonst, denkt Sam.

»Warst du allein dort?«

Täuscht sie sich, oder zögert Victoria mit der Antwort?

»Sicher. Warum fragst du?«

»Weil du auf dem Foto neben einer Frau stehst. Sie ist so groß wie du, etwa im gleichen Alter.« Sam beißt sich auf die Zunge. Sie sieht aus wie ich, will sie sagen, aber sie verschweigt es.

»Nun ... vielleicht eine Reisebekanntschaft.«

»Könnte es eine Verwandte sein?«, fragt Sam.

»Eine Verwandte?« Victorias Stimme wird lauter. »Wie kommst du darauf?«

»Weil sie mir ähnlich sieht.«

»Das kann doch gar nicht sein!« Victoria macht eine Pause. »Du musst dich täuschen!«

»Luna ist die Ähnlichkeit auch aufgefallen.« Wenn Sam Luna ins Feld führt, widerspricht ihre Mutter selten. Sie hat großen Respekt vor Luna als Künstlerin.

»Nun … Das muss ein Zufall sein.«

Sam fühlt sich mit einem Mal müde. Sie hat ein altes Foto gefunden. Na und? Mitunter gibt es frappierende physiognomische Übereinstimmungen. Doppelgänger. Launen der Natur. Die Stille in der Leitung dehnt sich, wird länger und lauter.

»Ich muss Schluss machen, Sam. Vor mir liegt ein langer Tag.«

Ein langer Tag, denkt Sam, wenn du mittags ins Atelier gehst und herumprobierst. Kreide oder Acryl oder eines deiner Federbilder. Womöglich gehst du in den Hofgarten, um Zeug aus der Natur zu finden, das du integrieren kannst in irgendein Werk, auf das es nicht mehr ankommt. Jemand wird es kaufen oder auch nicht. Aber es spielt keine Rolle. Vater hat seine Firma saniert. Du kannst leben, Mutter, von deiner Kunst und Vaters Verdienst. Sie schämt sich ihrer Bitterkeit. Als Tochter sollte sie stolz sein. Stolz auf eine unkonventionelle, in bescheidenem Maß berühmte Mutter.

»Ich will dich nicht aufhalten. Einen schönen Tag!«

»Dir auch, Sam.« Victoria hängt ein.

Sam starrt in ihre Tasse. Der Tee ist längst kalt. Das Geschrei der Schüler vor ihrem Fenster ist verstummt. Warme Frühlingsluft strömt herein. Sie hört das Rascheln der Platanen, die die Pfarrgasse säumen. Misstrauisch mustert sie das Foto. Vielleicht hat ihr Gehirn ihr irgendeinen Streich gespielt. Vielleicht die Frisur der Unbekannten. Sam fährt sich durchs Haar. Schwarzes Haar. Wie Blancas Haar früher. Wie das Haar ihres Großvaters auf den Fotos, die bei Blanca im Haus hängen. Wie Nikolajs Haar. Sie erinnert sich, dass Großvater einen Bruder hatte. Pete. Auch er längst verstorben. Der Kontakt zu diesem Teil der Familie ist recht lebendig, gleichwohl auf E-Mails und Facebook-Chats reduziert. In ihrer Kindheit war Sam mit Eltern und Brüdern mehrmals bei Pete in den USA. Pete und seine Frau Barbara haben drei Töchter, diese wiederum jeweils zwei bis drei Kinder. Joanie, eine von Sams Großcousinen und in ihrem Alter, hat bereits zwei Söhne und stellt ab und zu Fotos von ihren Sprösslingen ins Netz. Sam klickt gewohnheitsmäßig auf den ›Gefällt‹-Button. Zu mehr Kontakthalten ist sie nicht imstande.

Sie schaltet den PC aus und zieht sich an.

Sie wird sich mit Blanca treffen.

3

Blanca wohnt am Festungsberg. Die Lage ist unpraktisch, wie Victoria sich auszudrücken pflegt. Der Hang ist steil, zum Einkaufen braucht Blanca den Wagen. Der Garten verzehrt sich nach Pflege. Gerade jetzt, im Frühling. Sam denkt, solange ihre Großmutter noch fahren kann und solange sie bereit ist, Geld für einen Gärtner auszugeben, ist es kein Schaden, wenn sie dort oben wohnen bleibt. Sam weiß, wie sehr Blanca an dem alten Haus hängt.

Sam nimmt den Bus. Sie ruft mit dem Handy bei Blanca an, um sich anzukündigen.

»Wunderbar, ich setze Tee auf«, sagt Blanca. In Sams Herz wallt Wärme auf. Blanca und sie – sie beide sind Zwillingsseelen. Behauptet Nikolaj manchmal, wobei er recht traurig aussieht, als wäre er gern die Zwillingsseele ihrer gemeinsamen Großmutter.

Sam weiß nicht einmal mehr, wann sie anfing, Blanca mit Vornamen anzureden. Sie muss ein Teenager gewesen sein, in der Phase der Aufwallung, des Infragestellens, des Wütens und Tobens. Zu jener Zeit stand Blanca wie ein Felsen an Sams Seite. Setzte Grenzen, diskutierte, respektierte. Damals wurde aus ›Großmutter‹ schlicht ›Blanca‹, was Victoria ihrer Tochter sofort auszureden versuchte, da es sich nicht gehörte. Heute, denkt Sam, als der Bus mit dröhnendem Motor den steilen Berg hinaufkriecht, würde ich Victoria nachgeben. Doch in der Pubertät gibt es Kräfte, die einem helfen, den eigenen Willen durchzusetzen. Sam grinst in sich hinein.

Sie steigt aus und geht das letzte Stück zu Fuß. Der Frühling ist zeitig gekommen in diesem Jahr, frisches Grün wohnt schon in den Bäumen, die Hecken der Anwesen blühen. Hier oben versteckt man sich gern in seinem Garten, unter alten Bäumen, hinter Rosenspalieren und anderem Grünzeug. Sam stößt das Gartentürchen zu Blancas Haus auf. Die Terrassentür steht weit offen. Sam macht sich nicht die Mühe, um das Gebäude herum zur Haustür zu gehen.

»Blanca?«

Blanca tritt auf die Terrasse. »Komm rein, Mädchen! Schön, dich zu sehen.« Sie küsst Sam auf beide Wangen. Sam riecht ihr Parfüm. Chanel N° 19. Seit eh und je. »Frühstücken wir zusammen?«

Sam frühstückt nie, seit Ralf gegangen ist. Sie hasst es, allein in ihrer Wohnung ein Müsli in sich hineinzuschaufeln, das ihr nicht schmeckt, und dessen klebriger Flockenpamps ihr im Hals stecken bleibt.

»Prima. Ich habe einen Mordshunger.«

»Ich auch. Bin seit sechs auf den Beinen.« Blanca geht ins Haus. Sam folgt ihr in die Küche. Sorgenvoll nimmt sie Blancas leichtes Hinken zur Kenntnis. Seit Jahren ignoriert ihre Großmutter ein Hüftleiden. »Aber du weißt, dass es bei mir keinen Süßkram gibt. Ich brauche morgens was Herzhaftes. Kannst du mit Ham and Eggs leben?« Blanca greift nach dem Pfannenwender und rührt temperamentvoll in der Eier-Schinken-Masse herum, die bereits in der Pfanne brutzelt. »Isaac liebte Ham and Eggs zum Frühstück. Na, wie du weißt, hat das Cholesterin ihn umgebracht.«

»Wenn es das Cholesterin war!«

»Kindchen, er starb mit 60. Einfach so. All of a sudden.« Blanca spricht mitunter ein Gemisch aus Deutsch und Englisch. Sam ahnt, dass sie es aus Nostalgie tut. Es war ihr typischer Umgangston mit Isaac.

»Schade, dass ich mich an Großvater nicht erinnern kann.«

»Nein, Liebes! Damals warst du noch eine halbe Portion.« Blanca füllt zwei Teller großzügig mit Ham and Eggs.

Ein Strauß bunte Tulpen steht auf dem Tisch, die Blumen biegen sich über den Rand der Vase. Die Sonne strahlt herein, beleuchtet die Familienfotos an den Wänden. Isaac und Blanca. Victoria und Robert. Victoria, Robert und die drei Kinder. Blanca mit der kleinen Sam und dem neugeborenen Igor.

Durch das gekippte Fenster klingt Vogelgezwitscher. Blancas Katze Lucienne, schwarz-golden getigert, schleicht um den Tisch, lässt sich gnädig streicheln und trollt sich.

Sam greift hungrig zu. Sie hat Schwierigkeiten, ihr Gewicht zu halten. Weil sie von daheim aus arbeitet, kommt sie kaum aus dem Haus. Vom Bett zum Computer zum Zeichentisch zur Nähmaschine und wieder zurück. Das ist ihr persönlicher Parcours. Verstohlen betrachtet sie ihre Großmutter. Sie trägt ein gemustertes Kleid mit tiefem Dekolleté, eine lange Kette aus knallgelben Kugeln, hat Lippenstift aufgelegt und ein wenig Lidschatten. Blanca ist füllig und weiblich. Auf eine Art schön, die im Alter noch strahlender hervorbricht. Mit einem Mal fühlt Sam sich schäbig mit ihrem Pferdeschwanz, in Jeans und Sweater.

»Iss ordentlich, Schätzchen. Der Mensch braucht Reserven für Notzeiten!«

Es ist, als könnte sie Gedanken lesen, denkt Sam.

»Luna und ich haben gestern für Victorias Ausstellung gearbeitet«, fängt sie an.

Blancas rechte Augenbraue hüpft ironisch. »Ach?«

»Wir haben die Fotos aus deinen Kisten gesichtet und eine Menge Dinge zusammen, die wir zeigen wollen. Wahrscheinlich wird aus den Familienbildern eine Videoinstallation mit Musik und Text. Nikolaj wird mir hoffentlich helfen. Wegen der Musik müssen wir das mit den Rechten klären.« Wie kompliziert alles ist! Wenn Sam an die vielen Dinge denkt, die sie für die Ausstellung noch nicht angepackt hat, wird ihr ganz schwindelig. Im Juni soll Eröffnung sein, vor dem Samba-Festival und allen möglichen anderen Events, die Coburg im Sommer überrollen.

»Du bist ein tüchtiges Mädchen, Sam!«

Sam zuckt die Achseln. »Mag sein.«

»Oben auf dem Speicher sind mehr Sachen. Bei Gelegenheit sehe ich sie durch, aber ich glaube kaum, dass noch was Interessantes dabei ist. Vor Jahren habe ich mal einen ganzen Schwung Krempel weggeworfen. Man kann nicht ewig in der Vergangenheit leben.«

Sam nimmt das Foto aus der Tasche. Das mit der Unbekannten.

»Hier. Mutter sagt, das Bild wäre in Griechenland aufgenommen worden. Aber sie kann sich nicht erinnern, wer die

Frau neben ihr ist. Sie meint, vielleicht eine Reisebekanntschaft. Allerdings hat sie das Foto noch nicht gesehen, ich habe nur am Telefon mit ihr gesprochen.«

Blanca greift nach der Aufnahme. »Holst du mir meine Lesebrille, Kind? Drüben, auf dem Couchtisch. Danke.«

Die Gläser vergrößern ihre Augen ins Groteske. Blanca betrachtet das Foto. Erstarrt. Beißt sich auf die Lippen.

»Wer ist das?«, fragt Sam.

Plötzlich kommt ihr die Luft im Raum kühl vor. Blancas Gesicht zeigt keine Regung. Dann nimmt sie die Brille ab und fährt sich über die Augen.

»Ich dachte ... nun ... ich bin mir nicht sicher ...« Sie steht auf und zieht die Pfanne von der Herdplatte. Der Geruch nach angebranntem Ei zieht durch die Küche. Blanca öffnet das Fenster weit. »Passiert mir ständig. Dass ich Sachen anbrennen lasse. Man soll nie zwei Dinge gleichzeitig machen.«

Sam zieht die Schultern zusammen. Weil ihr kalt ist, und weil sie sich schuldig fühlt. Sie hätte Blanca das Foto auch später zeigen können.

»Ich dachte, es könnte eine von meinen amerikanischen Tanten sein«, sagt sie rasch. »Von Petes Töchtern.«

Blanca steht immer noch am Fenster und sieht hinaus. Sie nestelt an ihrer Kette. Die Stille im Raum fühlt sich klamm an. Ich sehe ihr ähnlich, will Sam sagen, und das beunruhigt mich. Aber sie sagt nichts.

»Du weißt sicher, dass dein Großvater einen zweiten Bruder hatte. Nach Pete. Der Jüngste. Knapp zehn Jahre jünger als Isaac.«

»Ach?«

Blanca dreht sich um. Sie hält ihre Brille in der Hand und betrachtet sie stirnrunzelnd. »Himmel, wie schnell die Gläser verschmieren.« Sie macht sich an der Spüle zu schaffen. »Er heißt Fred und er lebt noch. Muss jetzt 76, 77 sein.«

»Nie gehört.«

Blanca lässt Wasser über ihre Brillengläser laufen. »Die Sippe ist alles andere als stolz auf Fred. Das schwarze Schaf. Muss es wohl in jeder Familie geben.«

»Was ist los mit ihm?«

»Fred hat dreimal geheiratet, fünf Kinder aus diesen Ehen und zwei außereheliche. Deine Urgroßeltern waren strenge Christen. Ehescheidung allein war für sie ein Unding. Und Ehebruch erst!« Blanca nimmt ein frisches Handtuch aus einer Schublade und reibt die Brillengläser trocken. »Fred hat also sieben Kinder. Und da Isaac und ich keinen Kontakt zu ihm hatten, schon zu Isaacs Lebzeiten, habe ich den Überblick über die Nachkommen verloren.«

Sam streicht sanft über die Kanten des Fotos vor sich. Sieben weitere Familienangehörige, vermutlich reichlich mit eigenen Kindern gesegnet. Eine schier unüberschaubare Herde. Ob Joanie davon weiß?, überlegt sie.

»Hast du dich nicht für Fred interessiert?«

»Was heißt interessiert …« Blanca setzt sich wieder an den Tisch. Sorgfältig legt sie die Brille ab. »Ich hatte genug damit zu tun, Petes Sprösslinge einzuordnen. Außerdem war dein Großvater sehr konventionell.«

Sam sieht Blanca erstaunt an.

»Doch, war er, you know.« Blanca quält sich ein Lächeln ab. »Aber außer uns leben ja alle anderen Verwandten in den Staaten, und bei der Entfernung bist du dir nicht so nahe, wie du es wärst, wenn du nicht immer extra einen Flug buchen müsstest, um die Sippe zu sehen. Wenn du bei deinen Cousinen einfach zu einer Tasse Kaffee anrücken könntest. Spontan. Naja. Isaac richtete sich in seinen Wertvorstellungen sehr nach seinem Vater. In dieser Hinsicht gab es keine räumliche Distanz.«

Sam kommt der Gedanke, dass Isaacs früher Tod ihrer Großmutter eine Tür zu einem neuen Leben geöffnet hat.

»Deine Mutter hat sich eine Weile sehr für Freds Kinder interessiert. Immerhin sind die sieben ihre Cousinen und Cousins. Wir haben sie zuweilen ›die sieben Schwaben‹ genannt und Witze gemacht. Du weißt schon. Dass wir so viele Familienangehörige haben, die wir auf der Straße gar nicht erkennen würden.«

Das ist Sam neu. Dass Victoria sich für jemanden besonders interessiert haben soll. Sam kennt ihre Mutter vor allem als vernarrt in die Kunst. In die Geschichte der Kunst. Und in ihr eigenes Werk.

»Joanie hat zwei Jungen«, sagt Sam in Gedanken.

»Joanie ist …«

»Joanie ist die älteste Tochter von Petes mittlerer Tochter.«

»Hilfe!« Blanca sieht Sam an. »Kannst du meine Verzweiflung verstehen?«

Sam grinst. »Niemand kann da durchblicken.«

»Well said.«

»Ich bin mit Joanie sporadisch über Facebook in Kontakt.«

»Ich nutze Facebook bloß zum Spielen.« Blanca nimmt ihre Brille in die Hand und dreht sie hin und her.

»Zum Spielen?«

»Schau nicht so entsetzt. Für meine Generation sind Online-Aktivitäten nicht das Schlechteste. Du kannst dich beschäftigen, Reaktionsschnelle und logisches Denken schulen und musst dazu nicht mal aus dem Haus.«

»Ich wusste überhaupt nicht, dass du einen Computer hast!«

»Igor hat mir seinen alten überlassen.«

»Igor?«

Blanca lacht. »Schätzchen, du staunst darüber, dass du deine amerikanischen Familienangehörigen nicht auseinanderhalten kannst, dabei bist du nicht einmal auf dem Laufenden, was deinen eigenen Bruder betrifft.«

»Igor und ich stehen uns nicht besonders nah. Er ist für

mich wie ein Fremder. Wenn ich mit ihm länger als eine halbe Stunde zusammen bin, werde ich verlegen, als wäre ich zufällig in das Wohnzimmer eines Unbekannten geraten.«

»Ich denke, Isaac ging es nicht anders mit seinen beiden Brüdern.«

»Fred wurde abgelehnt, weil er etwas tat, was in den Augen seiner Familie verachtenswert war«, widerspricht Sam.

»Schon. Aber wenn Isaac eine enge Bindung zu Fred verspürt hätte, hätte er sich nicht davon abbringen lassen, Kontakt zum schwarzen Schaf zu suchen. Und wenn er es aus Pflichtgefühl getan hätte.«

Sam tippt auf das Foto. »Du meinst, die Frau neben Victoria könnte eine von Freds Töchtern sein?«

»Why not? Das Alter würde wahrscheinlich passen. Hast du deine Mutter gefragt?«

»Sie kann sich nicht erinnern.«

Blanca sieht Sam lange an. Schließlich schweift ihr Blick ab. Sie beginnt, welke Blätter von den Tulpen zu zupfen. »Das sieht ihr ähnlich«, sagt sie.

4

Blanca steht noch lange auf der Terrasse, obwohl Sam längst außer Sichtweite ist. Geistesabwesend blickt sie über Büsche und Sträucher.

Blanca hat heute kein Auge für den Frühling und die aufbrechende Natur, für die Nachbarn, die emsig in ihren Gärten werkeln. Sie lebt wieder in jenem Schicksalsjahr. 1982. Als Coburg ein Blinddarm der westlichen Welt war, eine Delle der

Weltgeschichte, an drei Seiten von der DDR umgeben. Als man sich längst an diese eigenartige Position auf der Landkarte gewöhnt hatte.

Natürlich kann die Unbekannte auf dem Foto keine von Freds Töchtern sein. Er hat erst spät mit dem Kinderzeugen angefangen – zumindest soweit sie weiß. Blanca muss lächeln. Es ist ein schmerzhaftes Lächeln, das ihr die Tränen in die Augen treibt. Sie brauchte Sam gegenüber nur eine schnelle Ausrede.

1982. Blanca erinnert sich, wie sie Sam übernommen hat. ›Nur für zwei Wochen, Mom!‹, hat ihre Tochter gesagt. ›Ich muss mal raus.‹

Mein Gott. Grace. Blanca hatte keine Ahnung, dass in den Kisten noch ein Foto von ihr ist. Hat sie nicht alles durchsucht? Sie hat alle Erinnerungen vernichtet. Sam sollte niemals etwas erfahren.

Blanca hat sich Victorias Willen gebeugt. In jenem Jahr zum ersten Mal. Und dann immer wieder. Sie hielt Sam in ihren Armen, als von der Reise nur eine zurückkehrte. Victoria.

Isaac hat es nie verkraftet, denkt Blanca. Sie atmet tief den Duft der Kastanienbäume ein. In ihrem Garten streiten Flieder und Jasmin darum, wer der Erste sein darf. Sie zieht die Schuhe aus und wandert langsam über das kühle Gras. Es ist windig, sie fröstelt. Lucienne kommt um die Ecke geschnürt. Mit ihren eisblauen Augen schaut sie Blanca an, streicht um ihre Beine und schnurrt. Blanca bückt sich zu ihr herunter und fühlt dabei ein Ziehen im Rücken.

Sie hat gedacht, sie würde ihren Verlust nie verkraften. Aber sie hat sich geirrt. Die Psyche des Menschen ist darauf ausgerichtet, durchzuhalten. Der Lebenswille ist stärker als jedes Gewicht, das einen herunterzuziehen versucht. Doch nicht allein der Wille, zu leben – auch die Entschlossenheit, nicht ständig zu leiden.

›Du bist stärker als ich‹, hat Isaac in der Anfangszeit oft gesagt. Und sich abgekapselt. Ging nicht mehr aus dem Haus. Interessierte sich nicht für die kleine Enkelin, die immer hübscher, immer lustiger wurde. Ein Kind, mit dem leicht umzugehen war. Sam war anpassungsfähig. Ist sie immer noch, denkt Blanca. Sie traut sich selbst nicht viel zu, aber sie ist perfekt ausgerüstet für dieses Leben.

Irgendwann fing Isaac an, in den Kisten auf dem Dachboden herumzugraben. Dokumente zu schreddern. Sie hat fast nichts retten können. In jenem Schicksalsjahr lebten sie und Isaac in einem herrschaftlichen Haus in der Mohrenstraße. Ehe sie bemerkte, was er stundenlang auf dem Speicher trieb, war es fast zu spät.

Blanca steht am Ende ihres Gartens. Das Gras ist hoch hier. Sie muss den Gärtner bestellen. Eine Spinne krabbelt ihre Wade hinauf. Sie schnippt das Insekt zurück ins Gras. Wie betörend der Jasmin riecht. Wie an jenem Nachmittag vor 30 Jahren, als sie hier heraufkam, um den Garten zu gießen.

Als hätte es sich gestern zugetragen, durchlebt Blanca die Begegnung mit Victoria an jenem Frühlingsnachmittag, als die Sonne Garten und Haus zum Strahlen brachte. Tatsächlich, sie weiß genau, die Hecke war schon gepflanzt, aber viel niedriger, und von der Straße aus konnte sie sehen, dass die Terrassentür offenstand.

Das irritierte sie. Sie rechnete nicht mit Victorias Anwesenheit. Doch es konnte niemand anders hier sein als ihre Tochter.

Sams Kinderwagen stand auf der Terrasse im Schatten. Das Baby schlief friedlich, das kleine Gesichtchen rosig und unwissend angesichts der Tragödie, die die Weichen seines Lebens gestellt hatte.

»Victoria?«, rief Blanca.

Keine Antwort. Das allein war zu jener Zeit Anlass für

Blanca, in Panik zu geraten. Damals rief sie ihre Tochter jeden Tag an. Bis Victoria genervt in die Luft ging.

»Victoria?«

Blanca sieht sich ins Wohnzimmer treten. Ein gelber Teppich lag dort, und gelbe Raffrollos zierten die Fenster. Sie waren heruntergelassen, als Blanca hineinging, und ein seltsames gelbes Licht hing im Zimmer.

Victoria war nicht zu sehen oder zu hören. Blanca ging auf Zehenspitzen in die Küche, ins Esszimmer, ins Bad. Dann stieg sie die Treppen hinauf, rief nicht mehr, und heute, 30 Jahre später, überläuft sie Gänsehaut, wenn sie daran denkt, wie sie blitzartig ein unerträglicher Argwohn überfiel.

Im ersten Stock sah sie sofort, dass die Leiter zum Dachboden heruntergelassen war. Muffige Luft kroch aus dem Loch zu ihr herunter.

»Victoria?«, flüstert Blanca, während sie, in einem neuen Jahrtausend, barfuß im Gras steht. Der Schmerz, den sie tief in ihrer Seele vergraben hat, um weiterzuleben, für die Enkel, für Victoria, für Robert, bricht über sie herein. Sie krümmt sich. Eine Welle aus Trauer ist leichter zu verkraften, weiß Blanca. Man kann ihr mit Tränen nachgeben. Aber dieser Schmerz, diese verfluchte Panik …

An jenem Tag kletterte sie lautlos die Leiter hinauf auf den Dachboden.

Ihre Tochter Victoria hockte auf dem Boden und sortierte Bilder, Papiere und Fotos. Sie bemerkte Blanca nicht. Eifrig ging sie einen Stapel Skizzenbögen durch.

Blanca stand dort, unter der Dachluke, und beobachtete sie. Selbst heute kann sie nicht beschreiben, welche Gefühle sie in jenem Augenblick durchmachte. Angst, Entsetzen, Ungläubigkeit, Unverständnis. Nach langer Zeit, in der die Stille, nur unterbrochen vom Rascheln des Zeichenpapiers, sich ins Endlose dehnte, sagte Blanca:

»Victoria?«

Ihre Tochter fuhr herum. Sie war leichenblass.

»Himmel, Mutter, hast du mich erschreckt.«

»Was machst du hier?«

»Ich gehe ihre Sachen durch.«

Das wollte ich machen, schoss es Blanca durch den Kopf. Ihre Hände verkrampften sich, und die Nägel drangen so tief in das Fleisch ihres Handballens, dass sie aufstöhnte.

»Warum?«, brachte sie hervor.

»Jemand muss es tun, nicht wahr?«

»Ich wollte …«

»Das kann ich dir nicht zumuten, Mutter.« Victorias malvenfarbenes Haar umgab ihr Gesicht wie ein Schleier, bereit zu verbergen, was zu verbergen war.

Blanca war außerstande, etwas zu entgegnen. Noch heute fragt sie sich, warum sie nicht Einspruch erhob. Warum sie Victoria nicht das Haus verbot. Warum, warum, warum! Blanca steht im Gras und sieht den Wolken zu, die vom westlichen Ende der Stadt herantreiben.

»Why …«, begann sie, weil es ihr im Strudel der Gefühle leichter fiel, die fremde Sprache zu sprechen. Dennoch versagten ihr die Worte.

»Es macht mir nichts aus, wirklich, Mutter.« Victoria stand auf und klopfte sich den Staub von den Jeans. »Sam schläft, oder?«

»Sie schläft.« Blancas Stimme klang leblos, wie ein Rascheln.

In jenem Augenblick fasste sie einen Entschluss.

»Dein Vater und ich werden in dieses Haus ziehen.«

»Ach so?« Überrascht sah Victoria sie an. »Wann? Warum? Ich meine …«

»Du und Robert, ihr habt das Haus am Glockenberg. Eine gute Lage, Victoria. Aber für Isaac und mich wird es in der Innenstadt immer stressiger. Der Lärm, der Verkehr, das Getümmel … Hier oben werden wir es ruhiger haben. Außerdem, mit dem Garten hätte dein Vater etwas zu tun, weißt du?«

Sie dachte dabei, mein Gott, Isaac ist ja nicht zu alt für seinen Beruf. Doch seit Victoria allein aus Griechenland zurückgekehrt war, brachte er kaum noch etwas zustande. Wenige Reportagen, oberflächliche, leichte Sachen, die ihm gar nicht entsprachen. Isaac war ein Mann für die Hintergründe, für die offenen Fragen, die Widersprüche.

»Verstehe.« Victoria strich sich das Haar zurück. »Umso schneller müssen wir hier Ordnung schaffen.«

»Wir?« Blanca trat vor. Sie hatte sich wieder im Griff. Wenigstens äußerlich. Mit aller Autorität sagte sie: »Du hast hier nichts zu suchen, Victoria!«

Ihre Tochter sah sie an, verächtlich, aber da war auch Angst in ihrem Blick. Diese Angst, das Flattern der Lider, hat Blanca bis heute nicht vergessen.

Als Blanca zwei Tage später erneut zum Haus am Festungsberg kam, war der Speicher leergeräumt bis auf ein paar Kisten mit Fotos und Briefen. Sämtliche Skizzen, Bilder und sogar die vorgefertigten Passepartouts waren verschwunden.

Ich habe nie die Kraft gefunden, Victoria zur Rede zu stellen, denkt Blanca nun. Langsam geht sie zurück zur Terrasse. Die Fliesen sind kalt. Der Himmel hat sich zugezogen, ein frischer Wind vertreibt den Fliederduft. Sie sieht sich nach Lucienne um, aber die Katze ist nirgends zu sehen. Blanca schlüpft in ihre Clogs und geht ins Haus. Hier, auf dieser Terrasse, stand Sams Kinderwagen.

Wir haben es ihr nie gesagt, denkt sie, und jetzt ist es zu spät.

5

Sam geht zu Fuß heim. Sie nimmt den Umweg über den Hofgarten. Blank wölbt sich der Himmel über das Veilchental. Im Winter sind sie als Kinder hier gerodelt. Sie auf dem Schlitten, ihr Vater hinter ihr, Igor weit voraus. Victoria, abseits stehend, mit Nikolaj an der Hand. Wie ein frostiges Bruchstück fällt ihr die Erinnerung vor die Füße.

Sam weicht vom Weg ab und läuft über die Wiese, rennt fast den steilen Hang hinunter bis in die Senke, wo sie sich umdreht. Hoch über ihr thront die Veste Coburg. Eine einzige Wolke treibt über der Burg. Sie ist geformt wie ein Elefant, der seinen Rüssel nach oben reckt. Wie gern würde Sam den Tag hier draußen verbringen, Sonne tanken. Aber sie muss nach Hause, weitermachen mit Quilts und Kissen. Wenn sie bis Ende des Monats nichts vorweisen kann, wird ein anderer Freelancer den Auftrag kriegen.

Als Sam am PC sitzt, loggt sie sich zunächst bei Facebook ein. Es ist noch nicht Mittag, in den USA schlafen sie um diese Zeit. Nichtsdestotrotz schickt sie eine Mail an Joanie.

Hi Joanie,

bist du eigentlich in Kontakt mit unseren Großcousins und –cousinen aus Freds Linie? Habe erst heute von ihm erfahren.

Umarmung,

Sam

Seufzend macht Sam sich an die Arbeit. Mit der Inspiration ist es wie immer. Wenn sie sich erst einmal dahinterklemmt, bei der Sache bleibt, kommen ihr die Ideen. Es geht um die

Winterkollektion fürs nächste Jahr. Das lange Vorausplanen in der Branche ist etwas, woran Sam sich nur schwer gewöhnen kann. Mitunter geht ihr der Überblick verloren. Im herrlichsten Frühlingswetter Wintersachen zu gestalten, scheint ihr kontraproduktiv. Doch sie hat keine andere Wahl. Die Kreativdirektorin verlangt etwas Urbanes. Landhausstil ist out. Sam entscheidet spontan. Gibt sich das Thema ›Amerika‹ vor. Rasch notiert sie, was ihr einfällt. Stars and Stripes. Wolkenkratzer. Freiheitsstatue. Auswandererschiffe. Prärie, Cowboys, Lassos, Mustangs, Marlboro, die Einfälle kommen immer schneller, sie schafft es kaum, mitzuschreiben. Als der Zettel vollgekritzelt ist, legt sie sich auf den Teppich, einen Stapel Konzeptbögen vor sich, und entwirft ein Plaid. In Blau, rot, weiß. Streifen und Sterne, ins Negativ verkehrt. Weißer Untergrund, blaue Streifen in der Mitte, rote Sterne, die das Plaid einfassen. Kritisch betrachtet sie die Skizze. Konventionell, würde Luna sagen. Vielleicht ja, vielleicht nein.

»Besser als nichts«, denkt Sam und setzt sich wieder vor den Computer, um ihren Entwurf in die Software zu übertragen.

Ihr Facebook Account ist noch aktiv. Eine rote ›1‹ leuchtet oben links. Sie klickt darauf. Eine Nachricht von Joanie.

Hi Sam,

wie schön, von dir zu hören. Erstaunlich, dass du von Onkel Fred bisher nichts wusstest. Ich sehe ihn öfter, er wohnt in Albany, wenn ich mit den Kindern in die Stadt will, schaue ich bei ihm vorbei. Er lebt mit einer Frau zusammen, die vier Kinder hat, aber nicht von ihm, von anderen. Sie ist dreißig Jahre jünger und tierisch in Onkel Fred verliebt. Meine Jungs und ihre sind dicke Freunde.

Sieh dir meine Fotos auf Flickr an. Da sind Bilder von

Freds Kindern und deren Kindern dabei. Solltest du den Überblick verlieren, ich helfe dir gern weiter.

Umarmung,

Joanie

Sam lächelt, als sie sich durch Joanies Online-Alben klickt. Bilder von ihren Kindern, ihrem Haus in den Catskill Mountains. Joanie ist ein Jahr jünger als Sam und angekommen im Leben der Mittelschicht. Halbherzig sieht sie alle Aufnahmen durch, findet jedoch keine Frau, die annähernd aussieht wie die Unbekannte auf dem Foto.

Sam geht zum Kühlschrank, gießt sich ein Glas Riesling ein. Sie muss jetzt die Skizze in die Software übertragen, in ein paar Tagen will sie ihre Entwürfe an die Firma mailen. Kaum ist sie so richtig in ihre Arbeit vertieft, klingelt das Telefon. Es ist Victoria.

»Du kommst am Samstagabend?«, fragt sie ohne eine Begrüßung. »Wenn das Wetter hält, möchte dein Vater grillen.«

Sam fühlt sich matt und ausgebrannt. Plötzlich kommt es ihr vor, als könne sie nicht einmal mehr die Stimme heben, um laut und deutlich zu antworten.

»Ja sicher, Mutter.«

»Gut. Nikolaj will auch kommen. Mit seiner neuen Freundin.«

Sam seufzt leise. Nikolaj ist vorsichtig. Victoria hat schon einmal eine seiner Freundinnen zur Schnecke gemacht, und soweit Sam das mitverfolgt hat, gab es bisher zwei Frauen in Nikolajs Leben, mit denen es etwas hätte werden können.

»Übrigens habe ich heute Ralf beim Einkaufen gesehen.«

»Ach ja?« Sams Herz zieht sich zusammen.

»Schade, wirklich schade, dass ihr Schluss gemacht habt.«

Sam verdreht die Augen. Dieses Thema würde sie gern beiseitelassen. Ralfs Vater ist Geschäftsführer der Hava-Bank, und die haben Sams Vater unter die Arme gegriffen, um seine Firma zu sanieren.

»Wann soll ich bei euch sein?«, lenkt sie das Gespräch in sicherere Bahnen.

»So gegen sechs?« Victorias Vorschläge klingen immer wie Anweisungen.

»Gut. Bis Samstag dann.«

»Tschüss.«

Sam legt stöhnend den Hörer auf. Dass Victoria sie vor allem aus geschäftlichen Gründen gern weiter mit Ralf zusammen gesehen hätte, wurmt sie. Das Leben ihrer Mutter ist auf Praktisches ausgerichtet. Ein Wesenszug, der einer Künstlerin überhaupt nicht entspricht, findet Sam. Jedenfalls nicht dem Typ Künstlerin, der zu sein Victoria vorgibt. Ihr fällt die Ausstellung ein und dass sie ihr Konzept bisher immer noch nicht verfeinert hat. Dass sie heute bloß einen einzigen Entwurf für ihren Job geschafft hat. Keinen besonders guten.

6

Das warme Wetter schlägt am Ende der Woche um. Der April zeigt sein wechselhaftes Gesicht. Sam hat zwei weitere Entwürfe für einen Quilt und passende Kissen zustande gebracht, aber sie ist wenig begeistert. Zu öde, zu langweilig, irgendwie schon mal da gewesen. Sie stellt sich vor, wie die Kreativdirektorin reagieren, Originelleres einfordern wird. Die Firma sucht etwas, dem man das Besondere auf den ersten Blick ansieht. Dennoch arbeitet Sam daran, die Entwürfe in die Software zu übertragen. Während am Freitagnachmittag dunkle Wolken über den Himmel treiben und der Regen gegen die Fenster peitscht, näht Sam das erste Plaid. Den Prototypen.

Es klingelt an der Haustür. Unwillig sieht sie auf. Sie legt den Stoff vorsichtig zusammen und wirft einen Blick aus dem Fenster. Nikolaj steht unten, mit einem zerfledderten Schirm kämpfend.

»He, alter Kumpel!«, ruft sie hinunter. »Brauchst du einen Fön?«

Er schaut zu ihr hoch und lacht. Sam drückt auf den Summer.

»Was treibt dich hierher?«, fragt sie, als sie ihm die Wohnungstür aufhält.

»Die Sehnsucht nach meiner großen Schwester, was sonst.« Nikolaj küsst Sam auf beide Wangen. »Wie geht's?«

»Die Kreativität kommt nicht so, wie sie soll.«

»Alles eine Frage der Zeit.« Nikolajs Haar glänzt vor Nässe. »Hast du zwei Minuten?«

»Auch zwei Stunden, wenn es drauf ankommt.« Sam liebt Nikolaj. Er ist ihr so ähnlich in seiner Verwundbarkeit. Instinktiv spürt sie, dass sie ihm die Stange halten wird, egal was geschieht.

»Morgen will Dad grillen. Aber daraus wird wohl nichts. April, April!«

Sam reicht ihm ein Handtuch. Er rubbelt sein Haar trocken. Feucht glänzt das Schwarz noch vollkommener. Die Stirnfransen fallen in einer weichen Welle zur Seite.

»Ehrlich gesagt ist es mir piepegal, ob wir eine Bratwurst oder Bachsaibling oder Rosmarinkartoffeln auf dem Teller haben«, seufzt Sam.

»He, du nähst?« Er blickt neugierig auf die Arbeit am Nähtisch.

»Sieh es als Werkstück.« Sam macht sich in der Küche zu schaffen. »Ich bin nicht zufrieden. Werde mich morgen nochmal dransetzen und überlegen, was ich besser machen kann.« Sie kommt mit der Teekanne ins Wohnzimmer. Sieht, wie Nikolajs Hände den Stoff streicheln.

»Stars and Stripes. Hübsch.«

»Hör auf! Welche Designerin will denn was Hübsches entwerfen!«

Nikolaj setzt sich auf den Boden und greift in die Fotokiste. »Wie läuft's mit der Ausstellung?«

Sam gießt Tee in zwei Tassen.

»Ich habe ein Foto gefunden. Hast du eine Ahnung, wer diese Frau ist?« Sie hält ihm die Aufnahme mit der Unbekannten hin.

»Mama?« Nikolaj grinst. »Du kennst sie. Sie wohnt am Glockenberg, heißt Victoria May und ist mit Robert Förster verheiratet.«

»Quatschkopf. Die Frau neben Mutter.«

Nikolaj kneift die Augen zusammen. »Keinen Schimmer.«

»Blanca meint, es könnte jemand aus der entfernteren amerikanischen Verwandtschaft sein. Wusstest du von Onkel Fred?«

»Wer soll das sein?«

»Der jüngste Bruder unseres Großvaters. Unser Großonkel. Der Outlaw, wie Blanca sagt. Hat mehrere Kinder von mehreren Frauen und wurde deshalb in der Familie nicht sehr geschätzt.«

»Nie von ihm gehört. Was mich nicht wundert. Wenn er rumgehurt hat, will niemand was von ihm wissen.«

»Nikolaj!«

»Ist doch wahr! Du musst dir nicht allzu viel zuschulden kommen lassen, um in dieser Familie wie ein Ausgestoßener behandelt zu werden!«

Sam betrachtet ihren Bruder liebevoll. »Mach dir keine Sorgen wegen Trixi.«

»Mach ich mir aber. Erinnerst du dich, wie Mutter über Renate hergefallen ist?«

Renate, soviel weiß Sam, war zwar nicht Nikolajs erste Freundin, aber die erste, die er den Eltern vorstellte. »Mutter hat eine Szene nach der anderen gemacht. Dass Renate mich nicht kriegen würde. Ihre Eltern sind geschieden, sie verbrachte ihre Kindheit zwischen zwei Stühlen. Na und?«

»Mit Renate ist es lange vorbei«, wendet Sam ein.

»Als wenn das einen Unterschied macht.«

»Mutter hat Trixi doch inzwischen kennengelernt. Sie kann dazulernen! Gestehe ihr das zu.« Warum verteidige ich sie?, fragt sich Sam, während sie am Tee nippt, dem Klatschen der Regentropfen ans Fenster lauscht und Nikolaj zusieht, der das Foto nachdenklich in den Karton zurücklegt.

»Jedenfalls habe ich Trixi auf das vorbereitet, was ihr bevorsteht. Was sagt Mutter zu dem Foto?«

»Sie hat es bisher nicht gesehen. Meinte nur, es könnte eine Reisebekanntschaft sein.«

»Ja, vielleicht.«

Männer, denkt Sam. Haben zwei Augen und sehen nichts.

»Fällt dir nichts auf an der Unbekannten?«, fragt sie.

Nikolaj greift wieder nach dem Bild. »Nö. Was denn?«

»Schau mich an.«

Nikolaj schaut hoch. »Und?«

Sam lacht. »Mit Blindheit geschlagen. Wir sehen uns ähnlich.«

»Du und ich. Weiß ich. Sagen alle.«

»Nein, ich meine die Unbekannte und mich.«

Nikolaj prüft konzentriert das Foto. »Mag sein. Das liegt an der Haarfarbe. Und der Figur.«

»Ich bin ihr wie aus dem Gesicht geschnitten!«

»Du übertreibst. Außerdem ist das Foto viel zu unscharf, um richtig was zu erkennen.«

Sam ist verunsichert. Sie nimmt ihm das Bild aus der Hand. »Luna hat die Ähnlichkeit auch entdeckt.«

»Na, wenn Oma recht hat und es eine entfernte Verwandte ist, wäre es ja nicht weiter erstaunlich.«

Unerwartet lässt der Regen nach. Es ist ganz still in der Wohnung. Sam genießt es, mit Nikolaj zu schweigen. Einvernehmlich hocken sie auf dem Teppich und graben sich durch den Fotokarton. Nippen an den Teetassen. Ganz von selbst ergeben sich zwei Stapel Bilder.

»Diese hier«, sagt Nikolaj schließlich. »Die würde ich in die engere Wahl nehmen. Die anderen bleiben besser privat.«

Sam holt eine Schachtel aus dem Schlafzimmer. Dort hinein legt sie die Fotos, die sie für die Ausstellung ausgewählt haben. »Das ist wenigstens erledigt. Ich träume von einer Videoinstallation. Was hältst du davon? Hilfst du mir?«

»Klar. Die vom Kongresshaus wollen das komplette Konzept bald haben. Sie müssen die technischen Voraussetzungen genau kennen. Einer muss schließlich alles aufhängen, installieren, für die Beleuchtung sorgen und so weiter.«

Sam nimmt die Liste mit den zu erledigenden Aufgaben aus ihrem Schreibtisch. Sie wird immer länger, und kaum ein Posten ist bisher ausgestrichen. Es wird Zeit, dass sie entschiedener an die Sache herangeht. Eine Woge von Lustlosigkeit drückt sie für Augenblicke nieder. Sie hat so viel zu tun. Die neue Kollektion, die beständige Angst, in der Firma weggebissen zu werden.

»Mutter weiß nicht, was sie uns da aufhalst«, stöhnt Sam.

»Was wir uns selber aufgehalst haben.«

»Weil wir beide keine Neinsager sind.«

Sie sehen einander an und lächeln. Mit Nikolaj ist alles easy-going.

»Und wegen morgen ...« Nikolaj sieht Sam drängend an.

»Süßer, ich bin auf eurer Seite. Nimm dir einfach vor: Wenn Victoria sich im Ton vergreift, schnappst du dir deine Trixi und verlässt das Haus.«

Sie gehen zur Tür.

»Dein Wort in Manitus Ohr«, sagt Nikolaj.

7

Am Samstagmorgen bringt Sam das Foto mit der Unbekannten in Jerry's Photoshop in der Badergasse. Der Kameruner ist ein Freund, einer, der weiß, dass Sam es mit ihren Fotoarbeiten jedes Mal schrecklich eilig hat.

»Heute geht es nicht um Mode?«, fragt er erstaunt.

»Ausnahmsweise nicht. Jerry, kriegst du das Foto schärfer und größer?«

»Das ist ein Widerspruch in sich.«

»Bitte!«

»Ich tue, was ich kann.«

»Ich brauche die Aufnahme allerdings gleich wieder.« Sie wedelt mit dem Foto.

Jerry nimmt es ihr ab. »Samanthas Aufträge sind nie besonders simpel zu bearbeiten. Eine echte Herausforderung!«

Er verschwindet in seinem Hinterzimmer. Es dauert, bis er zurückkommt.

»So. Eingescannt und abgelichtet. Schauen wir mal.«

»Danke, Jerry. Es ist wirklich wichtig.« Sie wartet einen Moment, während Jerry das Foto in einen wattierten Umschlag packt.

»Wenn es so wichtig ist, solltest du das wertvolle Familiensouvenir nicht in der Jeanstasche mit dir herumschleppen.«

»Familiensouvenir?«

»Die eine Frau ist deine Mutter. Ich habe ein geübtes Auge für Gesichter.« Jerry grinst. »Victoria May vor geschätzten 30 Jahren.«

Sam hält den Atem an. »Und die andere …?«

Jerry nimmt die Aufnahme aus dem Umschlag. Sieht Sam wieder an. Schaut auf das Foto. Sam wird heiß und kalt. Ihre Wangen glühen.

»Deine Tante?«, fragte Jerry unschuldig.

»Ich … weiß es nicht.«

»Naja, du siehst ihr irgendwie ähnlich. Aber ich kann mich täuschen.«

Ein Mann betritt das Geschäft, stellt sich neben Sam an den Verkaufstresen und klopft mit seinem Autoschlüssel rhythmisch auf die Glasplatte.

Jerry reagiert nicht. Ruhig schiebt er das Foto zurück in den Umschlag, klebt seinen ›Jerry's Photoshop‹-Aufkleber drauf und fragt geschäftsmäßig: »Möchten Sie eine Plastiktüte?«

Sam liebt Jerry für seine kleinen Subversivitäten.

Zurück in ihrer Wohnung wirft sie einen gestressten Blick in den Kleiderschrank. Noch einen Tag in Jeans und Sweater hält sie nicht aus. Das Wetter ist durchwachsen. Ein Grillfest wird es nicht geben. Sie wählt eine weite schwarze Hose und eine Bluse, die Luna ihr geschenkt hat. Auch ein Prototyp für eine Kollektion, aus der nichts wurde. Schade, denkt Sam, während sie über den seidigen, schwarzen Stoff streicht, auf dem rote Rosen aufgestickt sind. Sie scheinen wie Wolken an einem finsteren Himmel zu schweben, und darunter fliegen verträumt aussehende silberne Drachen entlang. Ihre Mutter findet Lunas Sachen mitunter zu dick aufgetragen, aber das Outfit ist goldrichtig für einen öden Auftritt bei Sams Eltern.

Sie räumt ihren Arbeitstisch auf. Gestern Nacht hat sie noch ein Plaid und ein Kissen fertiggenäht. Sie packt die Sachen in einen Karton und räumt die Nähmaschine weg. Am Montag wird sie sich noch einmal mit den Skizzen auseinandersetzen und dann alles wegschicken. Origineller werden ihre Sachen im Augenblick nicht. Besser sie liefert etwas halbwegs Gutes als gar nichts.

In der Küche gießt Sam kochendes Wasser über eine Fertigsuppenpackung. Der künstliche Geruch steigt ihr in die Nase. Sie rührt um und stellt den Timer auf 10 Minuten. Geht zurück ins Wohnzimmer. Sie nimmt das Foto aus dem wattierten Umschlag. Lange dreht sie es in den Händen. Schließlich ruft sie Jerry an.

»Jerry? Mailst du mir das Foto? Du hast doch eine digitale Version.« Im Hintergrund hört sie den Klangteppich eines hektischen Samstagvormittags in der Innenstadt.

»Klar, Hübsche. Sobald ich kann.«

»Thanks, dear.«

Sam geht in die Küche und löffelt die lauwarme Suppe. Jerry ist die Ähnlichkeit zwischen mir und der Unbekannten auch aufgefallen, denkt sie, als sie sich erneut an den Rechner setzt und ungeduldig den Inhalt ihrer Inbox aktualisiert. Nikolaj nicht, doch Brüder sind ohnehin mit Blindheit geschlagen, wenn es um das Aussehen ihrer Schwestern geht.

Endlich trudelt die Bilddatei ein. Aufgeregt klickt Sam auf ›Download‹. Ihre Finger trommeln auf den Schreibtisch. Es kommt ihr vor wie eine Ewigkeit, bis sich das Foto öffnet.

Jerry hat es noch nicht bearbeitet, es dauert, bis Sam eine

Einstellung gefunden hat, die das Bild vergrößert, ohne die Konturen allzu sehr verschwimmen zu lassen.

Es ist mein Gesicht, denkt Sam. Ihr Herz rast, sie hat einen ganz trockenen Mund. Zugleich strömt ihr der Schweiß aus den Poren.

Die ganze Zeit hat sie den Gedanken, der Unbekannten ähnlich zu sehen, prickelnd gefunden. Jetzt bekommt sie es mit der Angst. Sam steht auf und tritt ans Fenster. Es wird bald regnen. Graue Wolken hängen am Turm der Morizkirche fest. Ihr Finger fährt langsam über die Schlieren, die der gestrige Regen und der allgegenwärtige Blütenstaub hinterlassen haben. Dabei weint sie, ohne es selbst zu merken.

8

Sam hastet durch das Gartentor und klingelt an der Haustür. Der Regen strömt nur so herab und die Dämmerung fällt viel zu früh über die Stadt her. In der nassen Tristesse leuchtet das Haus ihrer Eltern einladend hell. Victoria hat ein Faible für schöne Illumination. Hinter jedem Fenster im Erdgeschoss brennt eine Messinglampe. Auch neben dem Gartenweg leuchten Laternen. Sam hört eilige Schritte hinter der Tür. Ihre Hosenbeine sind bis zu den Knien durchnässt, von den Schuhen gar nicht zu reden.

»Komm rein, Tochter!« Robert Förster steht in der Tür, breitschultrig, das braune Haar immer noch voll, wenngleich durchzogen von Frost. Er wirkt gelöst und fröhlich, längst nicht mehr so angespannt wie im letzten Jahr, als seine Firma kurz vor dem Bankrott stand.

»Hi, Dad!« Sie küsst ihn auf die Wange. »Wie geht's?«

»Gut geht's. Schön, dass du hier bist. Nikolaj und Trixi sind schon eingetrudelt.«

Sam lugt an ihrem Vater vorbei.

»Deine Mutter ist in der Küche beschäftigt. Mit dem Grillen wird es nichts.« Er seufzt. »Keine Bange. Sie benimmt sich anständig.«

»Kannst du Gedanken lesen?«

»Komm schon! Nikolaj hat dich von jeher eingespannt, wenn es drum ging, dass deiner Mutter irgendwas verklickert werden muss, was er ausgefressen hat.«

»Dad!« Sam lacht. »Nikolaj hat selten was ausgefressen, und eine neue Freundin ist ja wohl was anderes als ein Schülerstreich oder ein eingeworfenes Fenster.«

»Sie ist klasse, die Trixi.«

Sam mustert ihren Vater verstohlen. Er sieht gut aus. Die Anzeichen der Erschöpfung in seinem Gesicht, die tiefen Schatten unter seinen Augen und sein abwesender Blick haben sich verflüchtigt. Der Firma geht es inzwischen gut. Robert Förster hat ausreichend Kraft, bis zu seinem 65. Lebensjahr weiterzumachen. Wahrscheinlich hofft er weiterhin, dass sein Sohn Igor die Firma übernimmt. Da kann er lang warten, denkt Sam, als sie hinter ihrem Vater her ins Wohnzimmer geht. Igor wird nie nach Coburg zurückkommen, und schon gar nicht, um in die Firma einzusteigen.

»Hallo, meine Lieben!« Sam küsst Nikolaj auf die Wange. Er zwinkert ihr unbeholfen zu. Trixi sieht schick aus, ihre braunen Locken sind kürzer, als Sam in Erinnerung hat. Zur neuen Frisur trägt sie einen roten Hosenanzug, kombiniert mit einem weißen Halstuch.

»Hi, Sam!«, sagt sie.

Sie ist aufgeregt, denkt Sam. Meine Güte, warum ist Familie so kompliziert.

Victoria kommt herein. Sie braucht stets einen Extraauftritt.

»Hallo, Mutter!«

Victoria haucht Sam einen Kuss auf die Wange, bevor sie prüfend ihr Haar mustert, zu einem Kommentar ansetzt, aber von ihrem Mann unterbrochen wird.

»Wie wäre es mit einem Aperitif?«

»Ja, Sam, möchtest du auch einen Campari Orange?«, trällert Victoria.

»Ja, danke.«

Ihr Vater reicht ihr ein Glas. Es ist eiskalt.

»Habt ihr alle zu trinken?«, fragt Victoria, wobei sie streng in die Runde blickt. »Dann lasst uns anstoßen! Auf die Familie!«

»Auf die Familie«, murmelt Nikolaj halblaut. Trixi lehnt sich an ihn. Sie reicht ihm gerade bis zur Schulter. Sie sind ein Traumpaar, denkt Sam, Nikolaj, so groß, schlank, schwarzhaarig, und Trixi mit den braunen Locken und den frechen Sommersprossen, die aussehen, als hätte ein Windstoß sie auf ihrer Nase und ihren Wangen verteilt.

»Tja«, sagt Robert, »es gibt Forelle, als Vorspeise eine Cremesuppe und natürlich Salat. Eure Mutter kann nicht ohne Grünzeug leben.«

Sie setzen sich an den Tisch. Von außen ist alles perfekt, aber Sam hat das Gefühl, sich durch die Konversation schuften zu müssen wie durch drei Stunden Kreativarbeit. Wie so oft bedauert sie, dass Blanca fast nie zu den Familienwochenenden stößt. Bei ihrer Großmutter würde so eine Mahlzeit viel lockerer verlaufen. Sie würden lauter sprechen und alle durcheinander, nebenbei würde ein Radio spielen, die Katze Haare auf frisch gebügelten Hosen hinterlassen. Vielleicht bräuchten wir hier eine Stimmungskanone wie den unbekannten Onkel Fred, überlegt Sam, während sie sich bemüht,

Trixi und Nikolaj ins Gespräch zu ziehen. Ihr Bruder ist nie ein großer Redner gewesen.

Trixi jedoch kommt zurecht. Munter schaltet sie sich in die Konversation ein, lächelt, reicht die Salatschüssel weiter, erzählt etwas, strahlt Nikolaj an.

Sie wird es schaffen, denkt Sam. Sie wird es schaffen.

»Mutter, hast du einen Moment?«

»Was ist los?«

Sie stehen in der Küche. Das schmutzige Geschirr stapelt sich vor der geöffneten Spülmaschine.

»Ich wollte dir etwas zeigen.«

»Lass uns das erst fertigmachen!« Angewidert blickt Victoria auf das Chaos. »Da hat man lauter Maschinen und fühlt sich trotzdem überfordert.«

»Ich kann das nachher aufräumen. Ich …«

»Sam, was ich dir sagen wollte: Achte ein bisschen auf dein Gewicht, ja?«

Sam spürt etwas Heißes in ihrem Kopf explodieren. Die meisten von Victorias Anwürfen verkraftet sie gut, doch wenn es um ihr Gewicht geht, dreht sie durch. Es trifft sie vor allem deswegen hart, weil sie spürt, dass ihre Mutter recht hat. Sie müsste mehr raus, Sport treiben, joggen. Aber sie hat keine Zeit! Der Job fordert sie, sie sitzt viele Stunden täglich am Arbeitstisch, und danach fehlt ihr der Elan. Wie soll sie das ihrer Mutter erklären, die ihr Atelier vornehmlich zum Wohlfühlen aufsucht?

»Ich …«, beginnt Sam, ohne eine Ahnung zu haben, was sie sagen soll.

»Ich meine nur. Jemand muss dir das sagen. Seit Ralf dich verlassen hat … nun, jetzt hast du kein Korrektiv mehr. Keinen, der dir ehrlich sagt …« Sie legt den Kopf schief. »Hörst du mir zu, Sam?«

Sam schluckt die bleischwere Kugel, die in ihrem Hals festsitzt, hinunter. Sie wird nicht in die Luft gehen. Nicht hier und heute. Es soll gut tun, seinen Gefühlen freien Lauf zu lassen, aber Sam hat nicht die Absicht, sich gerade jetzt gehen zu lassen. Streit mit Victoria ist noch anstrengender als das behutsame Umschiffen sämtlicher familiärer Klippen. Zudem hat sie Nikolaj versprochen, für gute Stimmung zu sorgen, damit Trixi hineinwächst. Und zudem ist da das Foto.

»Ich arbeite zurzeit an einem zeitraubenden Projekt, Mutter. Wenn das rum ist …«

»Was du heute kannst besorgen … du weißt schon.« Victoria beginnt, die Teller in die Maschine zu räumen. Sie ist gertenschlank, das cremeweiße Kostüm sitzt wie angegossen. Hat Sam ihre Mutter je in Jeans gesehen? Sie weiß es nicht. Womöglich in Designerjeans.

»Ich bin froh, dass Dad sich von dem ganzen Stress letztes Jahr erholt hat«, lenkt Sam von sich selbst ab.

»Das kannst du laut sagen.« Victoria richtet sich geschmeidig auf. »Seine Geldsorgen sind vorbei. Dank Ralf übrigens.«

Sie kann es nicht lassen, mir reinzureiben, dass Ralf eine super Partie war. Wegen seines stinkreichen Vaters, denkt Sam wütend.

»Ralf hat mich verlassen, Mutter. Nicht ich ihn.« Und er hat mich wegen meiner Familie verlassen, wegen der Glasglocke, die ihm übergestülpt wurde und unter deren paranoidem Zusammenhaltgeschwafel er keine Luft mehr bekam.

Das hat sie niemandem außer Luna erzählt. Nicht einmal Nikolaj. Sie will ihm keine Angst machen, jetzt, wo er so glücklich mit Trixi ist. »Außerdem hat sein Vater mit dem Deal ein Geschäft gemacht.«

»Sicherlich, aber er hätte sich nie darauf eingelassen, wenn er nicht die Gewissheit gehabt hätte, dass unsere Familie hundertprozentig zu ihrem Wort steht.«

Sam ordnet Messer und Gabeln in die Besteckfächer, ignoriert das Pochen hinter ihrer Stirn. »Was ich dich fragen wollte, Mutter: Könntest du einen Blick auf das Foto werfen, von dem ich neulich am Telefon gesprochen habe?« Ich rede mit meiner Mutter wie mit meiner Kreativdirektorin, schießt es Sam durch den Kopf. Zuvorkommend und rücksichtsvoll. Und unecht.

Victoria trocknet sich die Hände ab.

»Natürlich.«

Sam holt ihre Tasche und reicht ihrer Mutter das Foto.

Dabei sieht sie auf Victorias Hände, auf denen sich Altersflecken gebildet haben und die Adern überdeutlich hervortreten. Sie wird alt, denkt Sam. Sie verbirgt es geschickt, aber sie wird alt. Victoria hält das Foto weit von sich weg. Ausdruckslos blickt sie auf die beiden Frauen.

»Ja, das war Griechenland.« Victorias Mund verzieht sich. »Peloponnes.« Sie spitzt die Lippen. Winzige, scharfe Fältchen durchziehen ihre Haut. »Wunderbare Landschaft. Anfang der 80er noch weitgehend touristenfrei.«

Sie wischt die Arbeitsplatte ab, bevor sie das Foto ablegt.

»Wer ist die Frau neben dir?«

»Ich kann mich nicht erinnern.« Victoria sieht aus dem Fenster. Es hat aufgehört zu regnen. Die Nacht hat sich breitgemacht, doch durch die Wolkenlücken scheint jetzt der Mond. »Ich glaube, sie hieß Melia oder Melissa. Eine Griechin. Wir reisten einige Tage zusammen. Sie kannte interessante Orte, wo es sich lohnte, zu bleiben und zu malen.«

»Und der Mann in dem Wagen?«

Einmal mehr hält Victoria das Bild von sich weg. Sam hat den Eindruck, sie sieht an dem Foto vorbei auf den Küchenboden.

»Jemand, der uns chauffierte. Ich war damals keine sehr geübte Fahrerin und hatte Bedenken, auf eigene Faust im Mietwagen herumzureisen. Wie er hieß, weiß ich nicht mehr. Liebling, das ist 30 Jahre her. Du willst diese Aufnahme doch nicht etwa in der Ausstellung zeigen?«

»Wenn diese Melia inzwischen eine berühmte griechische Künstlerin wäre, würde es sich anbieten.«

»Ich habe jeden Kontakt zu ihr verloren.« Victoria legt das Foto weg mit einer Geste, die signalisiert, dass sie es nicht noch einmal ansehen wird. »Espresso? Latte macchiato?«

Sam wälzt sich im Bett. Trotz der Kühle der Nacht kommt ihr die Luft in der Wohnung stickig vor.

Sie hat alles richtig gemacht. Trixi integriert, Nikolaj aufgemuntert, sie war nett zu ihrem Vater und hat Victoria keine Szene gemacht, als sie ihrer Tochter die zugelegten Kilos vorwarf. Hat stattdessen Victorias Erklärungen zu dem Foto akzeptiert, ist nicht weiter darauf herumgeritten.

Diese endlose Klammerei, denkt Sam. Ich sollte wegziehen. Nach Berlin, Köln oder gleich nach Paris oder Warschau. Oder Albany. Joanie kommt ihr in den Sinn. Sie steht auf und fährt den Computer hoch. Heute Nachmittag, bevor sie zu ihren Eltern aufbrach, hat sie ihrer amerikanischen Cousine das Foto gemailt. Doch in ihrem Postfach wartet keine neue Mail.

Sam macht sich daran, nach einer griechischen Künstlerin namens Melia oder Melissa zu googlen. Ohne Erfolg. Ich müsste wenigstens den Nachnamen haben, grübelt Sam, einen Blick auf das verräterische Foto werfend, das sie neben den Computer gelegt hat. Sie öffnet das Fenster. Die Morizkirche steht da wie ein großer Schatten. Der Mond gleitet hinter eine Wolke. Tief atmet Sam die kalte Luft ein. Die Frische tut ihr gut.

Na dann, denkt sie. Die Unbekannte ist eine Reisebekanntschaft.

Sie lässt das Fenster offen, schaltet den PC aus und legt sich wieder hin. Das erklärt nicht, warum ich ihr ähnlich sehe. Und wenn das ein Zufall ist – warum musste Blanca einen Augenblick um Fassung ringen, als sie das Foto sah?

Sam wälzt sich im Bett herum. Irgendwann schlägt der aufkommende Wind die Tür zwischen Schlaf- und Wohnzimmer zu.

Endlich schläft sie ein.

9

Sam schreckt auf. Es ist früher Morgen und kalt im Schlafzimmer. Sie zieht die Decke bis zum Kinn hoch, blinzelt verschlafen. Immer noch fegen Windstöße um die Häuser. Es nieselt, das Fenstersims und der Boden darunter sind ganz nass. Widerwillig krabbelt Sam aus dem Bett und schließt das Fenster. Im Wohnzimmer liegen feuchte Platanenblätter. Der Wind muss sich über Nacht zum Sturm ausgewachsen haben. Sie sammelt die Blätter auf und wirft sie in den Mülleimer. Sogar aus dem Fotokarton sind ein paar Bilder herausgeweht und haben sich im ganzen Zimmer verteilt.

Sie räumt die herumliegenden Fotos ein. Die Ausstellung! Sie muss den Sonntag nutzen, unbedingt vorankommen, vielleicht hat Luna Zeit und vielleicht kann Sam das Kaffeetrinken und den Spaziergang mit den Eltern schwänzen.

Sie setzt sich vor den Rechner. Keine Mail von Joanie.

Seufzend betrachtet Sam die vorsortierte Fotobox. Sie muss sich entscheiden, was mit dem Foto geschehen soll, das sie seit Tagen nicht loslässt. Sam geht zum Schreibtisch.

Das Foto ist weg.

Sie sucht unter dem Tisch, unter dem Sofa, klappt sogar den Teppich zurück.

Kein Foto.

Panisch beinahe reißt Sam das Fenster auf, sieht auf die Straße. Abgerissene Zweige liegen in den Pfützen, Platanenblätter, ein Coffee-to-go-Becher. Sie schnappt sich den Hausschlüssel und geht die Pfarrgasse ab.

Es ist albern, denkt sie. Das Foto kann ja nicht aus dem Fenster geweht worden sein. Der Fotokarton fällt ihr ein, die über das ganze Zimmer gewirbelten Bilder. Wenn das Foto hier draußen liegt, ist es bei dem Regen durchweicht worden. Und unbrauchbar. Obwohl ihr diese Möglichkeit Angst macht, beglückwünscht sie sich zu ihrer Entscheidung, gestern schon in Jerrys Photoshop gewesen zu sein. Wenigstens ist die Aufnahme nicht völlig zerstört.

Erst als sie wieder in der Wohnung steht, merkt Sam, dass sie im Pyjama auf der Straße herumgelaufen ist.

Den Rest des Vormittags verbringt sie mit Vorarbeiten für die Ausstellung. Sie ordnet die Fotos in eine Reihenfolge, die ihr sinnvoll erscheint, und formuliert Bildunterschriften. Die Aufnahmen, die Nikolaj einscannen soll, hat sie in den wattierten Umschlag von Jerry gesteckt. Sie sind ebenfalls in der Reihenfolge nummeriert. Ich denke für alle mit, seufzt Sam im Stillen. Der Regen verzieht sich, mittags scheint die Sonne ins Zimmer.

Um kurz vor zwei ruft Victoria an.

»Sei so nett, komm etwas früher. Am besten gehen wir zuerst zum Friedhof. Am Spätnachmittag soll es wieder regnen.«

Sam ist so überrumpelt, dass alles, was sie sich vorgenommen hat, zusammenbricht.

Sie wollte Victoria sagen: Sei mir nicht böse, ich schaffe es heute nicht. Ich bin gerade mitten in den Vorbereitungen für deine Ausstellung.

Stattdessen sagt sie: »In Ordnung, Mutter.«

Sie ist ein Waschlappen. Kein Wunder, dass Ralf genug von ihr hatte. Tränen steigen hoch. Sam schluckt sie herunter. Sie steht vor dem Kleiderschrank, wählt eine helle Hose und eine Tunika in einem dunklen Rot.

Die Hose ist zu eng geworden, sie kneift am Bauch.

Sam zieht den Bauch ein. Sie mag diese Hose, den weichen Stoff, das Blümchenmuster am Saum. Wenn sie die Tunika darüber trägt, kann sie den Knopf offen lassen. Oder sie versetzt den Knopf.

Kurzerhand schneidet Sam den Knopf ab, legt ihn auf den Schreibtisch, behilft sich mit einer Sicherheitsnadel und zieht die Tunika über ihren Kopf. Falls es nachher tatsächlich regnet, hat sie den Trench dabei.

Sam wirft einen kurzen Blick zurück. Der PC läuft noch. Sie klickt auf ihre Inbox. Keine Mail von Joanie.

10

»Na, ob das eine Freundschaft fürs Leben wird, was meint Ihr?«

Robert Förster hat sich bei seinen Kindern untergehakt. Sie gehen den Friedhof entlang, an Familiengräbern und kleinen Mausoleen vorbei. Die Sonne steht hoch am Himmel, die Bäume und ihre Zweige werfen irisierende Schatten auf den Weg.

Vor ihnen gehen Victoria und Trixi, Arm in Arm. Natürlich ist es Victoria gewesen, die ihren Arm unter Trixis geschoben hat. Beide sprechen angeregt miteinander.

»Sehen wir mal.« In Nikolajs Stimme klingen Zweifel.

»Sie ist clever, deine Trixi«, sagt sein Vater.

Was auch immer er damit meint, denkt Sam. Er jedenfalls will es harmonisch und gemütlich. Er konnte noch nie gut Konflikte aushalten.

Und Konflikte hat es bislang reichlich in dieser Familie gegeben. Mit Igor, der den Rückzug gewählt hat, und sich nur zu Geburtstagen nach Coburg bequemt. Sogar mit Blanca. Sam kann sich nicht mehr erinnern, wann das anfing. Sie war ein kleines Mädchen, noch nicht in der Schule, als Blanca und Victoria aufeinanderprallten, zornig, voller zerstörerischer Energie, und tobten wie Erynien. Vorwürfe und Anschuldigungen schallten durchs Haus. Sam hockte in ihrem Zimmer, mit dem Stoffaffen Coco auf dem Schoß. Der Affe trug eine Schirmmütze, die war angenäht, und an jenem Tag hatte Sam sie abgerissen, sodass die Füllung aus dem Affenkopf quoll. Die plötzliche Erinnerung reißt sie mit, während sie neben ihrem Vater über den Friedhof geht. Tief atmet sie die frische Luft ein, die sich langsam erwärmt und tröstlich nach Erde riecht.

Sams Geschrei damals ging in bitterliches Weinen über. Blanca stürmte Sams Zimmer, einen drohenden Blick in den schwarzen Augen, ehe sie das Häuflein Elend sah, dem die Holzwolle an den verschwitzten Fingern klebte.

»Armer Coco!« Blanca nahm Kind und Affen auf ihren Schoß und wiegte beide sanft hin und her. »Und arme Sam.«

Sam bricht der Schweiß aus, als sie an Blancas warme, weiche Brust denkt, an die sie sich schmiegte, wie oft, das kann sie nicht sagen, sehr oft, tausendmal öfter als an Victoria, die sich nicht gern ein schmutziges, verrotztes Kind auf den Schoß setzte, um ihre Eleganz nicht in Mitleidenschaft zu ziehen.

»Was meinst du, soll ich den Coco mit heimnehmen und morgen zum Arzt bringen? Gleich am Abend hast du ihn zurück.«

Sam hat genickt und geweint und geschluchzt, sich schließlich beruhigt und Coco in Blancas Obhut gelassen. Und tatsächlich: Am nächsten Abend brachte die Großmutter den Affen vorbei. Sein Kopf war ordentlich genäht. Die Schirmmütze saß locker über einem kleinen Pflaster, das Blanca dem Affen verpasst hatte, und er hatte eine blaue Hose und einen roten Pullover bekommen.

»Jetzt kann er die Mütze abnehmen, wenn ihm warm ist«, hat Blanca gesagt. Sam hörte ihre Worte dumpf, so sehr drückte sie sich an ihre Großmutter, das Ohr auf ihren Rippen. »Und das Pflaster machst du ihm morgen ab, dann ist alles gut.«

Sie bleiben vor dem Familiengrab stehen. Isaac May. Geboren am 2. März 1923 in Albany, New York. Gestorben am 27. April 1983 in Coburg, Bayern. Victoria bückt sich, nimmt den verblühten Tulpenstrauß aus der Vase und gießt das Brackwasser unter die Eiche neben dem Grab. »Nikolaj?«

Ihr Sohn nimmt ihr die verwelkten Stengel ab und tigert zum Komposthaufen. Sam folgt ihm.

»Alles in Ordnung?«, fragt sie.

»Hoffen wir.«

»Zieht weg. Zieht nach Berlin oder Hamburg oder Miami Beach.«

»Du wirst es nicht glauben: Wir denken darüber nach. Trixi kann als Fotografin überall arbeiten.« Er schleudert die Blumen auf den Komposthaufen. »Aber ich habe eben erst die Praxis eröffnet.«

»Dann fang noch mal an. Woanders. Mit mindestens 500 Kilometern zwischen hier und da.«

»Und du?«, fragt Nikolaj. Er sieht verdammt gut aus, denkt Sam. Das schwarze Haar glänzt in der Sonne, seine dunklen Augen funkeln. Er wischt sich die Hände an den Jeans ab. Schöne, gebräunte Hände mit langen, kräftigen Fingern. Sam muss daran denken, wie er seine Patienten mit diesen Händen behandelt. Ihre Muskeln knetet, sanft die Wirbelsäule gerade richtet.

Sam zuckt die Achseln. Ihre Entwürfe fallen ihr ein, mit denen sie selbst nicht warm wird. »Man wird sehen.«

»Die Frage ist nur wann, hm?«

Sam sieht zu dem Grüppchen am Grab hinüber. Victoria schaut sich ungeduldig nach ihnen um.

Rasch greift Sam nach einer Gießkanne und füllt sie mit Wasser. »Ich habe heute die Fotos durchgecheckt und alles sortiert und geordnet. Kannst du heute Abend bei mir vorbeikommen und mitnehmen, was für die Videoinstallation gedacht ist?«

»Okay.«

»Ich schaffe das nicht allein, Nikolaj. Luna kann ich auch nur begrenzt einspannen.«

»Ja, ist gut. Ich kümmere mich darum.«

»Danke, mein Held.«

Sie gehen zurück zu den anderen. Sam gießt die Bepflanzung und füllt am Schluss die Vase mit den frischen Blumen mit Wasser auf.

»Na, ob meine Tochter nach meinem Ableben auch brav jeden Sonntag frische Blumen bringt?« Robert tätschelt Sam die Schulter.

»Robert!«, zischt Victoria. »Was für eine schreckliche Anspielung.«

»Dass Sam mir Blumen bringen könnte?«

Sam lacht.

»Natürlich nicht«, schnaubt Victoria. »Dass du sterben solltest. Glaubst du etwa, die Vorstellung gefällt mir?«

Robert macht ein nachdenkliches Gesicht. »Jetzt, wo du mich fragst …«

Die Ironie entgeht Victoria. »Ich bitte dich.«

»Schon gut, Weib!« Robert legt den Arm um sie. »Ich mag es, dass du deinem Vater jeden Sonntag Blumen ans Grab bringst. Und es lässt mich hoffen. Immerhin habe ich drei Kinder, die sich abwechseln können.« Er zwinkert Sam zu.

Trixi lehnt sich an Nikolaj. Sie sehen einander verliebt in die Augen. »Und eine Schwiegertochter zumal. Kann nichts passieren.«

Ihm ist es ernst, denkt Sam. Er lässt es aussehen wie einen Witz, aber ihm ist es ernst.

»Tulpen? Mimosen? Calla?«, neckt sie ihren Vater. Für Momente will sie die lässige Stimmung aufrecht halten. Bevor Victoria eine weitere Bemerkung macht, die das Heitere vollständig aufsaugt. »Was möchtest du?«

»Alles, nur keine Gladiolen.«

»Sollte machbar sein. Was meinst du, Nikolaj?« Sam sieht ihren Bruder an. Der ist beschäftigt. Eifrig dabei, seiner Trixi in die bernsteinfarbenen Augen zu sehen.

»Lass die beiden Turteltauben«, grinst Robert. »Gehen wir?«

II

Victoria May hat es zu einer Tradition gemacht. Sonntags geht sie mit der Familie zum Grab ihres Vaters. Sie bringt frische Blumen und verleiht dem Grab eine individuelle Note. Alles andere erledigt die Friedhofsgärtnerei. Victoria hat bald nach Isaacs Tod die Grabpflege aus der Hand gegeben. Ihre Mutter ließ alles zu. Eine Phase der Schwäche, die Victoria auszugleichen hatte. Ich hatte es selbst nicht leicht, denkt sie, als sie sich einen Gin Tonic mixt. Ein Kleinkind von einem Jahr zu versorgen, einen Mann, der mit seinen Fliesen verheiratet war, anstatt mit mir. Und was hatte ich für große, hochfliegende Pläne!

Sams Fragerei hat sie ziemlich aus dem Konzept gebracht. Sie nimmt einen großen Schluck. Victoria hat in ihrem Leben viele Gin Tonic getrunken. Sie liebt die belebende und zugleich entspannende Wirkung.

An jenem Freitag hat sie mit dem Gin angefangen. An einem Freitag im Frühjahr 1983. Ein Jahr war die zerstörerische Reise her. Wenn sie daran denkt, dass sie losfuhr, um einer anderen einen Gefallen zu tun … Seit damals braucht sie einen Drink, um schlafen zu können.

Die Eiswürfel klirren leise im Glas.

Anfang des Jahres 1983 fand sie endlich, nach langem Suchen, eine Galeristin. Eine große Münchner Galerie, um genau zu sein. Angesehen, gut im Geschäft und mit dem richtigen Adressbuch. Als der Vertrag unterzeichnet war, kam es Victoria vor, als wäre sie in die Welt der wirklichen Künstler eingetreten. Derjenigen, die ihre Werke zu Geld machen. Kein l'art pour l'art, sondern Business.

Robert war nicht zu Hause an jenem Freitag. Er war ja so gut wie nie zu Hause. Es war spät und es regnete. Seit Tagen. Dauerregen. Kein Anflug von Frühling und lauem Lenz. Sam schlief. Sie war zum Glück ein umgängliches Kleinkind, absolut pflegeleicht. Victoria erinnert sich, dass sie am Skizzieren war. Dass ihre Hände und das lange Shirt von Robert, das sie gern zum Malen trug, voller Weidenholzkohle waren. Rabenschwarz.

Wie ihre Seele.

Es klingelte Sturm. Victoria riss die Tür auf.

»Vater!«

Er war außer Atem. Sie dachte, es sei etwas mit ihrer Mutter. Warum sonst sollte Isaac wie ein Verrückter vom Festungsberg zu ihr herunterrennen, durch den Regen, ohne Mantel?

Ihr Vater warf seine prächtige Haartolle zurück. So wie Nikolaj es immer tut, denkt sie. Isaac hat selbst im Alter sein Haar nicht verloren. An jenem Tag, am Tag, als er starb, war es voll und durch und durch schwarz.

Er fuhr sich temperamentvoll durch die Strähnen, und Victoria erinnert sich, wie die Tropfen nach allen Seiten spritzten, wie sie zurückwich: »Vater, du machst mich ganz nass! Was ist denn los?«

»Lass mich rein!«, verlangte Isaac.

Sie machte ihm Platz.

»Ist etwas mit Mutter?«

»Seit wann machst du dir Sorgen um andere?« Er marschierte an ihr vorbei ins Wohnzimmer.

Victoria schwenkt ihr Glas und trinkt einen Schluck Gin. Es ist still im Haus. In letzter Zeit muss Robert wieder oft weg. Vor allem abends. Er führt das gehetzte Leben eines Geschäftsmannes, der gerade seine Firma knapp vor dem Bankrott gerettet hat und fortwährend, aus Nervosität und Gewohnheit, jede freie Minute mit Arbeit füllt. Jetzt, erst jetzt, fällt ihr ein, dass ihr Vater an jenem Abend Gummistiefel trug. Und dass sie ihn fragte: »Hast du im Garten gearbeitet?«

Er wirbelte herum und nahm ihr Gesicht in seine Hände: »Du hast einen Fehler gemacht, Victoria!«

Sie wich zurück.

»Was meinst du?« Es überlief sie heiß und kalt. Natürlich wusste sie instinktiv und von der ersten Sekunde an, was er meinte.

»Du hast alle ihre Bilder und Skizzen …« Er brach ab, mit offenem Mund starrte er seine Tochter an. »Was hast du dir dabei gedacht!«

»Sie sollten nicht in fremde Hände gelangen.«

»Sind Blancas und meine Hände fremd? Na los, sag es mir!«

Victoria schüttelte nur stumm den Kopf.

»Ich weiß nicht, was dich dazu getrieben hat.« Seine Stimme wurde leiser. Er ließ sie los und flüsterte: »Ich weiß nur, dass du – zufällig – vor wenigen Monaten einen Vertrag mit einer Galerie unterschrieben hast, und dass du – zufällig – im August eine Ausstellung in München hast und dass du – zufällig – letztes Jahr …« Er brach ab.

Victoria fühlt noch heute seinen heißen Atem in ihrem Gesicht. Und sie erinnert sich an seine Lippen: Sie waren dunkelviolett.

»Get me a drink!«, sagte ihr Vater.

Er hatte noch nie in ihrem Haus Alkohol verlangt. Er hatte auch noch nie in diesem Ton mit ihr gesprochen.

An jenem Freitag, während der Regen gegen die Fenster klatschte, mixte sie ihm einen Gin Tonic. Und sich selbst auch.

Er stürzte das erste Glas in einem Zug herunter. Es hörte sich an, als dränge Luft in ein Vakuum.

Sie mixte ihm einen zweiten.

»Du solltest wissen, Tochter, dass die Wahrheit irgendwann ans Licht kommt. Denk an Sam!«

»Sie wird nie irgendetwas erfahren.«

Isaac schwieg.

»Vater! Wir waren uns einig! Du, Mutter, Robert und ich!«

»Da ist nicht allein das eine, das sie nicht wissen soll.« Er setzte sich.

»Vater!« Voller Entsetzen goss sie ihm Gin ins Glas. Viel zu viel.

Er nahm ihr die Flasche aus der Hand, knallte sie auf den Tisch. »Vater!«, äffte er sie nach. »Vater!« Er stemmte die Arme auf die Tischplatte und beugte sich weit vor. »Es gibt nicht nur ein Geheimnis, das Sam nicht wissen soll. Sondern zwei.«

Victoria wich zurück.

»Zwei Geheimnisse, my dear, und deine Mutter soll das eine nicht erfahren.« Schmerz breitete sich auf seinem Gesicht aus. »Denn sie leidet. Mein Gott, wie sie leidet!«

»Ich weiß nicht, wovon du redest.«

»Weißt du nicht?« Er lachte auf. Es klang überdreht, fast irre. »Du weißt es. Du bist intelligent. A clever girl. Immer gewesen. Hab ich recht?« Er trank das Glas in einem Zug aus. »More clever than …« Er holte mit der Hand aus. »Schenk nach!«

»Das ist zu viel, Vater, ehrlich.«

»Halt den Mund!«, zischte er.

Victoria lief es kalt den Rücken hinunter. Sie nahm die Flasche, schenkte ihm nach.

Isaac war erregt und wütend. Er redete sich in Rage. Er tobte. Er weinte. Er drohte.

Victoria bekam Angst. Angst um sich und Sam, die oben in ihrem Zimmer schlief.

Sie musste Sam retten.

12

Am Montag schickt Sam ihre Entwürfe weg. Wie immer, wenn sie warten muss, wie andere ihre Arbeit beurteilen, fühlt sie sich leer und ausgezehrt. Es gibt Zeiten, da weint sie, wenn eine Mail gesendet, ein Päckchen aufgegeben ist. Sich von ihren Ideen zu trennen, gibt ihr ein Gefühl von Sinnlosigkeit.

Den Rest des Vormittags sucht sie nach dem Foto. Erfolglos. Der Wind muss es aus dem Fenster geweht haben. Wahrscheinlich ist es unter einem Auto gelandet, in einer Pfütze oder sonst wo.

Ein Teil von ihr glaubt diese Erklärung. Ein anderer Teil tippt sich an die Stirn.

Sie duscht lange und ausgiebig. Den Nachmittag verbummelt sie in der Innenstadt. Sie kauft sich ein Eis, schlendert zu ihrer Lieblingsboutique in der Webergasse, studiert die Auslagen im Schaufenster. Demnächst hat sie einen Auftrag und eine fette Summe Geld auf dem Konto. Dann wird sie Klamotten kaufen.

Zurück in ihrer Wohnung ruft Sam Luna an.

»Schätzchen, ich sitze in einem coolen Café mitten in Frankfurt!« Luna ist so begeistert, dass sie ins Telefon schreit. »Japanisch, alles japanisch. Die haben sogar Grünteetorte!«

»Ich habe heute meine Entwürfe abgeschickt.«

»Toitoitoi und Spucke auf dein Haupt, Sam!«

»Danke. Ich habe ein komisches Gefühl, weißt du.«

»Das ist immer so.« Im Hintergrund klirren Gläser. »Sam, Allerliebste, wir stoßen auf unseren Vertrag an. Ich ruf dich zurück, okay?«

Schon hat Luna aufgelegt.

In was für ein Leben bin ich geraten, fragt sich Sam. Sie holt die Rieslingflasche aus dem Kühlschrank. Als sie das

Glas bis zum Rand vollschenkt, greift ihre Hand wie von selbst zum Telefon. Sie ruft Blanca an.

»Sam, mein Mädchen. Wie schön, dich zu hören. Wie geht es dir?«

Sam möchte in Tränen ausbrechen. »Ich bin eine verdammte Provinzlerin.«

»Ach du liebe Zeit!« Blanca lacht. »Das hört sich so an, als wäre es Zeit, dass du mal was Vernünftiges in den Magen bekommst.«

»Ich …«

»Gutes Essen hält Leib und Seele zusammen. Keine Widerrede. Ich koche uns was. Ich rechne mit dir, Liebes. Um acht?«

»Um acht.«

An dem Tag, an dem Victoria aus Griechenland anrief, war Blanca damit beschäftigt, zu quilten. Sie liebte die Beschäftigung mit Stoffen. Wenn sie heute darüber nachdenkt, glaubt sie, dass Sam ihre Liebe zum Nähen, zu schöner Dekoration von ihr mitbekommen hat. Wie oft Victoria das Mädchen bei ihr ließ, wenn sie für ihre Kunst unterwegs war!

Für ihre Kunst.

Blanca streckt sich auf dem Sofa aus. Sie hat nichts dagegen, Sam das Aufräumen und Spülen zu überlassen. Der Luxus des Alters – auf der Couch zu dösen, während das Jungvolk Klarschiff macht. Sie lächelt. Sam ist ihr so ähnlich. Sie kann bloß hoffen, dass die Katastrophe zu Beginn ihres Lebens keine weiteren dieser Größenordnung nach sich zieht.

Blanca erinnert sich, wie die Quiltnadel durch den Stoff glitt – wie Butter. Sie hatte damals neue Nadeln bestellt, denn mit normalen Nähnadeln tat sie sich zu schwer. Stolz, dass sie bereits fünf Stiche pro Inch schaffte, saß sie auf ihrem

Arbeitsstuhl. Draußen nieselte es. Ein unerfreulicher Tag ging zu Ende. Isaac hatte für ein Magazin eine Reportage verfasst, dreimal umgeschrieben, gekürzt, verlängert. Schließlich war sie doch nicht genommen worden. Kurzerhand hatte Blanca ihren Mann mitsamt Enkelin im Kinderwagen auf einen Spaziergang geschickt. »Das Kind muss an die frische Luft, und du auch.« Mit Sam war es manchmal wie mit einem eigenen Kind: Man musste sich Freiräume schaffen.

Blancas Nadel glitt durch den Stoff. Endlich taten ihr die Finger nicht mehr weh. Sie hatte viel Übung gebraucht, um ihren Handgriffen die nötige Leichtigkeit mitzugeben. Ihre Schwägerin Barbara hatte sie bei ihrem letzten USA-Besuch mit dem Quilteifer angesteckt. Inzwischen versuchte sich Blanca sogar an Mustern. Sie arbeitete an einem Quilt voller Mohnblumen. Mit grün-blauem Rand. Und roten Blumen. Noch heute sieht sie den Faden, der wie ein Wurm der Nadel folgte, als das Telefon klingelte.

Sie legte den Quiltrahmen sorgfältig auf den Boden und nahm den Hörer: »May?«

Stille am anderen Ende der Leitung. Sie hörte nichts als Fetzen jener Geräusche, die sich auf langen Strecken zwischen zwei Telefonen festfressen.

»Mutter?«

»Victoria!« In diesem Augenblick, als Blanca die Stimme ihrer Tochter hörte, ergriff sie Panik.

»Es hat ein Unglück gegeben«, sagte Victoria. Ihre Stimme klang vollkommen emotionslos.

Blanca hörte zu. Ihre Tochter rang sich Worte ab, Sätze, versuchte zu erklären, bis sie zu erschöpft zum Weitersprechen war.

»Ich verstehe«, sagte Blanca schließlich, als lange Zeit kein Laut mehr durch den Hörer drang.

Wie konnte ich sagen, ich verstehe?, fragt sich Blanca jetzt.

Ihr ist kalt, wie sie so auf dem Sofa liegt. Lucienne springt zu ihr, macht es sich auf ihrem Bauch bequem. Wie kann man so etwas verstehen, es ist unbegreiflich, so unfassbar wie das Wunder, das Kinder zur Welt kommen lässt, das einen Menschen einen Zweiten finden lässt, um gemeinsam durchs Leben zu gehen.

»Blanca?«, fragt Sams Stimme dicht neben ihr.

»Hm?« Sie muss eingeschlafen sein.

»Hast du etwas dagegen, wenn ich auf dem Dachboden die restlichen Kisten durchgehe? Mir fehlt noch Material für die Ausstellung.«

»Mach das«, sagt Blanca.

Isaac hat die meisten Sachen vernichtet. Und sie selbst hat weggeworfen, geschreddert und verbrannt, was er übersehen hat. Die wenigen Dinge, die sie nicht hergeben wollte, sind gut versteckt.

»Okay«, sagt Sam.

Blanca ist wirklich müde. Als sie einschlummert, spürt sie, wie Sam sie zudeckt und leicht auf die Stirn küsst.

13

Sam klettert auf den Dachboden. Die Leiter, die man mit einem speziellen Haken aus der Dachluke ziehen muss, klemmt, und beim Hinaufsteigen federn die Sprossen.

Sie knipst die Lampe an. Als Kind hat sie Abenteuer auf diesem Dachboden erlebt. Zelte gebaut, Piratenschiffe mit Pfeil und Bogen beschossen, mit Freundinnen übernachtet. Seltsam, denkt Sam, während sie zu dem Schrank am hinteren Ende geht, das wirklich Spannende passiert, bis man 12, 13 Jahre alt ist. Danach schaltet man auf Standardprogrammierung um.

In dem Schrank befinden sich ein paar von den Quilts, die Blanca im Laufe ihres Lebens genäht hat. Sie hängen auf Bügeln, von dünnen Folien geschützt. Es riecht nach Lavendel und Walnüssen. Blanca und Sam haben letztes Jahr gemeinsam den Schrank mit Nussbaumöl eingelassen. Es soll gegen Motten helfen.

Der Schrank ist ein Monstrum. Blanca hat jahrelang über dieses Ungetüm aus dunklem Holz gejammert, das ihr in ihrem Schlafzimmer zu viel Platz wegnahm, bis Robert und Igor sich erbarmten, das Teil zerlegten und auf dem Dachboden wieder aufbauten.

Außer den Quilts lagern hier noch ein paar alte Kinderbücher. Sam nimmt sie der Reihe nach in die Hand, streicht ihnen sanft über die vergilbten Seiten. Manche stammen von Igor und Nikolaj, sie sind erst angeschafft worden, als Sam für sie zu alt war.

Sie darf sich jetzt nicht ablenken lassen. Rasch geht sie ein letztes Mal alle Fächer durch. Sie hat an Fotos zusammengesucht, was sie finden konnte, aber jetzt ist sie auf der Jagd nach etwas Bestimmten. Die privaten Aufnahmen, die sie für die Ausstellung ausgewählt hat, zeigen Victoria fast alle als junge Frau, in den 20ern. Sam hat wenige Kinderbilder gefunden, und das erstaunt sie. Sie hievt einen Karton aus dem Schrank, hockt sich auf die Fersen und geht die Bilder durch.

Ihr Großvater fotografierte, was das Zeug hielt. Déformation professionelle, denkt Sam lächelnd. Der typische Reporter mit Hang zum Archivieren. Die ordentlich sortierten Alben, die Blanca im Wohnzimmer stehen hat, hat sie längst abgegrast.

Mittlerweile hat sie einen geübten Blick und legt zügig die Fotos weg, mit denen sie nichts anfangen kann. Eigentlich sucht sie nach der Unbekannten. Wahrscheinlich bringt es nichts. Wie kann eine griechische Künstlerin namens Melia oder Melissa auf anderen Familienfotos abgelichtet sein?

Nach einer halben Stunde hat sie den Karton durchsucht und drei zusätzliche Fotos für die Ausstellung beiseitegelegt. Die Unbekannte jedoch bleibt unentdeckt. Sam geht alle Schubladen durch. Findet Anleitungen zum Quilten auf Englisch, zwei Mappen, in denen Blanca Entwürfe ihres Mannes aufbewahrt hat zu Reportagen, die nie erschienen sind. In einem anderen Karton liegen die Magazine, in denen er veröffentlichte. Sam nimmt eine Ausgabe von National Geographic in die Hand. Eigentlich will sie sich damit jetzt nicht aufhalten. Viele Male hat sie neugierig in den alten Zeitschriften geblättert. Das Heft ist aufgebläht. Sie legt es zurück in den Karton. Der geht nicht mehr zu. Ärgerlich nimmt Sam es abermals heraus. Klappt es auf. Papiere fallen heraus. Geschrieben mit einer Schreibmaschine.

Sehr geehrter Herr May,

Für die Übersetzung der von Ihnen übersandten griechischen Protokolle stelle ich Ihnen vereinbarungsgemäß eine Pauschalsumme von DM 300,- in Rechnung.

Ihr Gregor Hallstein

Das zweite Blatt ist die Rechnung, mit Umsatzsteuernummer und Datum versehen: 7. März 1983. Und einer Adresse.

Gregor Hallstein, Staatlich vereidigter Übersetzer für Griechisch und Französisch, Kirchenweg 2, Meeder.

Perplex starrt Sam einige Minuten auf die beiden Papiere. Es sind noch mehr Sachen aus dem Heft gerutscht. Sie schaut sie flüchtig durch. Englische Texte. Storys, Reportagen, Berichte. Jeweils unterzeichnet mit Isaac May.

Sam stemmt die Dachluke auf. Sie braucht frische Luft.

Ihr schwirrt der Kopf. Wozu hat ihr Großvater eine Übersetzung aus dem Griechischen haben wollen?

Seltsam, dass die Rechnung all die Jahre zwischen den getippten Reportagen lag, denkt Sam. Vielleicht recherchierte er eine Story, die mit Griechenland zu tun hatte, und benötigte dafür die Hilfe eines Übersetzers?

Sie könnte Blanca fragen.

Sam steckt die Fotos ein, die sie ausgewählt hat, und faltet die Rechnung und den Brief von Gregor Hallstein so, dass alles in ihre Handtasche passt. Anschließend räumt sie die Kartons in den Schrank, schließt die Türen, löscht das Licht und klettert über die Leiter nach unten.

14

Der Regen ist Vergangenheit. Schäfchenwolken ziehen über den blauen Himmel. Sam radelt an Hecken voller Flieder vorbei, kämpft sich die Straße nach Beiersdorf entlang, links auf dem Hügel liegt Schloss Callenberg, rechts der Goldbergsee. Hinter dem Dorf empfangen sie ringsum Wiesen, gelb strahlend von Löwenzahn. Am Rain wachsen Schlüsselblumen. Ab und zu schmuggeln sich weiße und rosafarbene Tupfer zwischen das Grün und Gelb. Plötzlich wird Sam klar, wie lange sie nicht in die Natur gekommen ist. Spontan biegt sie nach Kösfeld ab. Hat sie nicht hier mit Robert Runkelrüben stibitzt, die sie aushöhlten und Kerzen hineinstellten, nachdem sie böse Fratzen hineingeschnitzt hatten?

Seit Coburg nicht mehr Zonenrandgebiet ist, weil es keine

Zone mehr gibt, ist der Verkehr angewachsen. Es wurde Straße um Straße gebaut, schließlich eine Autobahn, die Hügel durchschneidet, wo Sam als Kind Drachen steigen ließ. Herbstwanderungen auf der Senningshöhe kommen ihr in den Sinn, Nikolaj, ein Kindergartenkind, der nicht mehr laufen wollte und lauthals schrie, sogar noch, als Robert ihn auf seinen Schultern trug. Igor, bereits damals mit mürrischem Gesicht, ein Achtjähriger mit strähnigem Haar, der in seiner eigenen Welt lebte, wenig sprach, Augen wie ein Staubsauger hatte, alles damit aufsaugte und sich alles merkte.

Außer Atem erreicht Sam Meeder. Mit einem Mal kommen Zweifel hoch. Wohnt Hallstein noch hier? Ist er zu Hause? Was soll sie ihm sagen?

Wird sich alles finden, macht Sam sich Mut. Sie ist nervös, das T-Shirt klebt ihr verschwitzt am Leib. Sam schiebt das Fahrrad bis zur Kirche, um Zeit zu gewinnen. Schließlich steht sie vor dem Haus Nr. 2.

Sie stellt das Rad ab und geht die paar Treppen zur Haustür hinauf.

›Hallstein‹, steht auf dem Klingelschild. Instinktiv greift Sam nach den Papieren, die sie in der Handtasche hat. Sie sieht ihrem Finger dabei zu, wie er auf die Klingel drückt.

Ihr Blick schweift in den Vorgarten. Er sieht verwahrlost aus, Löwenzahn leuchtet im hohen Gras, ein paar zerrupfte Narzissen behaupten sich am Zaun, Sonnenflecken tanzen über verwitterte Steinplatten.

Es dauert eine halbe Ewigkeit, bis sie Schritte im Haus hört. Dann wird die Tür aufgerissen.

Ein Mann steht im Türrahmen, er ist ziemlich groß, passt gerade unter den Querbalken. Das braune Haar sitzt zerdrückt auf seinem Kopf, der Sweater ist zerknittert, die Jeans an den Knien voller Flecken.

Sam starrt ihn an. Er starrt zurück. Seine Augen sind grün

und leuchten wie eine Glasmurmel, die man vor eine Kerzenflamme hält.

»Ich habe Sie aufgeweckt«, sagt Sam endlich.

»Kann man so sagen.«

Er lächelt, und dabei bilden sich Grübchen in seinen Wangen.

Shit, denkt Sam. Die Zunge klebt ihr am Gaumen. Das Schweigen dehnt sich.

»Kann ich Ihnen irgendwie weiterhelfen?«, fragt er endlich.

»Sind Sie Herr Hallstein?« Sam kommt sich selten dämlich vor. Der Typ vor ihr muss etwa in ihrem Alter sein. Hundertprozentig hat er im Jahr 1983 keine Texte übersetzt und keine Rechnungen geschrieben, allenfalls in die Windeln gekackt.

»Ja.«

»Gregor Hallstein?« Sie weiß nicht, was sie sonst sagen soll.

»Sie suchen meinen Vater?«

»Gregor Hallstein ist Ihr Vater?«

Er fährt sich durchs Haar. Nicht wie Nikolaj es tut, wenn er seine Ponyfransen mit einer temperamentvollen Geste zurückwirft. Sondern er rührt auf seinem Kopf herum, als habe er etwas Winziges tief unten an seinen Haarwurzeln verloren und sei nun verzweifelt auf der Suche danach.

»Mein Vater ist leider nicht mehr am Leben.«

»Oh. Das tut mir leid.«

Zwei Frauen gehen den Bürgersteig entlang, grüßen mit falschem Lächeln.

»Hören Sie, eventuell kann ich Ihnen ja weiterhelfen, aber wie, das sollten wir nicht vor der Tür besprechen.« Vielsagend hebt er die Augenbrauen.

Sam folgt ihm ins halbdunkle Haus.

»Mein Vater ist erst vor Kurzem gestorben. Ich hatte noch keine Zeit, hier Ordnung zu schaffen«, entschuldigt er sich.

»Ich«, fängt Sam an. »Ich … also … ich wusste nicht.«

»Schon gut.« Er führt Sam in ein Wohnzimmer. Sie mustert die beigebraune Couchgarnitur, den mit Büchern, leeren Bierflaschen, Pizzakartons und zerlesenen Magazinen überladenen Tisch in der Mitte. Ein uralter Fernseher mit Zimmerantenne steht in der Ecke. Auch darauf türmen sich Bücher, obenauf versucht eine halbleere Pralinenschachtel, das Gleichgewicht zu halten. Die Vorhänge sind von einem undefinierbaren Grün. Der Teppich auch.

»Sie sehen aus, als würden Sie dieses Zimmer im Geist neu einrichten!« Er lässt sich aufs Sofa fallen, weist einladend auf den Sessel.

Sie muss minutenlang einfach dagestanden haben, während sie das Ambiente analysierte. Sam wird rot.

»Das ist mein Job. Ich bin Textildesignerin.«

»Sagen Sie mir jetzt nicht, mein Vater hätte bei Ihnen eine neue Wohnungseinrichtung in Auftrag gegeben.«

Sam wird klar, dass er das wirklich für möglich hält. Plötzlich hat sie Lust, ihn ein wenig zu verkackeiern.

»Allerdings. Frühlingsfarben. Lindgrün und gelb, schöne Chintzstoffe …«

»Pech gehabt, Frau …«

Sie hat sich ihm nicht einmal vorgestellt.

»Ich heiße Samantha May. Ich bin wirklich in der Textilbranche, aber ich kannte Ihren Vater gar nicht.«

»Gut, dass wir das geklärt haben.« Er sieht erleichtert aus. »Ich komme kaum rum mit den Rechnungen. Mein Vater ist vor zwei Monaten gestorben. Herzinfarkt. Er lag fast drei Wochen tot hier im Haus. Ich habe x-mal angerufen, nie ging er an den Apparat. Da habe ich mir die Finger wund telefoniert, um eine Nachbarin aufzutreiben, die seinen Ersatzschlüssel hatte. Die Frau nimmt es mir immer noch übel, dass ich nicht selber nach dem Rechten sah.«

»Das tut mir leid.«

»Ja. Ich bin ein scheiß Sohn.«

»Sie wohnen weiter weg?«

»Bis vor drei Wochen habe ich in Krakau gewohnt. Ich bin Journalist. Eigentlich.«

»Mein Großvater ist auch ganz plötzlich gestorben. Herzinfarkt. Ich war noch sehr klein.«

»Das Herz macht irgendwann schlicht nicht mehr mit, stimmt's?« Er seufzt. »Bei dem stressigen Leben heutzutage. Obwohl ich nicht mal weiß, ob mein Vater ein sehr aufreibendes Leben hatte. Er hat seinen Beruf seit geraumer Zeit nicht mehr ausgeübt. Meine Mutter starb, als ich 16 war. Seitdem vergrub er sich in diesem Haus. Depressionen.«

»Das tut mir leid.« Sam merkt, sie wiederholt sich, aber was soll sie sonst sagen?

»Übrigens, ich bin Roman.« Er erhebt sich halb vom Sofa, streckt Sam seine Hand hin. »Und Sie heißen Samantha?«

»Sam.«

»Cool.«

Sie schütteln einander die Hand und lächeln dabei. Seine Finger sind lang und muskulös.

»Wenn Sie nicht wegen einem ultramodernen Couchbezug kommen – warum sonst?«

»Ich habe eine Rechnung Ihres Vaters gefunden. Es ging um die Übersetzung eines Textes aus dem Griechischen. Das ist fast 30 Jahre her. Ich hätte Ihren Vater gern gefragt, ob er sich erinnert, worum es in dem Text ging.«

»Vor 30 Jahren?« Roman lacht.

»29, um genau zu sein. Ich weiß, es ist vermutlich grotesk zu glauben, dass sich jemand über so lange Zeit an den Inhalt eines Textes erinnert, aber es wäre sehr wichtig für mich. Ich …«

»Nun mal langsam!« Roman hebt beide Hände in einer beruhigenden Geste. »Mein Vater war ein Pedant. Ein Pedant mit einer perfekt durchorganisierten Kartei. Sie wissen, was ich meine? Wenn wir das genaue Datum der Rechnung haben, kriegen wir raus, was für ein Text das war. Kommen Sie!«

Roman führt sie eine Treppe hinauf in ein Zimmerchen, in dem der Staub unter dem einzigen Tisch, dem Stuhl, dem Karteischrank wallt. Das Fenster steht offen. Eine Blautanne wächst ganz nah am Haus. Eine Amsel sitzt dort und zwitschert.

»Gregor Hallsteins Registratur. Setzen Sie sich lieber nicht, ich bin noch nicht zum Putzen gekommen.«

Sam sagt nichts. Wenn er schon drei Wochen hier ist, denkt sie, hatte er schlicht keinen Bock zum Saubermachen.

»Okay, ich gebe es zu. Ich war zu faul.« Er grinst.

Gedanken lesen kann er also auch, denkt Sam. Die Grübchen in seinen Wangen werden tief wie Krater.

»Hier.« Roman klopft auf den Karteischrank. »Mit diesem System kam mein Vater sein ganzes Berufsleben aus. Er hat nie einen Computer benutzt.«

Sam geht zum Tisch und streicht mit dem Finger über die grüne Haube, die eine Schreibmaschine abdeckt. Sie hinterlässt eine dunkle Spur im Staub. Roman folgt ihrem Blick.

»Eine Adler.«

»Nostalgisch, irgendwie.«

»Ich möchte nichts mehr auf einem solchen Fahrrad tippen, das sage ich Ihnen, keine Zeile!«

»Absturzsicher und virenfrei. Hat Vorteile.«

Er rollt eine Schublade aus dem Karteischrank. »Hier, alles nach Jahren geordnet. Gelbe Karteikarten. Er bestellte sie bei einem Geschäft für Bürobedarf in Bielefeld. Immer dort. All die Jahre. Weiß der Himmel, warum.«

Seine langen Finger tänzeln über die Kanten der Karteikarten. Dabei murmelt er »1983, 1983.« Hebt den Kopf und fragt: »Hieß Ihr Großvater auch May?«

»Ja.« Sam buchstabiert. »M, A, Y.«

»Klar.« Er fischt eine Karteikarte heraus. Es sind DIN A 5-große Karten im Querformat, die mit einer Lasche versehen sind. Darin stecken mehrere gefaltete Blätter.

Roman versetzt der Schublade einen kleinen Schubs. Lautlos schließt sie sich. Er legt die Karte auf den Tisch.

»Lesen Sie. Möchten Sie etwas zu trinken? Kaffee vielleicht?«

»Lieber was Kaltes.« Mit zitternden Fingern greift Sam nach den Unterlagen.

»Leitungswasser? Oder ein Bier?«

»Ein Bier«, hört Sam sich sagen. Ihr Herz rast.

»Ay, Lady.« Roman verlässt das Zimmer. Sie hört, wie er die Treppe hinunterpoltert, mit Riesenschritten, wahrscheinlich nimmt er zwei Stufen auf einmal.

Sie entfaltet die Papiere. Es gibt mehrere Seiten auf Griechisch, versehen mit allerlei Stempeln. Dann etliche auf Deutsch. Die Übersetzung, angefertigt von Gregor Hallstein.

Sam liest. Runzelt die Stirn.

Das kann nicht sein.

Sie liest und liest, ihre Augen gleiten wieder und wieder über die Seiten, bis sie brennen und tränen.

Victoria May hat am 30. März bei der Polizei in Olympia einen tödlichen Unfall gemeldet.

Roman Hallstein poltert die Treppen hinauf.

Den tödlichen Unfall von Grace May.

Roman stellt eine Bierflasche neben Sam auf den Tisch. Es zischt, als er den Kronkorken entfernt.

Eine Leiche wurde nie gefunden.

Eine dunkle Flüssigkeit sprudelt aus der Flasche und rinnt auf die Tischplatte.

Grace May, geboren am 6. Januar 1951 in Coburg.

Roman Hallstein hebt die Flasche hoch, wischt mit dem Ärmel über den Tisch. Sam nimmt ihm die Flasche aus der Hand und trinkt in großen Schlucken.

15

Es braucht ein zweites Bier, bis Sam imstande ist, zu reden. Roman, ratlos, stellt ihr die Flasche auf den wackeligen Tisch.

»Wer ist Grace?«, murmelt Sam. Ihr Kopf will platzen. Sie wird beinahe klaustrophobisch in dem Zimmerchen. Alles kommt ihr zu eng vor, sogar ihre eigene Haut. Wolken schieben sich vor die Sonne, der helle Frühlingstag kauert sich unter eine dicke graue Decke. Die Amsel fliegt wütend tschilpend davon.

»Grace?«, fragt Roman schließlich zurück. Er hält die Bierflasche am Hals fest und nimmt einen großen Schluck. »Sie müssen entschuldigen, interviewtechnisch bin ich eine Niete.«

»Untypisch für einen Journalisten.«

»Tja, zurzeit habe ich beruflich eben kein Glück.« Roman hebt seine Flasche und stößt mit Sam an.

Es beginnt zu regnen. Dicke Tropfen klatschen ans Fenster.

»May. Grace May. Geboren am 6.1.1951. Wer soll das sein?«

»Eine Verwandte von Ihnen?«

»Meine Mutter hat auf ihrer Griechenlandreise den Tod einer Grace May gemeldet. Keine Leiche. Und niemals, verstehen Sie, niemals hat jemand in meiner Familie diesen Namen ausgesprochen. Grace.« Sie sagt das letzte Wort mit einem verträumten Gesichtsausdruck.

»Schöner Name.«

Sam nimmt einen Schluck Bier. »Meine Mutter heißt Victoria. Mein Großvater war Amerikaner. Isaac May. Er wollte, dass seine Tochter einen englischen Namen bekommt, damit er zum Familiennamen passt.«

»Klingt logisch.«

»Ich muss Joanie fragen, ob sie weiß, wer Grace ist.« Im Grunde ahnt Sam, wer Grace ist. Ihre Mutter ist 1953 geboren. Kann das möglich …? Warum sollte … weshalb hat Blanca ihr nie etwas erzählt? Und ihre Mutter? Es gab ein Unglück. Wie aus den Papieren hervorgeht, traf Victoria keine Schuld.

»Joanie?« Roman runzelt in höchster Konzentration die Stirn.

»Eine Cousine. Aus den Staaten.«

»Aha.«

»Glauben Sie, der Wind kann ein Foto aus dem Zimmer auf die Straße wehen und verschwinden lassen?« Sam sieht Roman an. Sie mag die Grübchen in seinen Wangen. Gerade lächelt er mit einem verlegenen Gesichtsausdruck. Sie mag auch das in alle Richtungen abstehende Haar.

»Ein einzelnes Foto?«

»Ich hatte es auf dem Schreibtisch liegen.«

»Sind andere Papiere auch verloren gegangen?«

Er hat so einen rationalen Zugang. Es tröstet Sam. Den Dingen ist beizukommen, wenn man seine Gedanken in eine vernünftige Ordnung bringt. Aber wie soll sie das schaffen, wo die Impulse in ihrem Gehirn überschnappen, ein wahres Feuerwerk von Gedankensplittern, ein panisches Vor und Zurück.

»Nein. Sonst nichts.«

»Merkwürdig.«

»Ja.«

»Im Grunde genommen unwahrscheinlich.«

Er hat recht. Es ist unwahrscheinlich, obwohl das Wetter in jener Nacht verrückt spielte und andere Fotos aus der Kiste im Zimmer verstreut waren.

»Ein Einbrecher«, sagt sie. Es klingt hohl in ihren Ohren.

»Warum sollte ein Einbrecher ein einziges Foto stehlen?« Roman schüttelt den Kopf. »Es müsste ein äußerst wertvolles Bild sein.«

»Ich habe mit niemandem darüber gesprochen. Außer mit meiner Großmutter. Und mit meiner Mutter. Und mit Luna.«

»Luna?«

»Eine Freundin.«

»Klar.« Roman trinkt sein Bier aus.

Der Regen rauscht jetzt in langen Schnüren herab. Roman steht auf und schaltet die Deckenlampe ein. Sie streut gelbes Licht in den Raum.

Sam blickt auf die Übersetzung. Grace May, eine Klippe hinabgestürzt, die Leiche unauffindbar. Die wahrscheinlichste Erklärung aus Sicht der griechischen Polizei ist, dass an jenem Tag eine extreme Wetterlage herrschte, unberechenbare Unterströmungen des Meeres, die einen Leichnam mit Leichtigkeit unter Wasser drücken konnten. Irgendwann würde, so meinte der Kommissar, der mit dem Fall betraut war, die Leiche an einem ganz anderen Küstenabschnitt anlanden – oder sie würde nie mehr gefunden werden, sich zersetzen, von Fischen abgefressen werden.

»Meine Mutter hat nie etwas davon verlauten lassen. Niemand in meiner Familie, verstehen Sie? Dabei halten wir immer zusammen.« Sam schüttelt den Kopf. Sie kann es nicht glauben. Selbst ihr Vater hat nie etwas anklingen lassen.

Mutter hat es verdrängt, denkt Sam. Das Erlebnis war so traumatisierend, dass sie es verdrängt hat. Sie hatte mich und später Igor und Nicolaj. Sie hatte Ablenkung, und über die Jahre wurde ihr der Unfall auf dem Peloponnes immer unwirklicher, als wäre es nur noch ein tragischer Vorfall, von dem sie in der Zeitung gelesen hat.

»Als meine Großmutter das Foto ansah, wurde sie ganz starr. Sie war entsetzt.«

Roman nickt. Sie merkt, dass er mit aller vorhandenen Aufmerksamkeit daran arbeitet, diese vielen Versatzstücke zusammenzukriegen. Sie müsste ihm helfen, aber sie kann nichts mehr erklären. Es ist, als füge das Mosaik sich vor ihren Augen ganz von selbst zusammen, jetzt, in diesem bedrückenden Zimmer unter dem kränklichen Schein der Deckenlampe, in dem der Staub behäbig tanzt.

»Sie haben nicht zufällig einen Abzug des Fotos dabei?«, fragt Roman.

»Es ist digital auf meinem Computer zu Hause.«

»Hoffen wir, dass der Einbrecher nicht ihren Rechner knackt.«

Sam erschrickt. Sie greift nach der Bierflasche, fasst daneben. Die Flasche fällt um, doch sie ist längst leer. Nur eine dünne Lache bildet sich auf der Tischplatte. Automatisch nimmt Sam die Blätter weg.

»Meinen Sie, das ist möglich?«

»Wer weiß?«

»Ich muss sofort heim und nachsehen, ob alles okay ist.«

Roman weist zum Fenster. »Es regnet wie aus Eimern.«

»Egal.«

»Ich könnte Sie fahren. Ihr Rad kriegen wir in den Kombi rein.«

»Kann ich die Berichte mitnehmen? Ich werde alles kopieren und Ihnen zurückgeben.«

Roman winkt ab. »Ich muss das Zeug ohnehin entsorgen.«

Sam sieht ihn befremdet an.

»Im Ernst.« Er lacht. »Meinen Sie, hier schwirrt demnächst jemand anderes herein und fragt nach der Übersetzung, die für einen Isaac May in den spießigen 80ern angefertigt wurde?«

»Mein Großvater muss etwas geahnt haben. Einen Verdacht gehabt haben.«

Roman löscht das Licht. Er fährt seinen Wagen aus der Garage neben dem Haus, lädt im strömenden Regen Sams Rad in den Kofferraum und hält ihr dann die Beifahrertür auf. Klatschnass steigt er ein. Sweater und Jeans kleben ihm am Leib.

»Sie sind ganz nass«, sagt Sam. »Es tut mir leid. Alles meinetwegen.«

»Machen Sie sich keinen Kopf.« Er legt den ersten Gang ein und fährt an. Am Nachbarhaus wackeln die Gardinen. »Ist mal was anderes als das traurige Haus.«

»Sie haben weiß Gott andere Sorgen!« Sam fragt sich, ob sie selbst diese Worte spricht, Allgemeinplätze, eingeübte Floskeln, um die Verlegenheit zu überspielen. Ein Teil von ihr hört einfach zu. Und ein anderer Teil denkt nach, schiebt die vielen Variablen dieser Geschichte hin und her. Grace May. 6. 1. 1951. Kein Leichnam gefunden. Starke Unterströmungen. Von der Klippe gestürzt. Melia oder Melissa.

»Glauben Sie, diese Papiere sind die Originale?« Sam nimmt die Zettel vorsichtig aus ihrer Handtasche.

»Üblicherweise sind das beglaubigte Abschriften.«

»Wie kam mein Großvater an die Papiere? Und warum …« Sie verstummt. Niemand in der Familie hat je den Namen Grace fallen lassen. Warum, warum, warum? Wenn diese Grace so tragisch gestorben ist, wäre es letztlich verständlich, wenn es ein Foto von ihr gäbe, zum Beispiel an Blancas Familienwand in der Küche. Wenn man von ihr spräche, ab und zu.

Sie verschweigen Grace May. Der Satz stanzt Löcher in Sams Gefühle. Mit einem Mal kommt ihr, dass auch der amerikanische Onkel Fred, das schwarze Schaf, bis vor Kurzem ein Unbekannter für sie war. Sam verliert sich in ihren Gedanken, während der Motor leise schnurrt und die Scheibenwischer rhythmisch über die Windschutzscheibe gleiten. Sie spürt Romans Blick auf sich.

Die Straße ist wie ausgestorben. Nach wie vor plattert der Regen auf den Asphalt, dicke Blasen zerplatzen im Licht der Scheinwerfer. Als sie Coburg erreichen, sehen sie die beleuchtete Veste auf ihrem Berg nur schwach, wie eine Projektion von etwas, das gar nicht mehr existiert.

»Wo wohnen Sie eigentlich?«, fragt Roman.

Sam dirigiert ihn in die Innenstadt. Wegen der vielen Einbahnstraßen ist es kompliziert, mit dem Wagen bis zu ihrem Haus zu fahren. Sie vertut sich ein paar Mal.

»Entschuldigen Sie bitte!«, sagt sie mehrmals.

»Keine Ursache«, antwortet Roman ebenso oft, bis er endlich in der Pfarrgasse hält und Sams Rad auslädt.

16

Sam liegt auf dem Teppich im Wohnzimmer. Sie hört Musik. Klezmer. Ich sollte etwas Beruhigenderes auswählen, denkt sie. Doch die Musik mit ihrem unerklärlichen Gleichklang von Trauer und Freude trägt Sam durch die Nacht. Als würde der Teppich ein paar Zentimeter über dem Boden schweben. Sie hält ein Glas Riesling in den Händen. Dreht es. Hält es gegen die Deckenlampe, blinzelt durch die blass goldene Flüssigkeit.

Sie hat bei ihren Eltern angerufen, aber niemand war zu Hause. Mit ihrem Computer immerhin ist alles okay.

Plötzlich ist sie sich unsicher. Was soll sie tun? Die Konfrontation suchen? Wird Victoria mit ihr reden wollen, nachdem sie so lange geschwiegen hat? Fast Sams ganzes Leben?

Warum hat Victoria gelogen?

Und wo ist das Foto?

Sam ist beschwipst von dem Bier, dass sie bei Roman in sich hineingekippt hat. Sie denkt an den Mann in dem verwahrlosten Haus und hat Mitleid. Ein netter Kerl, dieser Roman Hallstein.

Es ist spät, nach zehn. Der Regen hat aufgehört, durch das gekippte Fenster strömt kühle Luft herein.

Sie will Blanca anrufen. Aber sie kann nicht. Sie kann Blanca mit ihren Fragen und Zweifeln nicht am Telefon konfrontieren. Warum hat sie diese elenden Kopfschmerzen? Vom Alkohol, denkt Sam. Wovon sonst.

Weshalb hat Isaac diese Übersetzungen angefordert? Wie kam er eigentlich an die Polizeiprotokolle aus Griechenland?

Sam stellt den Wein weg, steht auf. Für ein paar Augenblicke dreht sich das Zimmer um sie. Sie hält sich am Schreibtisch fest. Nach einer Weile nimmt sie ihren Regenmantel vom Haken und verlässt das Haus. Es hat aufgehört, zu regnen. Die Luft ist feucht und kühl. Wie ein Schatten gleitet Sam durch die Nacht, an der Morizkirche vorbei, Richtung Reithalle, dann den ganzen langen Berg hinauf, bis sie vor Blancas Haus steht.

Drinnen brennt noch Licht. Sam steht draußen, gut verdeckt von der Hecke, als wäre sie ein Teil davon. Eine Schicht aus Nässe legt sich auf ihr Gesicht. Ihr ist kalt. Sie hält den Regenmantel am Revers zusammen. Die Nacht duftet nach Flieder und Jasmin. Ihre Großmutter steht in der Terrassentür, groß, stattlich, stolz, und blickt hinaus in den nächtlichen Garten.

Ich habe mich durch ihre Stärke immer beschützt gefühlt, geht Sam auf. Aber hat sie mit dieser inneren Kraft nicht auch die Familie dirigiert? Ihren Willen durchgesetzt?

Sam drückt das Gartentor auf. Etwas Dunkles springt sie an. Sam erschrickt. »Lucienne!«, wispert sie.

Die Katze wendet ihr die glühenden Augen zu und verschmilzt mit der Nacht.

Sam geht um das Haus herum, steigt die paar Treppen hoch und klingelt. »Blanca, ich bin es!«, ruft sie.

Im Haus ertönen Schritte. Schnell, ein wenig unregelmäßig. Blancas Hüfte.

»Sam?«, fragt Blanca ungläubig. Sie öffnet. »Komm rein! Ist was passiert?«

Das erschrockene Gesicht ihrer Großmutter rührt Sam.

»Ja. Und nein. Wie man es nimmt. Nicht jetzt, jedenfalls.« Sam wird schmerzlich bewusst, wie sich ein Keil zwischen sie und Blanca schiebt. Misstrauen, Ärger, das Gefühl, betrogen worden zu sein.

Blanca fordert sie mit einer Handbewegung auf, den Regenmantel auszuziehen. Sie hängt ihn an die Garderobe. »Komm rein. Ich habe gerade Tee aufgegossen.«

»Ich habe einen Mann kennengelernt«, sagt Sam. Sie könnte das Gespräch in eine ganz andere Richtung lenken. Noch ist Zeit, noch eine Chance, ihre Beziehung zu Blanca nicht in den Abgrund zu steuern. In einen Abgrund, in dem eine gewisse Grace ihr Leben verloren hat.

»Schön!« Blanca lächelt. Sie gehen ins Wohnzimmer. Blanca nimmt eine Teetasse aus dem Schrank. Es ist das Service mit den Veilchen. Sie schenkt Sam Tee ein.

»Er ist Journalist.« Sam setzt sich aufs Sofa, stellt die Handtasche neben sich. Blancas Blick ruht auf ihr. Sam nimmt die Papiere in die Hand und reicht sie ihrer Großmutter. »Großvater hat diese Übersetzung in Auftrag gegeben.« Atemlos wartet Sam auf eine Reaktion. Im Raum ist ein Knistern. »Wer ist Grace?«

Blancas Gesicht scheint zu zerfallen. Sie wendet sich ab. Um die Teekanne abzustellen, scheint sie alle Kraft zu brauchen. Es klirrt, als die Kanne auf die Tischplatte kracht. Eine ganze Weile ist es still im Zimmer.

»Grace. Meine Große. Mein Sonnenschein.« Blanca sieht in die Ferne.

Sam hält den Atem an.

»Sag mir, Blanca: Wer ist Grace?«

Blancas Atem geht schnell. Auf ihren Wangen bilden sich rote Flecken.

»Grace«, flüstert sie, als stünde die Verlorene vor ihr, materialisiert aus den Schatten zwischen Schrank und Sofa.

»Blanca?«, fragt Sam, als lange Zeit nichts mehr kommt. »Warum habt ihr nie über sie gesprochen?« Eben hat Ungeduld sie getrieben, Zorn, Angst. Jetzt, angesichts Blancas Verzweiflung, die das ganze Zimmer erfüllt, schämt sie sich, überhaupt etwas gesagt zu haben.

»Wir haben … wir haben beschlossen …« Blanca kann den Satz nicht beenden. Ihr linkes Auge verzieht sich, die linke Wange, die linke Schulter rutscht hoch und dann fällt Blanca zu Boden.

»Blanca!« Sam schreit, wirft sich auf Blanca, die unverständliche Silben brabbelt. Ihre dunklen Augen heften sich an Sams, hilfesuchend, voller Angst.

Sam reißt das Handy aus ihrer Tasche und wählt den Notruf. Nennt die Adresse.

»Meine Großmutter. Wahrscheinlich ein Schlaganfall.«

Der Krankenwagen braucht keine zehn Minuten. Der Notarzt legt eine Infusion. Sam springt mit in die Ambulanz. Bis zum Klinikum sind es sieben Minuten. Sam sieht auf die Uhr. Ein Team aus zwei Schwestern und einem Arzt wartet bereits. Sie schieben die Liege, auf der Blanca bewegungslos liegt, in einen dunklen Korridor.

Sam ruft Victoria an und schildert die Lage. Über Grace verliert sie kein Wort.

Sie geht auf dem Klinikflur auf und ab, auf und ab. Schließlich sucht sie die Toilette auf, betrachtet ihr Gesicht im Spiegel. Die dunklen Haare legen sich wie ein dicker Rahmen um ihr blasses Gesicht. Zornig packt sie die Strähnen, schlingt sie zum Pferdeschwanz, aber sie hat kein Haargummi. Sie lässt das Haar los. Es fällt wie ein Vorhang vor ihr Gesicht.

Sam sucht sich einen Stuhl, wo sie warten kann. Der Stuhl ist gepolstert, doch er fühlt sich hart an, unerträglich hart. Die Beine werden ihr schwer. Sie rückt den Stuhl so, dass sie die Füße auf einen Heizkörper legen kann.

Irgendwann hört sie Absätze klappern. Victoria kommt atemlos angelaufen.

Ihre Mutter trägt ein eng anliegendes, schokoladenbraun changierendes Kleid, eine Stola und einen Hut. In der tristen Umgebung des Krankenhauses ist sie eine Erscheinung.

»Hallo, Mutter.«

»Was ist los?« Victorias Kommandostimme schallt laut durch den Flur. Sie riecht nach Gin.

»Wahrscheinlich ein Schlaganfall.« Sams Stimme klingt in ihren eigenen Ohren wie ein schlecht geöltes Scharnier.

»Meine Mutter? Einen Schlaganfall?« Es hört sich an, als ärgere Victoria sich über Blancas Unverschämtheit, ungefragt einen Schlaganfall zu erleiden.

»Sie hat Chancen«, sagt Sam. »Wenn Hilfe binnen 30 Minuten eintrifft, überstehen die Patienten den Schlaganfall meist ohne größere Folgeschäden. Es hat keine 20 Minuten gedauert, um sie hierherzubringen.«

»Liest du mir aus einem Nachschlagewerk vor?« Victoria schüttelt den Kopf. »Wir waren bei Ofenstallers, dein Vater und ich.«

Ofenstallers sind reiche Coburger, Kunstbeflissene mit

einem offenen Portemonnaie und Unterstützer der Ausstellung zu Victorias Sechzigstem.

Wenn Blanca stirbt, ist es meine Schuld, denkt Sam. Oder hat sie es laut ausgesprochen? Victoria starrt sie verwundert an.

»Was hast du getan?«

»Ich habe einen Mann kennengelernt.« Wieder sieht Sam Roman vor sich, wie er sich ratlos durchs Haar fährt, ohne Unterlass, bis die kurzen Strähnen in alle Richtungen stehen wie Stacheln.

»Das hat meine Mutter bestimmt nicht umgehauen«, erwidert Victoria trocken.

»Mutter, wer ist Grace?«

Victoria wird blass. Das sorgfältig aufgetragene Make-up scheint Risse zu bekommen. Ihre Augen weiten sich. Es kommt Sam vor, als sehe sie die Veränderung in Victorias Gesicht in Zeitlupe.

»Die Unbekannte auf dem Foto ist keine griechische Künstlerin, nicht wahr?«, fragt sie. Sie nimmt die Füße von der Heizung, steht auf und sieht ihre Mutter direkt an.

Victoria presst die Hand vor den Mund. Sie trägt ihren teuersten Schmuck, einen verschlungenen Ring mit drei Brillanten. Ein Geschenk von Robert, erinnert sich Sam, als es mit der Firma endlich aufwärtsging. Sie haben alle am Tisch gesessen: Sam, Nikolaj, Blanca, Victoria und Robert. Ihr Vater hat den Schmuck mit maximalem Tamtam überreicht. Es war im letzten Herbst, denkt Sam. Jetzt kommt es mir vor, als wäre es 1000 Jahre her.

»Mutter? Ist die Frau auf dem Foto, das ich dir gezeigt habe, Grace?«

»Ich weiß nicht, wovon du redest!« Victoria hat sich wieder im Griff.

»Doch. Das weißt du.« Sam ignoriert den scharfen Tonfall.

Sie ignoriert Victorias zusammengekniffene Lippen. »Ich habe die Übersetzung gefunden. Griechische Polizeiprotokolle. Du hast 1982 in Olympia den Tod von Grace May gemeldet.«

Victoria sieht durch Sam hindurch.

Sam sagt keinen Ton. Sie wendet den Blick nicht ab, wie sie es sonst getan hat. In einem anderen Leben, denkt sie. Dies hier ist ein Anfang. Ein Ende und ein Anfang.

Wenn Blanca stirbt, sterbe ich mit ihr.

»Es war ein Unfall«, flüstert Victoria. »Es war ein tragisches Unglück.«

»Warum habt ihr nie davon gesprochen?«

»Kannst du dir das nicht vorstellen? Weißt du, was es bedeutet, zu zweit aufzubrechen und allein heimzukommen?« Victoria findet zu ihrer Form zurück, geht zum Angriff über.

»Du meinst, es ist leichter zu ertragen, wenn man darüber schweigt?«, fragt Sam fassungslos.

Victoria durchbohrt Sam mit ihren hellen Augen.

»Du bist wirklich wie meine Schwester!« Sie schüttelt den Kopf, als könne sie es nicht glauben.

Es dauert einen Moment, bis Sam versteht, was Victoria damit sagt. »Grace ist deine Schwester?« Sam will nur die Bestätigung. Sie will nichts anderes hören.

»Grace. Mutters Liebling und Vaters Augenstern. Die Dunkle mit den samtenen Augen.« Victoria speit die Worte aus wie ekelerregende Brotbissen. »Das große Talent!«

»Aber Mutter! Du bist die Künstlerin in der Familie!«, widerspricht Sam aus Gewohnheit. Ihre Mutter hatte eine Schwester!

»Was dein Großvater nie anerkannte.« Victoria presst die Lippen zusammen. Sie nimmt den Hut ab. Ihr sorgfältig getöntes Haar klebt an ihrem Kopf. Sie stößt mit den Händen dagegen, um es in Form zu bringen. Schweiß steht ihr auf der Stirn.

»Großvater?«, fragt Sam. Die Energie, die sie eben noch verspürt hat, ist wie weggeblasen.

»Grace war sein Augenstern. Immer nur Grace.« Isaac ist seit 30 Jahren tot, und die Eifersucht sitzt seitdem in Victoria fest wie Rostfraß. »Wir haben beschlossen, dass du und deine Geschwister nichts davon wissen solltet. Es war zu tragisch. Dein Großvater hat sich nie davon erholt.«

Sam sieht den Flur entlang. Irgendwo quietschen Gummisohlen. Ein Pfleger eilt an ihnen vorbei. Sie will nach Blanca fragen, aber er ist schon um die nächste Ecke.

Wenn Blanca stirbt, habe ich ihren Tod verursacht. Durch den Schock, den ich ihr zugefügt habe, denkt Sam.

Victoria lehnt sich an die Wand. Sie ist totenblass. Das mondäne Kleid wirkt plötzlich overdressed, als lache es verächtlich über die Frau, die es trägt.

Sam will fragen, wie ist das passiert, wie konnte deine Schwester über die Klippe stürzen, aber sie weiß es bereits aus dem Protokoll.

Es gibt nichts mehr zu sagen.

17

Victoria ist kalt in ihrem Kleid. Sie schlingt die Stola enger um ihren Körper. Ihr Blick fällt auf Sam. Wirklich, sie ist Grace so ähnlich. Sam kann in irgendeinem Gedanken versinken und für Stunden nicht auftauchen.

Ihre Mutter weiß nichts von den Polizeiprotokollen. Das haben Victoria und ihr Vater von ihr ferngehalten.

Isaac war so wütend. Er hasste Victoria von jenem Tag an,

als sie allein nach Hause zurückkehrte. Ohne Grace. Während ihre Mutter sie sogar zu trösten versuchte, begegnete ihr Vater ihr mit Misstrauen.

Er hat Grace immer mehr geliebt als mich, denkt Victoria. Da war jener Tag am Meer, in der Bretagne. Blanca blieb im Hotel, um sich auszuruhen. Ihr Vater ging mit den Mädchen die Mole entlang. Sie war 10, Grace 12. Sie stritten sich um einen Sonnenhut. Es gab nur noch einen mit rosa Plastikblumen am Band in dem winzigen Geschäft, wo man Muscheln kaufen konnte, Glaskugeln und andere Nippes, Postkarten, Briefmarken und Schiffe in Flaschen.

Den Hut bekam Grace.

Wenn Mutter dabei gewesen wäre, denkt Victoria, hätte sie einen zweiten Hut für mich aufgetrieben. Sie hätte das irgendwie geschafft. Aber für Vater war ich nicht wichtig.

Der Urlaub ist 50 Jahre her und sie erinnert sich, wie sie geweint hat, als wäre es gestern gewesen. Grace, die Prinzessin, die triumphierend den Hut auf ihren Kopf zurück in die Pension trug, wo Blanca wartete. Wie könnte ich dieses Bild je vergessen?, fragt sich Victoria. Es folgte die Rache. Als Grace schlief, kletterte Victoria aus dem Etagenbett, schnappte sich den Hut und schleuderte ihn aus dem offenen Fenster. Am nächsten Morgen war er plattgefahren, eine zusammengedrückte, schwarzgraue Masse, und der rosa Plastikstrauß war weg.

Victoria reibt sich das Gesicht. Ihr Leben mit Grace war eine einzige Vendetta gewesen, eine stete Abfolge aus gehässigen Untaten und grausamer Rache.

Mir steht zu, was ich habe, denkt sie. Ich habe drei Kinder, einen Mann. Im Sommer habe ich eine Ausstellung. Das alles hätte ich nicht, wenn Grace noch am Leben wäre. Und wenn Isaac noch am Leben wäre. Ihr dreht sich der Magen um. Sie rennt los, sucht eine Toilette, übergibt sich ins Waschbecken.

Isaac tobte an jenem Freitagabend. Er machte Vorwürfe, er legte ganze Listen an mit schrecklichen Dingen, die Victoria getan hatte. Er weinte über Grace' verlorenes Leben, ihre Begabungen, die nun niemals ihren Ausdruck finden würden. Seine Augen sprühten vor Hass.

Victoria starrt ihr Spiegelbild an, doch sie sieht nicht ihr bleiches Gesicht, den Lippenstiftrest in ihrem Mundwinkel, sie sieht nur, wie Isaacs dunkelviolette Lippen sich bewegten. Obwohl er längst keinen Ton mehr hervorbrachte, nachdem er gewütet hatte wie ein Troll. Damals, 1983. Sie sah zu, wie ihr Vater vom Stuhl kippte. Langsam, als habe jemand die Zeit gedrosselt. Er stürzte um, rücklings, der Stuhl krachte auf den Parkettboden, es lag kein Teppich unter dem Tisch, das fällt Victoria jetzt ein, da war nur der Parkettboden, frisch gebohnert.

Isaac erschrak über den Sturz. Der Hass in seinen Augen veränderte sich, da gesellte sich Angst hinzu, vielleicht auch Verblüffung.

Er war seit Langem geschwächt. Jetzt machte sein Herz nicht mehr mit. Aus eigener Kraft konnte er nicht aufstehen. Er lag auf dem Boden unter ihrem Tisch. Unter Victorias und Roberts Tisch. Das Glas fiel neben ihn und zerbrach. Eine Lache aus Gin und ein schmelzender Eiswürfel glänzten neben Isaacs Gesicht auf dem Parkett.

Victoria reißt ein Papierhandtuch aus dem Spender an der Wand. Sie presst es in ihr Gesicht.

Sie hat sich nicht gerührt. Schlicht dagestanden hat sie und ihren Vater angesehen, während seine Anschuldigungen in ihren Ohren dröhnten. Dass er das Protokoll aus Olympia hätte. Dass er die Übersetzung hätte. Dass er alles gelesen hätte. Dass er Bescheid wüsste und eins und eins zusammenzählen könnte.

Er lag auf dem Boden. Auf dem Rücken, wie ein Käfer.

Er würde nie mehr aufstehen. Victoria goss sich noch einen Gin ein an jenem Abend, lauschte auf den Regen, betete, dass Robert nicht nach Hause kommen, dass Sam nicht aufwachen würde. Nicht so bald.

Bis Isaac starb. Auf dem Teppich liegend, eine Scherbe auf dem Bauch, Splitter in seiner Hand. Die Lippen blaue Striche in seinem weißen Gesicht.

Erst jetzt beugte sich Victoria über ihn, lockerte seine Kleidung.

Sie rief den Arzt. Er diagnostiziere einen Herzinfarkt und stellte den Totenschein aus.

»Sie wussten ja sicher, dass Ihr Vater ein schwaches Herz hatte?«, fragte er in mitfühlendem Tonfall.

Victoria seufzte. »Und er hat getrunken. Ich konnte ihm ein drittes Glas nur mit Mühe ausreden. Dann kippte er um. Einfach so.«

Der Arzt nickte. »Mein Beileid, Frau May.«

So reden alle sie bis heute an. Frau May. Obwohl sie May-Förster heißt.

Victoria dreht das Wasser auf, lässt das Erbrochene abfließen. Bei den Ofenstallers hat sie kaum etwas gegessen, dafür umso mehr getrunken. Es wird zur Gewohnheit, das mit dem Alkohol. Seit damals.

Sie beobachtete, wie der Leichenwagen ihren Vater abholte. Als ginge sie das alles nichts an, als säße sie zufällig im Haus, ein Gast, der selbst nicht wusste, warum er ausgerechnet dort Station machte.

Victoria ist sicher, dass Blanca nichts weiß. Robert fuhr zu ihr in jener Nacht. Victoria war nicht in der Lage, ihrer Mutter unter die Augen zu treten. Also musste ihr Mann es tun. Robert, der heimkam, als der Leichenwagen davonfuhr, und in Panik ins Haus stürmte. Eine Welle der Zärtlichkeit überkommt Victoria, wenn sie an Robert denkt. Robert, der immer zur rechten Zeit da ist. Robert, der erste Mensch, der ihre, Victorias, Qualitäten und Talente erkannte und schätzte. Der auch Sam annahm mit ihrer extremen Schüchternheit, die ihr als Kind das Leben schwer machte. Und seine Söhne, sogar den störrischen Igor, der sich nie in die Karten schauen lässt. Bereits als kleiner Junge hat er sein eigenes Ding gemacht. Robert, der mit aller Kraft für seine Firma gekämpft hat und immer noch nicht glauben kann, dass letztlich alles gut gegangen ist. Er musste heute außerplanmäßig ins Büro, fuhr von Ofenstallers mit dem Taxi weg, und eine halbe Stunde später kam auch schon Sams Anruf.

Dass ich meine Kinder habe, das ist das größte, denkt Victoria. Sie betrachtet ihr Gesicht im Spiegel. Für meine Kinder muss ich den Alkohol aufgeben. Für meine Kinder. Sie denkt an Nikolaj und seine neue Freundin. Wenn sie Kinder haben, wird Victoria Großmutter.

Sie hat immer gedacht, mit Isaacs Tod wäre alles vorbei. Alles geschafft. Sie hat alle Papiere vernichtet. Bloß diese dämliche Übersetzung hat sie nicht gefunden. Sie hat monatelang danach gesucht, bevor sie sich irgendwann eine Erklärung zurechtlegte. Ihr Vater musste gelogen haben an jenem Freitagabend. Und Victoria beschloss für sich, dass es gar keine Übersetzung gab. Dass Isaac ein Druckmittel erfunden hatte.

Falsch, denkt Victoria jetzt. Es gibt diese Übersetzung, und Sam hat sie irgendwo aufgestöbert.

18

Während der April in den Mai übergeht, verlebt Sam die Tage in einer Art Betäubung. Sie verbringt soviel Zeit wie möglich bei Blanca. Mit ihrer Mutter spricht sie kein Wort.

Blanca liegt im Bett, sediert, ausgeschaltet. Die Ärzte behaupten, es sehe gut aus. Was immer das heißt.

Sam ruft Nikolaj an, berichtet von Blancas Zustand. Sie erwähnt Grace mit keiner Silbe, deutet jedoch an, dass sie sich treffen müssen. Möglichst bald. Nikolaj hat gerade einen Patienten und kann nicht sprechen. Er verspricht, zurückzurufen. Anschließend ruft Sam bei Igor an und hinterlässt eine knappe Nachricht auf seinem Anrufbeantworter. Igor wird sie sowieso nicht zurückrufen. Als Letztes telefoniert Sam mit Blancas Nachbarin und bittet sie, Lucienne zu versorgen.

Gegen fünf am Nachmittag, knapp 48 Stunden nach dem Schlaganfall, kommt Robert in die Klinik. Sam fällt ihm um den Hals.

»Kindchen«, sagt Robert. Das hat er seit Jahr und Tag nicht mehr gesagt. »Was für ein Schock!«

Sam hält sich an Robert fest, drückt das Gesicht in den kühlen Stoff seines Jacketts. Als sie ihn loslässt, sitzt seine Krawatte schief. Verlegen rückt sie daran herum. Die Krawatte ist grau mit schwarzen und roten und dunkelgrauen Streifen.

»Lass das.« Robert lächelt.

Sie setzen sich nebeneinander an Blancas Bett. Blanca schläft.

»Gut, dass sie ein Einzelzimmer hat«, sagt Robert.

Sam nickt. Sie schafft es nicht, ihren Vater nach der Übersetzung zu fragen, nach Grace. Nicht hier, an Blancas Bett. Man kann nie sicher sein, was ein Schlafender hört. Obwohl sie nichts mehr will, als Roberts Part zu hören. Dennoch bleibt sie still sitzen, die Augen auf Blancas Gesicht gerichtet. Als wenn Blanca das einzig Unverrückbare in ihrem Leben ist. Eine Sicherheit, die sie nie aufgeben muss. Sam möchte weinen, aber sie hat keine Kraft dazu. Außerdem verbietet sie es sich, vor Blanca zu weinen. Nicht in dem fragilen Zustand, in dem Blanca schwebt. Ihr Magen krampft sich zusammen. Sie hat kaum etwas gegessen außer einem halben Sandwich, das sie aus einem Automaten gezogen hat. Ihr Hals ist furchtbar trocken. Das Haar klebt strähnig an ihren Wangen.

Sie beobachtet ihren Vater, der ganz still da sitzt, die Hände ineinander verkrampft, den Blick auf Blancas Bett gerichtet, nicht auf ihr Gesicht. Robert sieht gut aus, das Sorgenvolle, Deprimierte, das ihn so lange umgeben hat, ist endlich ausgelöscht.

»Ich kann nicht lange bleiben«, murmelt Robert. »Ich muss zurück ins Büro. Aber ich wollte unbedingt nach euch sehen.«

Nach euch. Als würde ich selbst in diesem Krankenhaus liegen, denkt Sam. Was nicht abwegig ist. Sie fühlt sich schmutzig, verschwitzt und müde.

»Soll ich dich heimfahren?« Robert sieht Sam nicht an. »Möchtest du nicht nach Hause? Dich frischmachen? Ausruhen?«

Sam schüttelt den Kopf.

»Habe ich mir gedacht.« Er steht auf, streicht über sein Jackett. Dann beugt er sich über Sam und küsst sie. »Übernimm dich nicht!«

Sam schüttelt den Kopf. Sie greift nach seiner Hand, drückt sie an ihre Wange, lässt los. Robert sagt leise: »Wiedersehen, Blanca!«, und geht zur Tür. Sam sieht, wie seine Hand die Klinke hinunterdrückt.

Mit einem leisen PUFF schließt sich die Tür hinter ihm. Sie ist allein mit Blanca.

Sam steht auf, geht ans Fenster. Regenwolken hängen über den Klinikgebäuden, feiner Niesel fällt auf die Dächer. Jäh fühlt sie sich eingesperrt, sehnt sich nach frischer Luft und danach, durch die Straßen zu laufen. Sie geht zur Tür und hastet durch die Gänge zum Fahrstuhl. Sieht gerade noch, wie die Türen sich hinter Robert schließen. Ungeduldig drückt sie auf die Tasten. Es dauert Ewigkeiten, bis der nächste Lift kommt. Sie hämmert auf die Taste ›Erdgeschoss‹. Gemächlich setzt der Lift sich in Bewegung. Sam wird wütend auf die Trägheit der Technik, sie tritt von einem Fuß auf den anderen. Zieht ihr Handy aus der Tasche. Es ist ausgeschaltet. Sie will Robert anrufen, will ihn bitten, zu bleiben, auf einen Kaffee, nur um zu reden.

Doch bevor das Handy aufgestartet ist, hält der Fahrstuhl. Sam läuft durch die Eingangshalle. Robert ist nirgends zu sehen.

Sie eilt durch die automatische Tür. Es ist unerwartet kühl draußen. Der Nieselregen setzt sich auf Sams Haar. Sie schaut sich um. Unten an der Straße sieht sie ihren Vater stehen, sieht zu, wie er suchend nach rechts und links blickt. Ein roter Smart hält am Gehsteig. Robert beugt sich hinab, öffnet die Beifahrertür. Sam rennt.

Robert sagt etwas, lacht, zieht sein Jackett aus. Sam bleibt stehen, wenn er sich umdreht, wird er sie sehen, sie kann sich nirgends verstecken. Ihr Vater jedoch dreht sich nicht um. Er fühlt sich vollkommen im Reinen mit sich und der Welt, steigt zu einer Frau ins Auto, küsst sie, schlägt die Tür zu. Sam sieht, wie er sich anschnallt, und wie die Frau den roten Wagen vorsichtig in den Verkehr fädelt.

19

Sam nimmt einen dicken Umschlag aus ihrem Briefkasten. Die Fotos, die Jerry bearbeitet hat. Sie schließt ihre Wohnungstür auf, schnickst die Schuhe weg. Es ist stickig im Zimmer.

Auf ihrem Schreibtisch steht ein riesiger Fliederstrauß. Darunter eine Karte:

Melde dich! Victoria

Melde dich, Victoria? Sam schiebt die Karte weg. Sie hat ihren Eltern den Ersatzschlüssel für die Wohnung gegeben, aber bislang ist es nicht vorgekommen, dass einer von ihnen ohne Vorwarnung reingegangen ist.

Der Flieder verströmt einen intensiven, betäubenden Duft. Sam öffnet ein Fenster und atmet tief die feuchte Luft ein. Sie geht duschen, lässt lange das heiße Wasser über ihren Körper laufen. Sie seift ihr Haar mit Shampoo ein. Als sie aus der Dusche steigt, muss sie die Badezimmertür öffnen, weil der Spiegel ganz beschlagen ist. Sie fröstelt, schlüpft in ihren Bademantel, geht ins Wohnzimmer und schließt das Fenster.

Anschließend gießt sie Tee auf. Jede Bewegung, jede Handlung bereitet in Gedanken die folgende vor: Jetzt lasse ich den Tee ziehen, und wenn das gemacht ist, fülle ich ihn in die Thermoskanne, föne mein Haar … Sams Schläfen pochen. Sie braucht das Gerüst aus simplen Dingen, um nicht zu weinen. Wenn sie anfängt zu weinen, wird sie nicht mehr aufhören können. Sie wird nicht mehr funktionieren. Alles wird durcheinandergeraten.

Sie trocknet ihr Haar, zieht sich an, frische Jeans, Pulli, bindet die langen Strähnen zum üblichen Pferdeschwanz.

Nachdenklich betrachtet sie den Fliederstrauß. Melde Dich! Victoria. Blumengeschenke bedeuten Versöhnung,

Freundschaft, Anerkennung. Der kurze Gruß auf der Karte hingegen klingt wie ein Befehl.

Sam fährt den Rechner hoch.

Eine Mail von Joanie.

Hi Sam!

Danke für das Foto! Entschuldige, ich habe mich länger nicht gemeldet. Meine Mom musste an der Galle operiert werden, alles war ein einziges Durcheinander. Mittlerweile habe ich herumgefragt. Meine Geschwister haben keine Ahnung, wer die Frau auf dem Foto ist. Wobei ich zugeben muss, sie hat das typische May-Gesicht. Findest du nicht?

Tausend Grüße in Eile,

Joanie

Sam schreibt zurück.

Liebe Joanie,

danke für all die Mühe!

Sam

Sie kann nichts schreiben über Grace, die griechischen Protokolle, die Übersetzung und die Kartei in dem staubigen Zimmer in Meeder. Nichts über Blancas Schlaganfall und Robert, der zu einer blonden Frau in ein rotes Auto steigt. Wie sollte sie einen solchen Verrat schildern? Ist eine Familie, in der Tochter, Schwester und Schwägerin totgeschwiegen werden, überhaupt eine Familie? Oder doch nur ein irgendwie vom Zufall des Schicksals zusammengewürfelter Trupp Leute?

Als Sam den Posteingang aktualisiert, poppt eine neue Mail auf. Sie ist vor ein paar Minuten eingegangen, kommt von der Kreativdirektorin des Labels, für das Sam arbeitet.

Liebe Frau May,

danke für Ihre Entwürfe.

Leider müssen wir Ihnen mitteilen, dass wir uns nicht entscheiden konnten, Ihre Ideen in die engere Wahl zu ziehen. Es steht Ihnen selbstverständlich frei, sich mit neuen Entwürfen für die Frühjahrskollektion 2014 zu bewerben.

Beste Grüße,

Simona Stein

Sam lehnt sich zurück. In ihren Ohren braust es. Das ist ihr noch nie passiert. Dass das Label ihre Sachen bereits in der ersten Runde ablehnt. Noch nie. Üblicherweise fordern sie, umzuarbeiten oder zu ergänzen, diskutieren über Kleinigkeiten. Aber sie lehnen nichts ab. Nicht so früh in der Entwicklungsphase. Wie sie es auch dreht und wendet: Sie ist aus dem Rennen. Dabei hat sie sogar auf eine Festanstellung gehofft.

Lange sitzt sie so da, sieht zu, wie der Abend kommt, keine spektakuläre Dunkelheit, einfach eine graue Dämmerung, die immer schwärzer wird. Jerrys Umschlag mit den Aufnahmen fällt ihr ein, aber sie ist zu müde, fühlt sich zu leer, um das Kuvert auch nur zu öffnen. Sie nimmt es, betastet es von allen Seiten, bevor sie es in ihre Handtasche stopft.

Das Telefon reißt sie aus ihrer Betäubung.

Sam nimmt den Hörer. »Ja?«

»Spricht dort Samantha May? Hier ist Roman Hallstein.«

Sam will etwas sagen, aber es funktioniert nicht.

»Hallo?«, kommt Romans Stimme aus dem Telefon. »Samantha?«

Kaum jemand spricht sie so an. Sam ist stets nur Sam.

»Ja«, krächzt sie. »Ich bin am Apparat.«

»Ich wollte mich erkundigen, wie es Ihnen geht.«

Woher haben Sie meine Nummer?, will Sam fragen, aber natürlich steht sie im Telefonbuch.

»Ich – es geht.«

»Ich bin gerade zufällig in Coburg. Haben Sie Lust, mit mir etwas trinken zu gehen?«

Sam schüttelt den Kopf. Ihr ist nicht danach. Sie hat nichts Schönes anzuziehen, und ihre Frisur ist ein Albtraum. Ihre Großmutter liegt mit einem Schlaganfall in der Klinik, ihr Vater steigt zu blonden Frauen in rote Autos und ihre Mutter schickt Fliedersträuße. Sie hat eine Tante, die vor 30 Jahren in Griechenland von einer Klippe stürzte, und eine Familie, die diese Tante totschwieg. Ein dicker Auftrag, mit dem sie eigentlich gerechnet hat, ist ihr zwischen den Fingern zerronnen.

»Gut«, hört Sam sich sagen. »In einer halben Stunde? Im Goldenen Kreuz?«

Sie legt auf. Ihre Wangen fühlen sich warm an. Ihr Herz schlägt so schnell und heftig gegen ihre Rippen, dass sie aufspringen und ein wenig im Raum auf und ab gehen muss. Dabei fällt ihr Blick auf den Fliederstrauß. Kurz entschlossen schnappt sie sich die ganze Vase und trägt sie nach unten, wo sie die Zweige in die Biotonne kippt.

20

Die meiste Zeit hält Blanca die Augen geschlossen. Es ist ihr lieber so. Ihr linker Arm fühlt sich taub an. Probeweise bewegt sie ihn. Es gelingt einigermaßen. Auch ihre Beine reagieren, wenn sie sie anzieht und streckt. Nach solchen Experimenten ist sie immer sehr müde. Ihr Geist gleitet dann in einen Zustand zwischen Wachen und Schlafen.

Die Ärzte haben gesagt, sie hatte einen Schlaganfall und riesiges Glück, weil sie sofort behandelt wurde. Wenn sie den Schlaganfall erlitten hätte, als sie allein zu Hause war, hätte sie vielleicht nicht überlebt. Sam war bei ihr. Deshalb ist noch mal alles gut gegangen.

Sam.

Sam, die Blanca immer so sehr an Grace erinnert.

Ach, und Victoria. Dieses arme, dumme Mädchen.

Und Grace. Mein Gott, wie sie Grace vermisst. Wie der Schmerz nach so vielen Jahren noch immer da ist, sie aus dem Hinterhalt überfällt.

Sam redete von einer Übersetzung. Isaac hätte eine Übersetzung in Auftrag gegeben. Blanca liegt bewegungslos im Bett. Das Licht ist trist und grau, doch das macht ihr nichts aus. Sie ist froh, dass es regnet, so muss sich niemand auf den Festungsberg bequemen und ihren Garten gießen. Was zweifellos Sam tun würde. Jedenfalls nicht Victoria.

Victoria wollte nie mehr etwas mit dem Haus zu tun haben. Sie hat es leergeräumt, denkt Blanca, von Grace' Sachen genommen, was sie brauchte, und das war es. Ihre Tochter Victoria war schon immer sehr zielstrebig. Sehr nüchtern. Bisweilen fragt sich Blanca, ob Victoria diese selbstsüchtige Seite weniger stark ausgebildet hätte, wenn Isaac nicht so auf Grace fixiert gewesen wäre. Wenn er neben Grace' künstlerischer Begabung anerkannt hätte, was Victoria auszeichnet: Organisationstalent und Beharrlichkeit ... Victoria litt unter den Starallüren ihrer älteren Schwester. Blanca tat alles, um auszugleichen. Die Liebe des Vaters allerdings war immer unerreichbar für Victoria.

Traurig, denkt Blanca.

Und dann starb Isaac, und Vater und Tochter hatten keine Gelegenheit, sich auszusprechen.

Robert kam zu Blanca in jener Nacht.

»Ich muss dir etwas sagen.« Er stand vor der Tür, tropfnass, aus der Fassung. »Isaac …«

Damals hatte eine eisige Faust Blancas Herz beinahe zerdrückt.

»Was ist mit Isaac?«, fragte sie.

»Er hatte einen Herzinfarkt. Blanca – er ist tot!« Robert nahm Blanca bei den Schultern und führte sie ins Haus, das noch nicht allzu lange zuvor Grace' Heim gewesen war. In ein Haus, in dem sie von nun an allein leben würde. Dieser Gedanke schoss Blanca durch den Kopf, blockierte alles andere: die Trauer, die Fragen, die Zweifel. Sie würde allein sein. Allein. Das Wort hallte in ihrem Kopf wider.

Sie und Isaac waren erst ein halbes Jahr vorher in das Haus gezogen. Raus aus der Innenstadt, das wollte Isaac. Er wollte einen Garten und freute sich auf den Sommer, auf die Stockrosen, auf Dahlien und Astern, auf die Obsternte. Grace hatte den Garten liebevoll gepflegt. Blanca hat natürlich geahnt, dass der Umzug in Grace' Haus ihn der verlorenen Tochter näherbrachte.

Als Robert vor der Tür stand, als Blanca vorausahnte, dass Isaac nicht mehr kommen würde, da fürchtete sie sich vor der Verlassenheit in dem großen Haus. Nur Sam und später Igor und Nikolaj füllten die Leere aus.

Robert kannte ausschließlich Victorias Version des Abends, und die gab er zum Besten.

»Isaac wollte sich mit Victoria aussprechen«, fing er an. »Es wurde wirklich Zeit. Dass sie sich näherkamen, meine ich.« Roberts Hände verkrampften sich ineinander. »Isaac kippte ganz plötzlich vom Stuhl. Victoria versuchte, ihn wiederzubeleben. Es war zu spät.« Roberts Stimme brach.

Er hat seinen Schwiegervater sehr geliebt, erinnert sich Blanca. Robert bewunderte Isaacs berufliche Erfolge, schätzte seinen Mut, in einem fremden Land neu anzufangen. Sie weiß auch, dass Robert nie verstanden hat, warum Victoria auf ihren Vater so schlecht zu sprechen war.

Eine Schwester betritt den Raum, macht sich an der Infusion zu schaffen. Blanca blinzelt.

»Geht es Ihnen gut?«, fragt die Schwester freundlich.

»Ich denke schon«, antwortet Blanca. Tatsächlich, sie fühlt sich gut. Sie ist müde, fühlt sich seltsam losgelöst von den Dingen, die um sie geschehen, aber es geht ihr gut.

»Bestimmt können Sie bald nach Hause.«.

»Das wäre schön.« Blanca hat keine Eile, in die Einsamkeit ihres Hauses zurückzukehren. In diesem stillen, weißen Zimmer fällt es ihr leichter, Bilanz zu ziehen.

Robert sprach davon, dass Isaac getrunken hätte.

Isaac hat so gut wie nie getrunken. Nur, wenn er völlig aus dem Häuschen geriet. Und selbst in solchen Situationen gelang es Blanca jedes Mal, ihm nach zwei Drinks das Glas aus der Hand zu nehmen, ihn auf den Teppich zu holen.

Er war nervös, in jenem Frühjahr 1983. Sie dachte, das sei normal. Als das Unglück sich jährte, wurde sie selbst unruhig. Das Entsetzen über Grace' Tod war längst nicht abgeflaut. Oft schlugen finstere Wellen der Trauer über Blanca zusammen, und Isaac ging es nicht anders. Doch während Blanca ihre Kleidungsstücke in gedeckten Farben allmählich wieder gegen buntere austauschte, sich um Sam kümmerte, für Victoria und Robert da war, vergrub Isaac sich in Papiere und Geschichten. Sie ahnte, dass die intensive Recherchearbeit, die er betrieb, nicht unbedingt immer mit seinen Aufträgen für Magazine zu tun hatte. Dass es um eine Story ging, die mit ihm selbst verbunden war.

In jenem Frühjahr war Isaac mehr als sonst unterwegs. Und er wartete auf Post. Weil er meistens von zu Hause aus arbeitete, war er der Erste, der zum Briefkasten eilte, sobald das gelbe Postauto hinter der Hecke auftauchte.

Blanca wälzt ihre Erinnerungen hin und her. Das Bild in ihrem Geist wird schärfer. Sie wünscht, sie könnte mit Sam sprechen. Die vielen Mosaikstücke ineinanderfügen. Als sie zusammenbrach vor ein paar Tagen, da sah sie im Fallen, wie Sams Lippen den Namen Grace formten. Gespreizte Lippen, ein halb geöffneter Mund.

Grace.

Blanca klingelt nach der Schwester.

»Würden Sie meine Enkelin anrufen? Sam? Ich möchte unbedingt mit ihr sprechen.«

»Es ist sehr spät, Frau May«, entgegnet die Schwester.

»Sagen Sie ihr, es ist nichts Schlimmes. Es geht mir gut. Ich möchte bloß mit ihr sprechen. Und es kann nicht bis morgen warten.«

21

Sam betrachtet Romans Gesicht. Da ist stets ein Ausdruck sanfter Konfusion in seinem Blick. Es muss an ihrem Gerede liegen. An der Art, wie sie erzählt, wie sie versucht, alles zusammenzutragen, was sie selbst weiß, und wie sie die Fäden derjenigen Kapitel anknüpft, von denen sie nur ahnt.

»Ihr Großvater starb an einem Herzanfall, ziemlich genau ein Jahr nach dem Tod seiner ältesten Tochter?« Roman nimmt einen Schluck Kreuztrunk.

»Eben.« Sams Riesling ist warm geworden. »Und zwar kurz nachdem er die Rechnung bekommen hat. Von Ihrem Vater. Die Rechnung war datiert auf den 7. März. Am 13. März starb er.«

»So erschreckend hoch war der Betrag gar nicht«, wendet Roman ein.

»Darum geht es nicht. Nicht die Rechnung hat ihn aus der Bahn geworfen, sondern der Inhalt der Polizeiprotokolle!« Sam trommelt mit den Fingern auf die Tischplatte. »Wenn ich nur wüsste, wie er überhaupt auf die Idee kam, diese Protokolle einzusehen.«

»Wahrscheinlich musste er dazu einen Anwalt einschalten. Denn die Polizei rückt nicht ohne Weiteres ihre Interna raus. Schon gar nicht über Landesgrenzen.«

»Aber es ging um den Tod seiner Tochter.«

»Hat Ihre Familie einen Anwalt ihres Vertrauens?«

Sam zuckt die Achseln. »Nicht, dass ich wüsste. Ich muss Blanca fragen.« Tränen schießen ihr in die Augen.

Roman greift über den Tisch und berührt flüchtig ihre Hand. Sam sieht ihn an. Seine Augen erwidern ihren Blick ruhig. Sam wird nervös, beginnt, in ihrer Handtasche zu graben.

Jerrys Fotos!

Sie legt den Umschlag auf den Tisch, schlitzt ihn mit der Gabel auf.

»Hier!« Sie legt den stark vergrößerten Abzug des Fotos auf den Tisch. »Jetzt ist sie keine Unbekannte mehr.« Sie deutet auf Grace. »Inzwischen könnte man das Bild mit ›zwei Schwestern‹ untertiteln. Aber ich kann es ohnehin nicht für die Ausstellung verwenden.«

Romans schlanke Finger greifen nach dem Foto. »Wer ist der Mann im Hintergrund?«

»Ich weiß es nicht.«

»Fragen Sie Ihre Mutter?«

»Sie dreht durch. Sie wollte mir schon nicht sagen, dass meine Tante auf dem Bild ist.«

»Also, womöglich ist der distinguierte Herr Ihr Onkel?«

Wenn er herumalbern, einen ironischen Tonfall an den Tag legen würde, Sam würde sofort aufstehen und gehen. Doch Roman klingt ganz ernst. Sam wird klar, dass es da noch einen Onkel geben könnte. Victoria, die Jüngere, war 1982 bereits verheiratet, hatte ein Kind. Vielleicht ... Sams Gedanken überschlagen sich. Sie sieht die anderen Abzüge durch. Auf einem sind Ausschnitte vergrößert: Victorias Gesicht, die Mundwinkel zu einem spöttischen Lächeln hochgezogen, als hätte jemand sie aufgefordert, ein klein wenig freundlicher in die Kamera zu schauen. Und Grace. Ein angedeutetes Lächeln, tiefe, dunkle Augen sind ernst auf den Fotografen gerichtet.

»Es gibt zwei Unbekannte«, sagt Roman. »Einen Mann im Hintergrund, und den Fotografen. Oder die Fotografin.«

»Die beiden stehen da wie Pik 7.«

»Und der Fotograf hat den Mann im Hintergrund nicht bemerkt. Ein Profi hätte die Damen anders aufgestellt und auf seinen eigenen Schatten aufgepasst. Der soll ja nicht ins Bild.« Roman tippt auf die Felsen im Hintergrund. »Tolle Landschaft, dort auf dem Peloponnes.«

Sam hört nicht mehr richtig zu. Sie studiert das Gesicht des Mannes im Halbschatten des Wagens. Er hat lange, ebenmäßige Züge. Sogar die Bügelfalte seiner Hose kommt in der Vergrößerung heraus. »Wie sollen wir je herausfinden, wer das ist?«

»Wenn Sie mich lassen – ich habe Wege.«

»Was für Wege?«

»Journalistische Wege.«

Romans Hände greifen nach Sams Gesicht. Die langen Finger umschließen ihre Wangen. Sie sieht seine grünen Augen auf sich zukommen, zwei leuchtende, strahlende Monde, über die jemand Glanzpapier geklebt hat. Dann küsst er sie zart auf die Stirn.

Die Berührung seiner Lippen schiebt alles andere weg:

die Angst um Blanca, das Rätsel um Grace und das große Schweigen. Sie sitzt unbeweglich da, in dem schummrigen Licht der Gaststube, die sich mittlerweile beinahe geleert hat. Drüben an der Theke halten die Angestellten einen halblauten Plausch, während Sams Welt sich in immer rasanteren Umdrehungen von ihrem Fixpunkt entfernt.

Roman lässt sie los. »Wenn Sie mich lassen«, wiederholt er, »kümmere ich mich um die Identität des Mannes.«

»Und ich will wissen, ob es mehr Papiere gibt. Solche, die mein Großvater nicht ausgegraben hat.«

Warum kann sie umschalten, von dieser warmen, verzauberten Verwirrtheit auf einen geschäftsmäßigen Tonfall? Plötzlich bricht alles über sie herein. Tränen schießen ihr in die Augen. Sie hat den Auftrag für ihr Label versemmelt. Sie kann sich an den Fingern einer Hand ausrechnen, dass sie für diese Marke nicht mehr arbeiten wird. Blanca liegt im Krankenhaus. Sie ist nicht unsterblich. Ihr Vater hat eine Affäre. Und ihre Mutter hatte eine Schwester, die sie verschwieg, die die ganze Familie verschwieg, und das ist ein Verrat, den Sam nicht zu vergeben bereit ist.

Ihr Handy klingelt.

»Hallo?«, antwortet sie, froh, dass etwas Reales, etwas, das nicht lediglich Gedanke oder Gefühl ist, sie ablenkt.

»Hier spricht Schwester Michaela, Klinikum Coburg. Ihre Großmutter hat mich gebeten, Sie anzurufen. Sie brauchen keine Angst zu haben, es geht ihr gut, sie möchte nur mit Ihnen sprechen. Jetzt gleich. Es ist ihr sehr wichtig.«

Sams Herz, das bereits zum Sprint angesetzt hat, beruhigt sich.

»Es geht ihr wirklich gut?«

»Sie ist absolut stabil und kann bald nach Hause. Aber irgendetwas bereitet ihr Kopfzerbrechen. Es wäre wirklich gut, wenn Sie kämen.«

Sam sieht auf die Uhr. Fast elf.

»Ich komme.«

Sie legt auf, und Roman fragt: »Was dagegen, wenn ich Sie fahre?«

22

Blancas Augen glänzen, als Sam den Raum betritt.

»Blanca!« Sam kauert sich neben das Bett und streichelt ihre Hand.

»Kleines!« Blanca lächelt. »Schön, dass du kommen konntest.«

»Kein Problem.« Sams Gefühlslage ist ein taumeliges rutschiges Deck, auf dem sie keinen Halt findet. Sie ist froh, nicht mehr als ein Glas Wein getrunken zu haben. Roman hat sie hergefahren und angeboten, auf sie zu warten, und sie hat nicht abgelehnt. »Wie geht es dir?«

»Sie wollen mich bald entlassen. Alles ist ausgestanden. Zunächst.« Blancas Atem geht schwer, irgendwie belegt. »Ich kann sprechen, ich kann meinen Arm bewegen, nicht so gut wie sonst, aber immerhin. Ich kann gehen. Die Physiotherapeutin hat mich heute Nachmittag aus dem Bett geschmissen und gezwungen, ein paar Schritte zu laufen. Es ist mühsam, aber es funktioniert.«

»Gut«, flüstert Sam, schluckt die Tränen hinunter. Der Augenblick wird kommen, wo sich die Familie Gedanken machen muss, was mit Blanca in ihrem Haus geschieht. Wenn sie allein nicht mehr kann. Wenn sie Pflege braucht.

Die Familie!

Ihre beschissene, verlogene Familie!

Sam beißt sich auf die Lippen. An Blanca will sie ihren Ärger nicht auslassen, keinesfalls, an jedem anderen, aber nicht an ihr.

»Hat Nikolaj dich besucht?«

»Lass ihn in Ruhe. Er ist frisch verliebt.«

»Also nicht!« Heiße Enttäuschung flammt auf. Sie hat ihn darum gebeten.

»Lass ihn, Sam! Man muss nicht immer Unmögliches verlangen.«

Doch, denkt Sam. Man muss, damit wenigstens ein klein bisschen Gutes geschieht. Victoria und Robert verlangen stets das Unmögliche, das Besondere, das Außerordentliche. Robert musste um jeden Preis seine Firma retten. Victoria lässt einzig und allein ihre besten Werke gelten. Alle anderen zerstört sie. Die Ausstellung, denkt Sam, o Gott, die Ausstellung!

»Ich weiß, du bist daran gewöhnt worden, immer für die Familie einzustehen«, sagt Blanca. »Du hast es bereitwillig getan. Igor dagegen tut es überhaupt nicht. Und Nikolaj, unser Jungspund, nimmt irgendwie eine Zwischenposition ein.«

Sam zieht sich einen Stuhl heran. Sie muss sich setzen. Damit ihr Vater die Firma aus den roten Zahlen hievte, war sie mit Ralf zusammen. Plötzlich sortieren sich Ursache und Wirkung in ihrem Kopf wie von selbst. Sie war in Ralf verliebt, wagte jedoch nicht, die Beziehung zu beenden, weil. Weil. Weil. Weil die Familie sie mit Ralf brauchte, dem Bankersohn, und weil familiäre Verbindungen bei den May-Försters gelten wie Naturgesetze.

»Wie geht es dir, Sam?«

»Ich weiß nicht.« Sie hat den Auftrag versaut, Robert hat eine Affäre, unerklärliche Dinge sind in der Vergangenheit geschehen. Unten an der Straße wartet ein Mann im Auto auf sie. Immerhin etwas.

»Vielleicht möchtest du eine Geschichte hören«, fährt Blanca fort.

»Ja.« So wie früher vor dem Einschlafen, wenn Blanca an Sams Bett saß und Geschichten gelesen hat. Puh, der Bär. Teddy und Pummel. Pippi Langstrumpf.

»Dein Großvater und ich hatten zwei Töchter. Grace und Victoria. Grace war die Ältere.« Tränen steigen in Blancas Augen. Sie rinnen über ihre Schläfen in ihr weißes Haar, das borstig und ungewaschen um ihren Kopf steht. »Isaac liebte Grace abgöttisch. Sie war das erste Kind, ein Mädchen. Väter verlieben sich mitunter in ihre Töchter. Das zweite Mädchen spielte für deinen Großvater keine Rolle mehr. Er war immer auf Grace fixiert.«

Sam senkt den Kopf.

»Grace sah aus wie du, Sam. Du hast die Ähnlichkeit auf dem Foto bemerkt. Sie war dir auch, wie soll ich sagen, vom Charakter her sehr ähnlich. Meistens eher ruhig, als Kind fast schüchtern. Das Resolute kam erst später. So mit Anfang 20.« Blanca schweigt eine ganze Weile. Über den Gang hasten Schritte. Irgendwo klingelt ein Telefon. »Victoria war ein Wirbelwind, der sich nichts aus Verboten machte, Gehorsam nicht kannte. Man musste anders mit ihr umgehen als mit Grace, die Erziehung war nicht leicht. Ich versuchte immer, sie durch Argumente zu überzeugen, dies oder jenes zu tun oder zu lassen. Dein Großvater kannte nur Befehle. Grace gehorchte, Victoria nicht. Er hatte keine Geduld und kein Interesse, Victoria besser, überlegter zu behandeln. Isaac war ein Sturkopf.«

Sam sieht ihre Mutter vor sich. Die Kleine, die links liegen gelassen wird und sich wehrt.

»Die beiden Schwestern haben gestritten, dass die Fetzen

flogen. Und als sie in die Pubertät kamen, wurde alles noch schlimmer. Victoria stibitzte ab und zu einen Pulli oder einen Rock von Grace. Wenn es rauskam, schlachteten sie einander beinahe ab. Isaac schlichtete stets zugunsten von Grace. Ich habe alles getan, um zu vermitteln, um Victoria das Gefühl zu geben, dass sie geliebt und getragen ist, von beiden Eltern, doch sie entwickelte nie ein vertrauensvolles Verhältnis zu ihrem Vater, und ich muss sagen, obwohl es mir weh tut, dass Isaacs Tod sie nicht sonderlich traurig gestimmt hat.«

Blanca schweigt wieder. Sie schließt die Augen. Die Tränenspuren in ihrem Gesicht sind getrocknet. Sam reibt sich die Stirn. Manches an Victorias Verhalten wird ihr jetzt klar. Die Kompromisslosigkeit. Das vorgereckte Kinn. Der unbedingte Wille, sich durchzusetzen.

»Grace' Tod hat Victoria zutiefst erschüttert«, lässt Blanca sich vernehmen. Sie spricht mit geschlossenen Augen, als liefe ein Film hinter ihren Lidern. »Als sie aus Griechenland zurückkehrte, allein, ohne ihre Schwester, war sie verändert. Sie war komplett aus der Bahn geworfen. Dir zuliebe haben wir uns zusammengerissen. Wir hatten ein Baby im Haus, für das wir sorgen mussten. Du siehst«, Blanca schlägt die Augen auf, »wir haben schon immer auf dich gezählt.« Sie lächelt Sam warmherzig an.

Sam sieht auf den Boden. »Wenn sie einander so verabscheuten, warum sind sie zusammen nach Griechenland gefahren?«

»Es sollte eine Inspirationsreise sein. Grace«, Blancas Stimme bricht, sie hustet, räuspert sich, »war außerordentlich begabt. Konnte karikieren, in wenigen Strichen, hatte gute Ideen, aber im vorausgegangenen Winter rutschte sie in ein Loch.« Blanca hält inne. Sam wartet. Sie denkt an den Auftrag, den sie verbummfidelt hat, weil sie nicht kreativ genug, nicht originell genug gearbeitet hat. Weil sie schlicht nicht gut genug ist für ihren Job.

»Victoria ist ebenso eine Künstlerseele, nur mit einem anderen Ansatz, als Grace das war.« Blanca ringt um Worte. »Grace war sehr abhängig von Stimmungen, wenn sie malte. Victoria malte nach Stundenplan, wie eine Büroangestellte. Dadurch brachte sie viel mehr zustande als Grace. Grace war oft unzufrieden mit ihren Ideen und warf sie weg, bevor aus ihnen etwas werden konnte. Langer Rede kurzer Sinn, Victoria tat es leid, wie Grace sich quälte, und sie lud sie auf eine Inspirationsreise ein. Sie wollten nach Griechenland. Beide hatten nicht viel Geld, Griechenland war günstig, ein sonniges Land, wo man auftanken konnte …«

»Haben sie sich vertragen?«

»Nun, Liebes, sie waren längst erwachsene Frauen, nicht mehr abhängig von ihren Eltern, sondern frei, den Weg zu gehen, den sie sich aussuchten.«

Sam nimmt den Abzug aus der Tasche, den Jerry insgesamt vergrößert und scharfgezeichnet hat, und reicht ihn stumm an Blanca weiter.

Blanca setzte sich im Bett auf, sieht sich das Bild eine Weile an. Aufs Neue laufen Tränen über ihr Gesicht. Sie wischt sie weg. »Ich könnte so stolz auf sie beide sein, weißt du.«

Sam sagt nichts. Sie sitzt einfach da und fühlt die Trauer ihrer Großmutter, gleitet mit ihr durch die Zeit zurück, zu Erinnerungen, die sie nicht teilt, aber deren Emotionen auf sie abfärben.

»Wer ist der Mann im Hintergrund?«, fragt Sam irgendwann.

»Ich kenne ihn nicht.« Blanca hat ihre Brille aufgesetzt und studiert das Foto ausdauernd. »Ulkig, wie der Schatten des Fotografen zwischen den beiden hindurchragt, findest du nicht?« Blanca lächelt. Dann spult sie den Rest der Geschichte ab, sehr schnell, wie um es zu Ende zu bringen, bevor es zu weh tut. Wie Victoria anrief und die schrecklichen Neuigkeiten mitteilte. Wie Isaac darüber zusammenbrach. Wie Victoria nach Hause kam, wie Isaac sie ignorierte, wie Victoria sich über Sams Bett beugte und die Kleine herausnahm und an sich drückte und Sam davon aufwachte und zu weinen begann.

»Sie wollte, dass du nie etwas davon erfährst. Sie drückte dich an ihre Brust, küsste dein Köpfchen und nahm mir das Versprechen ab, dir nie von Grace zu erzählen.« Blanca bricht ab. Sie rutscht tiefer in die Kissen. Sam zupft die Decke zurecht.

»Aber warum?« Sam schüttelt langsam den Kopf. »Ich war so klein. Ich hätte mich an meine Tante sowieso nicht erinnert.«

»Victoria wollte es nicht, sie«, Blanca sucht nach den richtigen Worten, »sie litt so sehr, stand so unter Schock, dass sie bereit war, alles Schreckliche wenigstens von dir fernzuhalten.«

Als könnte irgendjemand irgendetwas Schreckliches von anderen fernhalten, denkt Sam. Sie ist plötzlich wütend.

»Als ich ihr das Foto zeigte, da hat sie mich schlicht angelogen!«

»Du bist empört. Ich verstehe das. Sie hat dich angelogen, weil sie meinte, du würdest die Sache auf sich beruhen lassen.« Blanca lächelt. »Ich nehme sie immer noch in Schutz, siehst du? Obwohl es insgesamt gesehen keine gute Idee war, dir alles zu verheimlichen. Genauso wenig wie alles zu vernichten, was mit Grace zu tun hatte.« Sie nimmt die Brille ab. »Legst du die bitte weg? Danke.«

Sam legt die Brille in das Etui auf dem Nachtkästchen.

»So hat Victoria dich in Schutz genommen. Als Isaac tot war, als du älter wurdest, als du Grace immer ähnlicher wurdest, da warfen wir alle Bilder von Grace weg.«

Sam wird kalt.

»Das ist herzlos.«

»Nicht unbedingt. Es war nicht für uns. Es war für dich.«

Ich kann das nicht ertragen, denkt Sam. Ich kann es nicht ertragen, dass mir diese professionelle Verleugnung untergeschoben wird. Als sei ich dafür verantwortlich!

»Ich hätte keineswegs darunter gelitten, eine Tante zu haben, die kurz nach meiner Geburt gestorben ist. Sowas kommt in allen Familien vor.«

»Ich glaube nicht«, widerspricht Blanca. »Sowas kommt nirgendwo sonst vor.«

Sam schweigt. Blanca sieht erschöpft aus. Sie sollte lieber schlafen, anstatt sich diesen zersetzenden Erinnerungen auszuliefern.

»Was ist mit dem Mann, den du kennengelernt hast?«, fragt ihre Großmutter unvermittelt.

»Wir waren vorhin was trinken.«

»Ach du liebes Lieschen. Du hast der Romantik einen Tritt gegeben, weil ich dich anrufen ließ.«

»Nein. Er hat mich geküsst und mich hierher gefahren.«

Blanca lächelt. »Gut.«

»Bist du wirklich okay, Blanca?«

»More or less.« Sie seufzt. »Die Ärzte sagen, es besteht die Gefahr eines zweiten Schlaganfalls. Der wäre schlimmer. Würde nicht mehr so locker wegzustecken sein.«

»Hab keine Angst.«

»Ich versuch's.«

Sam streicht mit zwei Fingern über Blancas Gesicht. Ihre Wangen sind kühl und weich. Blanca schließt die Augen, spürt der Berührung nach.

»Warum hat Großvater die Polizeiprotokolle aus Griechenland angefordert und übersetzen lassen?«

»Ich weiß es nicht.« Blancas Stimme klingt erschöpft. »Vielleicht konnte er sich mit dem Gedanken nicht anfreunden, dass es Victoria war, die zurückkehrte.«

»Wie kam er an die Protokolle, Blanca? Hattet ihr einen Anwalt, zu dem er mit dem Problem hätte gehen können?«

»Von der Schlei. Alfred von der Schlei. Aber der ist seit vielen Jahren tot.«

Blancas Lider zucken. Sie greift nach Sams Hand. »Ich bin müde, Little Sweetie.«

23

Als Sam ihr Handy einschaltet, blinkt eine SMS von Luna auf. Bin wieder im Land, wann treffen wir uns?

Sam steckt das Telefon weg. Es gibt tausend Sachen, die sie mit Luna besprechen muss. Die Übersetzung, überhaupt die Tatsache, dass sie eine Tante hat. Sam hat sonst keine Tanten, keine Onkel, bis auf die Amerikaner, aber sie sind sozusagen zweite Garde. Dann fällt ihr die Absage des Labels ein. Ihr Herz wird schwer. Die Ausstellung, um Himmels willen, sie hat ja auch die Ausstellung am Hals. Sam seufzt.

Es ist dunkel, die Straßenbeleuchtung quält sich durch den Nieselregen. Romans Kombi steht drüben auf der anderen Straßenseite. Er gibt Lichthupe und fährt auf Sam zu.

»Ist alles in Ordnung?«, fragt Roman, während Sam sich auf den Beifahrersitz fallen lässt.

»Sie ist okay. Kann bald nach Hause.«

»Das klingt doch sehr gut.« Romans Eifer ist kaum zu bremsen.

Sam sieht ihn von der Seite an. Er blickt konzentriert auf

die Straße, die langen, geschmeidigen Finger locker am Steuer. Diese Hände haben ihre Wangen umschlossen. Sam fühlt noch ihre Wärme.

Sie lehnt sich zurück. Sie muss sich um die Ausstellung kümmern, muss Nikolaj in den Hintern treten wegen der Videoinstallation. Beinahe eine Woche ist vergangen, in der sie nichts Produktives gemacht hat. Außerdem muss sie zur Bank und sehen, wie viel Geld sie auf dem Konto hat und wie lange sie ohne einen Auftrag durchhält.

»Mein Vater hat eine Affäre«, sagt sie in die Stille hinein. Nur die Autoreifen erzeugen ein feines SWISCH auf dem nassen Asphalt.

Roman wirft ihr einen kurzen Blick zu. Sie fahren durch die Alexandrinenstraße. Die alten Villen, jede anders, jede besonders, liegen rechts am Hang. Dunkel, geheimnisvoll. Weiter oben am Glockenberg haben Sams Eltern ihr Haus.

»Ich habe keine Ahnung, wer die Frau ist und wie lange das schon geht.«

Roman biegt links ab. Zwei Betrunkene helfen sich gegenseitig über die Straße. Roman bremst scharf. Mit einem kurzen Ruck zieht Sams Gurt an.

»Überall Verrückte.« Roman legt den ersten Gang ein.

Die beiden Männer haben die Ehrenburg erreicht und halten sich an den ehrwürdigen Mauern fest.

Sam verabschiedet sich. Der Blick aus Romans Augen, als sie in der Pfarrgasse aussteigt, hält sie fest, will sie nicht loslassen.

»Ich melde mich«, sagt Roman.

Sie nickt, winkt, schlägt die Tür zu. Es klingt zu laut, zu aufdringlich in dem ausgestorbenen Winkel zwischen Morizkirche und Wohnhäusern.

Ich habe nicht mal seine Handynummer, denkt sie, als sie ihre Wohnung betritt.

Der Duft des Flieders, den sie in der Biotonne versenkt hat, hängt immer noch im Raum.

Am nächsten Morgen steht Sam früh auf. Sie hat von Roman geträumt, von seinen Händen. Hat seine Finger gesehen, die sich um einen Becher Tee legten, doch der Becher verschwand und mit ihm die Hände, und es blieb nur das Grün seiner Augen mit dem immer irgendwie ratlosen Blick.

Der ratlose Roman, denkt Sam lächelnd. Sie duscht, zieht sich an, stopft die Schmutzwäsche von 14 Tagen in die Maschine und drückt ein paar Knöpfe.

Sie muss an einen neuen Auftrag rankommen, aber nicht jetzt. Jetzt geht es um die Ausstellung. Sie ruft Nikolaj an. Verschlafen nimmt er ab.

»Morgen, Brüderchen!«

»He, Sam, Morgen!«

»Habe ich dich geweckt?«

»Ich habe heute erst um zehn Patienten.«

»Wie weit bist du mit der Videoinstallation?«

»Gute Frage.«

Er hat den Hintern nicht hochgekriegt, denkt Sam.

»Wie lange soll das so laufen? Ich habe die Ausstellung am Hals, allein, wie mir scheint, und außerdem liegt Blanca im Krankenhaus, und du hast sie kein einziges Mal besucht!«

»Ich …«

»Hör bloß auf, dich zu verteidigen.« Sie schweigen eine Weile. Jeder hört die Atemzüge des anderen. »Wir haben einen Termin mit der Managerin, denk dran. Bis dahin müssen wir genau wissen, welche Bilder wo hängen, welche Räume wir wie nutzen wollen und so weiter. Ich bin gern bereit, die Bildunterschriften zu formulieren, aber es sind tausend andere Sachen zu tun.«

»Ich weiß, ich …«

»Und überhaupt, es gibt Neuigkeiten, du wirst abschnallen, wenn du das hörst.« Sams Atem geht jetzt heftig. Sie keucht beinahe, es bereitet ihr ein wildes Vergnügen, Nikolaj in die Enge zu treiben.

»Was … wovon redest du?«

»Wir hatten eine Tante, Nikolaj.«

»Wie bitte?«

»Mutter hatte eine Schwester.«

Stille in der Leitung.

»Du machst Witze«, sagt Nikolaj endlich.

»Ich will mit dir reden! Ich will überhaupt mit irgendjemandem reden, verdammt!« Ich knalle durch, denkt sie. Ich schnappe über, und Nikolaj darf es ausbaden.

»Ich komme vorbei.«

Klick.

Aufgelegt.

Als sie eine Stunde später die wichtigsten Eckdaten erzählt hat, die Grace betreffen, fühlt sie sich besser. Das Gefühl hilfloser Wut hat sich gelegt. Sie sitzen in ihrer mikroskopischen Küche, jeder einen Becher mit Tee in der Faust. Auf dem Tisch sind die Vergrößerungen aus Jerrys Fotolabor ausgebreitet.

»Hammerhart«, kommentiert Nikolaj schließlich.

»Kann man so sehen.«

»Ich habe nie auch nur eine Silbe über eine Tante gehört.«

»Ich auch nicht.«

Sie schweigen. Sam schießen andere Dinge durch den Kopf.

»Mutter ist total durchgedreht, als ich sie damit konfrontiert habe.«

»Kann ich mir denken.« Nikolajs Lachen klingt freudlos.

»Aber ich verstehe sie jetzt besser.«

»Ach ja?«

»Der lange Kampf gegen eine Schwester, die bevorzugt wurde.«

»Sam, bei allem Respekt deinem Einfühlungsvermögen gegenüber, findest du nicht, dass unsere Mutter das Glück hatte und hat, eine wunderbare Mutter zu haben? Blanca ist warmherzig, sie hat etwas«, er sucht nach Worten, »Grundgütiges.«

»So eine Mutter hatten wir nicht.«

»Nein. Und jetzt sind wir erwachsen.«

Sam nickt. Sie gießt sich Tee nach.

»Es hat uns geprägt, oder?«, fragt sie.

»Was?«

»Victoria als Mutter zu haben.«

»Den Commander in Chief.« Nikolaj grinst schief. »Immer funktionieren, bloß der gestressten Victoria nicht noch mehr Arbeit und Unbill machen.«

»Warum ist das so?«

»Warum wirkt es immer noch, das frage ich mich!« Nikolaj trinkt seinen Becher leer. »Ich kann mich an tausend Augenblicke erinnern, in denen Victoria einer Diskussion mit zusammengepressten Lippen ein Ende setzte. Es reichte eine Geste, ein Blick. Nach dem Motto: Macht mir nicht noch mehr Maläsen.«

Sam nickt. Nie werden die Dinge ausgesprochen. Alle Schuldzuweisungen sind stumme Emotionen, zerstörerisch wie Tornados. Und sie zielen immer auf eins: Victoria darf nicht noch mehr zugemutet werden.

»Sie hat mir einen Fliederstrauß in die Wohnung gestellt. Und eine Karte. Versöhnungsangebot.«

»Nimmst du es an?«

»Weiß nicht.« Sie wird es annehmen, das ist Sam klar, obwohl sie gern so tut, als könnte sie frei darüber entscheiden.

»Weiß Vater es?«, fragt Nikolaj. »Das mit Grace?«

Vater hat eine Affäre, will Sam sagen, aber sie zuckt nur die Achseln. »Logisch. Unsere Eltern waren doch schon verheiratet, als Victoria mit Grace nach Griechenland fuhr. Ich war schon auf der Welt.«

Nikolaj steht auf. Groß und dunkel steht er vor Sam, die sitzen bleibt, während er die Arme um ihre Schultern legt und sie drückt.

»Ich muss in die Praxis.«

»Wie geht's Trixi?«

»Sie ist in der Schweiz. Reportagefotos. Kommt erst in einer Woche heim.«

»Klemm dich hinter die Videoinstallation, ich bitte dich, Nikolaj, ja?«

Er nickt.

»Keine Panik. Wir haben's im Griff.«

Sam will sagen, wie ihrem Griff immer mehr entgleitet. Sie will sagen, dass sie den Halt verliert. Sie ringt nach Worten, während Nikolaj ihr ein Küsschen zuwirft. Dann zieht er die Wohnungstür hinter sich ins Schloss.

24

Sam schaltet den Anrufbeantworter zwischen sich und die Welt und macht sich an die Arbeit. Sie setzt die Reihenfolge fest, in der sie die Bilder zeigen will, legt sich den Grundriss des Kongresshauses auf den Teppich und teilt den Platz grob ein. Sie weiß, dass Stellwände dazukommen können, um den Raum nach ihren Wünschen abzuteilen. Sie benötigt zunächst Themen, um Unterteilungen vornehmen zu können. Die Videoinstallation will sie als Einstieg haben. Sie beschließt, die Stellwände so zu platzieren, dass die Besucher zunächst in einen kleineren Raum treten, um das Video zu sehen, bevor sie weitergehen, in einen Bereich, wo der Raum sich öffnet und sie mit Victorias Bildern konfrontiert werden. Spontan entscheidet Sam, zuerst die halbabstrakten und dann die konkreten Malereien zu zeigen, denn genau das war der künstlerische Weg ihrer Mutter. Dabei will sie die Chronologie der Jahre zugunsten der Aussage und der Machart der Bilder in den Hintergrund stellen.

Sam legt die Ausdrucke der Originale auf ihrem Teppich aus. Ihr fällt auf, dass die Bilder, die Victoria vor der Griechenlandreise malte, durchaus konkret waren, ausgestattet mit etlichen Details. Fast naive Malerei, denkt Sam. Im Verlauf der 80er wurde Victorias Kunst abstrakt, wandelte sich jedoch später wieder zum Konkreten.

Sie arbeitet sich schließlich über den Rand des Teppichs bis zum Sofa und zur Wand vor. Mehrmals muss sie den Maßstab verkleinern, um mit dem Platz auszukommen.

Zufrieden mit ihrem Werk fotografiert sie den Plan auf dem Boden. Sie versieht die Ausdrucke mit Nummern, notiert die Ziffern auf einer Liste und zeichnet den Grundriss ab, trägt die Nummern exakt ein.

Etwas ist getan. Sie ist einen großen Schritt weiter. Bleibt die Frage, wo sie die Fotos aus Victorias Leben unterbringt. Unter Umständen können sie dafür einen extra Raum organisieren, oder sie hängen die Fotografien ins Foyer. Sam legt eine neue Liste an, die sie mit ›Zu klärende Fragen‹ überschreibt. Außerdem besitzt sie schöne Aufnahmen von den verschiedenen Ateliers, in denen Victoria gearbeitet hat. Da war jener Sommer in Bayrischzell, wo Victoria malte, während Robert mit Sam und den Jungen wandern ging, sie ins Schwimmbad und zum Eisessen ausführte. Sam legt Papier und Stift weg. Diese Erinnerung an den Sommer in den Bergen überfällt sie geradezu.

Hatte ich eine glückliche Kindheit?, fragt sie sich. Trotz Victorias stahlharter Wände, die niemand einreißen konnte? Trotz ihrer ständigen unterschwelligen Warnung, zu funktionieren, nicht zu nerven, keine anmaßenden Forderungen zu stellen? Trotz ihrer fortwährenden Distanz, die sie brauchte, um sich ihrem künstlerischen Schaffen fernab der Welt zu widmen?

Sam versucht, sich Victorias Kindheit vorzustellen, ihre Gier nach der Liebe des Vaters, aber sie verliert den Faden, beschäftigt sich lieber mit der Ausstellung. Das Materielle, das sie anfassen, ordnen und sortieren kann, gibt ihr Sicherheit.

Um zwölf ruft sie Luna an. Sie muss mittlerweile wach sein. Luna schläft immer bis in die Puppen, vor allem, wenn sie in Sachen Mode auf Reisen war.

»Süße, ich wusste, du würdest dich melden.«

»Ach?« Sam lacht. Es ist eine Wohltat, Lunas vergnügte Stimme zu hören.

»Komm zum Frühstück vorbei, Darling. Dann erzähle ich dir alles.«

Sam kontrolliert, ob sie die Abfolge der Bilder korrekt notiert hat. Daraufhin räumt sie alles auf, abgekämpft und doch irgendwie erleichtert.

Als sie vor die Haustür tritt, überrascht der Tag sie mit einem warmen Wind, der die Äste der Platanen schüttelt.

Der Frühling ist zurück, die dunklen Wolken haben sich verzogen. Ein paar weiße Schleier treiben unter dem Blau des Himmels entlang. Sam legt den Kopf in den Nacken. Ein Jet zieht lautlos zwischen den beiden Türmen der Morizkirche seine Bahn, silbern glänzend im Sonnenlicht, ohne einen Kondensstreifen mitzuschleppen.

Schüler quellen aus dem Gymnasium an der Ecke. Es ist Freitag. Das Geschrei und Geplänkel tönt ausgelassener als an anderen Tagen. Umsichtige Eltern steuern ihre Karossen durch die engen Gassen, um die lieben Kleinen sicher nach Hause oder gleich in den Wochenendurlaub zu transportieren. Die anderen Schüler schwärmen aus, Richtung Theaterplatz, wo die Stadtbusse halten, andere ziehen zum Marktplatz und in die Fußgängerzone. Sam schwimmt mit der Menge, die durch den steinernen Bogen des Münzmeisterhauses trabt.

In der Bank am Marktplatz checkt sie ihr Konto. Ein oder zwei Monate kommt sie aus. Danach wird es knapp. Bis dahin wird, muss ihr etwas einfallen. Anschließend kauft sie Brötchen beim Bäcker in der Rosengasse und besorgt Honig, Käse und Milch für den Fall, dass Lunas Vorräte spärlich ausfallen.

Der kurze Spaziergang zu Luna tut ihr gut. Luna hat ihr Atelier mitsamt Wohnung in einem mehrstöckigen Backsteinbau am Sonntagsanger, zwischen Bahnlinie und Frankenbrücke, in unmittelbarer Nähe der Stadtautobahn. Für Luna ist der Verkehrslärm kein Nachteil. Sie genießt es, den lieben langen Tag laute Musik hören zu können. Über ihr liegt eine Tanzschule, im Erdgeschoss eine Bar, deren heiße Zeit nicht vor 23 Uhr beginnt. Rund um die Uhr ist etwas los.

»Komm rauf, Sam«, schreit Luna in die Gegensprechanlage.

Sam nimmt den Lastenaufzug. Der alte Kasten zuckelt langsam in den vierten Stock hinauf. Sam hat den Eindruck, der

Fahrstuhl stünde still und die kahlen Wände bewegten sich. Sie sieht an sich herunter und stellt fest, dass sie wie stets Jeans und Sweater trägt. Dazu Nikes. Eine trostlosere Designerin hat die Welt bisher nicht gesehen, denkt Sam selbstkritisch.

Mit einem Ruck bleibt der Fahrstuhl stehen. Sam stößt die Tür auf und geht die paar Schritte zu Lunas Ateliertür. Ein schräg aufgehängtes Schild gibt Auskunft, dass hier das Label Lu-Naht die Welt aus den Angeln hebt.

Luna fällt ihr um den Hals.

»Schande, was habe ich dich vermisst. Du wirst nicht glauben, was ich alles erlebt habe. Vertragsabschluss in der Hotelbar … die Skyline von Frankfurt! Wow!« Luna tanzt vor Sam her, die die Tür schließt und ihrer Freundin mit hängenden Schultern in die Küche folgt.

In Lunas Zuhause ist nur das Bad mit einer Wand und einer Tür abgetrennt. Alles andere ist ein einziger Raum, eingefasst von rohen Backsteinwänden. Lunas Bett befindet sich hinter einer Art Durchreiche, ist also wenigstens ansatzweise vor Blicken geschützt. Genauso die Küche, die sich hinter einem Tresen verbirgt, auf dem Espressomaschine und allerhand andere Gerätschaften aufgebaut sind wie Armeen, die demnächst in den Kampf ziehen. Von hier sieht man direkt ins Atelier mit zwei Nähmaschinen, Stoffballen, einem großen Tisch, wo die Stoffe zugeschnitten werden, einem Schreibtisch, auf dem ein Computer Wache hält. Auf dem unebenen Holzboden liegen Flickenteppiche. Ziemlich viel Staub wallt auf dem Fußboden und tanzt in der von Sonnenstrahlen erhellten Luft.

»Du hast also abgeschlossen?«, fragt Sam. Sie findet selbst, dass ihre Stimme kraftlos klingt. Sie freut sich für Luna, wirklich, aber ihr eigenes Versagen scheint ihr im Licht von Lunas Erfolg umso vernichtender.

»Bingo. Und zwar nicht nur Blusen, sondern auch Kleider. Mein Traum. Sommerkleider! Hurrahurrahurra!« Luna tanzt Tarantella, packt Sam an den Schultern und drückt ihr einen dicken Kuss auf die Wange.

»He, das ist toll!«

»Ist es. Es kommt eine Menge Kohle rüber, aber die Zeit wird knapp. Meine Prototypen müssen so schnell wie möglich nach Frankfurt. Und dann beginnt eine Leidenszeit. Den ganzen Sommer an der Nähmaschine sitzen – die Teile, die die Näherinnen fertigen, kontrollieren, anschließend die Produktion lostreten. Auf Urlaub kann ich, pardon, scheißen.«

Sam grinst. »Wo fertigen deine Vertragspartner?«

»Wo schon, Sri Lanka.«

»Immerhin.«

»Stimmt.«

Sie sehen einander an. Die Modewelt ist voller Widrigkeiten und ungerechter Bedingungen, doch gerade jetzt kann Sam nicht darüber nachdenken.

»Und du?« Luna macht sich an der Espressomaschine zu schaffen. »Gute Neuigkeiten, bitte!«

»Das wird schwierig.«

»Wie meinen?«

»Blanca hatte einen Schlaganfall. Meine Mutter hatte eine Schwester, die in Griechenland umgekommen ist. Mein Vater hat eine Affäre. Das Label hat meine Entwürfe abgelehnt. Ich habe einen Mann kennengelernt.«

Luna steht mit offenem Mund da, die eine Hand an der Espressomaschine, in der anderen hält sie ein Kaffeepad.

»Heiland Sack!«

Sam lässt sich in den Sitzsack fallen, der neben dem Tresen liegt. Zwischen ihren Händen fühlt sie die körnige Füllung.

»Nikolaj hat bisher keinen Strich für die Ausstellung getan. Meine Mutter will mit mir reden, aber ich kann nicht. Ich bin nicht mal imstande, sie anzurufen. Ich will ihre Ausflüchte nicht hören. Blanca wird wahrscheinlich heute entlassen. Ich habe Angst, sie allein in ihrem Haus zu lassen. Wenn ich nicht da gewesen wäre, als sie den Schlaganfall hatte, wäre sie vielleicht gestorben.« Sams Stimme wird immer leiser. »Wahrscheinlich bin ich schuld. Sie hatte den Schlaganfall meinetwegen.«

»Quark! Warum solltest du schuld sein?«

Sam berichtet. Von der Übersetzung. Wie sie Blanca ausfragte. »Ich habe sie zur Rede gestellt. Es war ein wahnsinniger Schock für sie, dass ich es herausgefunden hatte.«

»Deswegen kriegt man keinen Schlaganfall«, gibt Luna im Brustton der Überzeugung zurück. Auf dem Tresen röchelt die Espressomaschine. »Hör endlich auf, alles Miserable auf dich zu beziehen. Du bist einfach nur Sam und tust, was du kannst.« Sie balanciert zwei Tassen Espresso in den Händen. »Hier. Trink. Und was ist mit dem Mann?«

Sam lächelt. Klar, das interessiert Luna am meisten. Sie erzählt, von ihrer Radtour nach Meeder, von dem staubigen Zimmer, der vor lauter Papieren aufgeblähten Karteikarte, von dem Bier, das Roman ihr hinstellte und dem Zischen, als seine schlanken Finger den Kronkorken wegschnickst en. Sie holt die Übersetzung aus ihrer Handtasche. Luna, die ihren Espresso in einem Zug ausgetrunken hat, stellt die Tasse weg und nimmt die Papiere entgegen. Mit gerunzelter Stirn studiert sie den Text.

»Das ist nicht wahr«, sagt sie schließlich.

»Ist es doch.«

»Ein schlechter Scherz.«

»Unmöglich. Ich habe die Rechnung, die der Übersetzer gestellt hat, in einem alten Magazin bei Blanca auf dem Speicher gefunden.«

»Warum war die Rechnung ausgerechnet in einem alten Magazin? Du hast behauptet, deine Familie hätte alles vernichtet, was mit Grace zu tun hatte.«

»Laut Blanca schon. Sie müssen die Rechnung übersehen haben. Sie kann zufällig in der Zeitschrift gelandet sein. Papiere gehen manchmal seltsame Wege.«

»Hm. Hm. Hm«, macht Luna unzufrieden. »Willst du meine Meinung hören?«

»Sag endlich!«

»Das ist krank. Vollkommen irrsinnig. Die Existenz eines Menschen auszulöschen.«

Lunas deutliche Worte erschrecken Sam. Ihr wird heiß.

»Ich meine, was wäre so schlimm, dich und deine Brüder darüber zu informieren, dass ihr eine Tante hattet?«

»Nichts. Wir wären mit diesem Wissen wie selbstverständlich aufgewachsen.«

»Du sagst es.«

Sam weiß, dass mit ihrer Sippe einiges nicht stimmt. Sie hat schon lange unter dem aufgezwungenen Zusammenhalt gelitten. Aber ihr ist nie aufgefallen, wie viel Subtiles in dem Familiengetue mitschwang. Wie sich Fesseln um sie schlangen, die sie mit Unterschwelligem unter Kontrolle hielten. Jetzt blitzt die eine oder andere schmerzhafte Erkenntnis hoch. Sam kann sich dem Ganzen nicht stellen. Sie kann nicht tiefer bohren, nicht im Moment.

»Ich muss klarkommen«, sagt sie wie zu sich selbst. »Ich muss mich um Blanca kümmern. Und ich will wissen, wer die Frau ist, mit der mein Dad sich trifft. Außerdem brauche ich einen Auftrag.«

»Da kann ich vielleicht helfen.« Luna packt endlich Sams Einkäufe aus. »Lass uns was essen, ich habe einen Mordshunger.«

Dankbar kämpft Sam sich aus dem Sitzsack hoch, sucht Teller und Besteck heraus. Sie kennt sich bei Luna aus wie in ihrer eigenen Küche.

»Ich werde in der nächsten Zeit wirklich viel zu tun haben. Magst du nicht bei mir einsteigen?«

Sam starrt Luna an.

»Guck nicht so. Ich kann dich nicht anstellen, nicht fest, so mit Sozialabgaben und dem ganzen Schrott. Aber ich könnte dir einen Werkvertrag geben.«

»Luna …«

»Ich weiß, du willst deine eigenen Sachen machen, das ist ohnehin klar. Wollen wir alle. Es wäre ja nur, bis wir mit der ersten richtigen Kollektion von Lu-Naht rumkommen. Also, für mich allein ist es zu viel Arbeit. Ich habe gestern Abend auf der Fahrt von Frankfurt hierher die ganze Zeit gegrübelt, wie ich das schaffen soll. Ich kenne zwar ein paar gute Designer, aber die machen alle ihr eigenes Ding.«

Wie praktisch für dich, denkt Sam müde, dass die dusselige Sam im Augenblick so ein Pech hat.

»Danke, Luna, aber …« Sie will nicht aus Mitleid mit Brosamen abgespeist werden.

»Mensch, Sam, die Kollektion wird der Knaller!« Luna geht zum Schreibtisch und zieht eine Mappe aus dem Rucksack. »Hier!«

Sam nimmt die Mappe und studiert die Entwürfe.

»Sagenhaft, Luna, wirklich: Da ist dir was Fabelhaftes gelungen.«

»Danke.« Luna macht eine Verbeugung. »He, Sam, gib deinem Herzen einen Stoß. Denk wenigstens drüber nach, ob du mitmachst.«

»Ich bin nicht besonders originell.«

»Wie bitte?«

»Sieh mich an. Jeans, Sweater, Pferdeschwanz. Sieht so eine Designerin aus?«

Luna lacht laut auf. »Nein, Schätzchen, das ist keine wirklich gute Begründung. Du hast prima Klamotten im Schrank, dafür habe ich gesorgt, und wenn die nicht ausreichen, ich weiß, wie und wo wir an schickes Zeug kommen.«

»Naja, das Label hat sehr freundlich geantwortet. Zuvorkommend.«

»Du meinst: nichtssagend.«

»Luna, ich packe das nicht. Ich bin kein Kreativcrack, der ständig auf Kommando mit neuen Ideen rüberkommt. Noch dazu unter Zeitdruck und mit der Konkurrenz im Nacken.«

»Daran kann man sich gewöhnen, Sam, und das weißt du.«

»Ich kriege nichts zustande.«

»Rede keinen Müll. Natürlich! Im Studium …«

»Studium ist nichts im Vergleich zu dem, was einen erwartet, wenn man sich selbständig macht.« Sam denkt an das missmutige Gesicht ihrer Mutter, als sie ihr eröffnete, dass sie als freiberufliche Designerin arbeiten wolle. Irgendetwas passte Victoria nicht daran, während Robert und Blanca sie ermutigten. Aber von der Entschlossenheit der Anfangsphase ist nicht mehr viel übrig. Sam ist ausgelaugt. Desillusioniert.

Sie schweigen eine Weile. Schließlich schneidet Luna entschlossen ein Brötchen auf und streicht Honig darauf. »Jetzt pass mal auf. Du versprichst, dass du drüber nachdenkst. Ich gebe dir eine Vertragskopie, damit du weißt, in welche Richtung alles laufen soll. Ich werde in den nächsten Wochen damit zu tun haben, Prototypen zu entwerfen und zu nähen. Die bringe ich nach Frankfurt, wo endgültig entschieden wird, was sie nehmen. Tja, und dann …«

Sam lächelt.

»So gefällst du mir besser.« Luna reicht Sam das bestrichene Brötchen. »Leg einen Zahn zu, wir frühstücken besser gut, damit wir was im Magen haben, wenn wir deine Großmutter aus dem Krankenhaus abholen. Und auf dem Weg dahin erzählst du mir von dem Mann.«

25

Victoria steht auf der Terrasse. Der Garten gleitet vor ihren Augen in die Dunkelheit, wie ein Schiff, das beim Anbruch der Nacht den Hafen verlässt. Sie riecht das frisch gemähte Gras im Nachbargarten. Wenn der Tag zu Ende geht, werden die Gerüche intensiver. Die Fliederbüsche senden einen betörenden Duft aus. Leise klirrt das Eis in Victorias Longdrink-Glas. Sam hat sich nicht gemeldet.

Victoria hat sich verrechnet. Sie hat kalkuliert, dass Sam anruft, sobald sie den Fliederstrauß und die Karte findet. Normalerweise ist Sam zuverlässig.

An Blancas Krankenbett sind sie einander aus dem Weg gegangen. Victoria trinkt ihren Gin Tonic wie Limonade. Sie ist durstig, der Ärger, den sie empfindet, entzündet eine unangenehme Wärme in ihr; ihr ist, als hätte sie Fieber. Ihre Augen sind leicht entzündet, das alte Übel, die allergische Bindehautentzündung, kündigt sich an. Sie muss daran denken, ihren Augenarzt anzurufen, damit er ihr die cortisonhaltigen Tropfen verschreibt, etwas anderes hilft nicht.

Robert ist nicht da. Er hat um fünf Uhr nachmittags angerufen, dass es spät wird.

In letzter Zeit wird es oft spät, aber es ist ihr beinahe egal.

Seit Sam mit dieser üblen Geschichte gekommen ist, ist ihr alles einerlei, was mit ihrem aktuellen Leben zu tun hat. Sogar die Vorfreude auf die Ausstellung versandet, und Victoria bemerkt es kaum. Nur die alten Geschichten erregen ihre Aufmerksamkeit, jener Frühling in Griechenland vor 30 Jahren und der regnerische Freitag ein gutes Jahr danach.

Was geschehen ist, ist geschehen. Es lässt sich nicht mehr aus der Wirklichkeit wegradieren.

Als Victoria eben in der Klinik anrief, hieß es, Frau

Samantha May habe ihre Großmutter bereits abgeholt und nach Hause gebracht.

Blanca kann nicht allein im Haus bleiben, das ist Victoria klar. Was, wenn sie einen zweiten Schlaganfall erleidet? Victoria ist ihre Tochter, sie müsste dafür sorgen, dass Blanca eine Haushaltshilfe bekommt, dass täglich jemand von der Familie nach ihr sieht. Aber sie ist wie blockiert. Es schmerzt, dass Sam und Blanca sich gegen sie verbünden, so wie Grace und Isaac es früher getan haben. Wenn sie gemeinsam etwas ausheckten und Victoria nicht einweihten. Wenn sie zu zweit unterwegs waren, zu einer Ausstellung, einem Museum. Oder zu jener Malschule, damals, wo Grace Unterricht bekam. Victoria erinnert sich an ihre heißen Tränen, wie sie tagelang mit roten Augen herumlief, an Blancas Rockschoß hing und weinte, zuerst ehrliche, später künstliche Tränen, am Ende wusste sie nicht mehr, warum sie weinte, ob aus Enttäuschung, Trotz oder echter Verzweiflung. Sie hört noch heute, wie Blanca nach Erklärungen suchte. »Schau, Victoria, Grace ist älter als du. In ein, zwei Jahren geht Vater mit dir.«

Doch egal, wie viele Krokodilstränen Victoria aus sich herauspresste, Isaac unternahm nie etwas mit ihr.

Womöglich hat Blanca Sam schon eingeweiht, ihr alles erzählt. Aber Blanca weiß so vieles nicht. Sie ahnt nicht einmal etwas. Victoria klammert sich an den einen Gedanken: Dass Isaac der Einzige war, der misstrauisch wurde. Auch Robert dachte sich nichts. Er hatte gar keine Zeit für Skepsis, er war von der Firma total absorbiert. Sie stellten gerade das Sortiment um, bauten einen neuen Kundenstamm auf. Robert steht auf Victorias Seite, doch er tut es aus Gewohnheit. Blanca auch.

Es war ein Unfall, denkt Victoria. Sie trinkt den Gin Tonic aus und dreht das Glas um, die Eiswürfelreste fallen auf das Gras. Und Isaac hatte keine Zeit mehr, sein Wissen mit anderen zu teilen.

Victoria hadert mit der Tatsache, dass weder sie noch Blanca diese Übersetzung gefunden haben. Wegen der verflixten Ausstellung ist Sam auf die Suche gegangen und ausgerechnet über diesen Text gestolpert, den Victoria selbst nicht kennt.

Ich muss dringend mit Sam reden, denkt Victoria. Aber was soll ich ihr sagen?

Sie verspürt das Bedürfnis, sich zu verteidigen. Sie hat lediglich die Vorteile genutzt, die sich ergaben, Schicksal hin oder her, und daher ist eben sie eine bekannte Künstlerin geworden und nicht Grace. Weil Grace tot ist. Weil ihr Körper ins ionische Meer hinausgetrieben ist. Der Mensch ist sterblich, diese Tatsache hat Victoria zweimal geholfen.

Sie erinnert sich an John, der sie und Grace über den Peloponnes begleitete. Ein Amerikaner mit Absichten, der sich – wie sollte es anders sein – für Grace interessierte. Victoria hingegen trug ihren Ehering mit Stolz. John stellte seinen Wagen zur Verfügung. Er war ein paar Jahre jünger als Victoria, ein Jungspund, der die kulturell verarmten Vereinigten Staaten hinter sich gelassen hatte, um im alten Europa Inspiration zu tanken. Von Italien reiste er nach Griechenland in einem scheußlichen zweitürigen Fiat, in dem sie von dem heißen Luftstrom aus der Lüftung fast gegrillt wurden. Victoria schließt die Augen. Griechenland war wirklich eine Inspiration. Sie haben die Balladen von Mikis Theodorakis auswendig aufsagen können, griechische Musik im Auto gehört, auf Kassetten, die zu überteuerten Preisen am Isthmos-Parkplatz an Touristen verkauft wurden und die irgendwann nach vielen Kilometern auf staubigen Straßen rund um den Peloponnes ausleierten und zu quietschen anfingen.

Ich war glücklich auf dieser Reise, denkt Victoria. Sie sieht Grace vor sich, wie sie malte, die Staffelei gegen den heftigen Wind mit schweren Steinen am Boden stabilisiert. Grace mit einem langen blauen Schal um den Hals. Wie John schwärmerisch um sie herumtanzte, außer sich vor Verliebtheit und Anbetung. Wie er das Objektiv auf Grace richtete, wieder und wieder, wobei Grace gar keine Notiz von ihm nahm. Wie Victoria auf einem Klapphocker im Schatten saß, mit Bleistift skizzierend, an der Abstraktphase festhaltend, während Grace die buntesten, wildesten Ölbilder malte. John fotografierte nicht nur Grace; er hielt vor allem ihre Gemälde auf Zelluloid fest. Er verschoss Hunderte von Filmen, um die Entstehung ihrer Malerei zu dokumentieren. Victorias Skizzenbuch vor die Linse zu nehmen, kam ihm nicht in den Sinn. Sie verachtete ihn wegen seiner Schwärmerei.

Kurz vor dem Unglück zog John allein weiter. Er wollte unbedingt nach Delphi. Victoria und Grace hingegen hatten keine Lust, dem Peloponnes den Rücken zu kehren, und zudem ging ihnen der emsige John allmählich auf die Nerven. In seltener Einigkeit vereinbarten die beiden Schwestern mit ihm, sich zehn Tage später in Athen zu treffen, in einer Taverne auf der Plaka. Damit er Ruhe gab und sie ihn loswurden. Grace nahm huldvoll die Fotos entgegen und schickte sie nach Hause. Hatten sie je die Absicht, John noch einmal zu treffen? Victoria kann es nicht mit Sicherheit sagen. Zuerst waren sie schlicht froh, dass er nicht mehr ständig um sie herumschwänzelte. Sogar der sich allmählich Staralllüren antrainierenden Grace war seine Verliebtheit auf den Keks gegangen.

Aber Grace starb, und Victoria fuhr nicht nach Athen. Nie mehr. Sie kennt Johns Nachnamen nicht. Sie hat ihn vergessen. Bis Sam ihr das Foto zeigte. John mit seinen akkuraten Bügelfalten, die er selbst mit Hilfe eines komischen kleinen Reisebügeleisens in seine Hosenbeine plättete.

Victoria erinnert sich, wie sie kurz nach Isaacs Tod auf Johns Fotos stieß. Grace hatte sie ihren Eltern überlassen.

Sie lagen in einem schmuddeligen Kuvert, und Grace hatte ›For Mom and Dad‹ draufgeschrieben. Grace sprach fast immer Englisch mit Isaac. Sie betrachtete sich als zweisprachig, behauptete, das Englische sei ihr näher. Victoria hielt das für Angeberei.

Ein Rascheln in der Hecke lenkt sie ab. Ein Tier drängt sich durch die Zweige, flitzt über den in der Dunkelheit fast schwarzen Rasen. Der Marder! Victoria lächelt, sie bewundert diesen selbstbewussten Mitbewohner, der sich durch nichts vertreiben lässt, auf dem Dachboden Rabatz macht und ein paarmal die Zündkabel in Igors Auto durchgebissen hat, eigentlich immer, wenn Igor sich nach Coburg bequemte. Sie rissen Witze darüber, dass der Marder Rostlauben mochte.

Igor erinnert Victoria an sie selbst. Das unscheinbare Kind, das immer zwischen den strahlenderen steht. Das nicht den schwarzen Schopf der Mays geerbt hat, sondern ihr, Victorias, malvenfarbenes Haar. Ein Junge, der seine Talente nicht zeigen konnte, nie beachtet wurde und deshalb seine Konsequenzen zog und sich selbst unsichtbar machte. Was Victoria wiederum nicht kann. Igor ist ihr nah, näher als Nikolaj, und sowieso näher als Sam.

Sie denkt an Johns Fotografien, die sie einfach einsteckte. Blanca fragte nie mehr danach. Falls ihr Gedächtnis nachließ, wenn sie sich die vielen Kleinigkeiten nicht mehr vor Augen führen konnte, so dachte Victoria mit der ihr eigenen Umsicht, brauchte sie ein paar Anhaltspunkte. Sie fuhr mit den Fotos nach Würzburg. Die fremde Stadt schützte sie.

Dort setzte sie sich in ein Café und studierte jede einzelne Aufnahme in Ruhe. Sie verstand, dass Grace' Bilder gerade keine Details aufwiesen. Besser gesagt: ein einziges Detail pro Bild. Einen Zacken in einer Küstenlinie oder eine halb eingebrochene Säule an einem ansonsten unversehrten Tempel. Victoria analysierte stundenlang und füllte ihr Skizzenbuch, bevor sie die Fotos in einen Umschlag steckte und sie in einer Bank im Schließfach hinterlegte.

Ich muss das Schließfach auflösen, denkt Victoria. Sie geht zurück zur Terrasse, ihre Schritte federn auf dem weichen Gras. Gleich am Montag wird sie nach Würzburg fahren, das Kuvert nehmen und seinen Inhalt vernichten. Und sie muss sich um Sam kümmern.

Es darf nicht passieren, dass Sam mit ihrem frisch erworbenen Wissen Unsinn anstellt. Sam kann impulsiv sein wie ihr Großvater, und das muss Victoria unbedingt verhindern.

26

Sam verbringt das Wochenende bei Blanca. Ihre Großmutter wollte erst nichts davon wissen, aber Sam spürt, dass sie froh ist, nicht allein zu sein. Lucienne spielt die beleidigte Leberwurst, nachdem sie etliche Tage in ungewohnter Einsamkeit zubringen musste.

Sam gießt den Garten, während Blanca auf der Terrasse sitzt und zusieht. Luna kommt am Samstagmorgen und schleppt tonnenweise Lebensmittel herbei. Sie kochen zu dritt. Blanca blüht auf, lacht, schäkert, erzählt. Von dem Schlaganfall ist nichts zu spüren, sie kann sich bewegen, sprechen, sie ist konzentriert und wie immer. Sie wirkt sogar richtig erholt, als wäre sie zur Kur gewesen.

Sie sehnt sich nach Gesellschaft, denkt Sam. Ich könnte hier einziehen. Für eine Weile. Ich könnte meine Wohnung aufgeben und auf lange Sicht den ersten Stock ausbauen. Mir dort ein Atelier einrichten.

Am Abend redet sie lange mit Blanca. Berichtet von ihren beruflichen Sorgen und von Lunas Angebot, für sie zu arbeiten.

»Mach das!«, redet Blanca ihr zu. »Dir bricht dabei kein Zacken aus der Krone, und du machst Erfahrungen, die dir bei anderer Gelegenheit nutzen.«

In der Nacht denkt Sam darüber nach. Sie hat kaum eine andere Chance, wenn sie zu Geld kommen und im Geschäft bleiben will. Vielleicht können sie und Luna die Lu-Naht-Marke sogar gemeinsam ausbauen, Luna könnte für die Kleidung stehen und Sam für Dekoration, Küche und Bad, warum nicht? Womöglich, denkt Sam, lösen sich manche Probleme von selbst. Wenn nur die Ausstellung nicht wäre. Der ketzerische Gedanke keimt auf, die Ausstellung sein zu lassen, das, was sie bisher ausgearbeitet hat, bei Nikolaj abzuladen und sich auszuklinken.

Das kann ich nicht, denkt Sam.

Sie ist zu pflichtbewusst, das hat sie von ihrer Mutter übernommen. Ein Ja steht für ein Ja, Punktum.

Sam liegt lange wach in dem Gästezimmer neben Blancas Schlafzimmer. Als sie einschläft, träumt sie von Romans Händen.

Sie wacht auf, weil sie ein Geräusch hört. Panisch hebt sie den Kopf. Es ist Blanca.

Sie weint, leise, darauf bedacht, Sam nicht zu stören, denn die Türen stehen offen, die Fenster auch, und der sanfte Nachtwind scheint alle Klänge zu vervielfältigen.

Sam steht auf. Blancas trockenes Schluchzen macht ihr Angst. Sie geht zum Schlafzimmer ihrer Großmutter und klopft leise an den Türrahmen.

»Blanca?«

Blanca liegt auf der Seite, sie ist nicht zugedeckt, ihr Gesicht schmiegt sich in ihre Hand und ihr Körper zuckt im Rhythmus der Schluchzer.

Sam setzt sich auf die Bettkante. Sie war Blanca noch nie so nah. Sie war noch überhaupt niemandem jemals so nah. Sie legt ihre Hand vorsichtig auf Blancas Schulter. Blanca trägt ein ärmelloses Nachthemd, ihre Haut fühlt sich kalt an.

»Blanca!«, flüstert Sam. Der Moment kommt ihr trotz der Trauer friedlich vor. Als wenn sich etwas abspielt, das genau jetzt seine Stunde hat. Sie bleibt ruhig sitzen, während Blanca weint. Das Schluchzen ebbt ab, die Tränen kommen.

Sam stupst Blanca an: »Move over!«

Blanca rutscht ein Stück. Sam legt sich neben sie, zieht die Decke über sie beide. Sie liegt auf dem Rücken, Blanca bettet den Kopf auf ihre Schulter und die Hand auf ihren Bauch. Sams Hand legt sich auf Blancas. Sie blinzelt, sieht, wie der Wind die Gardinen bauscht.

»Ich habe alles falsch gemacht«, flüstert Blanca.

Sam sagt nichts.

»Ich habe immer versucht, beide Töchter gleich zu lieben; ich konnte es nicht. Ich habe Grace bevorzugt, unterschwellig, ohne es zu wollen, ohne einen wirklichen Grund zu haben. Grace war strahlender, und deshalb fiel es allen leicht, sie zu lieben. Vor allem deinem Großvater.« Blanca schweigt, und die Stille legt sich wärmend über die beiden Frauen. Schließlich fährt sie fort: »Victoria war wie Igor, weißt du? Knorrig, sperrig, hermetisch, schwer zu erreichen. Sie machte es einem schon als Kind nicht leicht, an sie heranzukommen.«

Sam streicht durch Blancas Haar. Es fühlt sich seidig an, ist nach wie vor dick und füllig. »Hatte Grace einen Freund?«

»Sie hatte eine Beziehung, aber die war beendet, kurz bevor sie mit deiner Mutter nach Griechenland fuhr.«

»Warum?«

»Dafür kann es tausend Gründe geben, oder?« Blanca seufzt. Es ist still im Zimmer. Jasminduft schlängelt sich durch die gekippten Fenster. Bäume rauschen. Ein Nachtvogel schreit. »Die beiden passten nicht zusammen.«

»Wer war der Mann?«

Blanca seufzt. »Ich erinnere mich nicht.«

Sam glaubt ihr nicht. Sie hat zu viele Lügen gehört. Aber es spielt keine Rolle.

Blanca schläft an Sam geschmiegt ein, und auch Sam gleitet in einen leichten Schlummer. Ihr Kopf ist voller Traumszenen, die sich ineinander verschlingen, so wie Romans lange Finger sich um einen Bierkrug winden.

27

Es wird Montag, und erst gegen Mittag, als sie sich aufmacht, in die Stadt hinunterzufahren und ein paar Sachen aus ihrer Wohnung zu holen, fällt Sam auf, dass es an diesem Wochenende kein gemeinsames Essen mit ihren Eltern gab, kein Kaffeetrinken und keinen Arm-in-Arm-Spaziergang zum Friedhof.

Blanca ist einverstanden, dass Sam ein paar Tage bei ihr bleibt. Aus den Tagen könnten Wochen werden, denkt Sam, aber zunächst will sie ihren Computer holen, ein paar Sachen zum Anziehen und Lesestoff.

Blanca steht am Gartentor, als Sam aufbricht.

Es ist ein kühler, sonniger Frühlingstag. Die Luft ist glasklar; aus den Gärten ringsum strömt Fliederduft. Die Kirschbäume sind am Verblühen, zaghaft heben jetzt die Apfelbäume an, und der Wind wirbelt weiße und rosa Blütenblätter auf die Straße.

Sam entscheidet spontan, durch den Hofgarten zu gehen; sie wendet sich von der Straße weg und spaziert durch das

Veilchental. Ein Arbeiter mäht die Wiese, ansonsten ist es ruhig. Der Geruch nach frischem Gras steigt ihr in die Nase. Die Bienen in dem Kasten vor dem Naturkundemuseum fliegen munter ein und aus. Sam hat früher gern den Kasten geöffnet, um das fleißige Bienenvolk hinter der eingezogenen Glasscheibe wimmeln zu sehen.

Als ihr Handy klingelt, setzt sie sich auf eine Holzbank unter einer Buche.

»Hier ist Roman.«

»Hallo.« Sams Herz beschleunigt.

»Wie geht es Ihnen?«

Himmel, was sprechen sie förmlich miteinander.

»Es geht. Ich bleibe eine Weile bei meiner Großmutter.«

»Das wird sie sicher freuen. Ihre Großmutter, meine ich.«

»Auf alle Fälle.«

»Wie geht es ihr?«

»Besser. Eigentlich ziemlich gut. Sie scheint alles ohne größere Probleme überstanden zu haben.«

»Das freut mich. Ich habe auch Neuigkeiten. Können wir uns treffen?«

Sam würde gern sagen, kommen Sie bei mir in der Pfarrgasse vorbei, aber das erscheint ihr zu eng, zu vertraut.

»Im Café M?«, schlägt sie vor. »In einer Stunde?«

»Gut.« Roman legt auf.

Jetzt hat Sam es eilig. Sie läuft schnell den Berg hinunter, an der Reithalle vorbei Richtung Obere Anlage und in die Pfarrgasse. Sie schließt auf. Die Wohnung riecht muffig nach ihrer mehrtägigen Abwesenheit. Schnell reißt Sam alle Fenster auf. Sie bringt den Müll runter, stöpselt den Laptop aus der Steckdose und packt ein paar Anziehsachen. Im Kühlschrank stehen ein paar leidlich frische Lebensmittel, die verstaut sie in einer Korbtasche. Sie wird sich ein Taxi rufen, sie kann nachher unmöglich den ganzen Krempel den Berg hinaufschleppen.

Die gepackten Taschen lässt sie in ihrer Wohnung und hastet zum Café M. Die Judengasse ist voller Leute, die das Frühlingswetter genießen, pralle Einkaufstüten schwingen und sich einen gemütlichen Platz für ein schnelles Mittagessen suchen.

Sam kommt ein paar Minuten zu spät. Roman sitzt im Innenhof des Cafés.

»Hallo, Sam.«

Zwei Wörter, zwei Feststellungen. Sam lächelt, gibt ihm die Hand, und als seine warmen Finger ihre fest umschließen, bildet sich Gänsehaut auf ihren Armen. Alles, was sie sagen könnte, bleibt in ihrem Hals stecken.

»Wie wäre es mit einem Eiskaffee? Passend zum Wetter?«, fragt Roman.

Sam fällt auf, dass er die fleckigen Jeans gegen eine schicke, eng sitzende schwarze Hose getauscht hat, die ihm das Gehabe eines Cowboys gibt. Dazu trägt er ein cremefarbenes Hemd. Understatement, notiert die Designerin. Er will nichts falsch machen.

»Warum nicht?« Sie setzt sich an den kleinen runden Tisch.

»Herrlicher Tag.« Roman knetet seine Finger. Er winkt der Bedienung, gibt die Bestellung auf und sagt: »Ich habe wirklich Neuigkeiten. Halten Sie sich fest: Ich habe den Bügelfaltenmann aufgestöbert.«

»Den Bügelfaltenmann?« Sam steht auf dem Schlauch.

»Na, den Mann in dem Auto hinter Ihrer Mutter und Ihrer Tante. Man sieht nicht viel von ihm, bloß ein Bein, eine präzise gebügelte Hose und einen Schuh.«

»Moment.« Sam massiert sich die Stirn. »Sie haben den Mann aufgetrieben, der 1982 in dem Auto saß?« Das muss sie erst mal verdauen.

Roman sieht sie triumphierend an. »Er heißt John Alexander Carrick aus Minneapolis, Minnesota, USA. 55 Jahre alt, Altphilologe und Journalist.«

»Wie haben Sie ihn gefunden?« Sam kommt so schnell nicht mit.

»Internet? Schwarmintelligenz?« Es klingt, als wolle Roman sich erkundigen, ob sie je von diesem Ding namens World Wide Web gehört hat.

Sam beißt sich auf die Lippen. Sie sagt lieber nicht, dass sie von der Intelligenz der Massen nicht viel hält, weil in ihrer Überzeugung Intelligenz immer etwas Individuelles ist.

»Ich führe ein Blog. Dort habe ich Ihre Geschichte gepostet und das Foto veröffentlicht. Dann habe ich in sämtlichen Social Media Links geschaltet und Aufrufe gesendet. Solche Aktionen vervielfältigen sich schnell, wenn sie in den entsprechenden Netzwerken auftauchen.«

Er redet weiter, voller Begeisterung, während die Bedienung ihnen die Eiskaffeebecher hinstellt. Sam betrachtet das Gebilde aus Kaffee, einem Sahneturm und einer dicken, karamellfarbenen Waffel.

»Sie haben meine Geschichte ins Internet gestellt?«

»Aber ja!« Romans vergnügter Gesichtsausdruck verdunkelt sich. »Heutzutage die beste Methode, um …«

»Nein!« Sam schreit beinahe. Ihre Stimme hallt unnatürlich in dem engen Innenhof. Gäste drehen sich zu ihr um.

Roman starrt Sam mit offenem Mund an.

»Um Himmels willen, nehmen Sie bitte sofort, unverzüglich die Story wieder raus! Und das Foto auch!« Die Hitze steigt ihr in die Wangen. Sam will nicht ungerecht sein. Doch der Gedanke, dass diese unglückliche, ungeklärte Familiengeschichte für jeden lesbar im Netz steht, bringt sie fast um den Verstand. Ihre Eltern werden sie umbringen. Der Schweiß bricht ihr aus.

»Ich habe sogar bereits Kontakt zu John Carrick aufgenommen«, protestiert Roman, »und er will sich mit uns treffen. Er lebt seit einigen Jahren in Mailand und ist bereit, noch heute mit der Abendmaschine nach Nürnberg zu fliegen. Wir könnten mit ihm essen gehen, und …«

Sam fühlt, wie ihr die Haarsträhnen an der Haut kleben, an den Schläfen, im Nacken. Ich will das nicht, denkt Sam. Das geht alles zu schnell. Gerade heute hat sie erst ein bisschen Frieden empfunden, und jetzt bricht abermals ein Krater aus Zweifeln und Panik in ihrem Inneren auf. Ich habe gehofft, er interessiert sich für mich, denkt sie. Dabei ist er nur auf eine Story scharf, darauf, irgendwo mitzumischen, obwohl ihn meine Familie nichts, aber auch gar nichts angeht.

Sie lässt den Eiskaffee stehen, schiebt den Stuhl zurück, steht auf.

»Ich kann nicht. Tut mir leid. Daraus wird nichts. Bitte nehmen Sie alles aus dem Netz.«

Tränen schießen ihr in die Augen. Sie läuft aus dem Café, hinaus in die helle Gasse, stürmt über den Marktplatz, will irgendwo hin, wo sie allein ist. Sie rennt, ohne einen Blick für die bunten Fassaden übrig zu haben, die im Sonnenschein noch fröhlicher aussehen als sonst.

In ihrer Wohnung setzt sie sich auf den Badewannenrand und weint, bis keine Tränen mehr kommen, nur noch harte, trockene Schluchzer.

Sie wäscht sich das Gesicht mit eiskaltem Wasser, gießt Tee auf und müht sich um einen klaren Kopf. Doch die stumme Qual lässt keine Konzentration zu. Sie muss zu Blanca, jetzt sofort, schnappt sich das Handy und will ein Taxi rufen, als ihr eine SMS auffällt. Von Roman. Sie muss den Klingelton überhört haben.

Tut mir leid, ich war wohl zu voreilig. Wenn Sie selbst mit Carrick Kontakt aufnehmen wollen, hier seine Mailadresse. Alles andere nehme ich aus dem Netz. Sorry. Roman.

28

Langsam beruhigt sich Sam. Sie sitzt in ihrem Bad, das keine Fenster hat und irgendwie immer feucht ist, trotz Absauganlage, und wartet ab, dass ihre Kräfte zurückkehren.

Sie will nicht, dass Außenstehende in dieser Geschichte herumrühren. Wer weiß, ob dieser John Carrick wirklich der Mann mit der Bügelfalte ist? Vielleicht ist er ein Typ, der sich wichtig machen will?

Wenn sie Roman nicht gebraucht hätte, um die Übersetzung zu finden, hätte sie ihn nie und nimmer eingeweiht; wenn sie nicht so durcheinander gewesen wäre. Wenn seine Hände nicht so wunderbar warm wären. Wennwennwenn. Ihre Schläfen pochen. Blanca wird längst auf sie warten, es wird Zeit, dass sie ihre Sachen nimmt und ein Taxi ruft. Aber sie kann nicht. Ihre Beine versagen den Dienst. Ihr Magen knurrt, doch beim bloßen Gedanken an Essen wird ihr schlecht.

Roman ist ein arbeitsloser Journalist, der freiberuflich nichts auf die Beine bringt.

Wie ich, schießt es Sam durch den Kopf. Er ist wie ich. Zu schwach für einen Freelancer, nicht gut genug, um mit dem eigenen Werk irgendwo unterzukommen. Kein Wunder, dass Roman sich an so eine Story krallt, eine verwegen und geheimnisvoll klingende Geschichte. Solche Dinge darf es in einer Familie nicht geben. Ungeklärte Todesfälle, tragische Unfälle. Sam beginnt wieder zu schluchzen. Das Telefon unterbricht sie.

Sie wankt ins Wohnzimmer und nimmt den Hörer.

»Sam? Hier ist Nikolaj.«

»Hallo, Bruderherz.« Seine Stimme besänftigt sie irgendwie, sie ist vertraut, unkompliziert.

»Ich habe vor ein paar Minuten mit Frau Hartmann telefoniert, und wenn du in einer Stunde Zeit hättest, könnten wir mit ihr das Kongresshaus begehen.«

»Wer ist denn Frau Hartmann?«

»Die Eventmanagerin vom Kongresshaus.« Nikolaj lacht. »Schon vergessen? Kannst du?«

Er hat tatsächlich etwas in die Wege geleitet.

»Ausgerechnet jetzt?«, fragt Sam lahm. »Ich will zu Blanca, sie ist seit Stunden allein.«

»Ruf sie an, dass es später wird. Es ist die einmalige Chance, den Ausstellungsraum nackt und kahl anzuschauen. Ab heute Abend bauen sie für einen Ball eine neue Deko auf, danach kann man nicht mehr so freimütig ausmessen.«

»Okay«, seufzt Sam. Er fragt nicht nach Blancas Befinden. Das ist befremdlich, Nikolaj ist eigentlich ein empathischer Typ. Aber sie konfrontiert ihn nicht damit. Sie kann jetzt keine miese Stimmung verkraften, sie ist froh und dankbar, dass Nikolaj sich kümmert, die Dinge erledigt, die zusätzlich zur eigentlichen Gestaltung zu tun sind. »Bis gleich.«

Sie ruft Blanca an und schildert die Situation.

»Natürlich, Kind. Nutze die Chance und schau dich genau um. Mir geht es gut.«

»Ich komme bestimmt gleich danach zu dir.«

»Ist in Ordnung, Sam, überschlag dich mal nicht. I am okay.«

Sam sucht den Plan, den sie für den Ausstellungsraum gezeichnet hat, heraus, packt die Ausdrucke der einzelnen Bilder zusammen. Sie will den ganzen Organisationskram so schnell wie möglich hinter sich bringen.

Vor dem Kongresshaus wartet Nikolaj. Seine groß gewachsene Gestalt, sein schwarzes, volles Haar ist so vertraut, dass ihr das Herz aufgeht. Sie umarmt ihn.

»He, Schwester, alles klar?«

Sie zuckt die Schultern.

Er packt sie bei den Oberarmen. »Was ist los?«

»Ich bin in Sorge wegen Blanca.«

»Wie geht es ihr denn?«

Gut, dass du mal fragst, denkt Sam. »Sie scheint in Ordnung zu sein, aber über allem schwebt die Angst vor einem zweiten Schlaganfall, und der wird schlimmer sein, nicht so glimpflich ablaufen!« Die Worte sprudeln aus ihr heraus.

»Sam!« Nikolaj sieht ihr in die Augen. »Sam!«

Er merkt, dass ich völlig durch den Wind bin, denkt Sam. Aber er ahnt nicht, dass die Sorge um Blanca nur ein Teil meiner Panik ist. Sie möchte reden, ihre Sorgen teilen, weinen, wenn es sein muss. Nikolaj scheint so cool mit dem Wissen umzugehen, dass Victoria eine Schwester hatte … Aber das ist kein Thema für zwei, drei Minuten, die man mit seinem Bruder vor einer verschlossenen Tür wartet. Die Flaggen an den Masten knattern im Wind. Sam will fragen: Was soll jetzt werden, Nikolaj? Was wird aus unserer Familie? Doch er kommt ihr zuvor.

»Am Sonntag waren Trixi und ich bei den Eltern. Und auf dem Friedhof. Wie immer.«

»Wie lief es?«

»So lala.« Nikolaj seufzt. »Schade, dass du nicht dabei warst. Du hast Mutter irgendwie besser im Griff!«

»Ich? Sag das nochmal.«

»Werde nicht sauer!« Abwehrend hebt Nikolaj die Hände. »Aber wenn noch eine Frau dabei ist, kann Mutter sich nicht so auf Trixi konzentrieren.«

Sam schüttelt den Kopf. »Nikolaj, ich war das ganze Wochenende bei Blanca! Du hast dich bei ihr nicht sehen lassen, nicht mal angerufen! Jemand muss bei ihr sein. Sie kann nicht allein bleiben. Wenn sie einen zweiten Schlaganfall kriegt … sie könnte sterben!«

»Ich habe das nicht so gemeint, Sam.« Beschwichtigend lächelt Nikolaj, kleine Grübchen erscheinen in seinen Wangen. »Sei mir nicht böse. Ich … okay, ich hätte mich bei Blanca melden sollen. Na gut, es ist auch für mich alles nicht so ganz einfach.«

»Mit Trixi.«

»Mit Trixi. Und der Praxis. Und Abrechnungen, widerlichen Krankenkassen und bescheuerten Patienten. Wenn es dich interessiert.« Missmutig betrachtet er seine Schuhe.

Sam erschrickt. Sie hat sich nie nach Nikolajs Arbeit erkundigt. Sie geht wie selbstverständlich davon aus, dass seine Praxis läuft und er mit seinem Job zufrieden ist. Bevor sie etwas sagen kann, etwas Entschuldigendes, Verständnisvolles, redet Nikolaj weiter:

»Trixi findet die Wochenendbesuche auch nicht besonders anregend. Sie macht mit, weil ich ihr von Anfang an gesagt habe, dass diese Termine anstehen, aber ich finde, als erwachsenes Kind muss man nicht unbedingt jeden Sonntag mit Mama und Papa über den Friedhof zu Opa tappeln.« Zynismus tropft aus seinen Worten. »Wir werden das abstellen, Trixi und ich. Jetzt ist sie ohnehin unterwegs. Dann kommen wir zweimal, dann fehlen wir zweimal. Das ist der Plan. Die Eltern Schritt für Schritt entwöhnen.«

Sam seufzt. »Denkst du, mir machen die Sonntage Spaß?«, fragt sie. »Was ist mit mir? Igor klinkt sich permanent aus, du und Trixi nach und nach …«

»Niemand zwingt dich, den Zirkus mitzumachen, Sam«, erwidert Nikolaj sanft. Dabei wirft er einen Blick auf seine Uhr. »Himmel, wo bleibt Frau Hartmann? Ich muss in die Praxis zurück.«

Sam beißt sich auf die Zunge. Bloß nicht weinen. Die Tränen sitzen heute locker. Nikolaj weiß nichts von Roman, nichts von John Alexander Carrick und der Geschichte aus dem Internet. Er fragt nicht mehr nach dem Foto, nach Grace und ihrem tragischen Tod. Niemand in der Familie interessiert sich dafür, als wäre es nur eine Nebensächlichkeit, als hätte Victoria neben einer Tomatenpflanze posiert und nicht neben einer Frau, der Sam so verdammt ähnlich sieht, dass es ihr unablässig einen Schock versetzt. Neben einer Frau, die wenig später über eine Klippe stürzte und starb.

Roman interessiert sich, fällt Sam urplötzlich auf. Er gehört nicht zur Familie; dennoch hat er etwas unternommen. Zumindest für eine Story!

Ihre trüben Gedanken werden von einer Frau unterbrochen, die die Eingangstür des Kongresshauses von innen aufschließt.

»Herr May? Frau May? Entschuldigen Sie, dass ich Sie habe warten lassen. Ein wichtiges Telefonat.«

Demonstrativ sieht Nikolaj auf seine Uhr. »Ich habe genau 50 Minuten bis zum nächsten Patienten.«

»Ausgezeichnet. Ich bin Thea Hartmann und für das Eventmanagement verantwortlich. Wir freuen uns, die Ausstellung austragen zu dürfen. Kommen Sie rein.«

Sie ist superprofessionell, denkt Sam. Schlechte Laune bringt sie jedenfalls nicht aus dem Konzept.

Thea Hartmann spricht perfektes Hochdeutsch, keinen Dialekt, trägt Jeans und einen schicken Blazer dazu, und hat das rote Haar zu einem lockeren Pferdeschwanz gebunden, aus dem sich ein paar Strähnen befreit haben und fröhlich um ihren Kopf züngeln.

Die ganze Besichtigung erlebt Sam wie in Trance. Romans betroffenes Gesicht taucht vor ihr auf. Er war wirklich schockiert, als ich ihn so zurechtgestutzt habe, denkt Sam. Jetzt tut ihr ihre brüske Reaktion leid. Vielleicht wollte Roman ihr wirklich nur helfen. Er ist der Einzige, der sie nach Blanca gefragt hat. Während sie von ihrer Mutter, ihrem Vater und ihren Brüdern nicht einen Anruf bekam.

»Sam?« Nikolajs Blick ist ungeduldig. »Der Plan?«

»Ja, natürlich.« Sie fischt das Papier aus ihrer Handtasche. Dabei rutschen die Ausdrucke der Bilder heraus. Sie hätte besser alles in eine Aktenmappe gesteckt. Rasch bückt sie sich, hebt die Sachen auf.

Konzentriere dich!, befiehlt sie sich selbst. Bring es hinter dich!

Sie räuspert sich und erläutert die Anordnung, die sie sich ausgedacht hat. Frau Hartmann findet alles ganz wunderbar.

»Kein Problem, das mit dem kleinen Raum zu Beginn der Schau. Wir haben schwarze Stellwände, die schieben wir so zurecht, dass sie einen würfelförmigen Raum ergeben, und dort kann die Videoinstallation gezeigt werden. Beamer und Leinwand sind vorhanden, wir benötigen lediglich einen Datenstick von Ihnen.«

»Daran arbeitet mein Bruder.« Sam hat ihre Sicherheit wiedergefunden. Jetzt, mit ein paar Tagen Abstand, erscheint ihr ihr eigenes Konzept sogar ziemlich perfekt.

»Als Nächstes kommen die Gemälde«, fährt Sam fort, »und zusätzlich haben wir Fotos unserer Mutter, die wir gerne ausstellen wollen. Das werden definitiv viel weniger sein als die gemalten Bilder.« Sie schreiten durch die riesige Halle. Das Sonnenlicht flutet durch die Panoramafenster, die auf den Rosengarten hinausgehen. Noch blüht dort keine einzige Rose, aber man kann ahnen, welche Pracht sich in wenigen Wochen entfalten wird.

»Gute Idee. Impulse, Höhepunkte, das macht sich professionell. Es geht ja hauptsächlich um Frau Mays Werk, wenn ich das richtig verstanden habe«, bestätigt Frau Hartmann. »Weniger um ihre Person.«

Sie fachsimpeln eine Weile weiter, Frau Hartmann macht Notizen und bittet Sam um ihre Unterlagen.

»Ich muss los«, bemerkt Nikolaj mit einem Blick auf die Uhr. »Danke für Ihre Zeit, Frau Hartmann.«

»Ja, vielen Dank«, echot Sam.

Die Managerin hebt die Ausdrucke hoch. »Ich habe fürs Erste, was ich brauche. Schönen Tag!«

Vor dem Kongresshaus verabschiedet Nikolaj sich eilig. Sam sieht im nach, wie er durch das Ketschentor läuft, eines der drei noch erhaltenen Stadttore, mit wiegenden Schritten, und dabei mehrmals auf seine Uhr schaut.

Der Tag ist so schön. Der warme Wind, das Gefühl von Frühling, der mit Macht seinen Platz beansprucht, heben Sams Lebensgeister. Sie beschließt, über den alten jüdischen Friedhof nach Hause zu gehen. Auf dem Weg zu ihrer Wohnung ist es sogar eine Abkürzung, und sie erspart sich die Hektik im Zentrum. Auf dem Friedhof muss es jetzt wunderschön sein, wenn die vielen alten Bäume ausschlagen, aber noch genug Licht durch ihr hellgrünes Blattwerk sickern lassen, um dem Ort seine Düsternis zu nehmen. Erst im Sommer, unter dem dann dichten Laubdach, wirkt der Friedhof traurig und vernachlässigt. Schon als Kind mochte Sam die verwitterten, moosbewachsenen Grabsteine.

In Gedanken versunken biegt sie hinter dem Gerichtsgebäude in die Casimirstraße und geht ein paar Meter neben der Friedhofsmauer, bis sie durch den Torbogen tritt. Obwohl der Frühlingstag so hell und freundlich ist, nisten hier auf dem Friedhof lange, tiefe Schatten. Unwillkürlich kriecht Gänsehaut über Sams Arme. Schlagartig ergreift sie Unwohlsein; sie kämpft gegen den Impuls, sofort wieder zurück auf die Straße zu treten und einen anderen Weg nach Hause zu nehmen.

Sam versteht ihre Beklommenheit nicht. Die Bäume

schmücken sich mit feinen, beinahe transparenten hellgrünen Blättchen. Die Erde riecht feucht, ein wenig modrig, und in den Sonnenstrahlen, die durch das Laub fallen, tanzen Mücken. Sam blickt über die Hügel, die Grabsteine, auf das Gymnasium am anderen Ende. Es vergehen ein paar Sekunden, bis sie herausfindet, was sie erschüttert. Bis sie das Pärchen sieht. Die beiden sitzen auf einem umgekippten Grabstein, eng aneinander geschmiegt im Halbschatten. Der Mann hat den Arm um die Schultern der Frau gelegt. Ihr blondes Haar ist hochgesteckt, eine Strähne hat sich gelöst und fällt über den Arm des Mannes. Die Schatten der Blätter, die im Wind schwanken, tänzeln über das Paar hinweg. Die beiden sprechen nicht, sitzen nur da, selbstvergessen.

Sam hält den Atem an.

Der Mann ist ihr Vater.

29

Blanca vertreibt sich die Zeit, in der Sam weg ist, und klettert auf den Dachboden. Sie freut sich, ihre Enkelin für eine Weile im Haus zu haben, aber sie fühlt sich auch beobachtet, spürt ständig Sams ängstliche Blicke auf sich gerichtet. Blanca ist es nicht gewöhnt, im Zentrum besorgten Interesses zu stehen. Sie hält sich für gesund und fit, abgesehen von den Schmerzen in der Hüfte, die erstaunlicherweise seit ihrem Krankenhausaufenthalt nachgelassen haben. Den Schlaganfall ignoriert sie. Sie nimmt die Medikamente, die ihr verschrieben wurden, und damit hat es sich. Blanca hat kein Interesse daran, ihre Lebenslust zugunsten anhaltender Angst vor einem zweiten Hirninfarkt aufzugeben. Wenn es vorbei ist, ist es vorbei, denkt sie forsch, als sie die Leiter zum Dachboden hinaufsteigt.

Sollte Sam hier ein weiteres Mal auf die Suche gehen, muss alles clean sein. Blanca hat, als sie Tabula rasa machte, alles wegräumte, was die Nachwelt nicht mehr sehen sollte, ein Versteck für ihre Erinnerungen angelegt. Eines, das niemand kennt außer ihr selbst. Denn es ist eine Sache, den Enkeln die Existenz eines Familienmitglieds zu verschweigen. Eine andere wäre es, die fragliche Person in ihrem eigenen Gedächtnis auszulöschen. Unmöglich! Blanca hat nie recht an die biologische Mutterliebe geglaubt. Säuglinge und kleine Kinder fordern Schutz und Sicherheit, Essen, Trinken, das ganze Programm. Teenager wollen sich lösen, und erst sehr spät stellt sich eine Form von Zuneigung zur eigenen Mutter ein, die auf Gewöhnung, Verständnis und Pflichtbewusstsein beruht. So war es jedenfalls bei ihr; Blancas Mutter starb früh, mit Mitte 60, gerade als Mutter und Tochter sich miteinander zurechtgefunden hatten. Blanca musste ihren Mann, ihre Kinder versorgen, und sie schaffte es irgendwie, den ersten wirklichen Verlust in ihrem Leben wegzustecken.

Schwer atmend von der ungewohnten Anstrengung, die wacklige Leiter hinaufzuklettern, steht sie in der stickigen Luft des Dachbodens. Sie hat ihre liebsten Fotos natürlich beiseitegelegt. Blanca öffnet die Dachbodenluke und atmet tief die warme Luft ein. Hier zwischen den Balken ist es unerträglich drückend, das Dach ist nicht nach modernen Standards isoliert. Als Grace das Haus kaufte, hatte sie kein Geld für Renovierungen, obwohl Isaac ihr anbot, zu helfen. Dann kehrte Grace nicht zurück aus Griechenland, und der folgende Sommer, in dem das Haus hergerichtet werden sollte, verging mit Trauerarbeit. Blanca und Isaac zogen im September hier ein, unfähig, auch nur das kleinste bisschen verändern zu lassen. Alles sollte an Grace erinnern. Erst viele Jahre später bestellte Blanca Arbeiter, die das eine oder andere in Ordnung brachten. Aber sie hat nie das Dach richten lassen.

Blanca lächelt, als sie den Blick über den Berg schweifen lässt. Die Veste Coburg sieht von hier sehr nah aus, wie vergrößert. Eine weiß-blaue Flagge weht, Blanca denkt, wie eigenartig die Zugehörigkeit des ehemals sächsischen Herzogtums zu Bayern ist. Die Coburger sind der nördliche Zipfel des Bundeslandes, waren früher an drei Seiten von der DDR umgeben. Dass Coburg ein Teil Bayerns ist, hat die Stadt einer Volksabstimmung kurz nach dem Ersten Weltkrieg zu verdanken.

Blancas Hand tastet über die Ziegel neben der Luke. Einer ist locker, sie hebt ihn an und greift unter die Dämmung. Dort liegt eine flache Tasche, die sie in einem Outdoorladen gekauft hat. Garantiert wasserdicht, eigentlich für den Reisepass und andere Dokumente gedacht. Sie nimmt die Plastikmappe, setzt sich unter der Luke auf den niedrigen Couchtisch und nimmt den Inhalt heraus.

Da liegen Grace' Geburtsurkunde und zwei ihrer Schulzeugnisse. Blanca war als junge Frau nie nostalgisch. Grace selbst verbrannte nach dem Abitur ihre Zeugnisse, aber dieses aus dem allerersten Schuljahr und ein zweites aus der Mittelstufe hat sie behalten.

Kunst, Sport, Deutsch und Englisch: die besten Noten. Mathe, Schönschrift, Biologie, Geschichte: die schlechtesten. Anders als Victoria, die überall gleich vornan sein wollte, konzentrierte Grace sich auf ihre Lieblingsfächer. Sie sah nicht ein, warum sie sich für ein Fach krummlegen sollte, das sie ohnehin nicht interessierte. Wie seltsam, denkt Blanca, dass Isaac sich Grace so nahe fühlte, obwohl er selbst viel pflichtbewusster war als seine große Tochter.

Blanca geht durch den flachen Stoß Fotos. Da ist eines,

ziemlich am Ende, das sie glatt vergessen hatte. Grace mit Sam auf dem Arm. Sam, ein Däumling, gerade acht Wochen alt, gekuschelt in eine Decke mit grün-weiß-roten Streifen. Robert spottete über die Farben, sein Lachen klingt Blanca jetzt noch im Ohr: Na, unter die Italienfans gegangen? Grace' Einschulung, ihr 15. Geburtstag, als sie ein neues Fahrrad bekam; Grace auf einer traumschönen Schimmelstute, die ihrer Freundin Susanne gehörte und auf der sie ab und zu ausreiten durfte. Grace und Victoria in den USA, vor dem Capitol von Hartford in Connecticut, in das man als Besucher in den 70ern einfach hineingehen und beim Governor an die Tür klopfen konnte. Mittlerweile wird das anders sein, denkt Blanca.

Sie schließt die Augen. Bloß einen Moment will sie sich gönnen, einen Moment der Erinnerung an eine Zeit, als noch alles in Ordnung war, als noch keine Lügen ihre erstickenden Fäden über die Familie webten.

Es ist kein Wunder, dass Sam herausfinden will, was eigentlich los ist, denkt sie. Das Mädchen wird Schicht um Schicht von dieser alten Sache abtragen. Sie wird dahinterkommen, und ich werde nicht noch einmal lügen.

Blanca schiebt die Fotos in die wasserfeste Mappe. Sie könnte Sam alles erzählen. Jetzt. Sobald sie nach Hause kommt, und das wird nicht mehr lange dauern.

Höchste Zeit, die Unterlagen wieder sicher zu verstecken. Ächzend erhebt Blanca sich, lockert den Ziegel und schiebt die Sachen unter die Dämmung. Sie vergewissert sich, dass alles sitzt wie vorher, schließt dann die Dachluke.

Sie kann Sam nichts erzählen. Sie ist an ein Versprechen gebunden. Sie, Isaac, Victoria und Robert haben einander in die Hand versprochen, dass die Kinder nichts erfahren sollen. Vor allem Sam nicht. Deshalb hat es Grace nie gegeben.

Als Isaac starb, war es Blanca, als habe er mit seinem Tod das Versprechen besiegelt. Als sei es jetzt nie mehr zu brechen.

Sie geht zur Leiter, ihr rechter Fuß steigt auf die oberste Sprosse. Plötzlich zittern ihr die Hände, der Kopf schmerzt. Sie muss vorsichtig sein, Sam wird sie vierteilen, wenn sie merkt, dass Blanca auf den Dachboden geklettert ist.

Blancas Beine zittern. Sie steigt Sprosse um Sprosse hinab, erleichtert, bald hat sie es geschafft. Das Alter ist ein Albtraum mit all seiner Unbeholfenheit. Sie hat mit einem Mal wirklich entsetzliche Kopfschmerzen. Ob das eine Nebenwirkung der Tabletten ist, die sie jetzt nehmen muss? Blanca hat zeitlebens keine Kopfschmerzen gehabt.

Ihre Hände sind schweißnass. Ihr Fuß verfehlt die nächste Sprosse. Sie kann ihr Gewicht nicht halten, die Hände greifen nicht mehr.

»Mist!«, schreit Blanca. Und fällt.

30

Sam steht im Schatten einer mächtigen Buche. Ihr Vater wird sie hier nicht sehen, und wenn doch, dann soll es eben so sein. Er sitzt nach wie vor neben der blonden Frau. Die beiden sprechen halblaut miteinander, lachen ab und zu verhalten.

Sam kann das nicht glauben. Na gut, sie hat für Sekunden die blonde Frau in dem Wagen gesehen, wie sie Robert vor dem Klinikum aufsammelte, aber nun liegt die Tatsache so unübersehbar vor Sams Augen, umfasst nicht nur einen Augenblick, sondern eine kleine Ewigkeit. Sie täuscht sich nicht, sie hat richtig gesehen: Ihr Vater, ihr treuer, harmloser, hart arbeitender Vater mit Verständnis für alles und jeden, betrügt ihre Mutter mit einer sehr viel jüngeren Blondine.

Sam schluckt. Die Vertrautheit der beiden befremdet sie. Die Geräusche der Stadt scheinen weit weg. Schlagende Autotüren, ein Bike, das mit heulendem Motor die Alexandrinenstraße hinaufjagt. Eine Turmuhr schlägt die volle Stunde. Ihr wird heiß, die Zunge klebt ihr am Gaumen und ihr fällt ein, dass sie seit dem Frühstück weder gegessen noch getrunken hat.

Endlich, als sie schon nicht mehr denkt, dass es passieren wird, steht Robert auf, küsst der Frau das Haar und geht davon, in Sams Richtung, mit einem Lächeln auf den Lippen. Er sieht seine Tochter nicht, natürlich nicht, denn in Gedanken ist er bei seiner Freundin. Alle Gefühle, all seine Aufmerksamkeit fokussiert sich auf die Freude, jemanden gefunden zu haben, mit dem die Zweisamkeit mehr ist als ein wahrgenommener Termin.

Eine Welle der Sympathie überkommt Sam. Ihr Vater hat dazugelernt. Er lässt etwas gedeihen, was nur entsteht, wenn man der Zeit die Zügel lang lässt.

Sie folgt ihm in vorsichtigem Abstand. Sein Schritt ist so wiegend wie vorhin Nikolajs.

Weiß Mutter von der Affäre? Ahnt sie etwas? Solidarität erfüllt Sam. Was immer ihre Mutter falsch macht, sie hat es nicht verdient, betrogen zu werden.

»Dad?« Sie ist ihm bis fast zur Ahorner Straße gefolgt. Ganz am Ende parkt sein Wagen.

Robert Förster fährt herum.

»Sam?« In seinem Gesicht wechselt sich echte Überraschung mit Panik ab. »Was … machst du hier?«

»Dad, wir müssen reden.«

Er hat seinen Autoschlüssel in der Hand, betätigt die Fernbedienung.

»Sam, Liebes, ich muss in die Firma, ich bin spät dran.«

»Verbringst du jede Mittagspause mit deiner Geliebten?«

Roberts Gesicht fällt in sich zusammen.

»Ich habe euch gesehen. Nicht dass ich ein Problem damit hätte. Ich wüsste nur gern, was los ist.« Sie hört sich aalglatt an, als würde sie im Auftrag einer anderen Person sprechen. »Weil ich nämlich eine Menge Familienkram am Hals habe. Blanca ist aus der Klinik entlassen. Ich will nicht, dass sie allein zu Hause ist. Nikolaj kümmert sich um die Ausstellung, aber er macht nur die Organisation, und an mir hängt der Rest. Ich muss mich um einen neuen Job bemühen und außerdem hatte ich mal eine Tante. Tante Grace.«

Robert gerät ins Taumeln, fängt sich jedoch.

»Steig ein!« Mit ungewohnter Dominanz zeigt er auf den Beifahrersitz.

Sie fahren los, am Bahnhof vorbei, Richtung Rödental. Sie schweigen beide. Das Firmengebäude in der Neustadter Straße lässt Robert links liegen.

»Du musst nicht ins Büro?«

»Ich suche einen Ort zum Reden.«

»Das Auto ist gut genug.« Sam lässt ihr Fenster herunter. Der Tag ist wirklich ein Traum, zarte, runde Wölkchen gleiten unter dem Himmel dahin, das frische Grün leuchtet. »Blanca ist allein. Mir wäre es lieber, ich wäre möglichst schnell wieder bei ihr.«

»Ruf sie an.«

Sam wählt Blancas Nummer. Sie lässt es viele Male läuten. »Sie nimmt nicht ab.«

»Vielleicht hat sie sich hingelegt.«

Sam ist nicht wohl bei dem Gedanken an Blanca, die allein auf dem Sofa liegt. Sie denkt an die Nacht, in der sie zu ihrer Großmutter ins Bett kroch. Zärtlichkeit gleitet über sie hinweg. Sie ist so froh, dass sie Blanca hat. Wenigstens eine Sicherheit, nachdem um sie herum alles zusammenbricht.

»Was ist mit deinem Job?«, fragt ihr Vater.

Sam berichtet. Auch von Lunas Angebot. Er sagt dasselbe wie Blanca.

»Arbeite für sie. Sie ist gut. Du machst Erfahrungen. Umso besser.«

Sie sind fast in Rödental, rechts liegt die noch nutzlose Itztalbrücke, die das grüne Tal überspannt, einst Teil einer neuen ICE-Verbindung von Nord nach Süd sein wird, und die so viele hier als Skandal empfinden, weil sie die Umgebung verschandelt und bei ihrem Bau Steuergelder in Millionenhöhe aus dem Fenster geworfen wurden. Eine Bevölkerung, die sich über 40 Jahre in den spitzen Winkel der Weltgeschichte abgeschoben sah, kann schwer damit zurechtkommen, von Neuem ein Ort der Durchreisenden zu sein.

Robert biegt hinter dem Industriegebiet links ab. Die Straße ist schmal, zwei Reiter kommen ihnen entgegen, tadellos gekleidet.

»Gehen wir durch den Schlosspark?«, fragt Robert, während er das Auto am Straßenrand abstellt.

Sam nickt stumm. Sie liebt das Schloss Rosenau, das sich in warmem Gelb zwischen alten Bäumen erhebt. Ein Schmuckstück vorwiegend spätgotisch geprägter Architektur an einer abgelegenen Stelle, dem richtigen Ort zum Tagträumen. Der Coburger Prinz Albert, der spätere Ehemann der englischen Königin Victoria, wurde hier geboren. Es heißt, die Königin hätte den Ort so geliebt, dass sie am liebsten ihr ganzes Leben hier zugebracht hätte. Aber den Zwängen bei Hof gehorchend, blieb ihr dieses Vergnügen verwehrt.

Schweigend gehen Sam und ihr Vater den Weg durch die Wiesen entlang. Der Wind ist hier frischer als in der Stadt.

»Wer ist die Frau, Dad?«, fragt Sam.

»Sie heißt Eva. Kommt aus der Slowakei.«

»Aus der Slowakei?« Sam kann es nicht glauben.

»Sie hat ein Praktikum bei uns in der Firma gemacht. Seitdem kennen wir uns.«

»Aber – warum?«

Robert schweigt. Er schreitet rasch aus. Sam beschleunigt ihre Schritte. Ihr Magen knurrt.

»Warum, Dad? Weiß Mutter es? Weiß es irgendjemand von der Familie?«

»Du.« Er seufzt. »Ich bin ziemlich schockiert. Ich wollte …«

»Du wolltest deine Affäre geheim halten.«

»Das klingt so billig!«

»Es ist eine Affäre!« Die Entrüstung ist von Sam abgefallen. Beinahe entspannt geht sie mit ihrem Vater durch den Park. Wenige Spaziergänger sind unterwegs. Sie lassen das Schloss rechts auf seinem Hügel liegen und drehen eine Runde um den Teich.

»Ich brauchte wieder so etwas wie ein Leben, Sam. Es kam ganz unerwartet zu mir, und ich habe es angenommen.«

»Hast du kein Leben? Du hast eine Frau, Kinder, einen Job, der dir Spaß macht.«

»Dass du dich da mal nicht täuschst.« Robert klingt bitter. »Ich habe immer hart gearbeitet. Dabei hatte ich nie Freude daran. Die Arbeit war und ist eine Notwendigkeit. Nicht so wie die Malerei für deine Mutter. Die ist wohl eher eine Berufung als ein Job.«

»Wie meinst du das?«

»Ich habe immer Rücksicht auf Victoria genommen, nicht wahr?« Er setzt sich auf eine alte Steinbank im Schatten. »Ich schätze ihre künstlerischen Ambitionen, ich mag ihre Bilder, und als ihr klein wart, habe ich alles getan, damit sie genug Zeit in ihre Kunst investieren konnte.«

Sam nickt. Victoria war immer gern mit ihren Kindern zusammen, sie konnten ihre Mutter mit allem behelligen, wann immer sie wollten, aber dann gab es Zeiten, da war das Wort ›Mutter‹ tabu. Wenn Victoria in einer Phase der Inspiration steckte und malte. Wenn sie einen Auftrag hatte. Zu den Gelegenheiten musste Robert die kleinen Racker davon abhalten, ihre Mutter zu belästigen.

»Du hast es doch freiwillig getan. Im Übrigen war das eine ziemlich moderne Einstellung, der Ehefrau den Rücken freizuhalten.« Sie setzt sich neben ihren Vater.

Robert schmunzelt über dieses Lob. »Darauf kommt es nicht an, Sam. Ich musste immer funktionieren. Ich bin ein Familientier, ich will unkomplizierte, fröhliche Menschen um mich.«

»Sind wir so kompliziert?«

»Sam, komm schon. Ihr seid inzwischen erwachsen und wir müssen nicht mehr reden, als wäre euch als Kindern die Liebe entzogen worden.«

Sam spürt, dass Robert recht hat. Doch sie ist so aufgewühlt, könnte übersprudeln vor Fragen und Vorwürfen.

»Womöglich könntest du mir eher vorhalten«, macht Robert weiter, »dass ich ein problemloses Zuhause suche. Ich will mal am Abend vor dem Fernseher sitzen und ein Bier trinken. Deine Mutter findet das anstößig. Nicht intellektuell genug. Ich habe ihre Art, das Leben zu sehen, dermaßen satt! Sie kritisiert zu viel, ist so perfektionistisch, dass ich mir oft wie ein ekelerregendes Würmchen vorkomme.«

»Aber Dad!«

Er legt den Kopf schief, als er Sam eindringlich ansieht.

»Sam, du kennst Victoria doch. Sie hat dieses Majestätische, das ihr Name bereits suggeriert. Victoria gönnt sich selbst nicht die kleinste, spontanste Freude. Alles muss höchsten Ansprüchen genügen. Dafür bin ich nicht der richtige Partner.«

»Warum redest du nicht mit ihr?«

Ein Schwan gleitet über den stillen Teich.

»Was soll ich sagen?«

»Dass du unglücklich bist.«

Robert lacht auf. »Meinst du, deine Mutter wird das als Argument gelten lassen? Denkst du, sie selbst war jemals glücklich?« Seine Stimme trieft vor Sarkasmus.

»Warum sollte sie nicht glücklich sein?«, fragt Sam verständnislos und blickt auf den Schwan, der bewegungslos auf dem Wasser sitzt, auf Brotreste wartend, als könne er ihr die Frage eher beantworten als ihr Vater. »Sie hat eine Familie, eine Karriere, sie hat eine Arbeit, die sie liebt.«

Robert wirft ihr einen ungläubigen Blick zu. »Woher weißt du von Grace?«

Sie berichtet. Roman erwähnt sie wie nebenbei; sie spricht von der Übersetzung, die Isaac in Auftrag gab, und von der Blanca nichts wusste.

»Kannst du dir vorstellen, was für ein entsetzlicher Schock es für Victoria war, ohne ihre Schwester zurückzukehren?« Robert reibt sich das Gesicht.

Sam hat den Eindruck, dasselbe Argument schon einmal gehört zu haben.

»Überleg mal, du wärest mit Nikolaj in den Urlaub aufgebrochen – und er wäre vor deinen Augen eine Klippe hinuntergestürzt. Victoria war traumatisiert. Ihren Eltern gegenüber spielte sie die coole Tochter, die durchhält, die es irgendwie schafft, über diese Tragödie hinwegzukommen. Sie wollte weder Blanca noch Isaac belasten. Die beiden waren völlig schockiert. Sie hatten keinen Leichnam, von dem sie sich verabschieden konnten. Isaac wollte sowieso nicht hinnehmen, dass Grace wirklich tot ist. Er dachte, solange er höchstpersönlich ihre Leiche nicht identifiziert hat, glaubt er nicht, dass sie nicht mehr lebt. Er pochte darauf, die Leiche haben zu wollen.«

»Wusstest du von den Polizeiprotokollen, die er angefordert hat?«

Robert schüttelt den Kopf. »Nein. Bitte glaub mir.«

Sam verzieht das Gesicht. Sie versucht ihm zu glauben, aber sie hat dermaßen viele Versionen von allem gehört, dass sie manchmal denkt, die wirkliche Geschichte habe so viele Gesichter wie Beteiligte.

»Warum, glaubst du, wollte er die Unterlagen lesen?« Der Schwan verliert das Interesse an ihr und Robert und dreht bei. »Weißt du, es sind zwei Protokolle, eines, das aufgenommen wurde, als Mutter den Unfall meldete. Danach gab es eine Ortsbegehung in Polizeibegleitung. Helfer suchten den unteren Klippenrand ab, ohne eine Leiche zu finden. Grace muss ins Meer gestürzt und sofort von der Strömung rausgetragen worden sein. Wenn sie den Sturz überlebt hat, ist sie wahrscheinlich ertrunken. Aber die Polizei nahm an, dass Grace auf einen Felsen aufschlug und sofort tot war.« Sie fröstelt.

»Grauenhaft.« Robert schüttelt sich. »Weißt du, womöglich wollte Isaac diese Protokolle haben, weil sie ihm ein wenig Sicherheit gaben. Dass Grace tot sein muss, dass er die Geschichte auch für sich selbst abschließen kann. Du warst damals noch so klein, Sam. Wir mussten uns um dich kümmern. Wir durften uns nicht zu weit in die Trauer ziehen lassen. Das hat uns in gewisser Weise gerettet. Du bedeutetest Zukunft.«

»Willst du Mutter verlassen?«

»Nein. Ich will weder Mutter noch euch verlassen.«

»Weiß Eva das?«

»Mach es nicht so kompliziert, Sam. Gib mir eine Chance.«

»Sie macht sich bestimmt Hoffnungen! Alle Frauen in ihrer Situation würden das tun!«

Robert lächelt traurig. »Du hältst mich für einen Loser.«

»Nein. Aber ich will verstehen!« Roman und seine SMS

fallen ihr ein. Die Nachricht kam ihr sinnlos vor, fast devot. Plötzlich sieht sie es anders. Er hat einen Rückzieher gemacht – ihr zuliebe. Soll sie Roman anrufen? Oder diesen John Carrick? Was würde das bringen?

»Denke an dich selbst und wie du mit Victoria zurechtkommst. Oder deine Brüder.«

»Was meinst du damit?« Die Frage erübrigt sich; sie weiß genau, was ihr Vater sagen will.

»Victoria hat etwas von einer Mafia-Patin.« Robert lacht leise. »Sie fordert unbedingte Loyalität ein. Und ich bin sogar nach gut 30 Jahren Ehe weiterhin bereit, ihr gegenüber loyal zu sein.«

Sam beschließt, Roman anzurufen. Sich mit ihm und John Carrick zu treffen. Heute Abend wird es nichts mehr, aber morgen. Morgen muss es klappen.

»Ich muss zu Blanca«, sagt Sam mit einem Blick auf die Uhr. »Sie ist schon viel zu lang allein.« Sie drückt die Wahlwiederholung auf ihrem Handy. Niemand nimmt ab.

Robert steht auf. »Ich fahre dich hin!«

31

Als Sam mit Sack und Pack aus Roberts Wagen steigt, winkt sie ihm zu.

»Halte mich auf dem Laufenden.«

Er lacht auf. »Ich gebe mir Mühe.«

Er fährt davon. Er hat mich nicht gebeten, Mutter gegenüber den Mund zu halten, denkt Sam. Das erstaunt sie. Rechnet er automatisch mit ihrer Loyalität ihm gegenüber? Loyalität, was ist das überhaupt für ein dummes Konzept. In einer Familie sollte man sich lieben und nicht zueinander loyal sein.

»Blanca, ich bin zu Hause!«

Ihre Großmutter liegt auf dem Sofa. Sie ist blass, das fällt Sam sofort auf.

»Schön, sehr schön.« Sie lächelt, aber ihr Lächeln ist angespannt.

»Ist etwas nicht in Ordnung?«

»Ich habe üble Kopfschmerzen.«

Sam erschrickt. Ist das ein Anzeichen für einen neuen, zweiten Schlaganfall?

»Sollen wir den Arzt rufen?«

»Ich glaube nicht. Hier, lies mal die Nebenwirkungen vor!« Sie hält Sam die Packungsbeilage eines Medikaments hin. »Die Buchstaben sind so mikroskopisch, dass ich sie wirklich nicht entziffern kann.«

Sam studiert den Zettel. »Du hast recht. Kopfschmerzen, Schwindel und Übelkeit sind hier angegeben.«

»Morgen rufe ich den Arzt an und verlange ein anderes Mittel«, beschließt Blanca resolut. »Hör zu, deine Freundin Luna hat uns dermaßen viele Fressalien angeschleppt, dass ich ein Stew gekocht habe. Hast du Hunger?«

Sams Magen knurrt und enthebt sie einer Antwort.

Blanca lacht. Sie richtet sich mühevoll vom Sofa auf.

»Hast du Schmerzen?«

»Nein, alles wie immer.«

Sam runzelt die Stirn. Sie hat den Eindruck, Blanca verschweigt ihr etwas. Sie beobachtet, wie ihre Großmutter mühsam aufsteht und stärker hinkt als sonst. Schnell folgt sie ihr in die Küche. Der Tisch ist gedeckt, auf dem Herd steht ein gusseiserner Topf, der einen verführerischen Duft nach Knoblauch, Wein und Rosmarin aussendet.

So war es früher, denkt Sam. Wenn Mutter mich bei Blanca

abgesetzt hat. Meistens mit den Jungs, manchmal allein. Immer war etwas zu essen im Haus, gerade fertig geworden, und wir haben gespachtelt, als hätten wir seit Tagen nichts gegessen.

»Hm, das riecht wunderbar.«

»Sit and eat.« Blanca öffnet eine Flasche Rotwein. »Das ist nichts für mich mit meinem dröhnenden Kopf. Obwohl«, sie schmunzelt, »Wein laut der Heiligen Hildegard ja eine medizinische Wirkung hat.« Sie schenkt zwei Gläser voll.

Die Anspannung des Tages fällt von Sam ab. Roberts Affäre ist nicht ihr Problem. Sie muss sich später eine Liste machen mit den Dingen, die als Nächstes anstehen. Aber sie ist nach dem Essen so müde und benebelt vom Rotwein, dass sie nur noch ins Bett möchte.

»Geh hinauf und halte ein Schläfchen«, schlägt Blanca vor.

»Gute Idee.« Sam küsst ihre Großmutter auf die Wange. Ihre Haut ist weich und kühl.

»See you later, dear«, sagt Blanca resolut und wendet sich ab. Sie schnappt sich die Fernbedienung vom Fernseher und zappt durch die Programme. Sam bleibt einen Moment stehen, überwältig von dem Gefühl der Zusammengehörigkeit, das sie empfindet. Dann dreht sie sich um und geht langsam die Treppe hinauf. Sie verschläft den Rest des Nachmittags und den frühen Abend. Später setzt sie sich mit Blanca vor den Fernseher. Roman und seine SMS blendet sie aus.

Der nächste Morgen ist wolkenverhangen. Nach all der strahlenden Frühlingssonne bemerkt Sam das düstere Grau, ehe sie die Lider aufschlägt.

Blanca ist im Bad. Das heißt, sie lebt, denkt Sam. Was für ein Irrsinn. Warum befürchte ich immer das Schlimmste?

Sam öffnet die Augen und blickt hinaus in den Garten. Es

hat nicht geregnet, noch sind Bäume und Wiese trocken, doch es sieht so aus, als wollten die Wolken sich jeden Moment öffnen. Kein Vogel singt. Auch der Wind schweigt.

Sam steht auf, tappt in die Küche, schaltet das Licht ein und setzt Teewasser auf. Lucienne streicht um ihre Beine. In der Diele stehen ihre ganzen Sachen, die sie gestern achtlos hier abgestellt hat. Sie trägt ihre Taschen nach oben. Auf dem Tisch schafft sie sich Platz, baut den Rechner auf. Sie stöpselt das Ladekabel ihres Handys in die Steckdose und geht wieder nach unten. Vom Küchenbüffet nimmt sie einen Notizblock und schreibt:

Arzt anrufen wegen Medikamenten
Luna! Wegen Job
Roman! John empfangen
Im Internet Ausschreibungen für Textildesigner checken
Ausstellung! Private Fotos durchstrukturieren

Blanca kommt die Treppe herunter. Sie hinkt deutlich, fährt Sam durchs Haar.

»Morning, dear.«

»Morgen, Blanca.«

»Großartig, du hast schon an den Tee gedacht.« Blanca gießt die Teeblätter auf. Sie stellt die Küchenuhr und schnappt sich den Notizblock.

»Was ist hier los?«

»Ich habe mir ein paar Sachen aufgeschrieben. Was ich heute vorhabe.«

Blanca runzelt die Stirn. »Sieh zu, dass dein Leben nicht zu einer ›Zu erledigen‹-Liste verkommt!«

»Ich brauche eine Gedächtnisstütze. Ich merke mir das alles sonst nicht.«

»Den Arzt kann ich selber anrufen. Ich bin nicht plem-

plem, das schaffe ich allein. Luna geht ohnehin davon aus, dass du für sie arbeitest. Also kannst du es dir sparen, im Internet nach Ausschreibungen zu fahnden. Wenn du willst, gehe ich mit dir die privaten Fotos für die Ausstellung durch und wir sortieren sie gemeinsam. Dadurch habe ich auch mal was Sinnvolles zu tun. Und dir bleibt mehr Zeit, dich um deine Verehrer zu kümmern.«

»Verehrer?« Sam bleibt das Wort fast im Halse stecken.

»Roman und John?«

»Roman ist der Sohn des Übersetzers … habe ich dir doch erzählt.«

»Du sagtest auch, du hättest einen Mann kennengelernt.«

»Ja. Roman.« Sam senkt den Blick.

Blanca stellt Teller und Tassen auf den Tisch, nimmt eine Packung Toast aus dem Kühlschrank, stellt Honig, Marmelade und Schinken dazu. Die Küchenuhr piepst. Blanca angelt das Teesieb aus der Kanne.

»Und John?«

»Sein … Freund.«

»Ah.«

Sie glaubt kein Wort, denkt Sam. Wie macht sie das nur? Wie kann sie feststellen, dass ich sie anlüge? Und warum lügen wir eigentlich alle?

»Nun setz dich endlich, Liebes, und wir besprechen den Tag.«

Ein solches Morgenritual ist Sam fremd. Seit geraumer Zeit frühstückt sie vor dem Computer. Wenn überhaupt. Blanca gießt ihr Tee ein. Draußen wird es immer dunkler.

»Seltsames Wetter«, sagt Blanca. Sie setzt sich; dabei hat sie Schmerzen. Sie kann sich nicht verstellen.

»Was ist los mit dir, Blanca?«

»Sam, mein Schatz, bitte schau mich nicht immer an wie eine kranke Kuh.«

»Du hast Schmerzen!«

»Ich habe mich gestern am Küchentisch gestoßen. Es ist ein blauer Fleck dabei rausgekommen, sonst nichts.«

Zögernd greift Sam nach einem Toast. Dabei kommt sie sich seltsam beobachtet vor. Sie wirft einen schnellen Blick aus dem Fenster. Im Garten ist niemand. Sam sieht sich um. Lucienne sitzt unter der Küchentür, blickt vorwurfsvoll in die Runde.

»Ich glaube, wir haben Lucienne vergessen!« Sam steht auf, nimmt eine Dose Futter aus dem Schrank und leert den Inhalt in den Katzennapf.

Lucienne ziert sich. Mit aufmerksamem Blick bleibt sie unter der Tür sitzen.

In diesem Moment beginnt es zu regnen. Kein zarter Frühlingsregen, der den Leuten hier in der Gegend das Gartengießen erspart, sondern ein zerstörerischer Wolkenbruch. Mittlerweile ist es draußen stockfinster. Blancas Rasen verwandelt sich in einen See. Sam sieht zu, wie die Rosenstöcke sich biegen, dicke, faustgroße Tropfen auf das Gras prasseln, sich zu Hagelkörnern wandeln, die auf den riesigen Pfützen treiben. Ein Blitz teilt für Sekunden die schwarzvioletten Wolken. Beinahe sofort bricht der Donner los.

Blanca und Sam stürzen ans Fenster.

»Ist das der Weltuntergang, oder was?«, brummt Blanca.

Die Bäume im Nachbargrundstück schütteln sich. Blumen und Büsche beugen sich dem Wetter, es ist ein fürchterliches Gemetzel, denkt Sam.

»Der Apfelbaum macht es nicht mehr lange.« Blanca zeigt auf den knorrigen, alten Gesellen, der auf ihrer Wiese den Naturgewalten trotzt.

Der nächste Blitz. Sam zuckt zusammen.

»Willkommen, Apokalypse«, sagt Blanca. »Was meinst du, Sam: Wenn man sich umbringen wollte, könnte man in den Regen hinauslaufen und sich vom Blitz treffen lassen?«

»Ich denke, man würde nicht getroffen. Das Schicksal mag es ironisch«, erwidert Sam. Sie freut sich, dass Blancas schwarzer Humor zurück ist. In stummer Einigkeit beobachten sie das Naturspektakel. Lucienne kommt näher und macht sich über ihr Futter her.

Da ertönt ein furchtbarer Donnerschlag. Sam und Blanca zucken beide zusammen. Lucienne rennt mit einem angewiderten Fauchen davon. In der Küche wird es dunkel.

»Verdammt!«, flucht Blanca.

»Es hat irgendwo eingeschlagen.« Sam dreht sich um. »Hoffentlich legt der Blitz nicht das ganze Stromnetz lahm.«

»Wir leben in Deutschland, Schätzchen. Hier wird alles umgehend mit höchster Effizienz auf Vordermann gebracht. Kannst du mal in das oberste Fach greifen? Dort sind Kerzen und Streichhölzer.«

Sam klettert auf ihren Stuhl. Sie tastet mit der flachen Hand durch das Schrankfach. Eine Serie von Blitzen taucht die Küche für Momente in grelles Discolicht. Sams Stuhl kippt. Beherzt springt sie auf den Boden. Mit einem Poltern fällt der Stuhl um.

»Was war das?« Blanca steht stocksteif da.

»Ich bin aus dem Gleichgewicht geraten, ich …«

»Nein. Das Geräusch.«

»Der Stuhl ist umgefallen«, erwidert Sam zögernd.

Dann hört sie es auch. Ein Wummern an der Eingangstür. Die beiden Frauen blicken einander an.

»Ein interessanter Morgen«, bemerkt Blanca trocken. »Besser als jede ›Zu erledigen‹-Liste.«

32

Besessen von dem Wunsch, die verräterischen Aufnahmen ein für allemal loszuwerden, steuert Victoria den Wagen über die B 22. Der Umschlag mit den Fotos, den sie heute Morgen aus dem Schließfach in der Würzburger Bank geholt hat, liegt neben ihr auf dem Beifahrersitz. Dichter, schwerer Regen fällt. Victoria ist nervös. Sie muss sich ständig zwingen, die Geschwindigkeitsbeschränkungen einzuhalten, rauscht trotzdem viel zu schnell durch Ebrach. Gott sei Dank ist bei dem lausigen Wetter niemand unterwegs, denkt sie.

Die Straße wird schmaler und dunkler. In einer Kurve rutscht das Kuvert vom Sitz in den Fußraum.

Victoria ist getrieben von Angst, Wut und Ungeduld. Heute Nacht hat sie beschlossen, die Fotos zu vernichten. Sie weiß nur noch nicht, wie. Sie hat die halbe Nacht gegrübelt. Robert kam spät, und sie lag schon im Bett. Sie haben getrennte Zimmer. Sie stellte sich schlafend, sodass Robert nicht mehr hereinkam, sondern sich auszog, duschte und schließlich in seinem Zimmer schlafen ging.

Seit Sam mit dem Foto kam, kann Victoria nicht mehr malen. Es ist, als streikten ihre Arme, wenn sie ein Stück Weidenholzkohle in die Hand nimmt. Statt des Umschlages mit den Fotos hat sie ihr Skizzenbuch im Schließfach der Bank untergebracht. Das muss reichen.

Sie wird 60, verdammt, wie viele Jahre bleiben ihr für die Kunst? Sie muss sich nichts mehr beweisen, ihre Karriere, ihr Ruf und ihr Werk sind im Großen und Ganzen gefestigt. Sie hat es nie in die wirklich großen Kunsthallen der Welt geschafft, aber sie ist keine Unbekannte in der Branche, und damit ist sie weiter avanciert als die meisten, mit denen sie studiert hat.

Und natürlich weiter als Grace. Victoria lächelt. Ein Lächeln, das sich gemein anfühlt.

Grace ist tot. Sie hatte keine Chance, berühmt zu werden.

Victoria lenkt den Wagen durch den Wald. Der Himmel hängt tief, an den Hängen kleben graue Wolken. Soll sie die Fotos zerreißen, schreddern, in ein Säurebad tauchen? Blitze zucken am Horizont. Sie ist früh losgefahren, ohne zu frühstücken. Das ist nicht ihre Art, aber die Nervosität und der vibrierende Zwang, die Sache mit den Fotos, die sie so lange aufgeschoben hat, zu erledigen, haben sie angetrieben.

Der Regen wächst sich zum Wolkenbruch aus. Die Tropfen werfen enorme Blasen auf dem Asphalt. Gleichzeitig wird es finster. Der Donner, gerade eben ganz von fern zu hören, rückt näher.

Victorias Anspannung wird stärker.

Was mache ich hier?, fragt sie sich.

Ich tue es für Sam. Um Sam zu schützen. Sie gehört zu mir und ich habe die Verantwortung dafür, dass sie nichts erfährt. Dass ihr Leben nicht zerstört wird durch etwas, wofür sie nichts kann.

Mag sein, dass die Jungs Victoria näher sind, Igor ohnehin und auch Nikolaj, aus Gründen, die niemand in Frage stellen wird, aber sie will Sam schützen.

Schon damals, als sie allein aus Griechenland zurückkehrte, wollte sie nichts anderes. Als sie nach Hause kam, wo Blanca mit Sam wartete.

Vielleicht hat sich in jenen Tagen diese starke Bindung zwischen Enkelin und Großmutter entwickelt, denkt Victoria. Blanca hatte Sam auf dem Arm, in dieser pseudo-italienischen Decke, über die Robert immer lästerte, und drückte ihre Wange an den Kopf des Babys.

Wir müssen es für Sam tun, sagte Robert später, als er aus der Firma kam und Victoria willkommen hieß. Er hielt sie lange in seinen Armen, sie roch seinen vertrauten Duft, ein wenig Aftershave, Schweiß nach einem anstrengenden Arbeitstag in einem muffigen Büro, während sie selbst nach der von ihrem Lieblingsdichter besungenen winddurchleuchteten griechischen Erde duftete.

Victoria nimmt Gas weg. Sie pflügt durch die Wassermassen, späht durch die Fensterscheibe, an der der Regen wie ein Wasserfall herabrinnt. Für Sam, für Sam, für Sam. All die Lügen. Sam soll nichts wissen, die schweren Vorhänge der Unwahrheit nie beiseite ziehen, sich nie schämen müssen für ihre Familie. Sam soll nie in die zweite Reihe geschoben werden wie Victoria. Sie hat immer sehr darauf geachtet, alle drei Kinder gleich zu behandeln, ihnen allen dasselbe Maß an Zuwendung und Aufmerksamkeit zu geben.

Ein Windstoß schüttelt den Wagen.

Jetzt, wo Sam die Ausstellung vorbereitet, darf sie auf keinen Fall mehr erfahren, als sie bislang herausbekommen hat. Die Ausstellung ist die Krönung für Victoria, sie hat wichtige, in der Szene bedeutende Leute eingeladen, die noch einmal etwas für sie tun können, bevor sie zu alt ist, bevor jüngere Künstler nachkommen, die die Welt der Malerei für sich einnehmen.

Ich bin scharf auf Anerkennung, denkt Victoria. Ich weiß das, aber jeder will Anerkennung, oder? Ein Blitz scheint direkt vor ihr in die Erde zu schlagen, dabei sieht es so aus, als wüchse er aus dem Boden in den Himmel. Das Licht verzweigt sich in Sekundenschnelle viele Male. Staunend wartet Victoria auf den Donner, der sich Zeit lässt, dann mit umso brutalerer Gewalt losbricht.

Die Ausstellung muss gelingen. Es darf nicht der Hauch eines Verdachts existieren. Schon winzige Andeutungen, vorsichtig formulierte Zweifel können die Atmosphäre vergiften, die entsprechenden Leute verunsichern und alles zerstören, was Victoria sich aufgebaut hat. Was sie mit ihren Händen geschaffen hat. Denn auf das Werk kommt es an. Nur das Werk selbst ist vermittelbar. Die Idee allein ist körperlos und nicht greifbar.

Das Regenwasser schießt wie eine Sturzflut die Straße hinunter. Im Wind schaukelt der Wagen hin und her. Victoria fährt langsam weiter. Die Scheibenwischer bewältigen die Wassermassen kaum.

Sie hat keinen Grund, sich zu ängstigen. Sam wird nichts herausfinden, sobald diese Fotos vernichtet sind. Selbst das Skizzenbuch im Schließfach wird keinen Verdacht erregen. Künstler sind furchtsame Naturen und bewachen ihre Werke mit Argusaugen. Niemand wird Verdacht schöpfen.

Sie muss bloß diese Fotos loswerden. Ob der Regen sie unbrauchbar macht? Können Wasser und Schlamm sie zerstören, dieses Spiel von Licht und Dunkel, das man Fotografie nennt?

Victoria versinkt in Grübelei. Sie bemerkt den Wagen zu spät, der ihr entgegenrast, über eine Hügelkuppe kommend und so nah, dass Victoria für Sekundenbruchteile das entsetzte Gesicht des Fahrers sehen kann.

33

Sam tappt zur Haustür. Im Dunkel stößt sie gegen die kleine Kommode in der Diele und stolpert über ihre Sneakers, die sie gestern achtlos irgendwo stehen gelassen hat. Lucienne schleicht um ihre Füße, sie sieht die Augen der Katze grün im Dunkel aufleuchten.

Wieder klopft jemand an die Haustür. Klar, der Strom ist weg und die Klingel funktioniert nicht, wie also sollte man sich helfen, wenn man Gehör finden will?, fragt sich Sam.

»Wer ist da?«, ruft sie.

»John Carrick.«

Sam fährt zurück und tritt auf Lucienne, die fauchend davonrennt. Hätte sich Professor Dumbledore angemeldet, sie hätte nicht entsetzter sein können. Sie muss minutenlang geschwiegen haben, denn John Carrick klopft erneut.

»Auf ein Wort, Samantha.«

Sam verflucht den ratlosen Roman, der so ratlos nicht ist, wie er gern tut, der ihre Geschichte veröffentlicht und sie zum Gespött der Leute gemacht hat, wie Victoria sagen würde. Sie überlegt, wer ansonsten diese Story gelesen haben könnte. Sie öffnet die Tür.

»Danke. Es ist ziemlich feucht draußen.« John Carrick spricht englisch mit ihr. Er ist tropfnass, das Haar klebt ihm am Kopf, der Anzug am Körper. Der Schirm, den er neben der Tür abgestellt hat, ist vollkommen zerfleddert. Über seiner Schulter baumelt ein roter Rucksack.

»Kommen Sie herein«, sagt Sam.

John Carrick folgt ihr in die Küche, wo Blanca eine Kerze angezündet hat. Neugierig betrachtet sie John. Sam weiß, sie fragt sich, ob das der Mann ist, den sie ihrer Großmutter gegenüber erwähnt hat.

»Blanca, das ist John Carrick. Aus Mailand im Augenblick, soweit ich weiß.«

John nickt und streckt Blanca die Hand hin.

»Ma'am.«

»Und das ist Blanca May, meine Großmutter.«

»Roman teilte mir mit, Sie würden bis auf Weiteres hier wohnen.«

»Ach ja?« Sam macht eine unwirsche Bewegung, die John

so versteht, als habe sie ihm einen Stuhl angeboten. Er setzt sich. Aus seinen Hosenbeinen und seinem Jackett tropft das Wasser.

»Wie wäre es, wenn Sie sich umziehen, notdürftig wenigstens?«, schlägt Blanca vor. »Sam, schau oben nach, ob ein paar von Igors Sportsachen hier sind. Vielleicht passen die.«

Sam tigert durchs Haus. Ihr ist neu, dass ihr mittlerer Bruder bei Blanca Sportklamotten im Schrank hat. Es gibt so vieles, was sie nicht weiß. Auch nicht wissen muss. Was gehen sie die Socken ihres Bruders an?

Tatsächlich findet sie im Gästezimmer, in dem sie sich erst provisorisch eingerichtet hat, einen Jogginganzug, zwei T-Shirts, alle gewaschen und ordentlich zusammengelegt.

John Carrick sieht besser aus, als er sich das Haar trockengerubbelt und die nassen Klamotten gegen Igors trockene ausgetauscht hat. Sein Haar ist dunkel, an den Schläfen frostig, und an der Stirn ein gutes Stück zurückgewichen. Sam fällt ein Muttermal auf seinem rechten Handgelenk auf. Blanca hat ihm eine Tasse Tee hingestellt, einen frischen Teller, Besteck.

»Nun, die Situation ist irgendwie … unwirklich, nicht wahr?« Er lacht und entblößt kräftige, ein wenig zu lange Zähne. »Warum ich hier bin: Ich bin ein Internetjunkie.« Er wärmt seine Hände an der Teetasse. Draußen rauscht immer noch der Regen, aber nicht mehr so zerstörerisch wie zuvor. »Ich sauge das Netz leer, wie man so sagt. Und weil ich ein großer Freund Griechenlands bin, trotz der Krise, die im Angesicht der Weltgeschichte ein kleines Übel ausmacht, und weil ich außerdem Altphilologe bin, verfolge ich alles, was ich zum Thema Griechenland finden kann.« Er nimmt einen Schluck Tee. »So stieß ich auf Roman Hallsteins Blog und auf Ihre Geschichte, Samantha.«

»Nennen Sie mich Sam«, entgegnet Sam aus alter Gewohnheit. Ihr wird heiß und kalt zugleich. Warum musste sie zu

Blanca ziehen? Hätte John Carrick sie in ihrer eigenen Wohnung aufgesucht, wäre wenigstens Blanca aus dem Schneider gewesen. Aber ihre Großmutter blickt von einem zum andern, wartet sichtlich ungeduldig auf eine Erklärung.

»Welche Geschichte?«, fragt Blanca.

»Sie sehen Grace wirklich außerordentlich ähnlich.« John mustert Sam ausgiebig, bevor er sich Blanca zuwendet: »Ma'am, ich nehme an, Sie sind die Mutter von Grace und Victoria?« John lächelt Blanca, die blass geworden ist, höflich an. »Grace war wirklich eine wunderbare Frau. Ich habe sie sehr geliebt. Als ich erfuhr, dass sie eine zerrüttete Beziehung hinter sich hat, hatte ich Absichten. Ich machte ihr den Hof. Aber Grace hängte mich ab. Sie wollte mich nicht. Von ihrem Tod hörte ich erst viel später. Ich kann nicht besonders viel Deutsch, und in den 80ern kam man noch nicht so leicht wie heute an Informationen heran. Ich staunte lediglich darüber, dass man in der Kunstwelt nichts von ihr hörte. Statt dessen von einer anderen Dame. Victoria May. Grace' Schwester.«

»Ja – und?« Blancas Gesicht hat wieder Farbe bekommen.

»Mein Beileid, Ma'am. Verspätet.« Er senkt kurz den Kopf.

Sam verbirgt ihr Gesicht in den Händen. Vor ihr öffnet sich ein Krater, in den sie hinabzustürzen droht, in eine Unterwelt, von der sie ahnte, über die sie allerdings am liebsten nichts wissen will. Wenn sie die Dinge rückgängig machen könnte, würde sie das verdammte Foto sofort in die Mülltonne werfen.

John stört sich nicht an den inneren Dramen, die sich in Blancas Küche abspielen. Sam jedoch bleibt nicht verborgen, dass Blanca mit sich kämpft, dass ihr Fragen über die Lippen wollen, dringend, schnell, sofort. Doch ihr Gast aus Mailand beugt sich in aller Ruhe zu seinem Rucksack und nimmt einen Beutel heraus. Darin befindet sich eine dicke, gepolsterte Fototasche. In diesem Moment geht das Licht wieder an. Für Sekunden schließt Sam geblendet die Augen.

»Ich habe Grace und ihre Schwester in Griechenland kennengelernt. 1982. Wir reisten eine Weile gemeinsam. Ich war aus Italien mit der Fähre rübergekommen, hatte also einen Wagen zur Verfügung. Ich bin kunstbesessen, und für mich war es unglaublich interessant, mit zwei echten Malerinnen unterwegs zu sein. Ich schoss Hunderte Fotos. Diese hier sind nicht alle. Nur die einschlägigen.«

Blanca setzt frisches Teewasser auf, während John das Foto, das Sam so gut kennt, das alles ins Rollen gebracht hat, auf den Tisch legt. Sam würde gerne wissen, wie viele Abzüge es davon gibt. Sie scheinen unendlich.

»Hier sehen Sie mich. Es ist das einzige Foto der Reise, auf dem ich selbst abgebildet bin, weil normalerweise ich den Fotografen spielte.« Er lacht. »Die Ähnlichkeit ist bezaubernd, Sam!« Er tippt auf Grace.

Sam nickt nur. Sie gleitet ins Bodenlose.

»Wie gesagt, ich war in Grace verliebt«, fährt John fort. »In gewisser Weise bin ich es immer noch. Wäre dieses tragische Unglück nicht geschehen, hätten wir uns zum Abschluss der Reise in Athen getroffen. Das vereinbarten wir, bevor wir uns nach etlichen gemeinsamen Tagen auf dem Peloponnes trennten. Ich fuhr nach Delphi weiter. Zum verabredeten Zeitpunkt saß ich in Athen in einer Taverne auf der Plaka und wartete. Ich wusste ja nicht, dass Grace nie mehr kommen würde, ahnte nichts von dem Unfall. Später habe ich mir ausgerechnet, dass an jenem Tag, an dem ich stundenlang Mokka trank und schließlich enttäuscht die Restaurantrechnung bezahlte, Victoria seit mindestens 48 Stunden zu Hause war. Ohne Grace.«

Sam lauscht auf das vertraute Brodeln des Teewassers, wie um sich an etwas festzuklammern, das sie kennt und das Sicherheit und Normalität bedeutet.

»Warum sind Sie hierher gekommen?«, flüstert sie.

»Ich las Romans Geschichte. Dass Sie von Ihrer … Ihrer Tante nichts wussten. Dass … nun, dass Sie etwas darüber wissen wollen, wie diese Tante zu Tode kam.« Er spricht ausschließlich zu Sam.

Es ist verdammt noch mal falsch, dass Blanca hier ist, denkt sie. Verdammt noch mal falsch. Aber dann sagt sie sich, dass Blanca Johns Anwesenheit und seine Version der Geschichte genauso aushalten muss, wie Sam die Lügen ertragen musste. Obwohl es keine wirklichen Lügen waren, sondern bloß kaltes Verschweigen.

Blanca gießt den Tee auf und stellt die Kanne auf den Tisch.

»Sam wusste nichts davon. Wir wollten sie schützen.«

»Ma'am, es steht mir nicht zu, über Ihr Tun zu urteilen. Doch aus dem Blogeintrag, den ich las, ging hervor, dass sie sich danach sehnt, herauszufinden, was wirklich passiert ist.«

»Nun, das weiß sie mittlerweile. Grace ist eine Klippe hinabgestürzt. Ihre Leiche wurde nie gefunden.« Blanca räuspert sich. »Die Polizei nahm an, dass sie bei dem Sturz in über 30 Meter Tiefe ums Leben kam und anschließend aufs Meer hinausgespült wurde.«

»Ja, das Meer«, nickt John. »Manchmal gibt es zurück, was es sich nahm, manchmal nicht. Wirklich, Sie haben mein Mitgefühl, Sie beide.«

Der Mann wird Sam allmählich unheimlich. Wenn er nichts weiter beizutragen hat, was will er hier?

»Ich möchte die Geschichte erzählen, die nach dem tragischen Unfall geschehen ist«, fährt der Amerikaner fort.

»Die kennen wir.« Blanca sieht ihn an, ohne eine Miene zu verziehen.

»Nein«, erwidert John Carrick. »Ich denke, die kennen Sie nicht.«

34

Victoria ist benommen. Sie hat Kopfschmerzen, aber die bedeuten nur, dass sie lebt. Ihr Wagen liegt in einem Acker auf der Seite. Sie muss sich mehrfach überschlagen haben. Wie in der Trommel einer Waschmaschine wurde sie umhergewirbelt, hilflos durchgeschüttelt.

Eine Weile bleibt Victoria auf der Seite liegen. Sie hängt im Sicherheitsgurt fest, ihr Kopf ist gegen etwas Hartes geprallt, und nichts in ihrem Auto sieht so aus, wie sie es kannte.

Es dauert eine gute Weile, bis sie den Gurt zu lösen imstande ist. Sofort rutscht ihr Körper in einen Scherbenhaufen. Die zerborstene Scheibe liegt unter ihr im Matsch. Sie blickt nach rechts. Sie muss durch das andere Fenster krabbeln. Auch das ist zerbrochen. Sie bewegt sich vorsichtig, und tausend kleine Glasscherben klirren.

Himmel, denkt Victoria. Sie wird fast euphorisch. Sie hatte einen Autounfall und sie hat überlebt. Entschlossen greift sie nach dem Seitenholm über sich und zieht sich hoch. Das Dach ist eingedrückt. Zuerst mal aus dem Wrack rauskommen, dann wird sie weitersehen. Sie ist durchnässt, ihr fällt auf, dass es immer noch wie aus Eimern schüttet.

Sie ist nicht mehr ganz jung, nicht mehr so gelenkig, aber sie schafft es, sich aus dem Schrotthaufen zu winden, weil sie schlank ist und ohne Weiteres durch die Öffnung passt.

Der andere Wagen steht direkt neben der Straße. Er muss ins Schleudern gekommen sein, hat sich jedoch nicht überschlagen. Der Fahrer hockt auf seinem Sitz, die Stirn an das Steuer gepresst.

»Hallo?« Victoria gestikuliert in seine Richtung. Wahrscheinlich ist er bewusstlos. Sie muss Hilfe holen. Wo ist ihr Handy? In der Handtasche, aber wo ist die Handtasche?

Victoria wirf einen Blick in das Chaos, das eben noch ein Auto auf vier Rädern war. Ihre Sachen können wer weiß wo hingerutscht sein. Hilfesuchend blickt sie zu dem anderen Wagen hinüber. Was ist eigentlich passiert? Der Kerl war plötzlich auf ihrer Fahrbahnseite. Raste wie ein Irrer über die Hügelkuppe.

Erneut schaut sie in das Autowrack. Da baumelt ihre Tasche. Sie hat sich mit dem Riemen an der Kopfstütze des Beifahrersitzes verfangen. Victoria greift durch die Fensteröffnung, nimmt die Tasche, schnappt sich das Handy.

Dabei fällt ihr ein, dass man, so man einen Unfall meldet, unbedingt die Anzahl der Verletzten durchgeben muss. Sie stakt durch den Acker zur Straße und klopft an das Fenster des anderen Wagens.

»Hallo?«

Der Fahrer hebt den Kopf. Es ist ein junger Typ, um die 20, dessen Brille krumm auf seiner Nase sitzt. Ein Glas ist herausgefallen.

»Hallo? Sind Sie verletzt?«, fragt Victoria.

Der Nerd starrt Victoria wortlos an.

Victoria wählt 110. Sie gibt klar und deutlich durch, was passiert ist. Nein, der andere Fahrer sei nicht sichtbar verletzt, ansprechbar, das ja. Wahrscheinlich stehe er unter einem schweren Schock. Sie selbst? Victoria sieht an sich herunter. Wenn sie sich umgezogen hat, wird sie sehen, was an ihr noch ganz ist. Sie wischt sich übers Gesicht. Ein paar Blutspritzer bleiben an ihrem Handrücken kleben. Ihre Pumps sind versaut, die Strümpfe zerrissen.

»Nein«, sagt sie fest. »Ich habe keine Verletzungen. Nur ein paar Kratzer.«

Sie legt auf.

Der Regen lässt nach. Erst jetzt fällt ihr auf, dass sie bis auf die Haut durchnässt ist. Was soll sie jetzt tun?

Die Fotos!

Panik rast durch Victorias Körper. Sie kann sich kaum mehr aufrecht halten. Ihr Atem geht keuchend.

Die vermaledeiten Fotos, denen sie diesen Scheißdreck hier zu verdanken hat!

Sie rennt zurück zum Wagen. Da ist nichts. Der Umschlag mit den Fotos ist weg.

Sie sucht das ganze Autowrack ab. Der Umschlag ist dick, sie muss ihn finden, er kann sich nicht unsichtbar gemacht haben! Wahrscheinlich ist er aus dem Wagen geschleudert worden. Sämtliche Fenster sind zertrümmert. Victoria schleppt sich über das Feld. Erdklumpen haften an ihren Pumps. Sie streift die Schuhe ab und geht in ihren zerrissenen Strümpfen weiter. Sie muss unbedingt diese Fotos finden, bevor die Polizei kommt. Sie geht mehrmals zwischen Straße und Wagen hin und her. Dabei sieht sie die Spuren, die ihr Auto bei dem missglückten Ausweichmanöver hinterlassen hat. Aber nicht den Umschlag. Es beginnt wieder heftiger zu regnen. Victoria weint wie ein Kind. Sie braucht diese Bilder, unbedingt, sie muss sie finden. Wenn ein anderer sie entdeckt und eins und eins zusammenzählt, ist sie verloren. Dann fliegt alles auf. Dann wird sie nie wieder die großartige Victoria May sein, der zu Ehren ihre Tochter eine Ausstellung vorbereitet, sondern nur noch eine miese, fantasielose, uninspirierte Betrügerin.

Der Umschlag mit den Fotos bleibt unauffindbar.

35

Sam hat sich sämtliche Aufnahmen angesehen, die John Carrick auf der Tischplatte ausgebreitet hat. Ihr schwirrt der Kopf davon. Sie hat gehofft, Fotos von Grace zu sehen. John hat nur zwei mitgebracht. Grace an einer Staffelei stehend, während ein blauer Schal um ihren Hals im Wind flattert. Sie trägt Jeans und eine weiße Bluse und arbeitet konzentriert. Das zweite Foto: Grace unter einem Olivenbaum, in einem viel zu langen Wollpullover, wie sie in die Sonne blinzelt.

Alle anderen Fotos zeigen Malereien. Fertige und gerade begonnene Skizzen. Wie von selbst fangen Sams Hände an, diese Fotos in eine Reihenfolge zu bringen. Sie ist jetzt geübt durch die Ausstellungsvorbereitungen. Sam fügt Gemälde zu Gemälde. Auf diese Weise zeigt sich vor ihren Augen die Entstehung eines jeden Bildes.

»Das sind die Bilder Ihrer …«, beginnt Carrick.

Blanca geht dazwischen. Laut und bestimmt: »Nein!«

Sam und John zucken gleichzeitig zusammen.

»… Ihrer Tante«, beendet der Amerikaner den Satz. »Ich habe Victoria und Grace die Aufnahmen mitgegeben. Habe die Filme an unserem letzten gemeinsamen Tag nachmachen lassen. Die Negative habe ich behalten.«

Sam ahnt, was diese Fotodokumentation bedeutet. Ihr Magen krampft sich zusammen.

»Würden Sie uns bitte alleine lassen, Mr. Carrick!«, sagt Blanca förmlich.

»Selbstverständlich, Ma'am.«

Er verlässt die Küche, argwöhnisch beäugt von Lucienne, die sich wieder hereingeschlichen hat. Die Katze zaudert kurz, bevor sie dem Mann nach draußen folgt.

Blanca schließt die Tür hinter ihm. Sie setzt sich und sieht Sam an. »Und?«

»Was ›und‹?« Sam hält sich den Kopf. Was sie sich da zusammenreimt, will sie nicht zulassen. Es kann, es darf nicht sein.

»Ich habe es geahnt, Sam! Diese Besessenheit, mit der Victoria nach Grace' Tod den Speicher leer räumte. Sie sagte, sie wollte Isaac und mich nicht mit dem ganzen Werkzeug belasten, den Pinseln, Farben, Leinwänden und Keilrahmen, die da herumstanden. Grace war eine Sammlerin, sie konnte nichts wegwerfen. Victoria dagegen hat immer gern ausgemistet.«

Sam wartet. Ihr ist kalt. Die Kerze flackert. Es hat aufgehört zu gewittern, aber immer noch fällt dünner Nieselregen aus dunkelgrauen Wolken.

»Ich war Victoria damals dankbar, dass sie sich darum kümmerte. Mag sein, ab und zu hatte ich ein ungutes Gefühl. Ich schob es auf die Trauer, auf die veränderte Situation.«

Sam erschließt sich den Rest. Erklärungen sind nicht mehr nötig.

»Hast du diese Fotos jemals zu Gesicht bekommen?«, fragt sie ihre Großmutter.

»Nein.«

»Und Großvater?«

»Ich bin sicher, dass er sie nie gesehen hat. Denn das hätte er nicht für sich behalten.«

Sam nimmt eines der Fotos in die Hand. Grace hat eine Küstenlinie gemalt, ein gelber Zacken in einem Bild, das ansonsten vor Blautönen, die Himmel und Meer darstellen, nur so überquillt. Ölfarben, dick aufgetragen, man sieht die typische, unregelmäßig dicke Farbschicht mit den scharfkantigen Aufwürfen.

Dazu kennt Sam Victorias Pendant: Acrylfarben, dünn verstrichen. Aber während Grace' Darstellung durchaus als konkret zu bezeichnen ist, wenngleich mit expressionistischem Touch, ist Victorias Werk ein abstraktes Bild – als wäre Grace' Vorlage durch eine Rechenmaschine gelaufen und als geometrische Zeichnung wiedergeboren, die zufällig jemand bunt eingefärbt hat.

Diesen Satz muss ich mir für die Ausstellung merken, denkt Sam. Immerhin hat sie ein paar Absätze zur künstlerischen Entwicklung im Schaffen der Victoria May zu verfassen. Jäh schießt ihr durch den Kopf, dass es womöglich keine Ausstellung mehr geben wird.

»Sie hat die Bilder ihrer Schwester plagiiert.« Blanca spricht es als Erste aus. Es klingt wie eine simple Feststellung.

»Es ist nicht dasselbe Bild und nicht derselbe Stil.« Absurderweise will Sam ihre Mutter verteidigen.

»Nein. Aber es ist Grace' Idee. Nicht Victorias.«

»Alle Künstler holen sich Anregungen bei anderen.«

»Anregungen? Ja. Inspirationen? Sicherlich. Aber das hier ist abgekupfert.«

Sam gibt Blanca recht. Sie geht alle Fotos durch, die John Carrick ihnen gebracht hat. Zu jedem einzelnen von Victorias Bildern, die sie in- und auswendig kennt, gibt es ein Gegenstück bei Grace. Oder umgekehrt.

Sie schweigen lange. Blancas Blick ist voller Trauer.

»Was sollen wir jetzt tun?«, fragt Sam.

Blanca sagt lange nichts. Dann steht sie mühsam auf.

»Ich rede mit Carrick.«

»Blanca …«

»Ich rede mit Carrick.« Blanca verlässt die Küche.

Sam kämpft den Impuls, an der Tür zu lauschen, nieder. Es ist Zeit, Roman anzurufen. Sie geht hinauf ins Gästezimmer.

Er meldet sich nach dem ersten Klingeln.

»Guten Morgen, Sam!«

»Hallo. Ich wollte Ihnen sagen, dass John Carrick in Coburg ist. Er hat sich einfach selbst auf die Socken gemacht.«

»Das … ich … es tut mir leid.«

»Muss es nicht. Ich finde, es war Zeit, dass die Dinge ins Rollen geraten.«

»Ich verstehe nicht ganz.«

»Wenn Sie Zeit haben, treffen wir uns.«

»Wann?«

»Ich weiß noch nicht. Ich melde mich.« Mit einem Lächeln auf den Lippen legt Sam auf. Doch kaum steckt sie das Handy weg, klingelt es.

»Hallo? Bist du das, Sam?«

Es ist ihr Vater. Seine Stimme klingt metallisch.

»Dad? Was ist los!«

»Deine Mutter hatte einen Unfall.«

36

Victoria sitzt im Wohnzimmer, die Füße hochgelegt, ein Kissen im Rücken. In ihrem Gesicht und auf ihren Armen und Händen befinden sich unzählige Kratzer und winzige Schnittwunden.

»Der Arzt meint, es ist eine Sache von Tagen, bis alles unsichtbar wird«, erläutert Victoria. »Bis zur Ausstellung sehe ich also längst wieder normal aus und nicht wie ein Zombie.« Euphorisch strahlt sie Sam, Blanca und Robert an.

Sam beißt sich auf die Lippen. Sie kann Victoria nichts von John Carrick und seinen Fotos sagen. Nicht jetzt, nach diesem Schock. Victorias Wagen hat einen Totalschaden, während die Fahrerin mit harmlosen Schrammen davongekommen ist. Kein Wunder, dass Victoria ziemlich überdreht ist.

Obwohl Sam nicht vorhat, in dieser Situation von John Carrick anzufangen, sieht sie ihre Mutter zum ersten Mal als Betrügerin. Was ihr zuvor nie in den Sinn gekommen wäre, steht nun zwischen ihnen: Dass Victorias Erfolg in der Welt der Kunst auf den Ideen, der Originalität und dem exzessiven Schaffen ihrer Schwester beruht. Einer Schwester, die verheimlicht wurde.

Blanca sitzt neben Victoria. Sie ist blass, verständlich nach dem Schrecken über Victorias Unfall.

»Unsere Familie hat so viele Katastrophen ertragen«, sagt Victoria zu ihrer Mutter. »Das hier ist eine Kleinigkeit.«

Sam wendet sich ab. Victoria sieht wie immer nur sich selbst. Sie betrachtet ihr eigenes Leid und ihr eigenes Überleben stellvertretend als das Schicksal der ganzen Familie. Wahrscheinlich, denkt Sam plötzlich, hat sie nicht einmal ein Unrechtsbewusstsein. Als gehörten ihr Grace' Ideen mit deren Tod automatisch, wie eine Art natürliches Erbe.

»Es ist keine Kleinigkeit«, widerspricht Sam. Blanca schaut sie an, alarmiert. Robert dreht sich zu ihr. Er hat gerade Tee aufgegossen und stellt die Kanne auf den Tisch.

»Was meinst du?«, fragt er.

»Ihr seid alle Betrüger!« Sam atmet schwer. Etwas Dunkles breitet sich im Raum aus. Es ist später Nachmittag, und das Wetter hat sich nicht gebessert. Der dichte Bewuchs im Garten verfinstert zusammen mit den fast schwarzen Wolken die Atmosphäre im Zimmer. »Jeder von euch lügt und betrügt und gibt vor, im Sinne der Familie zu handeln.«

»Sam!«, schneidet ihr Victoria mit scharfer Stimme das Wort ab. »Was redest du da?«

Täuscht Sam sich? Sieht sie ein klein wenig Angst im Gesicht ihrer Mutter aufflackern?

»Ihr verschweigt Grace, ein Mitglied eurer ach so geehrten Familie. Alle zusammen habt ihr meinen Brüdern und mir die Tante weggenommen. Und du, Mutter, du nutzt deine Schwester heute noch aus. Du lebst auf ihre Kosten, fährst deine Erfolge an ihrer statt ein und findest das wahrscheinlich sogar in Ordnung.«

Blanca wird ein wenig blasser. Aber sie sagt kein Wort. Sie presst die Lippen zusammen und mustert konzentriert den Teppich zu ihren Füßen. Robert gibt den Versuch auf, die Tassen mit Tee zu füllen. Seine Hände zittern zu stark. Ein wenig Tee schwappt aus der Tülle der Kanne und malt einen braunen Fleck auf das blütenweiße Tischtuch.

»Blanca und ich haben die Fotos gesehen. John Carricks Fotos.«

Victorias Augen erscheinen ihr riesengroß.

»Du hast Grace' Bilder plagiiert, Mutter.«

Die Stille im Raum ist scharf wie ein Messer. Victoria, in ihrer Rolle als Überlebende einer Katastrophe soeben voll aufgegangen, lässt sich stöhnend ein wenig tiefer ins Kissen sinken. »Sam«, beginnt sie, »jetzt ist nicht der Augenblick …«

»Der Augenblick ist nie der richtige«, kommentiert Sam knapp. »Wer weiß, was ihr sonst alles vor mir geheim haltet. Welche grauenvollen Taten noch ans Licht kommen. Ihr könnt sicher sein: Ich finde es raus. Ich lasse mich nicht mehr terrorisieren von dem Familienklüngel und dem Samstagsessen und dem obligatorischen Friedhofsgang.«

Robert legt eine Hand auf Sams Schulter. »Lass es gut sein«, bittet er. »Victoria steht nach dem Unfall unter Schock. Wir können darüber reden. Nur nicht jetzt.«

»Nicht jetzt heißt: nie!« Sam hasst ihre eigene Stimme, die schrill durch den Raum gellt, in ihren Ohren schmerzt und sich klirrend gegen die Fenster wirft, als wolle sie dringend aus diesem Raum entkommen. »Ich weiß nicht, was Grace dir getan hat, Mutter, dass ihr alle sie verschwiegen habt. Dass sie doppelt gestorben ist. Einmal in Griechenland und ein endgültiges, zweites Mal in eurem Gedächtnis.«

Sam dreht sich auf dem Absatz herum und läuft aus dem Zimmer, aus dem Haus. Sie reißt das Gartentor auf, das lautlos hinter ihr zufällt, und eilt den Glockenberg hinunter.

Als sie bei ihrer Wohnung ankommt, ist sie völlig aus dem Häuschen. Sie schließt auf, wirft sich aufs Sofa und weint.

Sie hat alles zerstört. Ihre Familie, ihren einzigen Halt, sie hat ihn abgeschnitten, wie man einen Ast absägt. Unheilbar, nicht rückgängig zu machen. Sie stellt sich vor, wie Victoria, Blanca und Robert Kriegsrat halten. Wie sie schon einmal eine verschworene Sitzung abhielten. Vor 30 Jahren. Und einen Entschluss fassten, an dem Sam heute verzweifelt.

Sie werden etwas Neues aushecken, denkt sie. Etwas, womit sie mich im Griff behalten.

Das Telefon klingelt, es ist Nikolaj. »Wie geht es Mutter?«, fragt er. »Dad hat mich angerufen. Wie konnte das passieren?«

»Es geht ihr gut«, presst Sam hervor, obwohl sie den Eindruck hat, ihre Lippen würden die Worte nicht mehr hergeben.

»Ich konnte noch nicht bei ihr vorbeischauen. Ich habe den ganzen Tag Patienten. Heute Abend …«

»Nikolaj, wir müssen reden.«

»Klar. Klar.« Er klingt fahrig und gestresst. »Nach der Arbeit? Ich rufe dich an.«

»Es ist wichtig«, insistiert Sam.

»Geht klar.« Er legt auf.

Sam wird von einem gewaltsamen Drang erfasst, zu reden, diese ganze Geschichte hundertmal zu drehen und zu wenden, bis sie das vollständige Ausmaß begreifen kann. Sie wählt Lunas Nummer. Der Anrufbeantworter meldet sich, den Luna meist zwischen sich und die Welt schaltet, wenn sie kreativ arbeitet. Sam hinterlässt keine Nachricht.

Stattdessen wählt sie Romans Nummer.

Roman kommt eine Stunde später. Sie gehen zusammen los, etwas essen, denn Sam verspürt einen unguten Hunger, der sie fast zusammenbrechen lässt. Roman schlägt das Thai-Restaurant unweit des Theaters vor. Die Einrichtung, wenngleich auf asiatisch getrimmt, erinnert mehr an eine Bierkneipe aus den 70ern als an ein thailändisches Lokal. Die Hälfte der Tische ist besetzt, meist mit Paaren oder kleinen Cliquen, die nach der Arbeit gemeinsam essen gehen. Ein angenehmes Gemurmel schwebt durch den Raum, zusammen mit dem Musikprogramm von Radio Eins.

Sam bestellt ein Curry mit Rindfleisch, neben der Beschreibung auf der Speisekarte sind drei Peperonischoten abgebildet, was bedeutet, dass nur Hartgesottene mit der Schärfe umgehen können. Roman wählt dasselbe. Der Wirt bringt Jasmintee an ihren Tisch.

Als er hinter der Theke verschwunden ist, fängt Sam an. Sie redet über Johns Besuch. Der Mann hat Blancas Haus fluchtartig verlassen, nachdem Roberts Anruf kam und Sam und Blanca in die nächste Agonie fielen. Sie hat keine Ahnung, in welchem Hotel er wohnt.

Roman hört unbewegt zu.

Als Sam endet, fragt er: »Möchten Sie, dass wir John Carrick suchen?«

»Ja. Ich will wissen, was er jetzt vorhat.«

»Gut.« Roman nickt.

Das Curry wird serviert. Sam häuft sich Essen auf ihren Teller. »Verstehen Sie? Ich frage mich, was es sonst alles gibt, das meine Familie nie rausgelassen hat. Dinge, die unter dem Deckel gehalten werden. Warum haben sie Grace verschwiegen, meinen Großvater aber nicht?«

Roman nimmt einen Löffel Curry. Er wird rot im Gesicht, fächelt sich mit der Serviette Luft zu. Sam probiert ebenfalls. Normalerweise liebt sie scharfes Essen, heute hat sie eine richtige Sucht danach. Die Schärfe des Essens ist so unmittelbar, so deutlich, dass sie für Sekunden keinen Raum mehr hat, um andere Dinge wahrzunehmen.

»Einen Großvater muss jeder Mensch haben. Eine Tante nicht unbedingt«, sagt Roman. Er keucht, als atme er feurigen Dampf aus.

»Stimmt. Trotzdem ist es herzlos. Zumal von Blanca.« Ihrer Großmutter hat Sam einfach nicht zugetraut, die eigene Tochter totzuschweigen.

»Warum hat Blanca sich bereiterklärt, weiterzuleben, als habe Grace nie existiert?«, fragt Sam. »Das verstehe ich nicht.« Einzig und allein für etwas wirklich extrem Wichtiges traut sie Blanca einen solchen Verrat zu. Aber was könnte wichtiger sein als das eigene Kind?

»Sie lieben Ihre Großmutter sehr, nicht wahr?«

Sam nickt. Romans Stimme bahnt sich einen Weg durch Erinnerungen. Sie und die Brüder in Blancas Obhut, ohne ihre Eltern. Sommernachmittage im Garten, unter dem erfrischenden Strahl eines Gartenschlauches. Im Winter bauten sie Schneemänner. Anschließend gab es in Blancas Küche Muffins mit Sahne drauf, die sie aus Sprühflaschen drückten und damit sich selbst und die ganze Küche verzierten.

»Sie müssen mit ihr reden.«

»Vielleicht war ich unfair, meine Mutter direkt nach dem Unfall mit den Plagiaten zu konfrontieren.« Es sind alte Mechanismen, lebenslang eingeübt, die sie zwingen, einen Schuh anzuziehen, der nicht ihrer ist.

»Das glaube ich nicht. Wenn man in der Scheiße steckt, verkraftet man zusätzlichen Schmutz viel besser.«

»Ulkige Theorie!«

Roman lacht. Die Grübchen in seiner Wange vertiefen sich. Seine Lippen und die Haut darum sind großflächig orangerot vom Curry.

»Wenn wir gerade bei der Wahrheitssuche sind«, wagt Sam einen Vorstoß, »würde mich interessieren, warum Sie meine Geschichte ins Netz gestellt haben. Was war der wirkliche Grund?« Roman müsste ein gefühlloser Klops sein, um nicht zu spüren, dass für eine weitere Lüge kein Raum mehr ist. »Und wenn Sie mir jetzt sagen, Sie haben es getan, weil Sie als Journalist im Augenblick kein Bein auf die Erde kriegen und deswegen eine gute Story ausschlachten wollten – ich könnte es verkraften.«

Robert legt sein Besteck weg.

»Ich glaube, ich habe es getan, weil ich mich in Sie verliebt habe.«

Das Stimmengewirr um sie herum scheint abzusterben. Sam betrachtet den Reis, den sie auf ihren Teller gehäuft hat. Ein dampfender, schneeweißer Klumpen. Sie hört das Radio nicht mehr. Ihr Kopf hat sich mit Watte gefüllt; oder mit Reis, denkt sie angesichts ihres Tellers.

»Wie sicher sind Sie sich denn?«, fragt sie.

»Ziemlich.« Er schluckt, greift nach ihrer Hand und hält sie fest. Sam sieht in seine grünen Augen. Lächelt. Drückt seine Finger.

»Sie kennen mich doch gar nicht.«

»Doch. Ich glaube schon.«

Hilfe, denkt Sam. Roman und ich und meine Familie. Wieder eine neue Konfrontation, ein neuer Stress. Wenn es was wird mit Roman, muss ich es ganz anders angehen. Nicht mehr die brave Linie. Nie mehr.

»Hast du eine Meinung dazu?«, fragt Roman.

Sam ahnt nicht einmal, wie lange sie in ihre Grübelei versunken war. Das Essen auf ihrem Teller ist kalt geworden.

37

Nach dem Sturz von der Dachbodenleiter ist Blancas linke Seite blauschwarz. Aber der Schmerz der Prellung ist genauso auszuhalten wie das ständige Stechen in ihrer Hüfte oder die Kopfschmerzen, die, obwohl sie das Medikament gewechselt hat, nicht nachlassen. Blanca hätte größte Lust, die Tabletten in die Mülltonne zu werfen. Sie steht mit bloßen Füßen auf der Terrasse. Ihr ist unerträglich warm, obwohl die Luft nach dem vielen Regen ganz kühl ist.

Nachdem Robert sie heimgefahren hat, wartet sie auf Sam. Sie hat versucht, die Situation zu entschärfen, Victoria zu beruhigen. Sam hat sich wirklich den schlimmsten Augenblick ausgesucht, um ihre Wut herauszuschreien. Victoria steht unter Schock, und Blanca ist froh, dass sie bereitwillig die Beruhigungspillen schluckte, die der Arzt ihr mitgegeben hat.

Schon wieder Tabletten. Verächtlich verzieht Blanca das Gesicht. Lösen wir all unsere Wehwehchen mit Tabletten? Hat nicht früher, als Victoria klein war, ein ›Heile, heile, Segen‹ gereicht? Ein liebevoll gesprochenes Nachtgebet und eine flauschige Decke, die sie sanft über ihre Tochter breitete?

Mag sein, dass genau das die Heilmittel wären, die auch bei Erwachsenen wirken, denkt Blanca. Erwachsene jedoch deckt man nicht zu und man singt ihnen keine Schlaflieder.

Wir trauen uns nicht mehr. Wir denken, es ist peinlich. Als wenn es darauf ankäme, ob irgendwas peinlich ist! Warum bringen wir Kindern bei, was Peinlichkeiten sind? Warum legen wir nicht das Hauptaugenmerk auf die Liebe?

Die Liebe hört niemals auf.

Steht sogar in der Bibel, denkt Blanca. Sie fühlt sich erschöpft und ausgepumpt. Sie hat vor vielen Jahren einen schweren Fehler begangen. Gut machen kann sie ihn jetzt nicht mehr. Wie auch? Soll sie Sam die Information geben, nach der sich das Mädchen verzehrt? Und kann sie diesen Schritt ohne Victoria tun, ohne Robert? Außerdem sind da ja die beiden Brüder! Igor, der Schwierige, mit dem Sam nicht kann. Nikolaj, der es bisher jedem leichtgemacht hat. Erst jetzt, wo er bei einer Frau wirklich ernste Absichten hat, sorgt er für Konflikte. Wurde auch Zeit, denkt Blanca. Es ist so eigenartig, findet sie, wie die Muster sich in einer Familie wiederholen. Sam kann nicht mit Igor, denn Sam ist Grace ähnlich und Igor seiner Mutter. Der alte Kampf, der von Neuem aufflammt. In zwei neuen Menschen!

Blanca sinkt auf einen Terrassenstuhl, der feucht ist vom Regen. Sie achtet nicht darauf. Worauf kommt es schon noch an? Sie selbst kann nichts mehr in Ordnung bringen. Sie hat Sam die wichtigste Einsicht in ihr Leben geraubt, weil sie sich überzeugen ließ, es sei das Beste für Sam, wenn sie nichts wüsste.

Wie man sich täuschen kann.

Für Sam mag es eine Katastrophe sein, dass Victoria Grace plagiierte. Dass sie überhaupt betrog, wenngleich Blanca sich nicht sicher ist, ob dieses Nachahmen von Grace' Stil wirklich Betrug ist. Womöglich ist es faktisch mehr ein Weiterentwickeln, jedenfalls wird man sich da nicht festlegen können. Manche Künstler sind richtige Streithammel, es könnte böses Blut geben, wenn vor oder während der Ausstellung jemand dahinterkommt. Natürlich wurde in Victorias Werk bislang nie ein Bezug zu Grace May hergestellt. Dieser Name ist der Kunstwelt nicht bekannt, weil Grace keine Zeit hatte, dort eine Nummer zu werden. Was hätte es Victoria gekostet, alle Welt wissen zu lassen: Meine Ideen fußen auf denen meiner Schwester Grace? Sie kam bei einem tragischen Unfall ums Leben, ich sehe es als meine Aufgabe, ihr Lebenswerk weiterzutragen?

Es wäre ein Leichtes gewesen. Auf diese Weise wäre Grace zumindest geistig bei ihnen geblieben. Außerdem kommen Emotionen bei den Medien gut an. Für Gefühle hat die Welt Verständnis, für die vernünftige Einsicht nicht immer.

Doch jeglicher Bezug auf Grace war durch diesen einen Beschluss, den die verbliebene Familie überstürzt traf, verunmöglicht. Grace hat es nie gegeben. Deshalb wird Sam die Wahrheit nicht erfahren. Sie darf sie nicht erfahren. Die Wahrheit könnte Sam dermaßen treffen, dass sie endgültig mit ihrer Familie bricht.

Blanca verzweifelt an ihrer damaligen Bereitschaft, die große Lüge mitzutragen. Sie hätte sich wehren können. Aber sie war zu geschwächt durch zwei Todesfälle. Ihr war fast nichts geblieben, außer Victoria, und natürlich außer Sam. Und Sam wurde zu ihrem ein und alles, sodass Blanca, als Victoria argumentierte, die Familie müsste das Mädchen schützen, sofort einverstanden war. Ohne nachzudenken. Dazu war keine Zeit. Nach Isaacs Tod war so viel zu regeln, zu tun! Robert rackerte sich für die Firma ab, kroch immer am Limit herum, zwischen Pleite und einem weiteren geschenkten Jahr. Von ihm konnte Blanca keine Unterstützung erwarten. Ohnehin war Robert nie ein Mann der Machtworte.

Victoria hatte erste künstlerische Erfolge.

Blanca gönnte sie ihr, sie spürte, welches Glück Victoria in der Kunst erfuhr, wie sehr sie sich eine Karriere als Künstlerin wünschte und wie sie mit jedem verkauften Bild, mit jeder positiven Kritik in den Medien wuchs. Stück für Stück erarbeitete sie sich, was sie sich erträumte. Blanca war stolz auf sie. Die zu kurz gekommene Tochter – nun entwickelte sie sich, nun besaß sie ausreichend Raum.

Ich hätte es merken können, denkt Blanca selbstkritisch. Ich interessierte mich doch für Grace' Bilder, ihre frühen Skizzen, die noch in ihren 20ern eine Schulmädchenhandschrift aufwiesen. Zu vorsichtig, zu behutsam. Und die, als sie diesen Mann kennenlernte, frecher wurden, unkonventioneller, bunter. Freier.

Wie hieß er eigentlich?, zerbricht Blanca sich den Kopf. Genau. Laurenz. Ein rothaariger, bulliger Typ mit dem Hang, Dinge zu zerfleischen. Die Überbleibsel nannte er Kunst. Laurenz hat Grace letzten Endes zwar nicht gut getan, urteilt Blanca. Er hat sie ausgenutzt und dann stehen lassen, aber künstlerisch hat er ihr einen Schub gegeben. Isaac hat die von Laurenz inspirierten Bilder nicht gemocht, erinnert sich Blanca. Er wollte Grace in eine andere Richtung schieben, las Kunstzeitschriften und führte Interviews mit Koryphäen für seine Magazine, einzig und allein aus dem Grund, für Grace' Fortkommen etwas herauszuholen. Isaac gab den Weg vor, den Grace seiner Meinung nach einzuschlagen hatte. Was sie nicht wollte.

Doch sie liebte ihren Vater. Sie konnte sich ihm nicht entziehen. Seiner Liebe nicht und seiner Dominanz nicht.

Zwei Amseln stoßen wie Kamikazeflieger auf den Rasen herunter und streiten um Beute. Das wütende Tschilpen geht Blanca unter die Haut, sie steht auf, klatscht in die Hände, macht »Sch, sch!« Die Vögel hüpfen ein paar Meter weg, beginnen von vorn mit ihrem Zank.

Und dann Griechenland. Wenn Blanca sich die Fotos von diesem John Carrick ansieht, entdeckt sie da eine andere

Grace als die, die in ihren Träumen umgeht. Eine Grace, die sich freischwimmt von zwei dominanten Männern, indem sie dicke, grellfarbige Paste auf Leinwand aufträgt. Indem sie sich spreizt für einen Mann, der sie vergöttert, ohne im Entferntesten daran zu denken, sich für ihn bereitzuhalten.

Blanca sinkt auf ihren Stuhl zurück. Bei ihren Klassenkameradinnen galt Grace als arrogant. Heutzutage wäre sie die Klassenzicke, denkt Blanca seufzend. Es tut ihr heute noch leid für Grace. Isaac hat sie mit seinem Ehrgeiz, seinem brennenden Eifer verzogen. Die Erstgeborene, der er in der Sekunde verfiel, als er das Baby eine Stunde nach der Geburt zu Gesicht bekam. Grace, die friedlich schlummerte, unkompliziert war, viel lachte. Grace, die malte, mit allem auf allem. Isaac schimpfte nie über beschmierte Tapeten oder verdreckte Teppiche. Er ließ Grace machen. Er wollte sie fördern.

Blanca verbirgt ihr Gesicht in den Händen. Die Zweitgeborene, Victoria, kam für Isaac trotz ihres königlichen Namens nur unter »ferner liefen«. Er war so komplett von Grace eingenommen, dass kein Raum für ein zweites Kind war. Jedenfalls nicht für eine Tochter.

38

Sam und Luna stecken auf sechs Quadratmetern fest. Ständig stoßen sie einander an, treten sich gegenseitig auf die Zehen. Währenddessen redet Sam. Wie ein Wasserfall.

Es ist Freitagabend, 18 Uhr. Gestern hat Luna angerufen. Eine Boutique in der Coburger Innenstadt hat ihr den Auftrag erteilt, das Schaufenster neu zu dekorieren. In einer

Blitzaktion haben die Freundinnen sich vor Ort umgesehen, ein Konzept gemacht. Jetzt hängen sie gerade einen pinken Lüster auf, den sie im Elektrogeschäft um die Ecke geliehen haben, und drapieren Seidenschals um seine Arme.

»Uff«, macht Luna, als Sam die ganze Geschichte losgeworden ist und mit einer Baskenmütze in der Hand unschlüssig dasteht. »Was sagt Blanca dazu?«

»Wir reden nicht darüber.« Sam stülpt die Mütze einer Zwergenfigur über, die Luna irgendwo aufgetrieben hat. Eine schlichte weiße Plastik mit allen Attributen des Gartenzwergs, aber ohne Zipfelmütze.

»Du wohnst bei ihr, und ihr redet nicht drüber?« Luna starrt Sam entgeistert an.

»Es ist, als müssten wir unsere Gedanken erstmal sortieren, für uns selbst klar kriegen, was da eigentlich passiert ist.«

»Na, dann sortiert mal schön.« Luna behängt den bemützten Zwerg mit einer Specksteinkette. »Ich will dir sagen, was da passiert ist: Deine Mutter hat die Gunst der Stunde genutzt. Sie war schockiert vom Tod ihrer Schwester, aber sie musste auch sehen, wo sie bleibt. Kann sein, dass sie hoffte, durch die Weiterentwicklung der Bilder ihre Schwester in ihre Karriere mitzunehmen – so rein geistig, meine ich.«

»Sie hat die Bilder nicht weiterentwickelt, Luna. Sie hat sie plagiiert. Ein Bild nach dem anderen. Sie hat nicht Grace' Art zu malen übernommen und daraus Stück für Stück etwas Eigenes gemacht, sondern jedes einzelne Bild in einem leicht abgewandelten Stil neu fabriziert.« Düster fügt sie hinzu: »Sie ist eine Fälscherin.«

Luna dreht den Kopf. Vor dem Schaufenster stehen zwei Halbstarke mit Hosen, deren Hinterteile bis zu den Knien hängen, und glotzen dümmlich zu den beiden Frauen herein. Sie dreht den beiden eine lange Nase. »Und dein Vater? Hat der eine Meinung?«

»Dad redet nicht darüber.«

»Habe ich mir fast gedacht.« Luna zeigt den Halbwüchsigen den Stinkefinger.

Sam will sich verteidigen. Sie will eigentlich sagen: Dad redet nicht mehr mit mir. Er nimmt ihr zwar anscheinend nicht übel, dass sie über seine Affäre Bescheid weiß, aber dass sie Victoria dermaßen an die Wand gespielt hat, kurz nach dem Unfall, das kann er nicht hinnehmen. Die alten Automatismen, lebenslang verinnerlicht, greifen zu gut. Es ist das eingeübte Schema: Sag nichts Schlechtes über die Familie. Oder nichts, das andere als schlecht, einfältig oder überspannt bezeichnen würden.

»Nikolaj meldet sich auch nicht bei mir. Ich bin es leid, ihn anzurufen und sachlich klingende Nachrichten auf seinem AB zu hinterlassen.« Am liebsten würde sie ihn anschreien: Ich bin deine Schwester und ich habe den ganzen Mist allein am Hals. Die Sorge um Blanca, die Ausstellung, die Entdeckung von Grace' Bildern, den Skandal ... Ich würde reden wie Mutter, denkt Sam selbstkritisch. Ich würde mich genauso hysterisch und anklagend anhören wie sie.

Die beiden Scherzkekse vor dem Schaufenster fangen an, sich zu langweilen, und trollen sich.

»Ich möchte heute später am Abend John Carrick treffen. Roman kommt auch mit. Und ich möchte, dass du dazu stößt.«

»Roman kommt?« Luna grinst. »Prima. Bin dabei.«

»Das ist kein Spiel, Luna! Ich brauche dich als Vertraute, als Zeugin, als eine, die mitdenkt, zwischen den Zeilen liest.«

»Weiß ich.« Lunas Gesicht ist ernst, als sie eine Bluse endlich mit dem passenden Faltenwurf auf einen Bügel bugsiert und diesen zu den Schals an den Leuchter hängt. »Schick.«

Sam gibt zu: Es macht Spaß, zu dekorieren. Während des Studiums haben sie das oft gemacht, um ihr Budget aufzubessern. Ein paar Minuten arbeiten sie schweigend, die Handgriffe fließen, sie ergänzen sich perfekt.

»Willst du jetzt für mich arbeiten?« Lunas Frage schwebt durch den engen Raum.

Sam ist hin- und hergerissen. Sie muss dringend etwas zu tun haben, das sie von ihren Problemen und dem Familien-Hickhack ablenkt. Andererseits fürchtet sie, als Loser dazustehen, wenn sie auf Luna angewiesen ist.

»Wir machen das ganz offiziell mit Werkvertrag. Lust?«

»Ich habe Lust. Ich weiß nur nicht, ob ich zurzeit so kreativ bin«, rudert Sam zurück.

»Rede keinen Blödsinn! Du kannst doch mehr, als Zwergen Mützen aufzusetzen.«

Wenigstens hier muss Sam endlich eine Entscheidung treffen. Luna macht es ihr sogar leicht.

»Okay, ich mach's, Luna! Danke!«

»Genial!« Luna fällt Sam um den Hals. Sie geraten in der Enge des Schaufensters ins Taumeln, fangen sich beide, lachen und gucken dann gleichzeitig auf die Straße hinaus. Dort steht Victoria. Sie hält sich im Schatten der Gasse, schaut scheinbar schon länger zu ihnen herüber.

»Shit«, stöhnt Sam.

Luna bückt sich nach der Schachtel mit den Glassteinen, die sie auf die kunstvoll am Boden ausgelegten Boleros und Stolen streut. »Na dann: an die Gewehre!«

Sam klettert aus dem Schaufenster, schlüpft in ihre Schuhe. Immer noch die Sneakers. Sie schämt sich ihrer Aufmachung, wieder Jeans, wieder ein Shirt, dazu ein simpler, abgetragener Cardigan, weil der Tag kühl ist.

Sie tritt auf die Straße.

»Hallo, Mutter.«

»Guten Abend, Sam.« Victoria trägt ein dunkles Kostüm und darüber ihren Trench. Sie drückt die Handtasche an sich, ihre Hände sind weiß, wirken fast durchsichtig. Offenbar hat sie sich schon lange in der Abendkühle herumgedrückt. Die Verletzungen in ihrem Gesicht kommen deutlicher zutage als kurz nach dem Unfall. Als habe ihr Körper endlich die Zeit gefunden, sich um sich selbst zu kümmern und Aufmerksamkeit zu erregen.

»Was gibt es?«, fragt Sam.

»Ich möchte mich gern mit dir unterhalten. Von Frau zu Frau. Können wir in ein Café gehen?«

»Okay.«

Schweigend gehen sie durch die engen Gassen. Erst als sie das Stadtcafé betreten und sich einen Platz im hinteren Teil suchen, sagt Victoria: »Bestelle, was du magst. Es geht auf meine Rechnung.«

Sofort hört Sam einen leisen Vorwurf. Dass Victoria sich zu zahlen verpflichtet fühlt, weil Sam so ein armer Schlucker ist. Sie ordert einen Cappuccino. Victoria schließt sich an. Sie warten, bis der Kellner ihnen die Tassen hinstellt.

»Ich weiß nicht, wie du über mich denkst«, beginnt Victoria. »Vermutlich habe ich das nie gewusst. Du kannst gut mit den Dingen hinter dem Berg halten.«

So kann man es sehen. Sam hätte wissen müssen, dass Victoria nicht als zerknirschte Bittstellerin kommt, sondern zum Angriff übergeht.

»Erzähl mir einfach, wie du selbst deine Bilder siehst«, bittet sie. Sie will nicht über ihre eigenen Befindlichkeiten reden.

Konfus rührt Victoria in ihrem Cappuccino. »Ich habe keinen Anlass, mich zu verteidigen.«

»Ich frage ja nicht nach einer Verteidigung, sondern danach, wie du deine Bilder interpretierst, in welchen Kontext du sie stellst. Wie soll ich deiner Meinung nach im Ausstellungsflyer deine Kunst beschreiben?«

»Die Ausstellung ist mir sehr wichtig, Sam.«

Genau, denkt Sam. Wenn ihr die Ausstellung nicht wichtig wäre, würde sie nicht hier mit mir sitzen.

»Mir auch. Selbst wenn du es nicht glaubst. Ich habe zu viel Energie reingesteckt, als dass ich sie verloren geben will.«

Angespannt blickt Victoria in Sams Gesicht, auf der Suche nach Ironie, aber sie findet nichts.

»Ich habe nicht plagiiert. Du kennst doch mein Werk! Ich habe viel mehr Bilder gemalt als Grace je die Zeit dazu hatte.«

»Ich bin nicht blind, Mutter. Und nach all den Vorbereitungen für die Ausstellung kenne ich dein Werk wahrscheinlich besser als jeder Experte.« Sam zwingt sich zu einem Lächeln. »Besser als du selbst. Natürlich hast du mehr geschaffen, als deine Schwester je konnte. Aber du hast keine einzige eigene Idee entwickelt. Du bist immer beim selben Prinzip geblieben, das zu Beginn deiner erfolgreichen Jahre abstrakter war, später wieder konkreter wurde. Mehr war da nicht.« Was eigentlich nicht schlimm ist, fügt Sam im Stillen hinzu. Eine Künstlerin hat in frühen Jahren zu ihrem Rhythmus gefunden. Hätte Sam nicht selbst Grace' Bilder gesehen, hätte sie diese Kontinuität nicht erstaunlich gefunden.

»Es ist mein Stil.« Victoria hat ihren Cappuccino nicht angerührt, sie dreht nur immerzu den Löffel durch den Milchschaum.

»Es ist eben nicht dein Stil. Es ist Grace' Stil. Die Bilder, die du vor der Griechenlandreise gemalt hast, waren strenge, klare Abbilder dessen, was du gesehen hast. Im Prinzip fast naive Malerei. Nach Griechenland hast du anders gemalt. Keine tausend kleinen Details mehr. Sondern große Flächen, viel Farbe. Impasto. Wenige Linien, die das Bild einteilen. Vor allem keine wirklichen Konturen mehr, stattdessen angedeutete Strukturen, fast Sehhilfen.« Sam staunt selbst, wie viel Theorie ihr zu Victorias Bildern einfällt. Sie sollte sich die

Stichpunkte notieren, um sie für die Ausstellung zu verwenden. Wenn es eine gibt.

»Diese alten Versuche, die sind noch aus den 70ern. Damit kann ich mich nicht mehr identifizieren, Sam. Mein Gott, naive Malerei!« Victoria ist leichenblass.

»Mutter, was ist los?«, fragt Sam alarmiert. Sie kann kein weiteres Familienmitglied gebrauchen, das vor ihren Augen zusammenbricht.

Victorias Lippen sind zu einem einzigen Strich zusammengepresst. Eine steile Falte bildet sich auf ihrer Stirn, tief eingegraben.

»Grace war immer die Bessere«, sagt sie tonlos. »Die Inspirierte, die Grandiose, die Strahlende.«

Sam wartet.

»Ja, ich mochte ihre Bilder. Als wir durch Griechenland reisten, lächelte ich über sie und die großflächig bepinselten Leinwände. Aber bald erkannte ich die Aussagekraft dieser Bilder. Grace war in einer Umbruchphase. Sie hatte sich von Laurenz getrennt. Mit ihm war sie eine Weile zusammen. Die große, heiße, innige Liebe und der Einzige fürs Leben.« Sie wirft Sam einen raschen Blick zu. »Laurenz war ein Kriecher, überhaupt nicht bindungsfähig. Erst machte er ihr den Hof, strich wie ein feister Kater um sie herum, bewunderte ihre Bilder und so weiter. Grace fiel drauf rein. Unser Vater mochte Laurenz nicht. Allerdings hätte er jeden Mann abgelehnt, der es wagte, seinem Darling nahezukommen. Laurenz machte gleichzeitig mit anderen Frauen herum, was Grace hätte wissen können, wäre sie nicht blind von seinen Schmeicheleien gewesen. Da war noch jemand anders als Vater, der sich zu ihrer Begabung äußerte. Als hätte sie nicht genug Lobpreisungen bekommen!« Victoria atmet tief durch. »Laurenz war ein selbstgerechter Schwindler. Er ließ Grace sitzen, und dabei war sie ...«

»Dabei war sie was?«, fragt Sam.

Doch Victoria scheint weit weg zu sein. Nicht hier im Stadtcafé vor ihrem mittlerweile kalten Kaffee.

»Sie hatte jedenfalls eine richtig harte Zeit durchzustehen«, fährt Victoria endlich fort. »Künstlerisch kam sie nicht richtig voran. Grace war immer selbstbezogen und karrieresüchtig, eine Haltung, die unser Vater leider sehr bestärkt hat, und das machte sie arrogant. Das Desaster mit Laurenz war ein Einschnitt für sie. Ein Misserfolg. Zum ersten Mal lief etwas nicht so, wie Grace wollte. Zum ersten Mal richtete sich niemand nach ihren Launen und Wünschen. Für mich war das ein gewohnter Zustand. Ich war immer zweite Reihe hinter Grace, Sam. Ich musste kämpfen, um zu bekommen, was ich mir erträumte. Grace wurde alles nachgeschmissen.«

»Du warst eifersüchtig auf sie!«

»Natürlich. Schwestern sind das wohl immer.«

»Brüder und Schwestern auch.«

»Mag sein. Grace litt so sehr, dass sie mir trotz allem leidtat. Deshalb schlug ich die Reise vor. Erst in Griechenland fand sie die Kraft zu einem Neuanfang. Deswegen war der Unfall doppelt tragisch, wenn man das so sagen kann. Dass sie aus dem Leben gerissen wurde, als sie endlich wieder für sich eine Zukunft sah.«

»Ich hätte Grace gern kennengelernt.«

Victoria zuckt zusammen. »Tja«, macht sie nur.

»Grace malte sich frei auf eurer Reise. Bald darauf hast du das Potential in ihren Bildern erkannt. Und für dich vereinnahmt.«

»Es ist Ansichtssache, Sam.« Victoria legt endlich den Löffel weg und schiebt die Tasse von sich. »In der Kunst ist alles Interpretation, und niemand wird beweisen können, dass ich Grace' Ideen gestohlen habe. Sie hat mich inspiriert. Können wir es nicht so ausdrücken? Das Leben ist ein steter Kompromiss!« Fast flehend sieht Victoria Sam an.

Als wenn Mutter je ein Typ für Kompromisse gewesen wäre, denkt Sam.

»Was weißt du von John Carrick?«, wechselt sie das Thema.

»Er ist ein alberner Gigolo. Er war in Grace verliebt. Sie war diejenige von uns beiden, für die die Männer sich interessierten. Nur bei deinem Vater, da hatte ich mehr Glück.«

Sam wird das Herz schwer. Plötzlich tut Victoria ihr leid. Sie weiß nichts von Eva. Und wenn sie etwas ahnt, verleugnet sie es. Auch das würde zu Victoria passen.

»Er hat die Fotos und eine ziemlich klare Auffassung darüber, was du mit ihnen angestellt hast.«

»Ich? Mit den Fotos?«

»Himmel, Mutter! Grace hat die Abzüge nach Hause geschickt. Du hast sie vorgefunden, sobald du zurück in Coburg warst, an dich genommen und ein Bild nach dem anderen in x Varianten neu gemalt, bis jedes einzelne zu deinem Werk geworden war! Halte mich nicht für blöd! Aus dem Gedächtnis hättest du die Bilder nie so deutlich nachmalen können.«

»Also ist Carrick an allem schuld.«

»Unsinn. Carrick kann, selbst wenn ich stillhalte, die Ausstellung platzen lassen. Er kann eine Bombe so geschickt legen, dass sie genau im richtigen Moment hochgeht. Er kann wichtige Leute aus der Szene vorab informieren. Er kann Gift spritzen, wo und wie er will! Er hat alles in der Hand!«

Victoria legt einen Geldschein auf den Tisch.

»Das werde ich zu verhindern wissen.«

39

Sie sitzen im Miles and More in der Johannisgasse. Das Restaurant ist gesteckt voll. Einen Tisch weiter lockern vier Männer ihre Krawatten und machen sich bereit, die Sau rauszulassen.

Sam hatte nach dem Gespräch mit Victoria weder Zeit noch Nerven, sich umzuziehen. Luna hingegen sieht umwerfend aus. Sie hat eine künstliche Pfauenfeder in ihr rotes Haar geclipt, Lippenstift aufgetragen und ein dunkelgrünes, tief ausgeschnittenes Samtkleid angezogen. Dazu trägt sie grüne Stiefeletten, die mit roten Satinbändern geschnürt sind. Sam in Jeans und Cardigan kommt sich vor wie eine graue Maus. Natürlich nimmt sie Romans Blicke wahr, die eine ganze Weile Lunas Körper entlanggleiten. Unversehens versteht sie ihre Mutter. Sie versteht den Zorn, in der zweiten Reihe zu stehen. Einen Zorn, der sich auf die Strahlendere richtet und zugleich auf einen selbst, weil man wenig Glanz zu bieten hat und sich dafür verachtet.

Sie bestellen Zanderfilet und eine Flasche Silvaner. John macht Bemerkungen über den Frankenwein, den er gerade zum ersten Mal probiert. Er wohnt in Mailand, erzählt er, weil er Italien liebt und sich in den USA längst wie ein Fremder fühlt. Sam hört die Unterhaltung dahinplätschern. Sie hat Zeit, Roman zu beobachten, der aufmerksam auf alles eingeht, was John sagt, aber ab und zu einen Blick auf Sam wirft. Und einen auf Luna.

Sam entschuldigt sich. Sie geht zur Toilette. Löst das Haargummi, schüttelt ihr Haar aus. Sie kann es heute Abend nicht offen tragen, es fällt unmöglich, ist überhaupt zu lang, zu langweilig, rausgewachsen und an den Spitzen fisselig. Sie glättet die Strähnen mit Wasser und bindet sie wieder zum Pferdeschwanz hoch.

Romans Gesicht hellt sich auf, als Sam zum Tisch zurückkommt. Er lächelt verschwörerisch. John ist in eine angeregte Konversation mit Luna verwickelt.

Das Essen kommt. Erst als alle satt sind, die Teller abgeräumt sind und eine frische Flasche Wein im Cooler steht, fragt Sam:

»John, wer ist eigentlich der Mann, der das Foto gemacht hat, auf dem man Sie im Hintergrund sieht? Sie wissen schon, das mit den beiden May-Schwestern. Griechenland 1982.«

John tupft sich die Lippen ab. Roman gießt Wein nach. Luna lehnt sich zurück und spielt mit ihrer Serviette.

»Er hieß Kostas.«

Sam wartet. Eine eigentümliche Spannung legt sich über die vier Menschen am Tisch. Kurz hat sie den Eindruck, die Antworten auf alle Fragen lauern in den Ecken des Restaurants, wo sie tuscheln und sich winden und nicht ans Licht gezerrt werden wollen.

»Wir lernten ihn in Akrokorinth kennen. Er war einer jener Griechen, die dort herumlungerten und ahnungslose Touristen zu horrenden Preisen durch die Ausgrabungen führten. Mittlerweile geht das nicht mehr. Alles ist umzäunt, es gibt autorisierte Guides, alles standardisiert. Wir handelten Kostas' Preis herunter, er zog ein paar Tage mit uns herum. Einmal wollte er unbedingt von den Schwestern ein Foto machen. Ich gab ihm meine Kamera, blieb aber im Auto sitzen. Mir war gar nicht bewusst, dass ich mit aufs Foto kam.«

»Haben Sie mit ihm später Kontakt gehabt?«

»Nein. Ich kenne nicht mal seinen Nachnamen. Er war älter als ich und ist mittlerweile wahrscheinlich vielfacher Großvater.«

»Haben Sie Kinder?«, fragt Luna.

»Nein. Ich habe nie geheiratet.« Verloren blickt John auf seine Hände, die auf der Tischplatte liegen, als gehörten sie nicht zu ihm. »Ich habe seit geraumer Zeit mit meinem Leben abgeschlossen. Keine neuen Pläne. Ich genieße, was kommt, und freue mich an den Möglichkeiten, die mir bleiben. Vor ein paar Jahren hatte ich eine Krebserkrankung. Alles ist noch mal gut gegangen, doch ich bin erschöpft und will und kann keine großen Sprünge mehr machen. Als ich Ihr Blog las, Roman, da flammten auf einmal die Erinnerungen auf. All die Gefühle jener Reise und … nun, ich hatte ja keine Ahnung, dass Grace in Griechenland ums Leben kam!«

»Haben Sie sich Hoffnungen auf meine Tante gemacht?«

»Auf Ihre Tante?« Er lacht. »Nein. Ach … nun, ich meine … doch, vielleicht ein bisschen.«

Luna lächelt ihm zu, hebt ihr Glas.

»Warum haben Sie nicht nach Grace gesucht? Warum haben Sie sich nie nach ihr erkundigt?«, drängt Sam.

»Aber das habe ich!« Entrüstet sieht John in die Runde. »Ich saß wie ein Tölpel in dieser Taverne auf der Plaka und niemand kam. Ich dachte zuerst, die beiden Teufelchen, diese Schwestern, versetzten mich aus Jux. Das hätte ihnen ähnlich gesehen. Sie haben sich öfter gemeinsam über mich lustig gemacht. Als nach Stunden niemand auftauchte, war ich wütend und traurig. Ich ging in meine Pension, wusste nicht, was schlimmer wäre: dass sie mich wirklich vergessen hatten oder mich einfach links liegen ließen. Es gab keine Handys, kein Internet. Man forschte nicht so leicht nach jemandem. Ich wusste nicht einmal, aus welcher Stadt Grace und Victoria kamen. Sie sagten nur, sie stammten aus Bayern, und Bayern ist groß. Verletzt und beleidigt wie ich war, klemmte ich mich erst Jahre später dahinter, nach Grace zu suchen. Ich dachte, irgendwo muss es früher oder später eine Ausstellung geben oder eine Galerie, die ihre Bilder verkauft. Eines Tages sprach ich mit einem Galeristen aus München. Der kannte keine Grace May, wusste jedoch, dass eine seiner Kolleginnen eine Künstlerin namens Victoria May unter Vertrag habe. In der Folge pickte ich Gerüchte auf, dass

Victorias Schwester bei einem schrecklichen Unfall ihr Leben verloren hatte. Gleichwohl wusste niemand etwas Genaues.«

»Haben Sie sich Victorias Bilder jemals angesehen?«

»Nein. Sonst hätte ich früher diese ... diese Ähnlichkeit bemerkt. Erst als ich Ihr Blog las, Roman, erst in dem Moment ... alles stürzte über mir zusammen. Grace tot, mysteriöse Umstände, ich selbst auf dem Foto, das ich längst vergessen hatte. Ich suchte die Negative. Ich hing eine Nacht lang am PC und checkte, was ich über Victoria May finden konnte. Ich wollte nicht glauben, was ich sah.«

Roman fragt: »Was haben Sie jetzt vor?«

Sam hält den Atem an.

»Jetzt? Nun«, er sieht Sam an, »ich überlasse Ihnen die Entscheidung.«

»Welche Entscheidung?« Sams Herz klopft zum Zerspringen. Sie hofft, John würde in der Versenkung verschwinden, gleich hier, unter dem Tisch in den Boden sinken, nie mehr in ihr Leben treten und bitte die Ausstellung nicht gefährden. Bis zur Finissage müssen sie durchhalten, die Familiengeschichte weiterschreiben, Victoria hochleben lassen. Was danach passiert, ist für Sam unendlich weit weg.

»Es ist Ihre Entscheidung als Familie, Samantha, ob Sie aus den veränderten Vorzeichen Konsequenzen ziehen wollen«, antwortet John.

Veränderte Vorzeichen. Ein hübscher Ausdruck für ›Betrug‹.

»Was werden Sie mit Ihrem Wissen anfangen?« Das kommt von Luna.

»Nichts.« John zuckt die Achseln.

»Es wäre eine schöne Ausgangsbasis für eine Erpressung«, fährt Luna fort.

Das ist typisch für sie, denkt Sam fast liebevoll. Luna geht immer direkt auf ihr Ziel zu. Keine Umwege, schon gar nicht aus Höflichkeit.

»Erpressung?« Entgeistert begegnet John ihrem Blick. »Wen sollte ich erpressen?«

»Die Familie May.« Luna weicht ihm nicht aus.

»Bei allem, was recht ist!« John kramt ein Taschentuch aus seiner Jacketttasche und wischt sich über die Stirn. »Ein Mann wie ich, der einmal dem Tod von der Schippe gesprungen ist, sieht die Dinge anders. Ich habe genug Geld für den Rest meines Lebens. Ich komme aus einer begüterten Familie und war nie faul.«

Er sieht verletzt aus.

»Sind Sie nicht wütend auf Victoria?«, fragt Luna.

»Auf Victoria?« John schüttelt ungehalten den Kopf. »Lady, ich glaube, Sie haben alles falsch verstanden. Ich liebte Grace, nicht Victoria. Um ehrlich zu sein, ich erinnerte mich bis vor Kurzem kaum an Victoria.«

Sein Blick ruht eine Weile auf Sam.

»Sie sehen ihr unglaublich ähnlich. Grace, meine ich.«

Sam nickt. Ein dicker Klumpen sitzt in ihrer Kehle, sie möchte weinen, weiß gar nicht, warum. Aus Mitleid für diesen erschöpften Mann, der einmal todkrank war und nie die Liebe seines Lebens fand? Der jetzt spürt, dass es dafür zu spät ist und dennoch dankbar für die Tage ist, die ihm bleiben, wenngleich es einsame Tage sind? Ein Gigolo ist er nicht, denkt sie, obwohl ihre Mutter ihn so sehen will.

»Ist ja auch kein Wunder.« Er steht auf, greift nach seiner Brieftasche.

»Nein!« Sam legt die Hand auf seine. »Das Essen geht auf meine Rechnung.«

»Das kann ich nicht annehmen.«

»Doch, können Sie. Die Zeiten haben sich geändert. Mittlerweile bezahlen auch Frauen im Restaurant, ohne dass es ehrenrührig ist.«

John Carrick lacht amüsiert. »Das hätte Grace sagen können.«

Er verabschiedet sich von Roman per Handschlag, küsst Luna auf beide Wangen.

»Ich begleite Sie noch ein Stück«, sagt Sam.

Draußen auf der Gasse hakt sie sich bei John ein. Sie gehen zur Spitalgasse hinunter. In der Fußgängerzone ist niemand außer ihnen beiden unterwegs.

»Wissen Sie, dass Sie in etwa in dem Alter sind, in dem Grace war, als ich sie kennenlernte?«

»Ist Ihnen klar, dass ich nie etwas von Grace erfahren hätte, wenn ich nicht dieses Foto gefunden hätte? Wenn Roman es nicht ins Netz gestellt hätte?« Sam fühlt sich dem Amerikaner seltsam nahe.

»Sie haben einen sehr netten Freund.«

»Wir kennen uns erst ganz kurz.«

»Das macht ja nichts. Aber so steuern die Toten das Leben derjenigen, die noch durchhalten müssen, denken Sie nicht?«

»Sie meinen, dass Grace …«

»Nun ja, irgendwie schon.«

Sam denkt darüber nach. Dass ihre unbekannte Tante Grace aus dem Jenseits Sams Liebesleben steuert … Es kommt ihr auf dem nächtlichen Marktplatz, wo die geschickte Illumination den Zauber der umstehenden Gebäude hervorkitzelt, nicht abwegig vor. Sie biegen in die Judengasse ein.

»Wie war Grace?«

»Ein Wirbelwind. Nichtsdestotrotz sehr verletzlich. Sie konnte schräge Sprüche reißen, den Harlekin spielen, doch dann war sie wieder schüchtern und vorsichtig.« John räuspert sich. »Sie hatte eine ungute Beziehung hinter sich. Und der Vater … Pardon … nun … Sie kennen Ihren Großvater eigentlich nicht?«

»Nein, als er starb, war ich ein Kleinkind.«

»Er war extrem dominant und drückte Grace seine Vorstellungen auf. Wollte aus ihr eine Künstlerin nach Plan machen. Was natürlich nicht funktioniert. Die Kunst entwickelt sich nach Naturgesetzen, wenn Sie so wollen.«

»War sie schön?«

»Unendlich schön. Ich nannte sie meine Athene. Die Göttin der Weisheit und des Kampfes, weil sie so stark wirkte, so tapfer. Sie war entschlossen, sich nicht unterkriegen zu lassen. Trotz … nun ja.« John schweigt eine Weile. Irgendwo schlägt eine Turmuhr. Ein Schwarm Krähen zieht über die Altstadt, Sam hört das Rauschen vieler Flügel. »Ihre Schönheit war keine aus einer Modezeitschrift. Sie entsprang ihrem Lebenswillen. Grace wollte eine Zukunft.«

Zukunft, denkt Sam, ein Wort, das heute bereits zum zweiten Mal auftaucht.

»Aber sie hatte keine Zukunft«, wendet sie ein. »Sie starb.«

Sie gehen durchs Stadttor und schreiten auf Johns Hotel zu. Die Gasse ist sehr dunkel. Die Straßenlampe über ihnen flackert. Sam fröstelt plötzlich.

John bleibt stehen. Er blickt in Sams Augen.

»Doch. Die hatte sie, wenngleich sie es damals nicht verstand. Obwohl … nun …« Er bricht ab.

Im Gebüsch hinter Sam raschelt es. Sie hat das ungute Gefühl, beobachtet zu werden.

»Sie hatte in der Tat eine Zukunft. Auch wenn sie es nicht wahrhaben wollte«, fügt John nach einer Pause hinzu.

»Die Kunst allein macht nicht glücklich«, erwidert Sam. »Manche Künstler machen sich unsterblich, die allermeisten werden freilich vergessen.«

John bleibt stehen, löst seinen Arm aus Sams. Sie sehen einander an.

»Es war mir eine Freude, Sie kennenzulernen, Samantha.« John strafft die Schultern. Im fahlen Licht sieht er alt und verbraucht aus. »Wann immer Sie mögen, melden Sie sich bei mir.«

»Danke.«

Er wendet sich abrupt ab und überquert die stille Straße. Die Straßenlampe fällt mit einem Mal ganz aus. Nur der Hoteleingang gegenüber ist erleuchtet.

»Samantha?«

»Ja?«

Er kommt zurück.

»Sie sollten … Sie könnten … Ihre Familie …«

Er wirkt plötzlich hektisch. Die Vertrautheit, die Ruhe von eben ist verschwunden.

»Wenn Sie Klarheit wollen«, sagt er, »machen Sie … ach, verzeihen Sie, ich … Es war keine gute Idee.«

Er wendet sich ab. Ein Wagen rast vom Parkhaus kommend mit aufheulendem Motor durch die Gasse.

»Was meinen Sie?«, ruft Sam, als der Wagen abgebogen ist und John schon die Hoteltür aufstößt.

»Nichts, Samantha, nichts. Leben Sie wohl!«

40

Aufgewühlt geht Sam zu ihrer Wohnung. Sie durchquert das dunkle Stadttor, eilt an einem Grüppchen Raucher vor einer Kneipe vorbei, hetzt über den Markt. Für die nächtliche Kulisse, die einem immerwährenden Adventskalender ähnelt, hat sie kein Auge. John Carricks Unruhe ist ihr unter die Haut gekrochen. Sie läuft so schnell, dass ihr Atem in Stößen kommt. Als wäre sie auf der Flucht, rennt Sam die Steingasse hoch, kollidiert fast mit einem Radfahrer, der ihr eine Unverschämtheit nachbrüllt.

»Scheißkerl!«, schreit Sam.

Erst als sie in der Pfarrgasse steht und ihren Schlüssel zückt, fällt ihr ein, dass sie ja zurzeit bei Blanca wohnt und dass Luna und Roman im Miles and More auf sie warten.

Trotzdem: Sie schließt die Tür auf und stürmt in ihre Wohnung. Sie wird Luna gleich anrufen. Luna, die so schick hergerichtet mit dem ratlosen Roman in einem Tête-à-tête gelandet ist. Aber Sam will zehn Minuten für sich.

Ihr ist heiß. Sie schlüpft aus ihrem Cardigan und lässt ihn fallen. Bückt sich, hebt ihn auf und sieht ein schmales, weißes Kuvert, auf dem ihr Name steht. Jemand muss es unter der Tür durchgeschoben haben.

Überrascht nimmt sie es in die Hand. Kein Absender. Das gelbe Laternenlicht von draußen sickert durchs Fenster. Sie nimmt den Brieföffner vom Schreibtisch, schlitzt den Umschlag auf. Da liegt eine Karte, in kunstvoller Handschrift beschrieben.

Kennen Sie die Bilder von Eleni Tsiadis?

Sam wirft die Karte auf den Schreibtisch. Jetzt fangen alle zu spinnen an, denkt sie müde. Eleni Tsiadis, wer soll das sein? Sie schaut in den Umschlag. Da ist nichts weiter. Wer hat die Karte abgegeben? Wahrscheinlich hat ein Nachbar die Haustür geöffnet, wie sonst sollte der Umschlag unter ihrer Wohnungstür durchgeschoben worden sein!

Sam ruft Luna an.

»Schande, Sam, wo steckst du? Mittlerweile sind wir zur Caipirinha übergegangen. Mach hinne!«

»Bestellt mir auch eine. Ich komme.«

Zehn Minuten später sitzt sie auf dem Stuhl, auf dem sie eine Stunde zuvor Johns Geschichten lauschte. Im Restaurant riecht es nach vielen Menschen und nach Knoblauch, es ist warm, die gekippten Fenster lassen nicht genug Frischluft herein. Für Außenstehende sind Sam, Roman und Luna ein Grüppchen Freunde, das entspannt ins Wochenende purzelt. Doch in Wirklichkeit tun sich in Sams Innerem riesige Krater auf, aus denen Rauch und Qualm aufsteigen. Es ist nur noch eine Frage der Zeit bis zur Eruption. Sie zeigt die Karte mit der einen Frage herum.

»Eleni Tsiadis?« Roman zückt bereits sein Smartphone. »Nie gehört.«

Luna sieht erhitzt aus. Rote Flecken bedecken ihren Hals und ihre Wangen, und ihr Haar ist zerzaust. Sie zwinkert Sam zu. »Keine Sorge«, wispert sie. »Wir haben uns ausschließlich mit deinem Fall beschäftigt.«

Sam grinst schief. Sie beneidet Luna, die sich aus Interesse in dieses Rätsel stürzen kann. Sie selbst hat das Gefühl, ihr Leben würde Zentimeter für Zentimeter aus den Angeln gehoben. Alles gerät ins Wanken. Der Kellner stellt ihr eine Caipirinha hin, und sie nimmt ein paar Schlucke gegen den Durst.

»Mach langsam«, raunt Luna. »Ich glaube, wir werden noch gebraucht.« Sie untersucht die Karte. »Okay, von Hand geschrieben. Gute Papierqualität, bestimmt 120-Gramm-Papier. Auf solche Karten schreibe ich immer Weihnachtsgrüße an gute Kunden.«

Sam sagt nichts, sie sieht Lunas schlanke Finger, die das Kuvert betasten, versinkt in dem Geräuschpegel einer Kneipe am Freitagabend.

»Eleni Tsiadis«, meldet Roman. »Freiberufliche Künstlerin. Geboren im Jahr 1949 auf der Insel Listias als Tochter einfacher Fischer. Sie lebt heute in London und widmet sich ihrer Malerei und gelegentlich der Bildhauerei.«

»Eine Griechin?«, staunt Luna.

Roman liest konzentriert weiter. »Eleni Tsiadis … blablabla … widmet sich inzwischen fast ausschließlich der Acrylmalerei … blablabla … abstrakte, auf einem Hell-Dunkel-Kontrast basierende Farbenspiele …«

In Sams Ohren rauscht alles. Sie muss Blanca anrufen, dass es spät wird. Hastig nimmt sie einen Schluck Caipirinha. Vielleicht kennt Blanca diese Eleni sogar. Oder ihre Bilder. Ob Victoria je von ihr gehört hat?

Luna stupst sie an. Irritiert sieht Sam auf. Roman hält ihr sein Smartphone hin.

»Eleni Tsiadis' Bilder.«

Sam nimmt das Telefon und klickt durch eine ganze Galerie von Gemälden. Die Bilder sind ihr vage vertraut. Die Malerei ist nicht wie Victorias, sie hat etwas Tieferes, Beunruhigendes, sogar in der schlechten Auflösung auf einem Handy-Bildschirm geht etwas Subtiles von ihnen aus, eine Kraft, die den Betrachter in einen Abgrund zu saugen scheint. Sam legt das Telefon weg. In ihrem Kopf zieht Nebel auf. In ihren Ohren saust es. Die Musik im Lokal wird plötzlich lauter, bedrängender. Dimmt jemand das Licht oder warum kommt ihr alles auf einmal dunkler vor?

»Sam?« Luna berührt sacht ihre Schulter.

Roman surft wieder durchs Netz. »Hier steht, dass Eleni Tsiadis zwar oft ausstellt; sie lässt sich jedoch ungern fotografieren und posiert, wenn sie bei öffentlichen Anlässen zu sehen ist, immer mit Hut.«

Sam nimmt ihm das Handy ab. Sie will sich auf etwas anderes konzentrieren als ihren eigenen Zustand, dem sie nicht mehr traut. »Stimmt«, sagt sie. Man sieht wenig vom Gesicht der Künstlerin, bis auf einen schön geschwungenen, stark geschminkten Mund. Der Rest ihres Gesichtes ist unter dem Schatten einer breiten Hutkrempe verborgen.

»Sie ist gebürtige Griechin«, bemerkt Luna. »Wir haben den halben Abend über die Griechenlandreise deiner Mutter gesprochen. Deine Tante ist in Griechenland umgekommen.«

»Griechenland ist sowieso in aller Munde. Krise, Krise, Krise!« Sam kippt ihren Drink in sich hinein. Aus den Augenwinkeln sieht sie, wie Roman ihr einen halb belustigten, halb besorgten Blick zuwirft.

»Das ist vorübergehend. Die Griechen haben ganz andere Dinge überlebt.« Luna seufzt. »Sag mir: Wer hat dir diese Karte unter der Tür durchgesteckt?«

Sam zuckt die Achseln.

»Fragt lieber, warum!«, wendet Roman ein.

Sam zieht ihr Handy aus der Tasche. Sie wählt Blancas Kurzwahl.

»Sam, is it you?« Blanca klingt besorgt. »Is everything okay?«

»Ja, mehr oder weniger.« Nein, nichts ist okay, everything is a big mess, das Leben ein großer Scheißhaufen, will Sam eigentlich sagen, aber Destruktivität hilft ihr im Moment nicht weiter. Sie kann sich zusammenreißen, wenn es sein muss. Wie ihre Mutter. »Sagt dir der Name Eleni Tsiadis etwas?«

»Klingt nach einer Schriftstellerin, die kitschige Frauenromane schreibt.«

»Falsch getippt. Geh mal ins Netz. Sie ist Künstlerin.«

»Sam? Geht es dir wirklich gut?«

Sam weiß, dass sie lallt. Nicht sehr, sie spricht bloß anders als sonst, eine Spur verwaschener, und wenn sie aufsteht, wird das Lokal sich um sie drehen, und dann werden die Deko, die schön beschriebene Tafel mit der Speisekarte, die Lampenschirme, die Gläser, Teller und alles andere über ihr zusammenbrechen und sie unter sich begraben.

Ich lebe schon in einem Grab, denkt Sam. Im Grab der vielen Fragen.

»Komm nach Hause, Sam!«, bittet Blanca.

»Ich bin mit Luna und Roman unterwegs. Es ist alles in Ordnung.« Sie legt auf.

»Ruf deine Mutter an. Sie kennt jeden in der Branche«, schlägt Luna vor.

Sam wählt, automatisch, gehorsam.

»Sam? So spät?«, fragt Victoria indigniert.

»Guten Abend, Mutter. Nur auf ein Wort. Kennst du eine Künstlerin namens Eleni Tsiadis?«

In der Leitung ist es still. Eine ganze Weile.

»Ich kenne sie nicht persönlich, aber ich kenne ihre Bilder.«

»Wie findest du sie?« Sam will am liebsten schreien, will sagen, sie sind angsteinflößend, bedrohlich, in ihnen verbirgt sich der Tod. Dennoch hat sie sich trotz des ungewohnten Alkohols und der aufkeimenden Panik gut genug im Griff, um nicht durchzudrehen. Es wäre zu peinlich, vor allem vor Roman! Sie sehnt sich danach, allein zu sein und zu weinen. Das muss warten.

»Sie ist sicher sehr begabt und weiß sich zu vermarkten. Ich habe gelesen, sie hätte mit fünf Jahren Kinderlähmung gehabt. Seitdem geht sie am Stock.«

»Hast du sie je gesehen?«

»Nein. Ich habe auch nie eine Ausstellung von ihr besucht. Weißt du, in Deutschland ist sie nicht sehr präsent.«

»Na gut. Danke.« Sam beendet das Gespräch. »Roman, kannst du checken, ob diese Eleni Tsiadis zurzeit irgendwo eine Ausstellung laufen hat?«

»Klar.«

Während Roman das Netz durchstreift, bestellt Luna drei Espressi.

»Was war mit John los? Warum wart ihr so lange weg?«, bedrängt sie Sam.

»Er war völlig konfus. Ich habe ihn zum Hotel begleitet,

und als er sich verabschiedete, druckste er rum und machte alle möglichen Andeutungen.« Sam stützt den Kopf in die Hände.

»Was für Andeutungen?«

»Irgendwas ... es ging um Grace. Ich weiß nicht, was er meinte.« Sie nimmt die Karte in die Hand. »Komische Handschrift, was?«

»Stilisiert. Kunstvoll. Keine spontane Notiz!« Luna hält das Schriftstück unter die Deckenlampe. »Bei dem Licht hier ... schau, die Konturlinien sind säuberlich vorgezeichnet.«

»Da hat sich jemand Mühe gegeben.« Sam glaubt, sie ist ein Vulkan, der Gesteinsmassen spuckt und Asche. Der Eyjafjallajökull in ihrem unsportlichen, weichen, zu runden Körper. »Könnte John Carrick das Kuvert gebracht haben? Weiß er, wo ich wohne?«

»Venedig.« Roman sieht auf. »Sam! Eleni Tsiadis hat dieser Tage eine Ausstellung in Venedig laufen. Die Finissage ist übermorgen!«

41

Eleni Tsiadis sitzt im Café Florian am Markusplatz in Venedig und trinkt einen Espresso. Der Touristenzuschlag, der das Kaffeetrinken im berühmtesten Café der Stadt zu einem teuren Vergnügen macht, amüsiert sie wie alles Exzentrische in der Serenissima. Es ist sehr warm, sommerlich fast. Sie genießt den Süden. Sie hat lange nicht am Mittelmeer gelebt, sondern im kalten England. Wie sie die südliche Sonne, das warme Licht, das in Nordeuropa nie diese Intensität besitzt, vermisst hat! Vor nicht allzu langer Zeit kam ihr der Gedanke, London den Rücken zu kehren und sich über kurz oder lang in Italien niederzulassen. Mit ihrem Atelier. Kontakte sind hier zwar oft schwieriger herzustellen als in England. Dessen ungeachtet kommt ihr Großbritannien nicht mehr so prickelnd vor, jetzt, wo sie auf dem Zenit ihrer Schaffenskraft angekommen ist. In London kann sie sich mittlerweile vor allem dadurch interessant machen, dass sie sich zurückzieht.

Eleni Tsiadis hat den Hut gewohnheitsmäßig tief ins Gesicht gezogen. Sie trägt heute ihr Lieblingsteil: den Panamahut, den sie in Ecuador gekauft hat, in Cuenca. Wenn schon, denn schon, denkt Eleni schmunzelnd. Sie hat sich ihr Leben lang Extravaganzen geleistet, und einen Panamahut kauft Eleni Tsiadis am Ursprungsort, dort wo er herkommt. Er ist weich wie ein Handschuh, aus den dünnstmöglichen Fasern geflochten und kostete sie gute 1000 Dollar. Ein Freundschaftspreis, den sie mit einer kleinen Aquarellskizze von sich aufstockte. Sogar vor 15 Jahren waren die von Hand geflochtenen Hüte aus echten und besonders dünnen Toquillablättern viel teurer.

Gerade heute spendet ihr das zauberhafte Teil die nötige Menge Schatten und Kühle. Eleni liebt es, zu beobachten, ohne selbst erkannt zu werden. Auch dazu ist der Hut ausgesprochen gut geeignet. Und Venedig ohnehin; die Stadt ist ein einziger Laufsteg. Sie lächelt, freut sich auf die Finissage. Die Ausstellung ist ausnehmend gut gelaufen. Durch ihre phänomenalen Beziehungen zur Peggy-Guggenheim-Stiftung hat sie im hiesigen Museum am Canal Grande ihre Kunst zeigen können. Während die Kunstbeflissenen aus aller Welt die Bilder der von Legenden umrankten Eleni Tsiadis auf sich wirken lassen, residiert die Künstlerin selbst im Gabrielli Sandwirth, wirft am frühen Morgen einen Blick auf die gegenüberliegende Insel San Giorgio, die gemächlich aus dem Dunst steigt, und trinkt am Abend einen Sprizz in einer Bar in Dorsoduro, wo man sie seit Langem kennt. Doch der Aufenthalt, der vor allem eine entspannende Pause vom Alltag in London sein sollte, wächst sich ungeahnt zu einer ziemlich anstrengenden Angelegenheit aus. Das Laufen fällt Eleni plötzlich schwerer als üblich, was in Venedig ein Gräuel ist, weil sie kaum durch das Gedränge in den Gassen kommt. Dabei ist noch nicht einmal Hochsaison.

Der alte Loredan, der ihr den Kontakt zur Peggy-Guggenheim-Stiftung und überhaupt eine Reihe von internationalen Verbindungen ermöglicht hat, umschwänzelt sie in den letzten Tagen aufdringlicher als sonst. Loredan ist ihr Agent in Italien, unverzichtbar, sie ist auf ihn angewiesen, wenn sie auf lange Sicht im Süden bleiben will. Er braucht sie auch, nebenbei gesagt, immerhin verdient er eine Menge Geld mit ihrer Kunst.

Er kaschiert seine Zudringlichkeit als altmodische Devotheit, aber Eleni hat ein Gefühl für die Zwischentöne. Als eine Frau, die sich zwischen drei Sprachen bewegt, kennt sie sich aus mit semantischen Verzweigungen.

Kann Loredan etwas herausgefunden haben?

Und wie sollte er das geschafft haben?, antwortet sie sich selbst mit einer Gegenfrage.

Sie hat einen Teil ihres Lebens weggeworfen. Nicht freiwillig. Wie auch! Sie lacht rau. Der Kellner, Sandro, den sie seit Jahr und Tag kennt, kommt an ihren Tisch.

»Una grappa«, haucht Eleni.

Einen Schnaps hat sie jetzt wirklich nötig.

Nein, sie hat ihr Leben nicht aus freien Stücken weggegeben, ihr blieb keine Zeit, nicht einmal eine Sekunde, sich für oder gegen etwas zu entscheiden. Die Katastrophe brach herein, zuerst in der Liebe, dann in ihrem Körper, schließlich verdichtete sie sich Wochen später zu Worten. Eleni traut Worten nicht mehr, sie hält sich lieber an Farben und Formen, die sie auf Leinwände bannen kann. Umso schlimmer, dass es schlichte Worte waren, die sich zu einem heftigen Streit auswuchsen. Streit ist nichts Besonderes im Leben von Menschen, insbesondere nicht im Leben von Familien. Streit, das weiß Eleni, ist der fruchtbare Boden, auf dem die Entwicklung der Art wie auch das individuelle Weiterkommen gedeihen, wenngleich die wenigsten Menschen das einsehen wollen. Die meisten Zeitgenossen machen auf Harmonie, wollen unbedingt eine elegante Fassade, um die Kämpfe lieber im Inneren ihrer mondänen Selbstinszenierungsschlösser auszutragen. Aber dort sind es keine geistreichen Schlagabtausche mehr, an denen man wächst, sondern rüpelhafte Zankereien, Zoff, in dem die Wut der Zurückgesetzten sprüht.

Der Streit, an den Eleni denkt, war von vornherein auf den Tod fokussiert. Sie seufzt. Vor 30 Jahren war sie noch jung. Sie war verführbar. Sie sehnte sich nach Freiheit, die es nicht gab. Sie war betrogen worden und verletzt. Sie war voller Trauer.

Halt!, kommandiert sie ihre Gedanken. Alles dumme Ausreden. Ich war schlichtweg nicht imstande, mit der Situation umzugehen.

Anfang der 80er ist sie zum ersten Mal in eine Lage geraten, aus der sie niemand mehr herausboxte. Sie musste durch. Eine Schwangerschaft kann man nicht beiseitelegen und irgendwann auf sie zurückkommen. Abtreibung war damals ein Problem. Ihre Eltern, konservativ bis in die Knochen, hätten ihr eine Reise nach Holland nicht finanziert.

Und jetzt hat sie den Salat.

Der Kellner bringt ihr den Grappa. Sie liebt das Aroma, das zarte Brennen, wenn sie ihn in kleinen Schlucken trinkt. Sie vergöttert die feinen Kelche, in denen der Schnaps hierzulande serviert wird. Italien weiß zu leben, dieses Land mag in politischen Krisen verfangen sein, aber deswegen ist es keineswegs dem Untergang geweiht, denkt Eleni. Ein Land mit einer solchen kulturellen Kraft! Wie Griechenland, findet sie. Griechenland ist ihre Heimat. Ihre wahre Heimat. Wo sie, die Todgeweihte, neu geboren wurde.

Wenn sie daran denkt, wie elend und einsam sie sich gefühlt hat, als ledige Mutter in einer verknöcherten Umgebung, in der jeder andere Pläne mit ihr hatte. Am schlimmsten ihr Vater. Er war nicht abzubringen von seinen Auffassungen. Sie sollte das Kind bekommen, dann würde man sehen. Sie könnte es zur Adoption freigeben, das würde ihrer Karriere nicht schaden. Damit war wiederum ihre Mutter nicht einverstanden. Eleni selbst auch nicht mehr, nicht in jenem Moment, als sie das Baby in den Armen hielt. Da entstand in Windeseile eine Bindung, der sie nicht gewachsen war.

Die Touristen auf dem Markusplatz schießen Fotos, füttern Tauben, staunen die Basilika an, schieben sich aneinander vorbei, diskutieren Museumsbesuche und die Preise für ein Eis im Florian. In vielen Sprachen. Eleni sitzt entspannt da und hört zu. Niemand erkennt die gefeierte Künstlerin, deren Ausstellung gegenwärtig im Peggy-Guggenheim-Museum zu sehen ist. Damit lebt Eleni gut. Sie will nicht prominent sein wie ein TV-Sternchen, das auf der Straße um Autogramme gebeten wird oder Fanseiten im Internet unterhält. Sie will ein ausreichendes Maß an Berühmtheit, das ihr ein Leben in gelassener Sättigung ermöglicht. Medikamente gegen die Schmerzen, ein bequemes Hotel mit solidem Zimmerservice, Netzzugang für ihre geheime Sucht, das Internet-Backgammon-Spiel.

Ausgerechnet jetzt kommt ihr Loredan so besonders ehrerbietig vor. Fast hündisch, denkt Eleni verächtlich. Dabei war sie von jeher vorsichtig. Es gibt nur ein einziges autorisiertes Pressefoto von ihr. Selbstverständlich mit Hut. Sie geht nie ohne Hut auf die Straße. Sie hat viel an sich verändert und über lange Jahre sogar in der Öffentlichkeit eine Sonnenbrille getragen. Mit dem Alter hat sie weniger Angst, erkannt zu werden. Aber man kann nie wissen.

42

Luna hat sich beharrlich geweigert, mit nach Venedig zu kommen.

»Zu viel zu tun!« Darauf besteht sie, als Roman sie im Auto heimbringt. »Haltet mich auf dem Laufenden!«

Sam sitzt schweigend auf dem Beifahrersitz, während Roman die Seidmannsdorfer Straße hinauffährt. Es ist kühl. Sie fröstelt. Was soll sie in Venedig? Eine Ausstellung ansehen, vor der sie Angst hat, aus Gründen, die sie nicht versteht? Von einer Künstlerin, deren Namen auf einer Karte steht, die ein Unbekannter unter ihrer Tür durchgeschoben hat?

»Was soll ich Blanca sagen?«, fragt Sam. Ihre Stimme klingt rostig in der Stille des Wagens.

»Die Wahrheit?«, schlägt Roman vor. Er sieht konzentriert auf die Straße. Ein Polizeiwagen mit Blaulicht, aber ohne Martinshorn jagt an ihnen vorbei.

»Was ist die Wahrheit?«

»Eine Interpretation.«

Sam lacht auf. »Danke. Das hilft mir jetzt wirklich weiter.« Immer noch fühlt sie sich wie hinter Glas. Sie sieht die Dinge nah und doch fern, verzerrt und seltsam unvertraut.

»Es ist doch so, Sam!« Er nimmt eine Hand vom Steuer und legt sie auf Sams. Seine Finger sind warm und sehnig.

»Zwei Menschen machen gemeinsam eine Erfahrung, und daraus werden zwei Geschichten. Deswegen gibt es Journalismus. Deswegen werden Romane geschrieben. Eine riesige Branche lebt davon, dass es die Wahrheit nicht gibt.«

»Ich sehe meine Geschichte nicht als passendes Thema für eine Zeitungsstory.«

»Man muss sich irgendwann entscheiden. Will man etwas wirklich wissen? Um ein Geheimnis zu lüften, braucht es Kommunikation. Man gibt etwas von sich preis – und erfährt etwas Neues.«

»Ist das eine kommunikationswissenschaftliche Theorie?«

»Nein. Eine Lebenserfahrung von Roman Hallstein.«

»Was soll ich preisgeben? Die Eckdaten? Dass John Carrick meine Tante kannte, in sie verliebt war? Dass jemand eine mit einem einzigen Satz beschriebene Karte unter meiner Tür durchgeschoben hat? Dass meine Familie mein Leben lang meine Loyalität einforderte, während sie selbst mit ziemlich wichtigen Dingen hinter dem Berg hielt?«

»Es gibt letztlich zwei Probleme, nicht wahr?« Roman hält vor Blancas Haus und stellt den Motor ab. »Das eine ist die Frage, was da gerade passiert. Du hast eine Entdeckung gemacht, die die Vergangenheit betrifft, dröselst diese auf und stößt dabei auf neue Entwicklungen.«

Sam schwirrt der Kopf.

»Sagen wir so: Grace starb, und 30 Jahre später taucht John Carrick auf sowie eine Karte unbekannter Herkunft, die dir nicht geheuer ist. Das zweite Problem ist ein ganz anderes, Sam: Deine Familie dominiert dich. Du willst da raus, aber du gibst nicht zu, dass du es willst. Deswegen findest du keinen Weg.«

»Danke für die Belehrung.« Was für ein Quatsch. Sie reibt sich die Stirn. Was geht ihn das eigentlich an?

»He!« Er dreht sich zu Sam. Seine Augen sind im Halbdunkel schwarz und reflektieren das Licht der Straßenlampe. »Nicht böse gemeint. Nur eine Analyse.«

»Ich brauche keinen Analytiker«, flüstert Sam. »Eher jemanden, der mich liebt.«

Roman beugt sich zu ihr herunter. Er küsst ihre Stirn, ihre Lider, ihre Wangen. Dann vereinigen sich ihre Lippen. Er schmeckt nach Alkohol, nach Nervosität und Erregung.

Sie erwidert den Kuss voller Sehnsucht. Bis etwas auf das Autodach schlägt.

Entsetzt fahren sie auseinander.

»Was war das?«, keucht Sam. Schlagartig ist sie nüchtern.

Roman starrt derangiert auf die Straße. »Als wenn etwas …«

»Könnte ein Zweig gewesen sein. Ein Ast.« Sam klammert sich an diese logische Erklärung.

»Vielleicht. Hier sind lauter Kastanienbäume.« Roman windet sich auf seinem Sitz, sucht die Straße ab.

»Da sind noch keine Kastanien dran!« Sam hat Angst. Sie will weg aus der stillen Straße, entweder in Blancas Haus, oder einfach mit Roman davonfahren. »Wir könnten mit dem Wagen nach Venedig aufbrechen«, flüstert sie.

»Keine gute Idee.« Er klopft auf das Lenkrad. »Das schafft die alte Pistensau bestimmt nicht mehr. Spätestens am Brenner bricht sie zusammen.« Er sieht sich um. »Alles ruhig.«

»Was soll schon sein!« Sam lehnt den Kopf zurück.

»Buche ich uns jetzt zwei Tickets?« Er hat sein Smartphone in der Hand.

»Okay.« Sie legt die Hand an die Tür. »Schickst du mir eine SMS, wann es losgeht?«

»Klar.«

»Gute Nacht!« Fluchtartig verlässt Sam das Auto und eilt den Gartenweg entlang. Als sie den Schlüssel im Schloss umdreht, ruft Blanca aus der Küche: »Sam?«

Sam wirft die Tür hinter sich zu, ein wenig zu laut, wie sie selbst findet. Sie hat ihre Hände und Füße nicht gut im Griff.

»Ja, ich bin es!« Sie geht in die Küche, küsst ihre Großmutter auf das seidige Haar und setzt sich ihr gegenüber. Blanca hat ein Glas Wein vor sich stehen.

»Eleni Tsiadis«, sagt Sam.

»Und?«

»Hast du die Bilder gesehen?«

Blanca nickt langsam. In ihren Augen steht Angst. Ihre Hände zittern.

»Roman und ich fliegen morgen nach Venedig. Dort hat Eleni Tsiadis eine Ausstellung, am Sonntag ist Finissage.«

Blanca sieht Sam lange in die Augen. Schließlich fragt sie: »Warum?«

»Ich muss die Bilder sehen. In natura. Du weißt warum.«

Blanca steht auf, holt ein zweites Weinglas. Es ist eines von den schweren, kristallenen aus dickem roten Glas, in dem der Wein eine blutrote Farbe annimmt. Blanca verschüttet ein paar Tropfen.

»Sie sind grässlich«, sagt sie.

Sam nickt. Was sie auf Romans Handy gesehen hat, reicht für ein erstes Urteil. »Sie machen einem Angst.«

Blanca treten Tränen in die Augen. Zwei silberne Tropfen kullern in Zeitlupe über den Lidrand und rinnen über ihre Wangen.

»Ich komme spätestens am Sonntagabend oder Montagmorgen zurück!« Sam beugt sich vor und legt ihre Hand auf Blancas.

»Darum geht es nicht. Du reitest dich in etwas rein. Rührst an Dinge, die dich in den Abgrund reißen können.«

Roman hat recht, denkt Sam. Immer hat die Familie mir vorgekaut, was richtig und falsch ist. Welchen Weg ich einschlagen soll und welchen nicht. Wo Schaden lauert und wo nicht. Und ich finde nicht raus aus diesem Irrgarten.

»Die Einzige aus der Familie, die in einen Abgrund gerissen wurde, scheint mir Grace zu sein«, entgegnet sie scharf.

Blanca fährt hoch.

Bin ich grausam?, fragt sich Sam. Die Dominanz der Familie, die ihr jahrelang Schutz und Geborgenheit bedeutete, erstickt sie jetzt. Wie will sie da rauskommen, wenn nicht mit Gewalt? »Ich muss damit klarkommen, dass die Dinge in der Familie May ganz anders gelagert sind, als ich bisher dachte. Dass du eine zweite Tochter hattest, das Andenken an sie aber vernichtet hast. Welche Mutter kann so etwas tun?«

Blanca zieht ihre Hand unter Sams hervor.

Sie ist zu weit gegangen! Sams Magen krampft sich zusammen.

»Es gibt Mütter«, erläutert Blanca sachlich, »die noch ganz andere Dinge tun. Denk daran. Gute Nacht.«

Sie steht mühsam auf und geht aus der Küche, wobei sie stark hinkt und sich für Augenblicke am Türrahmen festhält.

Sam starrt ihr nach. Die Küche um sie scheint zu zerbrechen wie dünnes Glas. Panisch kämpft sie um Luft. Blancas schwere Schritte draußen auf der Treppe verklingen. Sam lehnt sich gegen die Wand. Sie will weinen, endlich alles loswerden, aber die Tränen muss sie sich abringen, ihrem Körper mit aller Kraft entreißen. Doch dann kommt die lang erwartete Eruption. Der Vulkan, so lange unbemerkt, spuckt alles Üble, Dunkle, Brennende aus den Tiefen von Sams Seele.

Sie schlägt mit den Fäusten auf den Tisch, gegen die Wand. Sie beugt sich über die Spüle, weil sie meint, sich erbrechen zu müssen, aber es kommt nichts. Schließlich sinkt sie auf den Boden und hämmert mit den Händen auf die kalten Fliesen, bis ihr die Handballen wehtun. Irgendwann sinkt ihr Kopf nach hinten. Sie lässt ihren Schädel ein paar Mal gegen den Küchenschrank knallen, während sie blind vor Tränen an die Decke starrt und um Atem ringt.

»Lass das!« Die Stimme ist nicht unfreundlich. Etwas Weiches schmuggelt sich zwischen Sams Kopf und den Küchenschrank. Blanca hat Mühe, sich neben ihre Enkelin zu hocken. »Na, na!« Sie legt Sam den Arm um die Schulter. »Kleines! Mein Schmuckstück!«

Sam kann nichts sagen. Sie ist wütend auf Blanca und gleichzeitig erstarrt vor Angst, durch ihre unbedachte Bemerkung vorhin den einzigen Menschen verloren zu haben, den sie wirklich von Herzen liebt und an dem sie hängt, mit jeder Faser ihres Lebens.

»Es tut mir leid«, schluchzt Sam.

Blanca lacht leise. »Weiß ich doch.«

»Es ist alles so schwer.«

Blanca murmelt besänftigende Worte, während sich Sams Atem endlich beruhigt. Wie von fern dringt das Tonsignal ihres Handys zu ihr durch. Eine SMS. Wahrscheinlich von Roman. Sie kann jetzt nicht aufstehen. Sie hockt an Blanca gekuschelt auf dem kalten Boden und hofft, dass sie sich aus dieser Umarmung niemals mehr lösen muss.

43

Sam wacht auf, weil Roman um acht Uhr Sturm klingelt. Ehrlich gesagt weiß sie nicht mehr, wie sie nach all den geweinten Tränen und den Beteuerungen, dass sie Blanca liebt und dass Blanca sie liebt und dass sie sich immer umeinander kümmern werden, ins Bett gekommen ist. Ihr Gesicht ist geschwollen, sie kann kaum die Augen öffnen. Blanca geht an die Tür.

»Sam?«, ruft sie. »Beeil dich. Eure Maschine geht um zwölf.«

»Hast du meine SMS nicht gelesen?«, beschwert sich Roman, kaum dass sie die Treppe hinunterstolpert.

Seine Erklärungen perlen an Sam ab.

»Ich mache dir einen starken Kaffee, und dann nichts wie los!«, befindet Blanca. »Pack schnell ein paar Sachen zusammen.«

Sam schnappt sich ihr Portemonnaie, ihren Ausweis, die Kreditkarte. Sie hat nicht viel Kleidung mit zu Blanca genommen, aber anscheinend ist es aussichtslos, Roman davon zu überzeugen, schnell in ihrer Wohnung vorbeizufahren. Sie muss ihn dennoch dazu bringen, sie hat nichts Schickes anzuziehen.

»Bis zwölf, das schaffen wir leicht«, protestiert Sam schwach.

»Sam, der Flieger startet in München! Es gibt keine Direktflüge von Nürnberg nach Venedig.«

»Verdammt!«

Das bedeutet zweieinhalb Stunden auf der Autobahn. Wenn die Strecke frei ist. Sam gerät in Panik, sieht auf die Uhr. 8:20 Uhr.

Sie rasen los. Blancas flüchtiger Kuss brennt auf Sams Wange. Noch nie fiel es ihr so schwer, sie zu verlassen. Nur für zwei Tage, denkt sie, während wieder Tränen über ihre Wangen rinnen. Sie setzt ihre Sonnenbrille auf, obwohl der Tag verhangen ist.

Roman hält in der Pfarrgasse und lässt den Motor laufen, während Sam ein Kleid und ihre Schminksachen einpackt.

Sie stehen eine halbe Stunde bei Pfaffenhofen im Stau. Danach holt Roman aus seinem Wagen heraus, was geht. Um 11:15 erreichen sie das Parkhaus am Flughafen. Roman hat sie zum Glück schon online eingecheckt. Das Boarding ist für 11:30 angesetzt. Sie haben nur Handgepäck. An der Sicherheitskontrolle stehen lange Schlangen. Roman überredet ein paar Leute, sie vorzulassen, und danach müssen sie zum Gate rennen.

Sam laufen in einem fort die Tränen übers Gesicht, als die Maschine abhebt, und sie versteht selbst nicht, warum. Für die Alpengipfel unter sich, die aus den Wolken ragen, hat sie keinen Blick. 40 Minuten später befinden sie sich im Landeanflug auf Venedig. Roman zeigt aus dem Fenster. Unter ihnen streckt sich die alte Stadt in der Lagune aus. Die Sonne scheint, das Meer leuchtet in einem unwirklichen Türkis. Ein weißer Dampfer schiebt sich durch den Giudecca-Kanal.

Die Fahrt vom Airport ins Zentrum mit einem klapprigen Fährschiff lässt Sam über sich ergehen wie einen Traum, der sich nicht zwischen gut und böse entscheiden kann. Sie und Roman stehen an der Reling, wo die Sonne sie blendet und der frische Wind Gischt auf ihr Haar weht. Wie ein Paar auf Hochzeitsreise, denkt Sam. Sie sieht einige Pärchen, auf die diese Vermutung zutreffen könnte. Welche Stadt, wenn nicht die Serenissima, steht mit all ihrem Glanz für die Romantik wie für die dunklen Abgründe der Liebe!

Roman hat zwei Zimmer in einem Hotel in Dorsoduro gebucht. Es befindet sich nicht weit vom Anleger des Flughafenshuttles und in Fußweite des Peggy-Guggenheim-Museums. Als sie einchecken, ist es halb drei.

»Gehen wir gleich los?«, fragt Sam.

Roman nickt. Er schließt die Tür zu seinem Zimmer auf. »In 20 Minuten unten?«

Sam ruft Blanca an.

»Geht es dir gut?«, fragt Blanca.

»Nein. Aber ich schaffe es.« Noch gestern um diese Zeit hätte Sam mit ›Ja‹ geantwortet. Sie legt sich für ein paar Minuten aufs Bett, bevor sie die Dusche nachholt, die sie heute Morgen verpasst hat. Anschließend zieht sie die schwarze Hose und die bestickte Bluse von Luna an. Ihr Zimmer geht auf die Gasse hinaus. Direkt unter ihr sitzt ein Mann mit einem Schifferklavier und spielt Operettenmelodien. Leute stehen in der Sonne und plaudern. Touristen blättern in Reiseführern. Ein paar Meter weiter verkauft eine Frau an einem Kiosk schreiend bunte Halstücher.

Sam nimmt ihre Handtasche und klopft an Romans Tür. »Sollen wir los?«

In zehn Minuten haben sie das Peggy-Guggenheim-Museum erreicht. Auf dem Weg dorthin sprechen sie kaum. Eigentlich haben sie beide seit heute Morgen wenig geredet. Es kommt Sam vor, als wäre sie auf der Flucht, und dieses Gefühl löst eine unbestimmte Angst in ihr aus. Als könnte ich nie wieder zurück, denkt sie. Als hätte man mich vertrieben und alle Rückwege abgeschnitten.

Sie lösen zwei Eintrittskarten.

Die Bilder sind nach Farben angeordnet. Zum ersten Mal erwacht in Sam echtes Interesse. Das ist ein ganz anderer Zugang als der, den sie für Victorias Ausstellung gewählt hat. Er drängt sich geradezu auf. Eleni Tsiadis malt unikoloristisch, wie im Flyer angemerkt ist. Jedes Bild basiert auf einem einzigen Farbton, der durch die Art, wie die Acrylfarbe aufgetragen ist, variiert. Mal mit viel durchscheinendem Leinwandweiß, dann mit einem Klecks Komplementärfarbe. Weil die Farbe mit großen, einmaligen und kaum nacharbeitenden Bewegungen aufgetragen wurde, erscheinen die Bilder bewegt. Jetzt geht Sam auf, woher sie den Eindruck hatte, in die Tiefe gesogen zu werden: Meist verteilt Eleni Tsiadis die Farbe mit einer Schneckenbewegung auf das Zentrum des Bildes zu.

»Düster«, stellt Roman fest, als sie von Purpur zu Blau und letztlich zu Schwarz wechseln.

Sam nickt. Die Bilder vermitteln Sehnsucht nach dem Tod, aber sie sind mehr als das. Sie sind mehr als finstere Aufschreie aus einem Ort jenseits der bekannten Welt. Sam fühlt einen versteckten Triumph in ihnen aufscheinen. Sie schluckt die

Tränen hinunter. Es ist, als wolle ihr die Künstlerin suggerieren: Es gibt Hoffnung. Greif zu und brich dir dein Stück davon ab!

Die Ausstellung ist gut besucht. Viele Menschen drängen sich vor einzelnen Bildern, diskutieren, gestikulieren, nicken, widersprechen einander. Sie hört Englisch, Italienisch, Deutsch, Französisch, Russisch.

»Victoria kann von einem solchen Publikum nur träumen«, sagt sie wie zu sich selbst.

»Venedig und Coburg – das sind zwei unterschiedliche Konzepte«, erwidert Roman schulterzuckend.

»Willst du mich trösten?«

Er grinst. »Kongresshaus am Rosengarten und Peggy-Guggenheim-Stiftung – die spielen beide in verschiedenen Ligen.«

»Warum wollte jemand, dass ich die Bilder sehe?«, fragt Sam, nachdem sie zweimal durch die Räume gestreift sind. »Und wer wollte das?« Sie treten auf die Terrasse hinaus, die direkt am Canal Grande liegt. Gondeln schaukeln in den von Frachtkähnen aufgeworfenen Wellen, überfüllte Vaporetti stampfen auf Anlegestellen zu. Auf dem schmutzigen Wasser glitzern blendende Sonnenflecken. Ein älterer Herr in einem hellen Anzug mit einem Stetson auf den Knien rutscht ein Stück an den Rand einer Bank, damit sie sich setzen können. Sie sieht die stilisierte Handschrift auf der Karte vor sich: Kennen Sie die Bilder von Eleni Tsiadis?

»Ich habe meine Beziehungen im Journalistenverband spielen lassen und Karten für die Finissage morgen bekommen. Die Künstlerin selbst ist auch anwesend«, sagt Roman.

Sam schluckt. »Ich weiß nicht ...«

»Die Malerei spricht für sich, aber der Mensch ist mehr als sein Werk. Ich finde, du solltest sie treffen, mit ihr reden.«

»Du meinst, der Absender dieser ominösen Karte bezog

sich, als er ›Kennen Sie Eleni Tsiadis?‹ schrieb, auf die Künstlerin selbst? Auf die Person?«

»Schwer zu sagen. Womöglich ist Eleni Tsiadis ein Schlüssel zum Verständnis der vielen Geheimnisse in deiner Familie.«

»Ich wüsste nicht, wie das vor sich gehen sollte.«

»Das haben Geheimnisse so an sich. Sie geben sich meistens ziemlich hermetisch, bis man sie gelüftet hat.«

Sam versteht gar nicht mehr, warum sie den Mann neben sich den ›ratlosen Roman‹ genannt hatte. Er handhabt die ganze Situation, als habe er monatelang dafür trainiert.

»Eigentlich gibt es kein Geheimnis.«

»Doch! Es lautet: Warum hat deine Familie Grace verschwiegen?«

»Weil meine Mutter ihre Bilder für sich vereinnahmt hat. Sie hat ihre Chance gesehen. Ich dachte, darüber wären wir uns einig.«

»Ich glaube nicht. Ich glaube, das wäre zu simpel. Es hätte sie doch nicht viel Selbstüberwindung gekostet, Grace beim Namen zu nennen und kundzutun, dass sie sich wünscht, ihre Schwester würde in ihrem, also Victorias, Werk weiterleben. Unsere Gesellschaft liebt solche emotionalen Fußnoten.«

Sam kann das nicht nachvollziehen. Sie schweigt.

»Deine Großmutter hätte sich nie darauf eingelassen, Grace in der Erinnerung der Familie sterben zu lassen, wenn es nur um Gemälde gegangen wäre! Kunst ist etwas Grandioses, aber so wichtig ist sie auch wieder nicht.«

Da ist etwas dran, vermutet Sam. Doch die Fäden all der vielen gangbaren Lösungen und Begründungen entgleiten ihr, es ist ihr unmöglich, stringent in eine Richtung zu denken. Sobald sie ein Argument aufgreift, treibt es weg.

Sie blickt auf den Kanal und die Palazzi auf der anderen Seite. Venedig ist ein Wunder und eine Illusion, prallvoll mit dem Leben der Touristen, die es überschwemmen, angefüllt mit Kunst, Malerei, Musik. Wäre ich ein kreativerer Mensch, wenn ich hier leben würde?, fragt Sam sich. Ihre Mutter hat alles getan, um Sams Talent zu fördern, ihr Interesse am Malen zu wecken und entwickeln zu helfen. Dennoch hat Sam – bei allem Respekt vor der Kunst – dieser Welt des sich immer weiter vervielfältigenden Schaffens nie so tiefe Bedeutung beigemessen.

Der Mann neben ihr steht auf, setzt sich den Hut auf den Kopf und nickt Sam und Roman zu.

»Good-bye«, sagt er mit starkem italienischen Akzent. Dann bleibt die Hand mit dem Hut in der Luft hängen. Er starrt Sam an.

»Good-bye, Sir«, antwortet sie höflich.

Sein Blick klebt an Sam, sie bekommt Gänsehaut. Behauptet man nicht immer, die Italiener seien Schwerenöter? Will er mit ihr anbandeln? Du lieber Himmel, der Mann ist mindestens 70, und sie hat Roman neben sich sitzen. Außerdem ist sie trotz Lunas eleganter Bluse nicht konkurrenzfähig gegenüber den so klassisch wie selbstsicher hergerichteten Italienerinnen.

Das Gesicht des Mannes ist von winzigen Fältchen durchzogen. Die Haut wirkt gelbstichig. Er lässt den Stetson sinken. Leckt sich über die Lippen. Will etwas sagen, blickt entschuldigend zu Roman, der noch gar nicht mitbekommen hat, dass etwas im Schwange ist, weil er auf den Kanal blickt. Sieht wieder Sam in die Augen. Doch ehe er ansetzen kann, etwas zu sagen, ruft ihn jemand.

»Signor Loredan!«

Mit Bedauern im Blick reißt er sich von Sam los und geht davon.

»Was war das jetzt?« Sam sieht ihm nach. Schlagartig ist ihr heiß in der Sonne.

»Was denn?«

»Der Mann – er hat mich angesehen, als würde er den Leibhaftigen persönlich angaffen.«

»Vielleicht steht er auf Germaninnen.«

»Quatsch.« Sam boxt Roman die Schulter.

Er grinst. »Sollen wir was essen gehen?«

»Beste Idee seit Langem. Mir knurrt der Magen.«

44

Seit Sam sich von ihr abgewandt hat, sind Victorias Wochenenden Trümmerfelder. Jahrelang hat sie den Brauch des gemeinsamen Essens und des Friedhofganges bewahrt, darauf bestanden, weil sie meinte, dass ihr genau das zustünde: die zur Tradition geronnene Zuwendung ihrer Kinder. Mit Igor allerdings verbindet Victoria etwas anderes; etwas, das kein ständiges Zusammensein benötigt, weil es ohnehin nicht zerbrechen kann. Mit ihm teilt Victoria die Erfahrung des Zurückgesetztseins.

Selbstmitleid, denkt sie, ich zerfalle in Selbstmitleid. Sie steht auf dem Rasen, den Robert heute Morgen frisch gemäht hat. Die kurzen Halme piken in ihre nackten Füße. Sie mag den frischen Duft nach Gras.

Diesen John Carrick hatte sie vergessen. Er war nicht mehr als der Schatten einer Erinnerung. Sie wusste nicht mehr, dass sie und Grace versucht hatten, ihn loszuwerden, indem sie das Treffen in Athen vorschlugen. Sie ist sich nicht einmal sicher, ob Grace nicht doch die Absicht hatte, die verabredete Taverne aufzusuchen. Das menschliche Gedächtnis ist im

Grunde nichts als eine mittelprächtig funktionierende Autosuggestion, überlegt Victoria, während sie langsam über den Rasen geht, zurück ins Haus. In der Küche setzt sie Teewasser auf. Wir wollen uns einreden, dass alles, was in unserem Leben geschieht, miteinander zusammenhängt; doch letztlich ist alles im Universum Zufall, wir wollen bloß den Glauben an einen verborgenen Sinn nicht aufgeben.

Sie trinkt ihren Darjeeling in kleinen Schlucken. Die Verletzungen in ihrem Gesicht sind nicht tief, aber die Schnitte brennen und die Haut spannt. Die gehässigen, feinen Schmerzen machen sie nervös. Gewiss auch die tieferen Wunden, der kaum verwundene Schock, der Unfall, der sich mehrfach überschlagende Wagen, die Fotos. Sie ist zum Ort des Geschehens gefahren, mit dem Leihwagen, den sie sich einen Tag nach dem Unfall zulegte. Sie hat nichts gefunden. Nur tiefe Furchen im Acker. Sonst nichts.

Victoria greift nach dem Telefon. Es ist doch gut, dass Robert nicht da ist. Denn jetzt hat sie etwas vor, etwas, das sie gegebenenfalls noch weiter an den Rand des Wahnsinns bringt, etwas, womit sie sich selbst verletzen wird, schlimmer als auf der B 22. Kann sein, dass sie dem Untergang geweiht ist. Ohne die Kunst kann sie nicht leben, und wenn es so ist, dass Menschen für das, wofür sie existieren, töten, dann … Victoria denkt den Satz nicht zu Ende. So vieles treibt sie um, seit Sam mit dem Foto kam, seit Blanca den Schlaganfall erlitt, seit sie den Unfall hatte. Seitdem. Seit jenem Tag auf den Klippen. Sie schließt die Augen, das Telefon rutscht ihr aus der Hand und schlägt auf die Tischplatte. Sie bemerkt es nicht, in ihrem Kopf hört sie nur den Wind, der über zerklüftete Felsen und trockene, warme Erde fegt, hört die Zweige eines Feigenbaumes rascheln.

Warum musste Grace ihr das antun? Dieses abgekartete Spiel zwischen Schwestern spielen? Grace, die dunkle, die schöne gegen Victoria, die fahle, die hässliche? Du bist nicht hässlich, hat Blanca ihrer jüngeren Tochter oft gesagt, wenn sie sich bei ihr ausweinte. Wenn sie einen Pulli oder einen Rock aus Grace' Schrank heimlich anprobiert hatte, aber Grace dahinterkam und ein irrsinniges Gezeter vom Stapel ließ. Grace, die schon als Jugendliche Geld hatte, weil sie ab und zu Malstunden für Kinder gab und sich was dazuverdiente, indem sie Glückwunschkarten für den kleinen Papierwarenladen in der Ketschengasse zeichnete. Alles Jobs vermittelt von Isaac, dem stolzen Vater.

Victoria sieht zum ersten Mal, in welcher Zwickmühle ihre Mutter steckte. Sie fragt sich, ob Mütter diese ewigen Konflikte zwischen Durchsetzungswillen und Gutmütigkeit an ihre Töchter vererben und ob so der Zank durch die Generationen driftet, wie eine Naturgewalt, der niemand Einhalt bieten kann.

Blanca hätte Isaac deutlicher sagen sollen, was sie sah: eine geliebte und eine ungeliebte Tochter, einen Schwan und ein hässliches Entlein. Victoria ist sogar überzeugt, dass Blanca vielmals mit Isaac geredet hat, aber dass sie nicht durchkam, nicht gegen einen so dominanten Mann. Isaac hatte etwas von einem Kauz. Es gab eine Menge Dinge, die er nicht ertrug. Hitze, Luftzug, einen unordentlichen Garten, ein zugeparktes Gartentor. Mein Vater war ein schwieriger Mensch, denkt Victoria ohne Groll. Es ist lang her. Blanca hat ohne ihn sicher ein besseres, unkomplizierteres Leben, und sie hat sich als Witwe gut eingerichtet. Robert ist immer für sie da, für die typischen Männersachen, Apfelbaum ausästen, Handwerker instruieren, den Wagen zur Inspektion fahren, und Robert tut alles für Blanca, er hängt an seiner Schwiegermutter, er mag sie.

Kurz bleibt Victorias Aufmerksamkeit bei ihrem Mann hängen. Selbst am Samstag treibt es ihn in letzter Zeit in die Firma. Dabei ist das Schlimmste doch ausgestanden! Irgendwie versteht sie ihn. Das Haus strahlt am Wochenende schlechte Laune aus, seit Sam sich abgesetzt hat und Nikolaj zugibt, dass er lieber mit Trixi alleine den Samstag verbringt. Wenigstens will er morgen mit auf den Friedhof kommen. Vielleicht mit Trixi.

Sie haben ja recht, denkt Victoria. Liest man nicht allenthalben, dass erwachsene Kinder ihre eigenen Wege beschreiten müssen, um ihre Erfahrungen zu machen?

Victoria hat immer alles getan, was der Familie half. Was erwartet wurde. Dafür hat sie im Umkehrschluss beansprucht, gedeckt zu werden. Nicht fallengelassen zu werden. Bis ihr Vater in seinem grenzenlosen Egoismus diese ungeschriebene Übereinkunft aufkündigte.

Sie hätte es sich denken können. Mit seiner Loyalität konnte Victoria nicht rechnen. Umgekehrt wäre es anders gewesen. Wenn Grace aus Griechenland zurückgekehrt wäre und sie, Victoria, nicht – Isaac hätte die Sache unter den Teppich gekehrt und dafür gesorgt, dass die alte Geschichte nie mehr gelüftet würde. Es hätte keine Lügen gegeben. Und Sam …

Victoria nimmt das Telefon wieder in die Hand. Sie vermisst Robert, die Tage dehnen sich endlos vor ihr aus, und sie kann nicht malen, nichts planen, nicht experimentieren, seitdem Sam ihr das verräterische Foto gezeigt hat. Sie hat es nicht böse gemeint, denkt Victoria, und ich hätte die Chance nutzen und ihr alles erzählen sollen. Auf diese Weise hätte ich es in der Hand gehabt, die Geschichte zu lenken. Weil ich unwirsch reagiert habe, hat sie erst recht Verdacht geschöpft.

Victoria muss zugeben, dass sie an Sams Stelle nicht anders gehandelt hätte. Also hat Sam doch etwas von mir, überlegt sie und lächelt dabei. Sam, die sich mit allem so schwertut, die kämpfen muss, um dahin zu kommen, wo sie hinwill.

Sam, die oft glaubt, dass das höchste Ziel ihr nicht zusteht, und die sich deshalb lieber für ein bescheideneres entscheidet. Das passt nicht zur Familie May. Weder zu Victoria noch zu Grace. Beide Schwestern, die auf dem alten Foto so harmonisch posieren, wollten immer das Beste, das Größte, das, was den meisten Ruhm versprach. Begreiflich, dass sie einander im Weg waren. Und wenn es nur um die Kunst gegangen wäre … aber ein Mann!

Victoria vermisst Robert, weil sie es vermisst, dass jemand sich im Haus regt und die Last der inneren Einsamkeit mildert. Robert weiß nicht, was wirklich passiert ist an jenem Tag auf der Klippe. Ihr Mann steht auf ihrer Seite.

Das ist das Mindeste.

Wenigstens eines, dessen Victoria sich sicher sein kann. Und wenn er nicht da ist, nutzt sie das aus. Sie geht das Telefonbuch holen und macht sich daran, die Coburger Hotels abzuklappern.

45

Sam sitzt auf einer Bank an der Riva degli Schiavoni. Die Sonne geht unter, die Salutekirche steht schwarz wie ein Schattenriss im orangen Abendlicht. Das Wasser nimmt opake, satte Farben an. In den Vaporetti ist die Beleuchtung angeschaltet. Die Boote sind nicht mehr überfüllt, und die Touristenpulks haben sich verflüchtigt. Allein die allgegenwärtigen Verkäufer von idiotischem Krimskrams wie funkelnden Gummibällen oder kichernden, kreischbunten Püppchen haben vor der mageren Ausbeute noch nicht kapituliert.

Roman ist in Richtung Arsenale unterwegs, er will ein paar Fotos schießen.

Sanft schwappt das Wasser gegen die Uferbefestigung. Die Gondeln, zu mehreren zusammengezurrt, tanzen auf dem Wasser. Von den Cafés am Markusplatz tönen Musikfetzen herüber. Geigen, Saxofone, Pianos. Nichts bleibt unbemüht, um den vergleichsweise wenigen Besuchern, die in Venedig übernachten, das Geld aus der Tasche zu ziehen.

Hinter Sam liegen der Dogenpalast und die teuersten Hotels der Stadt. Sie schließt einen Moment die Augen, lauscht den ungewohnten Klängen, den Wellen des Wassers, dem leisen Klacken, wenn die vertäuten Gondeln aneinanderstoßen, den nahen und fernen Stimmen von Menschen. Aus heiterem Himmel hat sie das Gefühl, beobachtet zu werden. Sie hatte es schon letzte Nacht, in Romans Wagen, vor Blancas Haus. Schob es auf die Aufregung um Johns seltsame Bemerkungen, das ganze Chaos, das mit dem Foto begonnen hat. Doch hier, in der gedämpften abendlichen Betriebsamkeit Venedigs, ist das Gefühl noch deutlicher.

Sam öffnet die Augen. Zwei Gondolieri machen sich an ihren Gondeln zu schaffen. Eine Frau hakt sich bei einem Mann unter und deutet auf die Insel San Giorgio, die jenseits des mittlerweile dunkelvioletten Kanals im Abendlicht aufleuchtet. Langsam dreht Sam sich um. Im Café gegenüber des Dogenpalastes sitzen nur wenige Paare. Der Saxofonist müht sich redlich, Stimmung aufkommen zu lassen. Ein Mann hockt allein und liest in einem Buch.

In den Rundbögen des Dogenpalastes nisten Schatten. Über die Brücke, die den nächsten kleinen Kanal überspannt, rennen ein paar Jugendliche, rufen einander offenkundig witzige Dinge zu und brechen in wildes Gelächter aus.

Sam atmet tief durch. An jedem Eck, in jedem Café oder hinter jedem Fenster könnte jemand sein, dessen kühler, taxierender

Blick sie beunruhigt. Ihr Herz klopft schneller. An der Vaporetto-Anlegestelle studieren zwei Frauen die Abfahrtszeiten. Ein junger Typ mit wirrem Bart liest die Gazzetta dello Sport.

Warum sollte mich jemand beobachten?, versucht Sam sich zu beruhigen.

Schlagartig wird ihr klar, dass nichts anderes wahrscheinlich ist. Wer auch immer ihr die Karte mit der Frage *Kennen Sie die Bilder von Eleni Tsiadis?* unter der Wohnungstür durchschob, hatte die Absicht, sie nach Venedig zu locken, sie dazu zu bringen, die Ausstellung im Peggy-Guggenheim-Museum anzusehen. Es war nichts anderes zu erwarten, als dass sie sofort im Internet nach Eleni Tsiadis suchen und damit auf die aktuelle Ausstellung stoßen würde.

Warum?, zermartert Sam sich den Kopf. Was habe ich mit Eleni Tsiadis zu tun? Unversehens vermisst sie Roman, seine unerschütterliche Anwesenheit, die Sicherheit, die sie spürt, wenn sie ihn neben sich weiß.

Schätzungsweise geht es gar nicht um Grace und das Geheimnis, versucht sie sich zu besänftigen. Eine Menge Leute aus der Kunstbranche wissen, dass ich Mutters Ausstellung vorbereite. Wollte ihr jemand eine Anregung geben?

Die Nervosität lässt sich nicht unterdrücken. Sam steht auf und schlendert betont lässig am Wasser entlang. Sie rechnet nicht mit einem Angriff. Sie spürt, dass es um etwas Subtileres geht.

John Carrick, schießt es ihr durch den Kopf. Hat er die Karte unter ihrer Tür durchgeschoben? Zeit dazu hätte er gehabt.

Nur: Warum sollte er das tun?, zerbricht Sam sich den Kopf. Er hatte mehr als genug Gelegenheit, ihr von Angesicht zu Angesicht von Eleni Tsiadis zu berichten. Es brauchte keine anonyme Karte.

Wer dann?

Sam tastet in der Handtasche nach ihrem Handy. Normalerweise wäre es ihr peinlich, am späten Abend mit der Tür ins Haus zu fallen, bei Nachbarn, die sie kaum kennt. Aber sie hat Angst. Sie ist zermürbt. Irgendwo tief in ihrem Inneren ist sie überzeugt, dass die Person, die ihr die Karte geschickt hat, genau das beabsichtigt: sie zu zermürben.

Jenny Mohr lebt in der Wohnung unter Sam. Sie ist alleinstehend, ein paar Jahre jünger als Sam. Nach zweimaligem Klingeln geht sie an den Apparat.

»Mohr?«

»Hallo, hier spricht Sam May.«

»Hallo.« Jennys Tonfall schwankt zwischen Überraschung und Gereiztheit.

»Ich wollte Sie etwas fragen. Gestern, hat da jemand für mich Post abgeben wollen? Es ist nämlich so«, Sam lacht verlegen, »ich wohne eine Weile bei meiner Großmutter. Sie hatte einen Schlaganfall.«

»Gestern? Stimmt, da hat jemand geklingelt. Am späten Nachmittag. Wollte Ihnen was reinreichen.«

Sam bricht der Schweiß aus.

»Wer war das?« Sie hofft inständig, dass Jenny ihre Panik nicht heraushört.

»Ein Mann, sah schick aus. Blauer Anzug, gut geschnitten, hatte eine Umhängetasche von Eastpak über der Schulter.«

»Hat er irgendwas gesagt?«

»Gesagt, naja …« Im Hintergrund rauscht etwas. »Er meinte nur, er wollte etwas für Sie reinreichen. Ich bot ihm an, es zu nehmen, aber er sagte, es wäre eine Einladung, ein ganz flacher Umschlag, und der würde wohl unter der Tür durchpassen. Er wedelte mit einem Kuvert. Ich dachte mir nichts dabei. Er stiefelte die Treppen hinauf zu Ihrer Wohnung und kam kurz darauf wieder runter.«

»Alles klar.« Sam presst die Lippen aufeinander. »Wie alt war der Mann, was schätzen Sie?«

»Ach, jung, keine 30. Wie gesagt, ein eleganter Typ, ausrasierter Nacken, strohblond. Ist etwas nicht in Ordnung?«

»Doch, doch!« Hastig sucht Sam nach einer Erklärung für ihre Fragen. »Ich … es hat eine Verwechslung gegeben und ich bin am Aufklären. Danke. Sie haben mir sehr geholfen.«

»Wie lange bleiben Sie bei Ihrer Großmutter?«, fragt Jenny arglos.

»Eine gute Weile.« Sam legt auf, ehe Jenny noch etwas sagen kann. Nachdenklich steigt sie die Stufen der nächsten Kanalbrücke hinauf. Oben lehnt sie sich an die Brüstung und sieht in das schwarze Wasser hinab. Lautlos gleitet eine Gondel unter der Brücke hindurch. Ein älteres Paar sitzt darin, eng umschlungen, der Gondoliere hat eine Hand am Riemen, mit der anderen tippt er wie rasend eine SMS. Die romantischen Gefühle seiner Fahrgäste scheint er damit nicht zu stören.

Aufmerksam lässt Sam den Blick schweifen.

Ein junger Mann mit einer Schultertasche und ausrasiertem Nacken hat das Kuvert unter der Tür durchgeschoben. Jenny Mohr besitzt eine gute Beobachtungsgabe oder sie ist auf Männersuche. Sam ist einfach erleichtert, dass definitiv nicht John den Umschlag vorbeibrachte. Es hätte mein Weltbild gestört, denkt Sam. Ich traue es ihm schlicht nicht zu, gemein zu sein.

Sie passiert das Gabrielli Sandwirth, als sie von fern Roman zurückkommen sieht, seine Leica im Anschlag. Ihr Herz macht einen kleinen, schüchternen Satz.

Roman legt die Arme um sie und drückt sie kurz an sich. »Hier residiert Eleni Tsiadis!« Er weist auf die hell illuminierte Fassade des Hotels. »Schicker geht's in Venedig nicht.«

Es muss an all den Geschichten liegen, die in den dunklen Winkeln der Lagunenstadt lauern, dass sie dieses dumme Gefühl, den Abdruck fremder Augen auf ihrem Körper, nicht los wird.

46

Eleni sitzt in einem Liegestuhl auf der Terrasse des Gabrielli Sandwirth und atmet tief den Duft der Glyzinien ein. Sie trinkt ihren Sprizz in kleinen Schlucken. Das Eis klirrt in dem dünnwandigen Glas, als sie es leicht hin und her schwenkt. Auf dem Tischchen neben ihr liegen Zeitungskritiken und Kommentare zur Ausstellung. Eleni hat wenig Interesse an ihnen. Sie kann mit den verschwurbelten Sätzen der Feuilletonisten nichts anfangen. Dass ihre Kunst ein Aufschrei ist, der Jubel einer Frau, die den Tod gesehen hat, ihm jedoch entrissen wurde, das weiß sie selbst und das wäre, wenn sie ehrlich ist, die einzige Erläuterung ihrer Bilder, die sie zulassen könnte.

»Signor Loredan, das muss doch nichts heißen«, wendet sie sich endlich dem alten Herrn zu, der neben ihr auf einem Gartenstuhl sitzt und aufgeregt auf sie herabschaut. Die Lichter der Boote spiegeln sich auf der Lagune, und Eleni hat viel mehr Lust, sich den Täuschungen und Hoffnungen Venedigs hinzugeben, als den alten Loredan zu besänftigen.

»Ich schwöre Ihnen, Signora«, sagt er schwerfällig, »die Dame war Ihnen wie aus dem Gesicht geschnitten!«

»Möchten Sie nicht auch etwas bestellen?« Eleni wird plötzlich nervös. Am liebsten würde sie aufspringen und umhergehen, um die Spannung in ihrem Inneren loszuwerden. Das ist seit jenem verhängnisvollen Frühlingstag leider unmöglich. Eleni Tsiadis hat es sich angewöhnt, ihrer Umwelt wenig von ihren wahren Gefühlen zu zeigen. Aus Vorsicht, man hat selten unter Kontrolle, was man preisgibt, und sie ist eine Frau, die besser mit den Dingen hinter dem Berg hält, bei allem, was war. Nonchalant winkt sie dem Kellner. »Bitte bringen Sie dem Herrn einen Sprizz.«

Loredan windet sich. Sein Anzug ist zerknittert. Neben ihm liegt sein geliebter Hut. Diese Passion teilt sie mit dem Alten: Sie beide vergöttern Hüte.

Rolando Loredan knüpft seine Familienlinie bis zurück zum Dogen Alvise Loredan. Eleni hat nachgeforscht und festgestellt, dass er aus einer unehelichen Beziehung stammt und insofern – wenn man den Konservatismus der venezianischen Adelsfamilien berücksichtigt – zumindest das schwarze Schaf, wenn nicht ein Outlaw ist. Aber das ist Eleni auch. Zwei Gemeinsamkeiten, denkt sie lächelnd. Nein, drei: Rolando Loredan liebt die Kunst, er gibt sein Vermögen dafür her, seine ganze Kraft, seine Liebe. Er ist einer ihrer schillerndsten und zugleich devotesten Förderer – und er ist unglaublich gut im Herstellen von Kontakten mit Sammlern und Stiftungen. Elenis Herkunft aus einer armen, griechischen Fischerfamilie fordert ihn heraus, ihre Krankheit und ihr Nomadentum zwischen Europa und Amerika.

Mein ganzes Leben ist ein Kunstwerk, findet Eleni. Man soll sich auf Lorbeeren nicht ausruhen, aber mittlerweile bin ich doch stolz auf mich.

Loredan ist ein Herr alter Schule. Normalerweise betreibt er mit Leichtigkeit Konversation, plaudert höflich, verbreitet eine legere Atmosphäre um sich, in der Eleni sich gern entspannt. Heute ist er aufgewühlt, und seine antrainierte Verbindlichkeit, sein Charme entgleiten ihm.

»Sie sah so aus wie Sie, Signora. Eleni. Verehrte Eleni.« Er streckt die Hand aus, als wollte er Elenis Schulter berühren.

Obwohl er sie nervt mit seiner betulichen Art, darf sie ihn auf keinen Fall verärgern. Er hat enormen Anteil an der Ausstellung hier in Venedig. In der Kunst mischt er überall mit, er kennt sämtliche potenten Kunstfanatiker Italiens.

»Auf Doppelgänger kann man überall und zu jeder Zeit stoßen«, sagt Eleni leichthin. »Das ist nichts Besonderes!«

»Das Gesicht dieser jungen Dame ... ich hätte schwören können ...«

Eleni hebt ihr Glas und prostet Loredan zu. Er geht ihr unendlich auf den Geist.

»Auch das Haar. Also ... mit ... nun ...« Loredan ringt nach Atem. Er trinkt einen Schluck, stellt das Glas ab, fingert nach einem Taschentuch und wischt sich über die Stirn. »Liebe Eleni, sogar die Haarfarbe stimmte, und wie sie mich ansah, als ich ging! Ich blickte nur kurz zu ihr, aus Höflichkeit, sie saß auf derselben Bank im Museum. Ich ahnte ja nicht ... ich ...« Er lockert seine Krawatte. »Es waren nicht die Einzelmerkmale, die mich irritierten, sondern die ganze Person. Persönlichkeit, wenn ich sagen darf.«

»Aha ...« Eleni pustet die beiden Silben in die Luft. Das ist eines seiner manipulativen Spielchen, zu denen der Alte einen Hang hat, und die Eleni bisweilen notgedrungen mitspielt. »Haben Sie mit ihr gesprochen?« Dass sie ihr Haar seit Jahren färben lässt, und dass ihr Londoner Friseur exakt ihren Naturton trifft, das geht Loredan nichts an.

»Ich hätte es gerne, muss ich zugeben, sehr gerne.« Loredan hustet, trinkt noch einen Schluck. »Sie war mit einem Begleiter da. Die beiden sprachen Deutsch.«

»Ach so ...« Eleni senkt ihre Stimme, als wäre damit alles gesagt. Sie spricht in der Öffentlichkeit nie Deutsch, nur Griechisch und Englisch und ein bisschen Italienisch, das sie sich auf ihren vielen Reisen angeeignet hat.

»Ja, nun, das ... muss nichts heißen.« Er holt mit dem Arm aus, als wolle er die Boote, die im Schatten versinkende Insel San Giorgio und ganz Venedig zusammenschieben und in die Lagune fegen.

»Lieber Signor Loredan. Sie wurden Opfer eines Trugbildes. Nicht wahr?« Kokett blinzelt sie ihn an. Worauf will er hinaus? Er hat so etwas Kriecherisches an sich, das sie unerträglich abstoßend findet.

Der Italiener lächelt verlegen. »Mag sein. Ich … natürlich … ich bin eigentlich gekommen, um mit Ihnen über die Finissage zu sprechen.«

Er hat sich wieder im Griff, denkt Eleni.

»Dieser Farin vom Journalistenverband«, bemerkt Loredan, »er spricht mich häufig auf Sie an.«

Eleni wird mulmig.

»Ein paar Magazine wollen ein Porträt über Sie bringen. Verehrte Eleni«, er lächelt, »würden Sie zu einem Interview bereitstehen? Wir wählen natürlich das Blatt mit den besten Konditionen aus.«

»Darüber haben wir doch schon geredet.« Sie legt die Hand auf ihr Herz, während sie immerfort Loredan anlächelt. »Ich gebe so selten wie möglich Interviews, und wenn, dann aus dem Augenblick heraus. Nicht geplant. Und schon gar nicht über mein Privatleben.«

»So verstehen Sie doch! Das Private reizt die Leute am meisten.«

»Das ist billigster Journalismus«, erwidert Eleni barsch. »Gerade weil ich mich nicht für die Medien verschlissen habe, findet man mich heute noch interessant.«

Loredan seufzt. »Sie haben recht. Es geht um Ihre Kunst, nicht um Ihre Person.«

Eleni kann aus unerklärlichen Gründen seinem Blick nicht standhalten. Ihre Augen schweifen hinüber nach San Giorgio. Wie sehr sie Venedig liebt! Es ist eine Stadt, die genau ihren Nerv trifft. Exakt die richtige Mischung aus morbider Sehnsucht nach dem Tod und italienischer Lebenslust. Sie muss unbedingt in Italien vor Anker gehen. Für ihre Gesundheit wäre es allemal besser. Im feuchtkalten Wetter Englands nehmen die Schmerzen zu, und Besserung ist nicht zu erwarten.

Loredan würde ihr sicher behilflich sein. Geld genug hat sie. Und muss sie überhaupt noch ausstellen?

»Jedoch«, Loredan räuspert sich, »tauchte da ein seltsames Gerücht auf.«

»Ein Gerücht?« Eleni will nach ihrem Glas greifen, aber sie spürt, dass ihre Hände zu zittern beginnen. Sie lässt den Arm sinken und fragt: »Was denn für ein Gerücht, lieber Loredan?«

Loredan presst die Lippen zusammen.

Er ist ein guter Schauspieler, denkt Eleni. Tut so, als fällt es ihm schwer, auszusprechen, was er zu sagen hat; in Wirklichkeit genießt er den Augenblick der Macht. Wer wie sie etwas zu verbergen hat, lebt für immer in der Angst, dieses Etwas könnte entdeckt werden. Obwohl es so sorgfältig versteckt ist. Obwohl man so viel geopfert hat, um das Geheimnis zu hüten.

»Es geht um Ihre Vergangenheit«, sagt Loredan.

Eleni weiß, dass er ein notorischer Lügner ist, wenn es ihm darum geht, seine Ziele zu erreichen. Ziemlich oft sind seine und ihre Ziele identisch. Rolando Loredan ist ein As im Umgang mit Sammlern, Galeristen, Museumsstiftungen und Kulturämtern. Sofern er dieses Volk auf Eleni aufmerksam machen soll, nutzt sie seine nachgerade pathologische Manipulationslust durchaus für ihre eigenen Interessen.

»Meine Vergangenheit ist ein Haufen schrottreifer Erinnerungen. Ich habe nicht die Absicht, darüber zu sprechen. Schon gar nicht mit der Presse.« Sie braucht sich gar nichts vorzumachen. Sollte Loredan von irgendetwas Wind bekommen haben, und sei es nur ein Tipp von einem Reporter, hat er sich bereits informiert und alle Möglichkeiten ausgelotet, um das Maximale aus seinem Wissen herauszuholen. Das meiste Geld und die größtmögliche Sensation.

»Ich vertraue Ihnen, werte Eleni.« Loredan rückt an seiner Krawatte. Sein Blick liegt lauernd auf ihr. »Aber wenn die Presse irgendetwas auspackt, was völlig blödsinnig ist, eine erfundene Geschichte, dann …«

»Lassen Sie die Schmierfinken schreiben, was sie wollen. Jede Publicity ist gute Publicity.« Sie merkt selbst, wie aggressiv sie klingt. Verdammt, sie muss sich beruhigen. Loredan hat gute Antennen, er hat bestimmt längst gespürt, wie aufgewühlt sie plötzlich ist.

»Es gibt eine Schwelle, die man nicht überschreiten sollte, Eleni.« Er beugt sich vor und legt eine Hand auf ihre. Sie muss sich zusammenreißen, um ihn nicht voller Abscheu abzuschütteln. »Einen Skandal brauchen wir nicht. Wir beide nicht.«

Sie schweigen eine Weile. Schließlich gibt Eleni sich einen Ruck. Sie plaudert mit ihm. Über die Finissage und wie lange sie in Venedig bleiben will. Ja, sie hat sogar große Lust, sich länger in Italien aufzuhalten, antwortet sie auf seine Frage. Vielleicht wird sie in die Toskana reisen. Lange war sie nicht in Florenz. Es wäre eine schöne Abwechslung vom Alltag in London, wo sie viel zu arbeiten haben wird, neue Projekte, eine neue Ausstellung, irgendwann, nächstes Jahr, zuerst in London und im Anschluss daran in Edinburgh, das schottische Publikum liebt Eleni Tsiadis, die Südländerin. Sie redet sich um Kopf und Kragen. All ihre Tagträume, die eben so zauberhaft über der abendlichen Lagune schwebten, scheinen abgesoffen. Manchmal, denkt Eleni, ist mir alles zu viel. Tagein, tagaus vorausdenken, vorausplanen, vorausmalen. Sich am Markt orientieren. Stimmungen abschätzen. Wie lange wird man sich noch für Eleni Tsiadis interessieren? Wie viele Bilder wird sie noch zu horrenden Preisen verkaufen, an Leute, die Blau nicht von Grün unterscheiden können? Und wie lange wird Loredan auf ihrer Seite stehen, ohne den sie nie so weit gekommen wäre? Dem sie einen Großteil ihres

Erfolges verdankt? Wie auch ihrer so einprägsam wie gefühlvoll zurechtgebastelten Lebensgeschichte, die sie mit gerade so vielen Details aufgehübscht hat, dass sie dramatisch wirkt, aber kaum nachprüfbar ist.

Loredans Blick ruht auf ihr. Sie fühlt sich nackt. Schlagartig bemerkt sie, dass ihr die Möglichkeit, Loredan fände sie als Frau attraktiv, bislang nie in den Sinn kam.

»Florenz«, sagt sie, »ist im Winter erträglicher als im Frühsommer. Zur Hochsaison hat man kaum eine Chance, in die Uffizien zu kommen, ohne stundenlang zu warten, und in meiner Verfassung ...«

»Ich würde selbstverständlich dafür sorgen, dass Sie außerhalb der offiziellen Zeiten hineinkönnten. Kommt gar nicht infrage, dass Sie warten müssen!«

»Das wäre natürlich«, Eleni senkt die Lider, um Dankbarkeit zu signalisieren, »das wäre natürlich fantastisch. Lieber Loredan, was wäre ich ohne Sie?«

Er lacht auf, verlegen, geschmeichelt. Das Lauernde in seinen Augen bleibt.

»Wir werden sehen«, fährt Eleni fort. »Ich warte auf eine Nachricht von meinem Arzt in Philadelphia. Ich war lange nicht zur Untersuchung ...«

»Gewiss. Ihre Gesundheit ist das Wichtigste.« Loredan stellt sein Glas ab. Das Eis ist längst geschmolzen, und der alte Mann, der kaum Alkohol verträgt, ist beschwipst.

Eleni hat nicht die Absicht, in die USA zu fliegen. Der Arzt, von dem sie spricht, ist eine Figur aus ihrer Fantasie. Eine Alibikarte, die sie bei Bedarf zückt. Nein, sie will nach Deutschland, so schnell wie möglich. Nicht ausgeschlossen, dass sie danach nach Italien zurückkehrt. Aber zunächst will sie den morgigen Tag auf sich zukommen lassen.

Wenig später verabschiedet Loredan sich mit Handkuss. Der Hut sitzt ein ganz klein wenig schief auf seinem Kopf, als er mit einem kalten Lächeln auf den Lippen die Terrasse verlässt. Eleni winkt nach dem Kellner, sie braucht einen zweiten Sprizz. Loredan hat sein Gift in genau der richtigen Dosis verspritzt, und das weiß er. Sie wird über seine Worte nachdenken, und er wird auf seine Aussage zurückkommen, auf die zwischen den Zeilen schwimmende Anspielung. Er könnte sie gegenüber der Presse in eine heikle Situation bringen.

Kann er etwas wissen?, fragt sich Eleni.

Niemand kann irgendetwas wissen. Nicht einmal ahnen. Ihr Leben ist perfekt designt.

Seufzend klappt sie das Notebook auf, das sie neben den Liegestuhl gelegt hat. Eine Partie Backgammon und sie hat die nötige Bettschwere.

47

Sam trägt ein Kleid, natürlich von Luna. Sie haben es gemeinsam geschneidert, nach Lunas Entwürfen. Es ist knielang, nachtblau, umspielt Sams runde Hüften und hat tiefgrüne Paspelierungen am Ausschnitt, der eine schlüssellochartige Form aus Sams Dekolleté schneidet. Sie hat gar nicht daran gedacht, Schmuck mitzubringen, als sie gestern überhastet aufbrach. Und die Pumps hat sie mit Roman zusammen noch rasch in einem kleinen Laden in San Polo gekauft. Es sind giftgrüne Peep Toes, Schuhe, wie Sam sie normalerweise nie trägt, doch die Finissage im Peggy-Guggenheim-Museum ist nichts Normales, findet Sam.

Das Gefühl, beobachtet zu werden, haftet an ihr wie ein unangenehmer Geruch. Sie entschließt sich, es zu ignorieren.

Wider Erwarten hat sie tief und fest geschlafen, bis früh am Morgen die venezianische Müllabfuhr lärmend die Tonnen unter ihrem Fenster leerte.

Es ist ein wunderschöner Tag. Sommerlich, duftend, sonnenverwöhnt. Ihr Rückflug geht spät am Abend, sie und Roman haben ihr Gepäck im Hotel zur Verwahrung gegeben. Sie haben Zeit, nach der Finissage essen zu gehen und anschließend mit dem Bus vom Piazzale Roma zum Flughafen zu fahren. Sam ist guter Dinge, als sie nach dem Frühstück im Hotel mit Roman das nächstbeste Vaporetto besteigt, um einmal den Canal Grande hinaufzufahren. Am Bahnhof steigen sie aus und fahren mit dem nächsten Boot die gleiche Strecke zurück. Sam fühlt sich stark und schön in Lunas Kleid, mit den schicken Schuhen und Romans Arm um ihren Schultern. Die Ausstellung, um derentwillen sie gekommen sind, schrumpft in ihrer Empfindung zu einem unwichtigen Detail, das sie auf dieser Reise mitnehmen, weil es sich anbietet. Lebenslust erfüllt Sam, ein Gefühl, das sie lange nicht gespürt hat. Sie lehnt ihren Kopf kurz an Romans Schulter. Über den Palazzi wölbt sich der blaue Himmel.

Das Vaporetto schaukelt unter seiner Last, immer mehr Touristen, beladen mit Rucksäcken und Kameras, drängen an Bord. Froh, dem Gedränge zu entkommen, steigen Sam und Roman an der Accademia aus und schlendern Arm in Arm zum Museum. Roman trägt einen grauen Anzug mit dezent violetter Krawatte, ein Outfit, das sie ihm nicht zugetraut hat. Es ist ein eigenartiges Gefühl, so nebeneinander her durch die Gässchen zu spazieren. Im Fenster eines Restaurants zwinkert Sam ihrem Spiegelbild zu. Alles passt, nur das Haar ist nach wie vor langweilig. Sie hat die dicken Strähnen hinter den Ohren festgesteckt. Besser als der Pferdeschwanz.

»Schau!« Roman weist auf die Menschentraube vor dem Museum. Da wird gelacht und geschwatzt, Fotografen tummeln sich, Presseleute. Roman angelt seinen Presseausweis aus der Jacketttasche.

»Willst du darüber schreiben?«, fragt Sam verblüfft. »Über die Finissage?«

»Kunst war nie mein Metier«, antwortet er.

Sie fragt ihn nicht, was eigentlich sein Metier war, bevor es mit seiner Karriere bergab ging, sie weiß nicht, was den Absturz ausgelöst hat. Viel zu beschäftigt war sie mit ihren eigenen Problemen, um bei Roman genauer nachzufragen. Das ist eigentlich nicht Sams Stil, und ein hämisches Schuldgefühl macht sich in ihr breit. Sie ist in der Überzeugung erzogen worden, dass die Schwierigkeiten und Belange anderer mindestens ebenso wichtig sind wie die eigenen, wenn nicht wichtiger. Zumindest, wenn es um die Bedürfnisse ihrer Mutter geht.

Plötzlich fragt sich Sam, wie sie geworden wäre, wenn sie in einer anderen, unkomplizierten Familie aufgewachsen wäre, wo man sich fröhlich durch den Kakao zieht und freche Witze reißt, die Frotzelei indes nur bedeutet, dass man sich einander nah weiß.

Roman nimmt die Tickets aus der Tasche und reicht sie der Dame, die in einem weißen Kleid und schwarzem Hut an der Tür steht und die Gäste begrüßt.

»Benvenuti, Signori, welcome.«

Sam nickt ihr freundlich zu. Der Vorraum, in dem Menschentrauben zusammenstehen und plaudern, ist festlich geschmückt. Frische Gladiolen stehen in hohen weißen Vasen. Helle Vorhänge, zart wie der Frühlingswind, bauschen sich vor den geöffneten Fenstern. Das Gefühl, beobachtet zu werden, ist weg. Sam ist einfach nur eine Besucherin auf einer Ausstellung. Eine Frau, die für ihr Interesse an den Gemälden einer berühmten Künstlerin nach Venedig geflogen ist. Wie wahrscheinlich alle Gäste der Finissage, die nicht für die

Medien arbeiten. Da sind keine Touristen und Venezianer, sondern gestylte Typen, Menschen aus der Szene, Cracks, Kunsthungrige. Eine Frau mit superkurz geschorenem Haar steht mit einem Glas Prosecco da und mustert die Neuankömmlinge, sie trägt ein enges weißes Top und eine weiße Pluderhose, dazu rosafarbene Flipflops. Ein Fotograf lichtet sie ab, doch sie sieht demonstrativ in eine andere Richtung, die Miene unbewegt.

»Das ist Mimi Stington, die Bildhauerin«, flüstert Roman Sam ins Ohr.

»Du kennst dich gut aus dafür, dass die Kunst nicht dein Ressort ist.«

»Boulevard.«

»Was?«

»Ich war im Boulevard.«

Sam wird ein wenig flau im Magen. »Und Mimi Stington?«

»Die Geliebte eines Staatssekretärs im Bundesfinanzministerium.«

»Ach nee.« Sam lacht. Sie nimmt sich fest vor, auf dem Rückflug mit Roman über seinen Beruf zu sprechen, über seine Interessen, seine Angelegenheiten.

Direkt neben ihr explodiert ein Blitzlicht. Sie fährt herum. Wenige Schritte entfernt hält ein Fotograf seine Kamera im Anschlag. Er drückt auf den Auslöser. Hat auf Serienaufnahme gestellt. *Snsnsn* macht die Kamera.

Sam ist zu gut erzogen und zu zurückhaltend, um ihn zu fragen, was er da macht. Sie sieht sich um. Niemand ist hinter ihr, den er vor die Linse nehmen könnte. Als sie sich wieder umdreht, marschiert der Fotograf ans andere Ende des Raumes. Ein Kellner kommt mit einem Tablett vorbei und bietet Prosecco an. »Signori?«, fragt er.

Roman nimmt zwei Gläser.

»Hast du den Fotografen gesehen?«, zischt Sam ihm zu.

»Welchen Fotografen?«

»Er hat Unmengen Aufnahmen von mir geschossen.« Plötzlich flattert Panik in ihrem Magen. Sie fingert an ihren Haarspangen.

»Er ist auf den Jetset angesetzt«, meint Roman cool.

»Da ist er bei mir aber an der falschen Stelle.«

»Siehst du den Fettkloß, der sich jetzt an Mimi heranmacht?«

»Wer ist das?« Sam blickt gestresst auf einen grobschlächtigen Mann in den 60ern, der bis auf einen Kranz blassrosa Härchen vollkommen kahl ist und sein schwarzes Oberhemd zu sprengen droht.

»Laurenz Wilhelmi, der Eventkünstler, der tote Füchse im Wald aufsammelt, in einem Happening mit roter Farbe bestreicht und die Kadaver gegen weiße Wände schmeißt.«

»Pfui Teufel! Er scheint Ansprüche zu haben.« Mit dem Kinn weist sie auf die ätherische Mimi Stington.

Roman lacht. »Sie ist zu clever für ihn.«

Belustigt sieht Sam zu, wie Wilhelmi der zarten Frau den fleischigen Arm um die Schultern legt. Diese lässt es geschehen, reagiert jedoch nicht darauf.

Ihre Aufmerksamkeit wird wieder von dem Fotografen in Anspruch genommen, dem kleinen, drahtigen, südländischen Typen, der die Fotos von ihr geschossen hat und nun am anderen Ende der Halle mit einem Mann spricht. Der Mann hält einen Stetson in der Hand. Er trägt einen hellen Anzug und eine auffällige Krawattennadel. Sam fährt zu Roman herum.

»Roman? Das ist der Mann, der gestern mit uns auf der Bank saß!«

Aber Roman spricht mit einem jungen Typen mit dichten braunen Locken und Ray-Ban-Brille.

»Sam? Hast du eine Minute?« Roman nimmt Sam beim Arm, ausnahmsweise nicht sanft und vorsichtig, sondern drängend. »Das ist Michele Farin vom italienischen Journalistenverband. Er hat uns die Tickets besorgt.«

»Hi, nice to meet you!«, Michele lächelt Sam an. Er hat strahlend blaue Augen hinter der dicken Brille. Sein Blick bleibt lang an Sam hängen.

»Nice to meet you«, sagt sie automatisch. Sie ist immer noch verwirrt und sieht sich nach dem Fotografen um, der ins Gespräch mit dem Herrn im hellen Anzug vertieft ist und so wild gestikuliert, dass Sam Bedenken hat, seine Kamera könnte ihm aus der Hand fallen.

Nein, es sei kein Problem gewesen, für Roman Hallstein und Begleitung zwei biglietti für die Finissage aufzutreiben. Absolut nicht, jemand hat ohnehin angerufen und für Signor Hallstein zwei Karten reserviert. Namentlich. Alla cortese attenzione di Roman Hallstein.

Sam, abgelenkt von einem weiteren Pressemann, der sich zu den beiden anderen am Ende des Raumes gesellt, horcht auf.

»Namentlich?«, fragt sie.

Roman sieht verwirrt aus. »Wirklich? Ich habe doch am Freitagabend erst die Mail abgeschickt, ich habe mir nicht unbedingt große Hoffnungen gemacht ...«

»Nein«, antwortet Michele lächelnd. »Schon am Freitagmorgen haben wir die Benachrichtigung erhalten.«

Sam sieht sich plötzlich von Fotografen umringt. Jemand mit einem Mikrofon nähert sich. Sie liest die Buchstaben BBC. In ihrem Kopf beginnt alles zu dröhnen.

»Ma'am«, sagt jemand zu ihr. »Ma'am, in welcher Beziehung stehen Sie zu Eleni Tsiadis?«

Sam gleitet der Boden unter den Füßen weg. Sie stürzt den Prosecco, der in ihrer Hand längst warm geworden ist, hinunter. »I beg your pardon?«

»In welcher Beziehung ...«

Leute scharen sich um sie. Sie tastet nach Romans Arm,

wünscht sich, er würde sie hier herausführen, weg aus dem Museum, weg aus Venedig, in ein kühles, schattiges Land ohne Menschen. Sie versucht etwas zu sagen, entsinnt sich dann, dass sie gar nicht gemeint sein kann, lächelt unbestimmt, weicht dem Journalisten von der BBC aus, der dieselbe Frage auf Französisch stellt. » ... avec Madame Eleni Tsiadis?«

»Ich habe mit Frau Tsiadis nichts zu tun«, antwortet Sam. Der Sekt rotiert in ihrem Magen. Alles dreht sich. Sie will hier raus!

Tumult an der Tür. Die Journalisten und Fotografen lassen von ihr ab, wenden sich dem Museumseingang zu. Eine schlanke, beinahe hagere Frau in einem ärmellosen, knöchellangen, sehr engen schwarzen Kleid tritt ein. Sie geht am Stock. Ein kirschroter Chiffonschal liegt um ihre Schultern, ein klein wenig unordentlich und gerade deshalb äußerst dekorativ. Ihre rechte Hand stützt sich auf den Stock, die Adern an Hand und Arm treten deutlich hervor. Sie trägt einen schwarzen Strohhut mit gewellter Krempe, sehr breit, raumgreifend. Nur der Schatten einer feinen Nase ist zu sehen und rot geschminkte Lippen, im selben Ton wie der Schal. Die Kirschlippen verziehen sich zu einem strahlenden Lächeln. Weiße Zähne präsentieren sich den Fotografen, die ihre Objektive auf Eleni Tsiadis richten und abdrücken. Sam kommt es vor, als würden Tausende von Auslösern gleichzeitig klicken.

»Komm!« Roman nimmt ihre Hand und zieht sie mit sich, direkt in das Chaos hinein.

»Madame Tsiadis!«, ruft ein französischer Journalist. »Aimez-vous Venice?«

Elenis Lächeln wird noch breiter.

»Mais oui«, sagt sie. »Selbstverständlich.«

Sie gibt antwortet auf die Fragen der Pressemeute so lässig, als täte sie täglich nichts anderes.

»Wow«, sagt Roman. »Das ist sie also. Was für eine Erscheinung!«

Sam ist erleichtert, dass sie die Reporter los ist. Irgendetwas muss ein Missverständnis gewesen sein, an diese Überzeugung klammert sie sich. Trotzdem ist ihr klar, dass es sich um wenig mehr als eine Schonfrist handelt. Was auch immer das Interesse an ihr ausgelöst hat, es wird sich erneut materialisieren und über sie hereinbrechen, es ist nur eine Frage der Zeit.

Falls sie oder Roman geglaubt haben, mit Eleni Tsiadis ein paar Worte sprechen zu können, so müssen sie spätestens jetzt einsehen, dass es dazu nicht kommen wird. Die Presse ist überall, und in deren Fußspuren lauern die Honoratioren Venedigs, der Hofstaat der Kunstszene, Gefolgschaften unterschiedlicher Couleur. Roman schiebt Sam näher an Eleni Tsiadis heran. Sie gibt ein Interview in einer Sprache, die Sam nicht versteht und nicht identifizieren kann.

»Griechisch«, flüstert Roman in Sams Ohr. »Die Heimat ist stolz auf sie.«

Fasziniert starrt Sam Eleni Tsiadis an. Sie bewundert ihr Temperament, das sie sogar körperlich lebt, trotz ihrer Behinderung. Die freie linke Hand saust durch die Luft, während ihre Stimme lauter wird und leiser, einen fröhlichen Tanz hinlegt, als wäre es das höchste Vergnügen der Welt, umlagert von Fotografen und Kamerateams Interviews zu geben.

»Madam?« Der Mann mit dem Stetson und der auffälligen Krawattennadel steht hinter ihr.

Sam erstarrt, als habe sie eine Ladung Eiswasser über den Körper geschüttet bekommen. Sie weiß, sie ist gemeint, obwohl der große Raum vor Menschen schier überquillt. Sie dreht sich um, in Zeitlupe.

»Sir?«

Das von vielen kleinen, zarten Fältchen durchzogene Gesicht sieht nicht mehr alt und zaudernd aus, so wie vorhin, als er mit dem Fotografen sprach. Da ist kein Charme zu sehen und kein Zauber. Sie fröstelt unter seinem Blick.

»Sie sind sicherlich eine Verwandte von Mrs. Tsiadis?«

»Sorry, Sir, da muss ich Sie enttäuschen. Ich habe bis vor zwei Tagen noch nie von Eleni Tsiadis gehört.«

Er verzieht den Mund zu einem kalten Lächeln. »Nun, dann entschuldigen Sie bitte. Es muss sich wohl um eine Verwechslung handeln.«

48

Victoria hat nicht lange gebraucht, um herauszufinden, in welchem Hotel John Carrick abgestiegen ist. Er residiert in der Innenstadt, in der Goldenen Traube. Sie hat sich eine Nacht Zeit gelassen, um eine Entscheidung zu treffen, ruft ihn nicht an, sondern lässt sich am Sonntagvormittag vom Taxi direkt hinbringen.

Es hat über Nacht geregnet. Die Straßen sind nass, trotzdem verspricht der Tag warm zu werden. Glasige Wolken schwimmen über den Himmel.

Victorias aprikosenfarbenes Kostüm sitzt tadellos. Die Schnitte in ihrem Gesicht hat sie mit teurer Grundierung behutsam abgedeckt. Es lohnt sich, denkt sie, Geld für anständige Kosmetik auszugeben. Während der Fahrt liegen ihre Hände auf der Handtasche. Auf die Bemühungen des Fahrers, Konversation zu betreiben, reagiert sie einsilbig.

Sie nennt dem Portier ihren Namen. Es gibt keinen Grund, irgendein Spiel zu spielen.

Carrick ist in seinem Zimmer. Der Portier ruft ihn an, er kommt sofort herunter.

»Victoria!«, ruft er leise. Er lächelt, überrascht, nervös.

»Hallo, John.« Victoria, die die englische Sprache nie der deutschen vorzog wie ihre Schwester, verwünscht ihre Stimme, die zittert und zu hoch ist.

»Wie geht es Ihnen, Victoria?«

»Es geht.« Victoria hasst Geplänkel. »Möchten Sie einen Spaziergang mit mir machen?«

»Und Ihre Heimat kennenlernen? Es wäre mir ein Vergnügen.«

»Kommen Sie.«

Schweigend verlassen sie das Hotel. Auf der Straße schlägt Victoria den Weg zum Markt ein. Am Sonntag wirkt die Innenstadt wie ausgestorben. Das Wetter ist nicht allzu einladend; es könnte noch regnen.

»Wie lange ist das jetzt her, dass wir uns zuletzt gesehen haben?«, beginnt John ein Gespräch.

Victoria will zur Sache kommen, ihm zusetzen, ihre Chancen ausloten. Gleichzeitig ist ihr klar, dass sie Vorlauf braucht. Ihre Nervosität loswerden muss. Eine Fläche schaffen muss, auf der sie John Carrick richtig rannehmen kann.

»30 Jahre.«

»Wir sind alt geworden, Victoria.«

»Ich fühle mich nicht alt.«

»Es tut mir sehr leid, das mit Ihrer Schwester. Ich wusste nicht, was passiert war.«

»Und wenn Sie es gewusst hätten? Hätte das etwas geändert?«

»Was hätte es Ihrer Meinung nach ändern sollen?«

Victoria gerät aus dem Rhythmus. »Sie haben Sam getroffen.«

»Ja.«

»Was sind Ihre Intentionen?«

»Ich habe diesen Blogeintrag gelesen.«

»Den was?«

»Machen Sie sich keine Sorgen: Text und Bild sind längst aus dem Netz genommen.«

»Moment!« Sie gehen über den Markt. Ein paar Tauben fliegen dicht neben ihnen auf. »Welcher Blog?«

John macht eine Pause. Schließlich seufzt er und sagt: »Na gut. Es ist ja üblicherweise so, dass die Wahrheit ans Licht drängt. Sams Freund hat einen Blog geschrieben, das Foto gepostet, das Kostas damals von uns gemacht hat, und die Geschichte einer Unbekannten erzählt, die Sam zum Verwechseln ähnlich sieht.«

In Victoria wirbeln Panik und Ungläubigkeit.

»Sam hat keinen Freund.«

»Nein?«

»Ralf hat mit ihr Schluss gemacht.«

John schweigt.

Victoria wendet sich ihm zu. Sie stehen zu Füßen des Prinz-Albert-Denkmals. Die Wolkendecke reißt auf, und ein paar Sonnenstrahlen spiegeln sich auf dem nassen Kopfsteinpflaster.

»Sie hat wirklich einen Freund?«, fragt Victoria unsicher.

»Wenn Sie es nicht wissen, tut es vermutlich nichts zur Sache!« John räuspert sich. »Sie ist durcheinander, weil sie an das Geheimnis ihrer Familie gestoßen ist und eifrig darauf aus ist, es zu lüften. Als hinge ihr Leben davon ab.«

Amerikanisches Pathos, denkt Victoria verächtlich.

»Weiß Sam … ?«

»Nein.«

»Sie haben ihr nichts gesagt?«

»Ich konnte es nicht. Ich finde, die Familie sollte es ihr sagen.«

Victoria schnaubt empört. »Dennoch haben Sie sich hier eingeschlichen und Schicksal gespielt.«

»Nein. Ich sehe es anders. Es tut mir leid, dass Samantha …

tja, dass sie mit solcher Wehmut nach der Wahrheit sucht. Wobei ich zugeben muss ... auch ich sehnte mich nach Aufklärung. In jenem Frühling war ich bis zum Anschlag in Grace verliebt. Eine solche Leidenschaft lässt sich nicht komplett abschütteln! Sie mag mit den Jahren verblassen, aber etwas bleibt doch immer noch übrig.«

Victoria schüttelt fassungslos den Kopf über so viel Ich-Bezogenheit. Als wenn eine drei Jahrzehnte alte Verliebtheit ihm das Recht gibt, in Victorias Familie herumzupfuschen. »Sie haben ja keine Vorstellung davon, was Sie hier für ein Fass aufgemacht haben!«

»Ich habe Sam nichts über ihre ... über Grace gesagt.«

Victoria geht weiter. Der idyllische kleine Marktplatz mit seinen bunten, sauberen Fassaden scheint ihr nicht der richtige Ort, über all die schmutzige Wäsche nachzudenken, die John Carrick vermutlich zu Gesicht bekommen hat. Das alles ist so peinlich, so zerstörerisch. Sie hasst den Amerikaner mit einer Intensität, die sie erschüttert. Wie konnte er nur! Wie mochte ihm dermaßen das Feingefühl fehlen!

»Warum haben Sie ihr die Fotos gezeigt?«

John lässt sich Zeit mit der Antwort. Das Schweigen dehnt sich in die Länge, breitet sich wie Nebel in der Herrngasse aus, durch die sie Seite an Seite schreiten. Zwischen ihnen ist soviel Abstand, dass gut noch eine dritte Person mit ihnen gehen könnte. Victoria schießt der Gedanke durch den Kopf, dass Grace zwischen ihnen schlendert, die Qual genießend, die Victoria den Atem abdrückt.

»Ich habe Grace die Fotos mitgegeben an unserem letzten gemeinsamen Tag«, fängt John schließlich an. »Wussten Sie das nicht?«

»Sie haben die ganze Zeit fotografiert wie ein Wilder! Ich habe mir nicht mal etwas dabei gedacht. Ein Mann, der verrückt nach einer Frau ist. So was kommt ständig vor.«

John lässt die verächtlich hervorgestoßenen Worte auf sich wirken. Sie überqueren die Straße. Auf dem Schlossplatz drückt sich eine Reisegruppe herum. Erklärungen fliegen mit dem Wind über den Platz, brechen sich an den Mauern der Ehrenburg, einer mikroskopischen Ausgabe des Buckingham Palace. Die Wolken ziehen in erstaunlichem Tempo ab, blau glänzt der Himmel über dem verträumten Ensemble aus Schloss und Theater.

»Sie haben der Eifersucht viel Raum in Ihrem Leben gegeben«, sagt John endlich.

»Ich habe keinen Grund, eifersüchtig zu sein!«, blafft Victoria zurück. Und wenn, fügt sie für sich hinzu, geht dich das nichts an.

»Grace hat sehr an der Dominanz ihres Vaters gelitten.«

»Verdammt, blasen Sie jetzt in dieses Horn?« Victoria ist diese Sichtweise nicht neu. Blanca hat ein paarmal etwas Ähnliches erwähnt. Victoria will es nicht hören. Es ist zu simpel. Diejenige, die immer bevorzugt wurde, die besseren Karten hatte, der alles eingetütet wurde, ohne dass sie dafür kämpfen musste – ist es nicht schlimmster Sarkasmus, für diese Person Mitleid zu fordern, weil sie es angeblich so schwer hatte?

»Hätte ihr Vater die Bilder, die in Griechenland entstanden, für gut befunden?«

»Ich habe keine Ahnung.« Natürlich hätte Isaac diese Bilder verabscheut, was für eine Frage, denkt sie.

»Victoria, die Fotos sprechen eine klare Sprache. Ich habe Grace' Schöpfungen dokumentiert, obwohl ich nicht die Absicht hatte, Ihnen eine Falle zu stellen.«

Sie nähern sich den Arkaden. Victoria atmet schwer, sie bekommt kaum Luft. John hat es tatsächlich in der Hand, wie Sam gesagt hat!

Der frische Wind tut ihr gut, aber sie weiß nicht, warum ihr das Gehen so schwer fällt. Wie gut sie sich erinnert! Der steinige, sonnendurchleuchtete Peloponnes! Jäh sind die Vorhänge des Vergessens beiseite gewischt. Sie sieht die beiden Turteltauben wieder vor sich: Grace und John, die hoch über dem Meer im Gras sitzen und diskutieren, währenddessen Halme ausreißen und einander anschmachten. Wie sie, Victoria, sich zurückgesetzt fühlte! Wie sie nach Telefonzellen suchte, um Robert anzurufen, der meist keine Zeit für sie hatte, weil er in der Firma bis über beide Ohren im Schlamassel steckte. Wie sie einmal bei ihren Eltern anrief und schnell auflegte, als ihr Vater sich meldete.

»Unser Vater war eisenhart«, sagt sie leise, während sie Stufe für Stufe nimmt.

»Er muss ein sehr strapaziöser Mensch gewesen sein. Eigenartig, dass weder Sie noch Ihre Schwester sich je abgenabelt haben.«

»Abgenabelt?« Victoria fährt herum. »Abgenabelt? Du liebe Zeit, in welchen Psychologiebüchern haben Sie denn beim Zahnarzt im Wartezimmer geschmökert? Mein Vater besaß eine soldatische Strenge. Wir hätten ins Ausland gehen müssen, am besten nach Botswana oder Indochina, um ihm zu entkommen!«

»Warum haben Sie es nicht getan?« John ist hartnäckig.

»Weil wir kein Geld hatten. Weil ich einen Mann hatte, der beruflich auf der letzten Rille pfiff und den ich nicht allein lassen konnte, und weil da ein kleines Baby war ...«

»Victoria!« John legt sanft seine Hand auf ihre Schulter. »Ich klage Sie nicht an. Ich möchte Ihnen einfach sagen, worüber ich in den letzten Tagen pausenlos nachdachte: Es hätte letztlich andere Lösungen gegeben. Für Sie und für Grace.«

Er ist enorm geschickt, denkt Victoria. Er treibt mich in die Ecke, in der er mich haben will. Er gibt sich als Philanthrop, als Allesversteher. In Wirklichkeit ist er ein Jäger, der sich zu viel zusammengereimt hat.

»Eltern, die ihre erwachsenen Kinder unterdrücken, sind nicht selten. Und ebenso wenig sind die erwachsenen Kinder selten, die sich das gefallen lassen. Denken Sie an Samantha.«

»Niemand unterdrückt Sam!« Victoria schwillt der Kamm.

»Muster haben Macht! Sie drücken sich durch! Wie durch Papier. Von Generation zu Generation.«

Victoria hat die oberste Stufe der Freitreppe erreicht. Wenn sie sich umwendete und den Blick über den Schlossplatz schweifen ließe, würde sie wie stets eingenommen sein von seiner Ästhetik und Leichtigkeit, dem freiheitlichen Glanz, der von ihm ausgeht. In der Mitte das Rondell mit dem Standbild von Herzog Ernst I., umgeben von einem violetten und gelben Blütenmeer. Einander gegenüber die Juwelen des Platzes, die Ehrenburg, das Landestheater. Das bescheidener anmutende Palais Edinburgh. An der oberen Längsseite die Grafengasse mit ihren herrlichen Fachwerkhäusern, halb verdeckt von den dicht belaubten Bäumen. Heute jedoch kann die Schönheit der Architektur Victoria nicht berauschen. Nicht einmal ablenken. Dieser John Carrick weiß zu viel. Er ist gefährlich.

49

Sam schwitzt, ihr Kopf schmerzt. Roman schwatzt mit Michele Farin, beide beugen sich über einen Packen mit zerfledderten Ausdrucken, deuten hierhin und dorthin. Der Alte mit dem Stetson starrt sie fortwährend an, lächelnd, selbstzufrieden. Er kommt ihr vor wie einer, der lange auf Beutezug war, um endlich das Tier zu erlegen, das nicht mehr länger vor ihm fliehen kann.

Endlich löst sich der Alte aus Sams Blick. Er nimmt einen anderen Mann beiseite, einen blonden Typen in einem karierten Hemd, und spricht leise auf ihn ein. Die Augen des anderen ruhen kurz auf Sam, dann auf dem Alten.

Sam sieht sich um. Eleni Tsiadis antwortet geduldig auf Pressefragen. Sie tut es galant, freudig, ihre roten Lippen verziehen sich zu einem Lachen nach dem anderen, weiße, ebenmäßige Zähne blitzen auf. Sie stützt sich mit all ihrem Gewicht auf den Stock, aber man merkt ihr keine Mühe an.

Sam geht auf die Suche nach einer Toilette. Sie ist aufgewühlt. Das beängstigende Gefühl, dass eine Eskalation unmittelbar bevorsteht, lässt sie schaudern. Die glückliche Heiterkeit, die sie vorhin neben Roman auf dem Vaporetto genossen hat, ist wie weggeblasen.

Mit weichen Knien betritt sie den Waschraum. Sie stützt die Arme auf das Waschbecken, sieht in ihr blasses Gesicht. Vernachlässigt sie sich und ihr Aussehen? Die Haarsträhnen, die sie mit den Spangen notdürftig aus dem Gesicht hält, sind verschwitzt. Das Kleid, mit solcher Mühe entworfen und genäht, erscheint ihr altbacken. Eleni Tsiadis' theatralisches Outfit kommt ihr in den Sinn. So zielsicher wie Luna hat die Künstlerin ihre Kleidung gewählt und lebt darin wie in einer zweiten Haut. Sam kann das nicht, obwohl sie als Designerin arbeitet, und dieser Widerspruch irritiert sie, immer schon. Als sie mit dem Studium begann, glaubte sie, ihre Unsicherheit im Umgang mit ihrem Äußeren würde vergehen, je professioneller sie sich mit Modefragen auskennte. Es war ein Irrtum, denkt Sam, und es wurmt sie.

Sam lässt kaltes Wasser über ihre Arme laufen. Roman hat für den Boulevard gearbeitet … das geht ihr nicht mehr aus dem Kopf. Längst hätte sie ihn nach seinem Beruf fragen können. Sie hatte die ganze lange Reise nach Venedig Zeit, war aber vollkommen absorbiert von ihren eigenen Problemen.

Was tut sie hier eigentlich? Wieder kommt ihr die seltsame Einladungskarte in den Sinn. Wer hat sie unter ihrer Wohnungstür durchgeschoben? Wer ist der alte Mann, dessen Blick sie jetzt noch verfolgt, obwohl sie längst außer Sichtweite ist?

Roman und der Boulevard. Deswegen kennt er so viele Leute. Sogar hier, in Venedig, bewegt er sich auf vertrautem Terrain. Scheint richtig in seiner Aufgabe aufzugehen, Sams Geschichte um Grace zu lüften.

Roman will eine Story. Eine, die ihn ins Geschäft zurückbringt. Die ihm Anschluss verschafft im Journalistengewerbe. Deshalb hat er sich bei Michele Farin festgequatscht. Hat Sam wahrscheinlich schon vergessen.

Ihr Handy klingelt. Sie will nicht drangehen. Sie kann später zurückrufen. Im Moment ist sie zu durcheinander.

Das Mobiltelefon piept zweimal, jemand hat eine Nachricht aufgesprochen. Ärgerlich sucht Sam nach dem Handy, als sie Stimmen hört, die sich dem Waschraum nähern. Ohne nachzudenken weicht sie in eine Toilettenkabine aus, schließt die Tür und lässt sich auf den geschlossenen Deckel sinken.

Zwei Frauen kommen herein. Sam hört das satte Klacken eines Gehstocks auf den Kacheln.

»Wie sieht es jetzt aus mit Hamburg?«, fragt eine rauchige Stimme auf Deutsch.

»Frag mich in einer Woche nochmal!«, antwortet eine andere Stimme, die sich ein wenig außer Atem anhört, die Sam trotzdem genau identifizieren kann. Eleni Tsiadis! Und sie antwortet ebenfalls auf Deutsch!

»Eleni! Ich brauche wirklich eine Entscheidung von dir.«

»Loredan sitzt mir im Nacken. Er kommt mir so besonders hinterhältig vor. Und seinen Schoßhund Rosen, diesen Schmierfinken von ›Artes‹, treffe ich auf Schritt und Tritt.«

»Den blonden Journalisten?«

»Eben den!«

»Du siehst Gespenster!«

»Loredan ist ein Manipulator, Hanna! Ich muss vorsichtig sein.«

»Das wusstest du im Vorhinein, Eleni. Letzten Endes ist jeder in der Branche ein halber Psychopath. Muss man sein, um zu überleben.«

»Da sagst du etwas Wahres! Dummerweise brauche ich den Mann. Ich werde mich über kurz oder lang in Italien niederlassen, mit Atelier und allem Pipapo.«

Sam rinnt der Schweiß über die Stirn. Eleni Tsiadis spricht deutsch. Sie spricht es so sicher, wie man nur seine Muttersprache beherrschen kann – mit allen Zwischentönen und Bildern.

»Du hast dich auf ihn eingelassen, und jetzt musst du seine Abartigkeiten ausbaden. Nimm es nicht so schwer, letztlich ist er ungefährlich.«

»Das habe ich auch immer gedacht.«

»Und Hamburg?«

Wasser rauscht. Sam hört das Klacken des Gehstocks.

»Wetter zu schlecht.«

Die Frau mit der verräucherten Stimme lacht schallend.

Durch das Rauschen klingt die Unterhaltung gedämpft. Sam, deren Herz hämmert wie ein auf die Implosion zujagender Mechanismus, kann dennoch jedes Wort verstehen.

»Ich habe dir eine Ausstellung in Hamburg angeboten. Nein, es musste Venedig sein.«

Eleni seufzt lange und ausgiebig. »Ich möchte eine Weile aus allem raus, Hanna. Mal ein Jahr lang keine Ausstellung.«

»Schlecht fürs Geschäft!«, unterbricht die andere.

»Aber gut für die Kunst.«

»Eleni, du bist über 60. Wie lange, glaubst du, rennen dir die Sammler noch hinterher? Gar nicht zu reden von den ganzen anderen Spinnern?«

Eleni Tsiadis murmelt etwas, das Sam nicht versteht.

»Scheibenhonig. Du hast …«

Das rauschende Wasser übertönt die Gesprächsfetzen, und jetzt stimmt auch noch der Händetrockner dröhnend in den Lärm ein.

»Mein lieber Scholli!« Die Stimme der Kettenraucherin dringt schließlich durch die Kakophonie. »Ich kann nicht behaupten, dass ich da ganz durchsteige. Ist das dein Ernst?«

Sam macht sich ganz klein auf dem Klodeckel. Sie weiß nicht, was sie hier durchlebt, Täuschungen, Wahnvorstellungen, Seemannsgarn. Venedig ist die Stadt der Seefahrer. Nur zu verständlich, wenn hier Schrullen gedeihen, für die es anderswo keinen Vergleich gibt.

»Warum nur, Eleni?«

Schlagartig verstummt der Händetrockner. Verkrampft sitzt Sam da, voller Panik, nur kein Geräusch zu machen.

»Hanna, du bist meine beste Freundin.«

»Ja! Das versteht sich von selbst. Aber Vernichtung ist ein großes Wort.«

Es dauert eine Weile, bis die Künstlerin antwortet. »Das ist wahr. Ich muss es also verdammt geschickt anstellen, wenn ich stattdessen ihn drankriegen will. Und sollte …« Wieder dröhnt der Händetrockner los.

»Dann?«

Sams Hals ist ganz trocken. Sie muss husten, jetzt sofort. Mit aller Entschlossenheit, derer sie fähig ist, unterdrückt sie den Impuls. Doch Elenis Antwort versteht sie nicht. Was auch immer die beiden Frauen dort am Waschbecken besprechen, es geht an ihr vorbei. Sam ringt nach Luft. Sie muss hier raus. Ans Licht, weg aus diesem Waschraum, weg aus dem Museum. Lautlos steht Sam auf.

»Eleni, ich bitte dich«, ruft die Roststimme in diesem Moment.

Sam öffnet die Tür.

Die beiden Frauen verstummen. Sam geht mit erhobenem Kopf an ihnen vorbei. Ihr Blick fällt auf ihr Spiegelbild, und dort begegnet ihr Blick dem von Eleni Tsiadis. Die Künstlerin hat den Hut ein klein wenig in den Nacken geschoben. In ihrer Hand hält sie einen Lippenstift, mit dem sie sich gerade nachschminkt. Sie erwidert Sams Blick aus dunklen Augen.

Die andere Frau, die ihre orangeroten Locken mit einem Kamm zu bändigen versucht, blickt von einer zur anderen.

»Good-bye, Mrs. Tsiadis«, presst Sam hervor. »Was really nice to meet you.«

Sie flieht aus dem Raum. Durchpflügt das Museum auf der Suche nach Roman, aber es schlendern so viele Leute durch die Ausstellung, dass sie aufgibt. Stattdessen hastet sie die schmale Gasse Richtung Accademia entlang. Sie rempelt Touristen an, die ihr empört nachsehen, tritt einem Hund auf die Pfoten und schiebt ein paar Caféstühle einfach aus dem Weg.

Blanca! Sie muss Blanca anrufen, Blanca muss mit ihr reden. Heute Nacht noch, wenn sie aus Venedig zurück ist. Sam wagt nicht zu Ende zu denken, was sich da andeutet. Weiß Blanca womöglich …?

Sam stürmt die Accademiabrücke hinauf und lehnt sich weit über das hölzerne Geländer. Hunderte von Venedigbesuchern schießen hier Fotos vom Canal Grande, der Salutekirche und den unzähligen Gondeln, die gemächlich über das Wasser gleiten. Sam allerdings hat keinen Blick für die Schönheiten der Serenissima. Etwas Dunkles sitzt in ihr fest und schmerzt. Sie hat nicht einmal richtig Elenis Gesicht gesehen. Trägt sie deshalb diese bühnenreifen Hüte? Nur der Blick in ihre Augen …

Sam will Blancas Stimme hören, um sich zu beruhigen, auf die Füße zu kommen, wenigstens um Roman suchen zu können. Er muss sie längst vermissen, es sei denn, dieser Michele

Farin hat ihn so mit Beschlag belegt, dass er gar nicht merkt, wie lange Sam mittlerweile weg ist.

Sie setzt sich auf die sonnenwarmen Treppenstufen, während die Touristen, Nippes- und Taschenverkäufer versuchen, ihr auszuweichen. Mit zitternden Fingern nimmt sie ihr Handy aus der Tasche. Ein verpasster Anruf wird angezeigt. Automatisch wählt sie die Nummer der Mailbox.

Victorias Stimme kommt blechern aus dem Gerät:

Sam, es ist etwas Schreckliches passiert. Bitte melde dich! John Carrick ist tot.

50

Noch auf der Fahrt zum Airport telefoniert Sam mit Blanca. Ihre Großmutter verspricht, sofort zu Victoria zu fahren. »Ich bin schon unterwegs. Bleib ganz ruhig.«

»Nimm dir ein Taxi, okay?«

»Sure, my dear.«

Sam wählt Nikolajs Nummer. Als er sich endlich meldet, klingt er reserviert und müde. Sam ahnt, dass er nicht bereit ist, sich an diesem Abend noch aus dem Haus zu bequemen. Er ist jetzt, im nicht mehr ganz taufrischen Erwachsenenalter, anscheinend gerade dabei, seine verpasste Pubertät mit Eigenbrötlertum und Abnabelungskämpfen nachzuholen.

Sam weiß nicht, wie sie Victoria unter die Augen treten soll nach allem, was sie in ihrem Kopf zu Schichten einer verqueren, teuflischen Geschichte aufgetürmt hat. Den Flug durchlebt sie wie in Trance. Kaum sind sie in München gelandet, prügelt Roman seinen alten Wagen rücksichtslos durch die Nacht, übertritt dabei so gut wie alle Geschwindigkeitsbeschränkungen. Sam redet kaum ein Wort mit ihm. Plötzlich ist er neben ihr wie ein Fremder, nicht wie der Mann, mit dem sie Arm in Arm in einem Vaporetto den Canal Grande entlanggefahren ist, in einem schicken, selbst entworfenen Kleid und mit grünen Peep Toes an den Füßen.

Es ist Mitternacht, als sie in Coburg ankommen. Leichter Nieselregen drückt die Stimmung, doch es ist noch angenehm warm. Sam bittet Roman, sofort zum Glockenberg zu fahren. Sie halten vor dem Haus ihrer Eltern.

»Soll ich mit reinkommen?«, fragt Roman zaghaft.

»Roman, ich muss mich tausendmal bei dir bedanken. Für die Reise, für deinen Einsatz. Aber ich …«

Er hebt die Hand. Sein Gesicht ist ernst. »Du hast Angst, dass deine Familie mich ablehnt.«

»Es wäre besser, wenn zuallererst Blanca dich kennenlernen würde. Dann wäre alles leichter.«

Roman lächelt schief. Sie ahnt, was er sagen will. Dass sie sich benimmt wie ein Teenager, der zum ersten Mal einen pickeligen Jungen mit nach Hause bringt. Doch er schweigt, während seine Finger auf das Lenkrad trommeln.

»Es tut mir leid«, flüstert Sam.

Er lacht auf. »Schande über Schande, Sam, du bist nicht für alles verantwortlich. Ich warte hier. Wenn du mich brauchst, ruf mich.«

»Es ist spät. Du solltest …«

»Ich weiß, was ich tue.«

Sam steigt aus. Ihr Vater steht in der Tür. Er scheint um Jahre gealtert.

»Endlich! Blanca sagte, du hättest die Abendmaschine genommen.«

»Wir. Ich und Roman.«

»Ja.« Verwirrt blickt Robert seine Tochter an. »Klar. Sie ist völlig durch den Wind. Deine Mutter, meine ich.«

»Kein Wunder. Mittlerweile nimmt das ja überhand.«

»Was meinst du?« Robert schließt die Tür hinter Sam.

»Dass in Mutters Beisein Menschen umkommen. Findest du nicht?«

Roberts Gesicht wird totenblass. Sam hat Mitleid mit ihm. Sieht sein zerrauftes Haar. »Du kannst doch nicht … Unterstellst du etwa …«

»Ich unterstelle nichts, Dad.« Sam wirft einen prüfenden Blick in den Spiegel. Sie hätte sich umziehen sollen. Das auffällige Kleid kommt ihr jetzt völlig daneben vor. »Aber es sticht ins Auge, oder?«

»Sam!« Victoria stürzt in die Diele. »Endlich bist du da!« Sie umarmt Sam. Sam zuckt zurück. Umarmungen ihrer Mutter sind eine Äußerlichkeit, ein schlichtes Ritual. Jetzt umklammert Victoria Sams Hals, als hätte sie Angst, Sam würde in der nächsten Minute wieder in ein Flugzeug steigen und davonfliegen.

»Was ist passiert, Mutter?«, flüstert Sam. Ihre Stimme droht zu versagen. Urplötzlich schießt die Erschöpfung in ihre Glieder.

»Kommt erst mal rein!«, sagt Blanca. Sie steht in der Wohnzimmertür. Victoria lässt Sam los.

»Blanca!« Sam lehnt sich an ihre Großmutter.

»Ich habe eine Kartoffelsuppe gekocht. Magst du?«, fragt Blanca, wobei sie Sam behutsam von sich wegschiebt.

Kurz darauf sitzen sie zu viert um den Wohnzimmertisch. Sam löffelt mechanisch ihre Suppe, während ihr alle anderen Familienmitglieder zusehen. Niemand macht eine Bemerkung über ihr Kleid.

»Was ist passiert?«, wiederholt Sam schließlich. »Ich bin zu Tode erschrocken, als ich deine Nachricht abhörte.

»Ich hatte Angst, du würdest dich nicht melden«, wimmert Victoria.

»Deine Mutter«, beginnt Robert, »hat sich heute mit John Carrick getroffen. Ich ahnte nichts! Deine Großmutter musste mir erklären, wer er ist und was er in Coburg wollte.«

»Du bist ja nie zu Hause«, legt Victoria los. Ihre Stimme schneidet durch die Luft. »Interessiert dich eigentlich, was in dieser Familie los ist, oder hat die Firma endgültig den Platz an deiner Seite eingenommen?«

Robert wird flammend rot. Er wirft Sam einen verstohlenen Blick zu, den sie ungerührt erwidert.

»Lass, Victoria«, beschwichtigt Blanca. »Nicht jetzt. Folgendes, Sam: Victoria und John machten einen Spaziergang durch die Stadt, kamen zum Schlossplatz, stiegen die Stufen hinauf in den Hofgarten, und aus heiterem Himmel ...«

Victoria schluchzt auf und birgt ihr Gesicht in ihren Händen. Der Anblick tut Sam weh. Sie möchte aufstehen, sich neben Victoria setzen und den Arm um ihre Schultern legen. Eine solche innere Einsamkeit, wie Victoria sie durchlebt, wünscht sie niemandem. Nicht einmal ihrer Mutter.

»Ja, und dann stürzte John Carrick die Stufen hinunter. Und starb«, beendet Blanca die kurze Berichterstattung.

Grace, über eine Klippe gestürzt. Isaac, von einem Stuhl gestürzt. John Carrick, die Arkadentreppen am Schlossplatz hinabgestürzt. In Victorias Leben scheint die Schwerkraft eine besondere Rolle zu spielen, denkt Sam.

»Ich habe nichts getan!«, verteidigt Victoria sich panisch. »Ich habe ihn nicht angerührt. Die Polizei ...« Sie bricht in haltloses Schluchzen aus.

Blanca nimmt ihre Tochter in den Arm.

»Die Polizei kam, zwei Beamte waren hier bei uns, eine riesige Aufregung. Der Schlossplatz wurde gesperrt, frag nicht, was da los war, Sam!« Robert schüttelt den Kopf.

»Die Staatsanwaltschaft hat eine Obduktion angeordnet«, ergänzt Blanca.

»Steht Mutter denn unter irgendeinem Verdacht?«, fragt Sam.

»Natürlich nicht.« Robert klopft entschieden auf den Tisch. »Im Gegenteil, es gibt sogar Zeugen, zwei Mädchen, die gesehen haben, wie Victoria drei Schritte voraus war und John Carrick plötzlich hinschlug. Victoria hat ihn nicht angefasst.«

Sam glaubt das. Sie muss es glauben, andernfalls bricht ihr Leben in Stücke. In viel kleinere als die, die sich schon um sie herum angesammelt haben. Warum sollte ihre Mutter John Carrick umbringen wollen? Hat er Victoria vor ein Ultimatum gestellt? Etwas von ihr verlangt, was in ihren Augen unmöglich war? Was sollte das sein? Worin ist ihre Mutter noch verstrickt, außer dass sie ihre Schwester auf mysteriöse Weise verloren hat und ihre eigene Karriere auf deren Vorarbeiten aufbaute?

»Wieso stürzt jemand einfach so eine Treppe hinunter?«, fragt Sam perplex.

»Du hast dich mit ihm getroffen. Behauptet deine Mutter.« Robert mustert Sam aufmerksam. »Ist dir da was aufgefallen?«

»Gegenfrage: Warum hast du dich mit ihm getroffen, Mutter?«

»Nachdem ich wusste, dass er in Coburg ist, wollte ich ihn wiedersehen.« Victoria trocknet ihre Tränen mit einem Tempo. Die Schminke ist verschmiert. Die Schnitte in ihrem Gesicht verblassen bereits. »Herrgott, Sam, du hast das alles aufgerührt, Fotos herumgezeigt, unsere Familiengeschichte ins Internet gestellt und zugelassen, dass alle Welt sich daran weiden kann. Musste das sein? Hätten wir nicht alle Fragen unter uns klären können?«

Blanca, die eben noch die Arme um Victoria gelegt hat, wendet sich ab. Ihr Gesicht ist ausdruckslos.

»John Carrick ist ein kranker und ziemlich einsamer Mann. Gewesen«, sagt Sam. »Er hatte vor Jahren Krebs. Ihm lag nicht mehr viel am Aufrühren von Geheimnissen oder daran, andere Leute fertigzumachen. Sein Leben lang hat er sich nach Grace verzehrt.«

Blanca geht ans Fenster. Sie hinkt stark. »Das gibt es. Dass jemand so liebt.«

»Mutter, ich bitte dich!« Victoria erholt sich zusehends. »Nach drei Jahrzehnten!«

»Ist auch unwichtig«, unterbricht Sam. »Ich lege meine Hand dafür ins Feuer, dass John Carrick kein Interesse daran hatte, irgendjemandem zu schaden, ins Handwerk zu pfuschen oder sonst was Gemeines zu tun. Er wollte …«

»Du kannst gar nicht wissen, was er wirklich wollte!«, setzt Victoria zum Gegenangriff an. »Wie auch? Warst du dabei, damals?«

Robert will etwas sagen, doch seine Frau wischt dieses Ansinnen mit einer Handbewegung beiseite. »Sam, ich bitte dich. Lass uns in der Familie alles in Ruhe besprechen und dann zu den Akten legen.«

»Es gibt Dinge«, widerspricht Sam ruhig, »die ich nicht zu den Akten legen werde. Weil ich euch nicht mehr traue. Keinem von euch.« Es tut ihr weh zu sehen, wie Blanca bei diesem Satz zusammenzuckt. Aber es stimmt, Sam ist sich sicher, auch Blanca verbirgt etwas vor ihr. Ihr entgeht nicht, dass ihr Vater und Blanca einen kurzen Blick wechseln. »Roman hat die Geschichte ins Netz gestellt. Meine Geschichte. Zusätzlich zu dem Foto, auf dem du mit Grace zu sehen bist, Mutter. Niemand von euch war bereit, mir zu sagen, dass die Frau, der ich so verdammt ähnlich sehe, meine Tante ist. Das hat mich getroffen. John Carrick dagegen hat sich aus Mailand auf die Socken gemacht, ist nach Coburg gekommen und hat mir berichtet, was er weiß. Ohne Roman und ohne John hätte ich nichts herausgefunden. Im Übrigen habe ich Roman längst gebeten, die Informationen aus dem Netz zu nehmen. Er hat es getan. Mir zuliebe.«

»Und wer ist dieser Roman?«, faucht Victoria. »Warum traust du ihm, aber uns nicht?«

»Er lügt mich nicht an.«

»Woher willst du das wissen? Vielleicht hat er ganz andere Absichten, als sich mit Samantha May ins Bett zu begeben. Weißt du überhaupt etwas über ihn? Ist er sogar hauptberuflich Blogger, oder wie das heute heißt?«

»Er ist Journalist.«

»Journalist?« Victoria lacht bitter auf. »Für welches Blatt schreibt er? Womöglich für eine unserer hiesigen Tageszeitungen, damit die Familie May sich auch so richtig schön bloßgestellt fühlen kann?«

»Victoria, bitte«, murmelt Robert.

»Roman hat zurzeit keine Arbeit.« Es rutscht Sam so heraus, sie hätte es nicht sagen müssen.

»Hat er nicht?« Triumphierend sieht Victoria von einem zum anderen. »Na, der hat sich an dich herangemacht, weil er eine gute Story gewittert hat. Etwas, was er an vorderster Front mitverfolgt, um es den Boulevardmagazinen anzubieten!«

Sam erschrickt. Ihr fällt ein, dass sie Roman auf der Rückreise von Venedig eigentlich fragen wollte, wie alles kam. Warum er nach Polen zog. Keine Arbeit hat. Aus dem Journalismus raus ist. Aber zum wiederholten Mal hat sie ihre eigenen Probleme an die erste Stelle gesetzt, konnte an nichts anderes denken.

»Ich vertraue ihm«, sagt sie trotzig. Doch Victorias Gift gewinnt bereits Macht über sie. Was, wenn ihre Mutter recht hat und Roman lediglich eine scharfe Story haben will, die er ausschlachten kann? Das ist schließlich genau ihre eigene Befürchtung!

Victoria steht auf und kommt auf ihre Tochter zu. »Tu mir einen Gefallen: Lass uns die Ausstellung hinter uns bringen. Denk an all die Leute, die wir eingeladen haben! Ich kann keine Aufregung mehr brauchen. Nicht jetzt. Seit dem Unfall bin ich ganz aus dem Konzept. Ich kann nicht arbeiten, nichts Vernünftiges tun. Glaubst du nicht, dass ich mit furchtbaren Schuldgefühlen aus Griechenland zurückgekommen bin? Dass ich Grace vermisst habe? Ja, wir haben uns furchtbar gefetzt. Trotz allem sind wir Schwestern. Und Schwestern«, setzt sie leise hinzu, »sind für die Ewigkeit.«

Blanca lehnt die Stirn ans Fenster und sieht hinaus in den dunklen Garten.

»Ich verstehe nicht, wie ihr sie verschweigen konntet!«, braust Sam auf. »Was hätte es bedeutet, uns von Grace zu erzählen? Igor, Nikolaj und mir?«

»Wir wollten dich schützen.«

Das Totschlagargument: Es ist alles nur zu deinem Besten.

»Ist es nicht eher so, dass du deine Karriere auf Grace aufbauen wolltest, Mutter? Du hast damit gerechnet, dass ein paar Jahre später niemand mehr nach Grace fragt, und schon gar nicht nach ihren Bildern. Nur John Carrick hatte Beweise. Und deshalb …«

»Deshalb was?«, zischt Victoria.

Es ist grauenvoll still im Zimmer.

»Sam«, hebt Robert an. »Ich bitte dich: Solche Anschuldigungen sind doch aus der Luft gegriffen.«

Sam überkommt eine furchtbare Müdigkeit.

»Ich habe eine lange Reise hinter mir. Ich muss mal schlafen. Ich garantiere dir, Mutter, dass ich die Ausstellung nicht sabotiere. Sie wird so stattfinden wie geplant.« Sam denkt an ihren Zeitplan, der immer enger wird. »Die Bilder lässt das Eventmanagement bei dir im Atelier abholen, Mutter. Wir müssen bloß den genauen Termin dafür festsetzen. Alles andere wird wohl laufen!« Sie kann nur hoffen, dass Nikolaj sich an die Videoinstallation gemacht hat. »Ich stehe bis zur Vernissage nicht mehr zur Verfügung. Lasst mich einfach in Ruhe. Wenn organisatorisch etwas zu klären ist, könnt ihr Nikolaj anrufen.«

Victoria starrt Sam so verblüfft an, dass diese fast lachen muss. Ihre Mutter hat noch nie erlebt, dass Sam sich entzogen hat.

»Gute Nacht.«

»Warte«, ruft Robert ihr nach.

»Was ist?«

Er schüttelt den Kopf. »Nein … hat sich erledigt.«

Sam zieht die Haustür hinter sich zu. Als sie zu Romans Wagen tritt, sieht sie, dass er die Sitzlehne zurückgestellt hat und selig schlummert. Zuerst will sie ans Fenster klopfen, dann öffnet sie so leise wie möglich den Kofferraum. Sie nimmt ihre Reisetasche aus dem Auto und macht sich auf den Weg zu ihrer Wohnung in der Pfarrgasse.

51

Es tut Sam gut, die vertrauten Handgriffe auszuführen. Jeden Morgen um zehn kommt sie zu Luna ins Atelier. Sie frühstücken zusammen, bevor sie mit der Arbeit beginnen. Abmessen, zuschneiden, heften. Ich beherrsche das Handwerk noch, denkt Sam zufrieden. Ihr ist nicht ganz klar, wie sie überhaupt daran zweifeln konnte. Das Nähen verlernt man nicht. Sie hat sich immer gern mit Stoffen beschäftigt, hat nachgespürt, wie weich, haarig, flauschig oder rau sich das Material anfühlt. Es gibt tausend und mehr Beschaffenheiten. Ihre Tätigkeit ist mechanisch, sie übernimmt Lunas Schnitte, arbeitet sie aus, bespricht mit der Freundin Details. Sie muss nichts erzeugen, nicht kreativ sein, nichts aus sich herauspressen. Die Quälerei, ständig Neues liefern, auf Abruf originell sein zu müssen, ist sie fürs Erste los. Das verschafft ihr innere Freiheit.

Am ersten Tag nach dem großen Streit hat sie Luna gebeten, ihre Sachen bei Blanca abzuholen. Luna sieht seitdem jeden Abend nach der alten Dame. Roman versucht mehrmals täglich, Sam zu erreichen. Sie lässt das Handy klingeln und ruft nicht zurück. Victorias Verdächtigungen haben sich ihr übergestülpt. Die alte Angst, dass man sie nur interessant findet, weil sie eine prominente Mutter und eine außergewöhnliche Geschichte zu bieten hat, erstickt den Mut, den sie in Venedig gefasst hat. Mut, an eine Beziehung zu Roman zu glauben. Eine Beziehung, die irgendwo im Hintergrund wartet, vielleicht.

Viel lieber beschäftigt sich Sam mit Schnitten und Stoffen. Blanca fehlt ihr, aber sie braucht Freiraum und Zeit, um alles, was geschehen ist, überhaupt erst zu begreifen. Jede einzelne Tätigkeit, die sie in Lunas Atelier ausführt, erdet sie, gibt ihr das Gefühl, auf vertrautem Terrain zu sein, wo sie nicht scheitern kann. Wo ein Fehler nicht gleich das große Ganze vernichtet, sondern ausgebessert werden kann. Notfalls, indem Sam noch einmal von vorne anfängt. Ein Ausweg, den es im Leben außerhalb des Ateliers nicht gibt.

Für die Ausstellung macht sie wenig mehr als das Notwendigste. Sie stellt ein paar Bilddateien und Texte zusammen, aus denen ein Flyer werden soll. Die Dateien mailt sie an Nikolaj mit der Bitte, sich um die Drucklegung zu kümmern. Nebenbei lässt sie einfließen, dass sie wieder in ihrer Wohnung wohnt und Blanca alleine ist. Ansonsten ignoriert sie die Anrufe ihrer Eltern.

Bis Robert eines Abends, als sie sich von Luna aus auf den Heimweg macht, vor dem großen Backsteingebäude auf seine Tochter wartet.

»Hallo, Sam!«

»Dad!« Erschrocken weicht Sam aus. Es hat geregnet, sie rutscht auf dem nassen Asphalt. Robert streckt eine Hand aus, um sie festzuhalten. Sie greift danach, es ist ein Reflex.

Roberts Hand ist rau und warm. So, wie sie sie kennt. Eine Stütze, ein Halt. Einer, der immer da war, solange Sam denken kann.

Unsere Hände sehen sich ähnlich, denkt Sam plötzlich. Die runde Form der Nägel, der Zeigefinger, der an beiden Händen deutlich länger ist als der Ringfinger.

»Ich bin nicht als Rächer gekommen oder so«, lacht Robert verlegen. »Falls du das fürchtest.«

»Ich … nein.«

»Hast du Zeit auf ein Glas Wein irgendwo?«

»Na gut.« In Sams Magen grummelt es, sie will nicht, aber er ist ihr Vater. Sie kann ihn nicht auf der Straße stehen lassen, das kommt einfach nicht in Frage.

Schweigend gehen sie in die Innenstadt. In der Künstlerklause suchen sie sich einen kleinen Tisch, bestellen zwei Silvaner.

»Was gibt es?«, fragt Sam.

»Die Polizei hat ihre Ermittlungen eingestellt. John Carrick ist an einem Herzinfarkt gestorben. Aus heiterem Himmel. Ein schöner Tod für ihn.«

»Hat die Polizei etwa gegen Mutter ermittelt?«

Robert seufzt. Er schiebt sein Weinglas hin und her. »Nicht direkt, aber man hat natürlich ein ungutes Gefühl, wenn die

Polizei einem im Nacken sitzt. Ungeklärter Todesfall ... da wird der Staatsanwalt eingeschaltet.«

»Verständlich, dass ihr Nervenflattern hattet.«

»Sam, warum bist du so hart?«

Sam betrachtet ihre Finger. Sie sehnt sich zurück ins Atelier, wo sie etwas schaffen kann, Ergebnisse sieht. Wo Resultate erklärbar sind. Krumme Nähte, falsch gesetzte Abnäher, ausgefranste Kordeln. Alles leicht zu handhaben. Man macht sich auf die Suche nach der Ursache. Zur Not trennt man auf. Fertig.

»Luna und ich wollen unsere Musterklamotten bald abschicken. Sobald das Okay von den Kunden kommt, wird gefertigt.«

»Das klingt gut.« Robert nickt ihr aufmunternd zu. »Weißt du, was ich glaube? Dass du sehr viel mehr Kauffrau bist als Künstlerin. Kann das sein?«

Sam zuckt die Schultern. Der gleiche Gedanke kam ihr erst gestern. Sie hat zu sehr auf ihre Kreativität gesetzt, andere Stärken übersehen. »Weiß nicht.«

»Victoria würde gern mit dir sprechen.«

»Also hat sie dich vorgeschickt?«

Roberts Gesicht verdunkelt sich, als wollte er eine harsche Antwort geben, doch dann lacht er auf, fast erleichtert. »Ja. Hat sie.«

Sie sehen einander an und lächeln. Sam merkt, dass sie seit dem Streit im Haus ihrer Eltern, seit der Reise nach Venedig, nicht mehr gelächelt hat. Geschweige denn gelacht. Sie war nicht permanent zornig oder traurig. Sie befand sich vielmehr in einer Zwischenwelt, in der sie versuchte, möglichst nichts an sich heranzulassen.

»John Carricks Leiche ist nach Italien überführt worden. Er will in der Lombardei beerdigt werden. Das war sein Wunsch. Irgendwelche Verwandte, die sich um die ganze Sache kümmern können, gibt es wohl nicht.«

»Traurig.« Sam denkt, dass John Carricks sterbliche Überreste damit wenigstens in Ruhe gelassen werden und dass es keine Zwangstradition gibt, die wöchentliche Friedhofsgänge festschreibt.

»Willst du etwas essen?«, fragt Robert.

»Habe keinen Appetit. Wie geht's Blanca?«

»Du fehlst ihr.«

Die Antwort jagt eine Welle der Freude durch Sam. Sie schämt sich, weil sie mit Blancas Liebe pokert. Das Schlimmste ist: Sie weiß überhaupt nicht, weshalb sie sich so verhält. Warum sie alle abwimmelt, die sie liebt. Vor allem Blanca. Aber da ist so eine Sicherheit in ihr, die ihr sagt, dass sie nicht weitermachen kann wie bisher. Von allen Optionen, die sie hat, wäre Stagnation genau die schlechteste. Sie muss die bekannten Geleise der Angepasstheit verlassen, sonst wird sie verrückt. Schlimm genug, wenn ihre Abgrenzung auch Roman ausschließt. Dennoch: Allein wegen Roman wird Sam nicht einknicken.

»Ich kann so nicht weitermachen, Dad«, sagt Sam schließlich. Sie nippt an ihrem Wein.

Er legt eine Hand auf ihre. »Wir haben es dir nie leicht gemacht.«

Seltsam, diese plötzliche Läuterung, denkt Sam.

»Du machst es dir auch selbst nicht leicht, Sam.«

»Unsere Sippe ist ziemlich speziell, was?«

Robert lacht. »Kann man so sagen.«

»Ich will Klarheit, Dad. Ich bin bereit, mich neu auf euch alle einzulassen. Dazu muss ich die Wahrheit wissen. Darum geht es mir.«

»Du weißt doch inzwischen von Grace.«

Ein ungläubiges Fauchen entfährt Sams Kehle. »Sehr witzig. Wollt ihr mir wirklich weismachen, dass ihr mir alles erzählt habt? Come on! Die eigene Tochter, die Schwester, die Schwägerin totzuschweigen, das tut man nicht so einfach. Wegen ein paar Kunstwerken, die man nachmachen kann. Da steckt doch was anderes dahinter. Mutter ist nicht dumm. Im Gegenteil: Ihr Verstand schneidet messerscharf, und sie hat sich etwas dabei gedacht und euch dazu gebracht, bei ihrem Spiel mitzuspielen. Nach ihren Regeln. Und seitdem geht es immer nach ihren Regeln. Egal worum es sich handelt!«

Robert wird blass. Sam bemerkt, dass sie ganz nah am wunden Punkt ist.

»Sie hatte …«, fängt ihr Vater an.

»Augenblick!« Sam wird laut. Sie hebt die Hand. »Sie hatte eine schreckliche Kindheit im Schatten ihrer Schwester. Sie kam mit dem Vater nicht klar. Wer sagt eigentlich, dass Grace klarkam? Womöglich war ihr die übermäßige Liebe ihres Vaters gar nicht recht. So es überhaupt Liebe war. Eigentlich eher Besitzanspruch. Außerdem gab es ja noch eine Mutter. Ich würde was drum geben, Blanca als Mutter zu haben.«

Robert sieht plötzlich um Jahre älter aus. Er blickt seine Tochter eine gute Weile an, bis er sich abringt: »Du hast Blanca als Großmutter. Wenn du sie nicht wegstößt, weil dir nicht passt, wie sie sich verhalten hat. Vor 30 Jahren. Findest du das gerecht? Du kennst ihre Gründe letzten Endes gar nicht.«

»Ein guter Punkt. Ein sehr guter Punkt.« Sam gerät in Fahrt. »Wenn es Gründe gibt, würde ich die gern wissen.«

»Aber …«

»Dad! Du hast eben durchblicken lassen, dass die Gründe, die ihr mir genannt habt, nicht die richtigen sind.«

Betreten sieht Robert zu Boden. Sam schiebt ihren Stuhl zurück.

»Ich will niemanden verurteilen. Ich nehme eine Pause von der Familie, um das alles für mich selbst klarzukriegen. Verstehst du das?«

Robert nickt.

»Ich war immer für die Familie da, habe mich zu allem breitschlagen lassen. Manchmal weiß ich nicht mehr, wer ich in dem ganzen Gewirr von Ansprüchen, Wünschen und Hinterhalten eigentlich selbst bin.« Sie steht auf. »Tut mir leid, Dad. Du schlitzt auf deine Weise aus. Mit Eva. Es sei dir gegönnt und von mir wird Mutter nichts erfahren. Ich suche meinen eigenen Notausgang. Schönen Abend noch.«

Sie verlässt die Künstlerklause. Draußen in der milden Abendluft, die nach Linden riecht, spürt sie die Tränen über ihre Wangen rinnen.

Sie macht sich auf den Weg über den Schlossplatz. Die Theatervorstellung ist gerade aus, die Leute steigen in ihre Wagen, wobei jeder zuerst vom Platz rollen will, es ist ein einziges Chaos. Der feine Kies spritzt auf, man spürt die Ungeduld.

Seltsam, denkt Sam, während sie auf die Ehrenburg zugeht, erst haben sie einen vergnüglichen Abend in der Oper verbracht, aber draußen wartet schon wieder dieser Wahn, immer und überall der Erste sein zu müssen. Sie geht an der Ehrenburg entlang. Hier ist es jetzt ruhig, bis auf die Theaterheimkehrer in ihren Autos. Es beginnt zu nieseln. Sam zieht die Schultern hoch. Trotz der milden Luft ist ihr mit einem Mal kalt.

Sie wird beobachtet.

Sie ist sich absolut sicher. Jemand lauert irgendwo in der Nacht und beobachtet ihren Gang durch die Gassen. Sie schlängelt sich durch die Kirchgasse, wobei sie fast in Panik gerät. Es ist hier so eng, dass sie die Hausmauern mit ausgestreckten Armen berühren kann. Es riecht scharf nach Urin. Irgendwo kläfft ein Hund. Sam eilt an der Morizkirche vorbei, zieht den Hausschlüssel aus der Tasche. Ihr Blick schweift über die geparkten Autos. Der Schlüssel rutscht beinahe aus ihren verschwitzten Händen. Sie rammt ihn ins Schloss, als hinter ihr jemand aus dem Schatten eines Baumes gleitet.

Sam fährt herum. Es ist Roman.

52

Victoria liegt auf dem Sofa im Wohnzimmer, vor sich ein Glas Gin Tonic. Sie hat die vergangenen zwei Wochen in einer Art Agonie verbracht. Ihre Augen sind rot und entzündet, selbst die antiallergischen Tropfen helfen nicht. Sie magert zusehends ab. Da sie ohnehin sehr schlank ist, scheint es ihr, als verlöre sie vollkommen den Halt.

Sie hat Robert zu Sam geschickt.

Sie vermisst Sam.

Sam wird ihr das nicht abkaufen, Sam versteift sich auf diese absurde Vorstellung, dass Victoria sie nicht liebt. Sie muss etwas spüren, denkt Victoria. Dennoch kommt ihr die Vorahnung bizarr vor, schließlich gibt es Entfremdung zwischen Töchtern und Müttern in beinahe jeder Familie, wenn nicht auf Dauer, so immerhin für gewisse Zeiten. Selbst in Familien ohne solche düsteren Geheimnisse.

Victoria ist erleichtert, dass sie John Carrick nicht auf dem Gewissen hat. Er ist an einem Infarkt gestorben. Angeblich waren seine Herzkranzgefäße vollends ruiniert. Er wusste es wohl nicht. Happy John. Einer, dem der Tod keine Zeit zum Bedauern lässt.

Victoria fragt sich oft, ob Grace damals Zeit hatte, zu begreifen, dass sie in den Tod stürzte. Ob sie sofort tot war. Ob sie vor Angst durchdrehte, oder ob sie mit einem matten Erstaunen auf den zerklüfteten Felsen tief unter der Klippe aufschlug. Ob sie Schmerzen hatte.

Verdammt! Victoria reibt sich die Augen. Der Juckreiz ist unerträglich.

Sie hat John Carrick mächtig rangenommen. Ihm die Meinung gegeigt. Ihn einen Schnüffler genannt, einen Halunken. Sie hat den Verdacht, John könnte ein Handlanger sein, ein

Erfüllungsgehilfe für einen anderen, der es auf ihre Ausstellung abgesehen hat. Vielleicht irgendein Pressemensch, der eine gute Story braucht, um ihr die Ausstellung unter den Füßen wegzuhebeln. Einer, der Victoria gerne abstürzen sähe.

Sie erschauert bei dem Wort ›abstürzen‹ und trinkt schnell einen Schluck Gin. Ihre Kinder melden sich nicht bei ihr. Blanca redet ihr ein, sie müssten endlich mit Sam das Gespräch suchen. Blancas Motiv ist einleuchtend: Sie vermisst Sam. Die Enkelin, ihr ein und alles. Blanca kann nicht ohne Sam, das war von Anfang an klar. Sam hat ihr Grace ersetzt. Die Tochter verloren, die Enkelin mit Beschlag belegt, denkt Victoria gehässig. Wo sie selbst, Victoria, blieb, war allen mehr oder wenig gleichgültig. Die Eltern haben immer genommen, was sie für sich beanspruchten. Genau wie Grace.

Victoria steht auf und tritt ans Fenster. Es nieselt draußen. Sie öffnet die Terrassentür und tritt hinaus. Tief atmet sie die milde Nachtluft ein. Doch die Frische bringt ihr keine Erleichterung. Sie trinkt den Gin wie Limonade. Sie braucht dieses leise Säuseln im Kopf, die Entspannung, die sich gleich einstellen wird, das Gefühl, dass wohl alles nicht so schlimm sein wird.

Allerdings stellt sich die Entspannung heute nicht ein. Jedenfalls noch nicht, denkt sie höhnisch.

Warum ist Robert noch nicht zurück?

Hat am Ende er …?

Nein, Robert war immer loyal. Robert hat an allen entsetzlichen Wendepunkten wie ein Fels zu ihr gestanden. Victoria glaubt, irgendwo im Haus ein Geräusch zu hören. Sie fährt herum, sieht ihr eigenes Spiegelbild im Glas der Terrassentür.

Die Schnitte in ihrem Gesicht sind fast verheilt. Sie ist barfuß, trägt Chinos in Khaki und eine weiße Bluse. Sie ist so mager, dass die Hose rutscht, trotz des Gürtels. Victoria amüsiert sich darüber. Sie war immer die Dünne. Grace die Dicke. Vater sagte: Grace ist rund, nicht dick.

Nein, Grace war nie wirklich dick, sie war weiblich, weich, knuffig. Die Körperkraft, die sie ausstrahlte, gab ihr eher den Anschein, sportlich zu sein, stark, ausdauernd, widerstandsfähig. Während Victorias schlanke Figur eher elegant aussah als gesund.

Warum taucht John Carrick nach 30 Jahren in Coburg auf?, fragt sich Victoria. Ein kühler Wind kommt auf. Sie geht ins Haus und schließt die Terrassentür. Trinkt ihren Drink aus. Die Eiswürfel klirren vorwurfsvoll. Sie mixt einen neuen Gin Tonic. Wittert eine Verschwörung. Ganz klar, so muss es sein. Die Ausstellung, die in zwei Wochen beginnt, wurde groß in der Presse angekündigt, sie hatte ein paar Interviews in Magazinen, die in der Branche durchaus beachtet werden. Nun gut, es waren keine seitenlangen Beiträge, eher luftige Spalten, zwischen die großen Artikel gestreut. Egal. Die Ausstellung zu Victoria Mays 60. Geburtstag ist im Gespräch. Sie lacht laut. Es klingt kratzig. Sie erschrickt, denn das Geräusch scheint sich im ganzen Haus fortzusetzen.

Es gibt ein paar Leute, denen sie die Schau gestohlen hat im Lauf ihrer Karriere. Für die sich Victoria nicht ins Zeug gelegt hat, wenngleich sie es gekonnt hätte. Diese Leute nehmen ihr ihren Egoismus übel. Obgleich sie selbst niemals anders gehandelt hätten. Die Kunst ist eine einzige Heuchelei, denkt Victoria. Zorn erfüllt sie. Angeblich hat John Carrick die ganze aufgewärmte Geschichte mit Grace aus einem Blog im Internet. Victoria hat wie verrückt danach gesucht, nächtelang gesurft, aber nichts gefunden. Dieser Roman soll ja alles aus dem Netz gelöscht haben. Roman Hallstein! Könnte der nicht ein Erfüllungsgehilfe ihrer Tochter sein?

Im Dämmer des Alkohols, der in ihrem Hirn aufzieht, scheint ihr diese Erklärung so logisch wie sonst nichts. Sam will herausfinden, was damals war. Aber sie wird, sie darf es nicht herausfinden. Andernfalls wird alles zusammenbrechen.

Die Familie ist alles, was Victoria hat. Ohne die Mays wäre sie schlicht eine weitere Scharteke aus dem Milieu der alternden Künstlerdiven. Nur vor dem Hintergrund ihrer Familie ist sie die erfolgreiche Victoria May. Victoria stürzt den Gin hinunter. Das Wohnzimmer dreht sich um sie.

Wo ist Robert? Er hat Sam hoffentlich zur Vernunft gebracht. Victorias Mund ist pelzig. Sie sehnt sich nach frischer Luft, am besten macht sie gleich einen Spaziergang hinunter ins Stadtzentrum.

Sam kann das alles nicht verstehen. Nie kann sie alle Mosaiksteinchen sammeln und richtig zusammensetzen. Vollkommen unmöglich. Am Ende glaubt sie sogar, dass Robert …

»Schluss!«, ruft Victoria streng in die Stille des Hauses. Sie geht in die Diele, greift nach ihrem Trench und schlüpft in das neue Paar Keilstiefeletten, die sie sich vor zwei Tagen im Schuhgeschäft am Markt gekauft hat. Sie verabscheut flache Schuhe.

Energisch zieht sie die Tür hinter sich zu und schreitet den Glockenberg hinunter.

Erst als sie an der Ehrenburg vorbei Richtung Markt geht, fällt ihr ein, dass sie gar nicht weiß, wo Robert und Sam sich treffen wollten. Bei Sam zu Hause?

Victoria lacht leise. Sie hat wohl tatsächlich zu viel Alkohol erwischt. Gewöhnlich macht sie nach drei Gläsern Schluss.

Sie ändert die Richtung und geht zur Morizkirche. Es ist dunkel in der Stadt. Der Regen hat aufgehört. Sie legt den Kopf in den Nacken, sucht den Himmel nach Sternen ab. Da und dort entdeckt sie ein Loch in der Wolkendecke. Sie wünscht, sie könnte ein riesiges Teleskop hindurchstecken, um mit einem Blick die ganze Welt zu umfassen. Alles sehen und alles verstehen.

Vor Sams Wohnung hält sie an. Ihr Blick sucht Sams Fenster. Dahinter ist alles dunkel.

Sie hat den Schlüssel. Aber natürlich jetzt nicht dabei! Schön dumm. Sie hat doch den Flieder gebracht, sie hat das Foto mitgehen lassen, auf den Trichter ist die gescheite Sam natürlich nicht gekommen.

Victoria macht kehrt und lässt sich treiben, schlendert durch die dunklen Gassen zum Marktplatz. Ihr Kopf dröhnt, ein stechender Geschmack quält sie. Sie hat Durst. Sie könnte etwas trinken gehen. Ein Glas Wein. Danach einen Espresso. Und dann wird sie heimgehen, sich hinlegen oder ein Schaumbad nehmen.

Sie kommt am Miles and More vorbei, doch das Lokal ist proppenvoll. Sie geht ganz in Gedanken weiter, bis sie schließlich vor der Künstlerklause steht und die Tür aufstößt. Sie mag die Kneipe. Hier herrscht eine Atmosphäre, wie sie kreative Typen hinterlassen. Theaterleute, Studenten, Künstler.

Victoria steuert einen kleinen Tisch am hinteren Ende an. Dabei wirft sie einen Blick in den Nebenraum. Und erstarrt.

Da sitzt Robert. Neben ihm eine Blondine.

Das kann nicht sein.

Er hat den Arm um die Blondine gelegt. Sie trinken Wein. Die Blondine greift in ein Schüsselchen mit Nüssen und füttert Robert damit. Wie vulgär!

Victoria steht schwankend da. Sie fühlt die neugierigen Blicke der anderen Gäste nicht auf sich, achtet nicht auf die freundliche Nachfrage des Kellners, ob er ihr helfen könne.

Also hat Grace an jenem verdammten Schicksalstag vermutlich doch recht gehabt.

»Grace?«, flüstert Victoria, als könnte sie ganz nonchalant mit ihrer toten Schwester an die tausend Nickligkeiten, an all das Hickhack und die Rivalitäten anknüpfen, die vor Jahren auf einer Klippe auf dem Peloponnes unterbrochen wurden. Als wäre das nichts, so ein Sturz aus 30 Metern Höhe. Als wäre das nichts, wenn eine Leiche nie gefunden wird. Wenn man allein nach Hause reist.

Robert sitzt hier mit einer Blondine. Grace hat die Wahrheit gesagt.

Und Robert hat gelogen.

Victorias Beine geben nach. Grace hat es sich echt leicht gemacht, denkt sie. Einfach so über die Klippe zu stürzen. Typisch.

53

Sam freut sich beinahe ein bisschen. Sie hat Roman tatsächlich vermisst. Sollte ich ihn wirklich so abstrafen, nur wegen meiner seltsamen Familie?, fragt sie sich.

Da kommt der Mann, der zwischen den parkenden Wagen auf sie gewartet hat, näher, und sie sieht, dass er gar nicht Roman ist.

Ihr Herz, das eben noch freudig gepocht hat, beschleunigt nun. Flucht ist der erste Instinkt. Es ist spät, die Gasse ist leer, wenige Fenster sind beleuchtet. Die Morizkirche wirft tiefe Schatten.

»Guten Abend, Frau May.«

Die Stimme ist angenehm. Kommt sie ihr nicht sogar ein klein wenig bekannt vor?

Der Mann trägt Jeans, eine Softshelljacke und eine Kuriertasche quer über der Schulter. Um den Hals hat er einen Schal mit Fransen.

»Ich bin Hendrik Rosen. Haben Sie ein paar Minuten Zeit für mich?«

»Ich glaube nicht.« Sam dreht den Schlüssel im Schloss. Sie könnte bei den Nachbarn klingeln und um Hilfe rufen. Sie könnte auf alle Klingelknöpfe gleichzeitig drücken. Die Hand gar nicht mehr wegnehmen. Das ganze Haus rebellisch machen.

»Ich schreibe für ›Artes‹. Sie kennen das Magazin?«

»Und Sie legen gern ein paar Nachtschichten ein?«

Er lacht leise. Macht ein paar Schritte nach vorn. Die Straßenlaterne scheint ihm ins Gesicht. Sein Haar ist ganz blond.

»Nun, ich bin eine Nachteule, das gebe ich zu. Um diese Zeit fängt es für mich erst richtig an.«

»Dann viel Spaß!« Sam stößt die Tür auf, tritt ins Haus. In dem Moment steht er neben ihr. Sein kräftiger Arm hält die Haustür geöffnet.

»Wenn ich Sie auf einen Drink einlade, sagen Sie dann auch Nein?«

»Was wollen Sie von mir?«

»Die Ausstellung, die Sie für Ihre Mutter organisieren. Ich habe die Webseite gesehen. Das ist alles ausgesprochen interessant.«

Sams Fluchtinstinkt erlahmt. Sie ist müde von dem langen Tag, den Selbstvorwürfen, die durch das Gespräch mit Robert wieder hochgekommen sind. Sie merkt, dass sie zu viel verdrängt hat, die lange Pause vom Grübeln zwar oberflächlich erholsam war, aber dass all die bohrenden Fragen nun umso brutaler zuschlagen. Vielleicht hört sie dem Mann deshalb zu. Und weil sie von so vielen Menschen, die sie liebt, belogen worden ist, dass es zur Abwechslung tatsächlich möglich wäre, dass ein Unbekannter ihr etwas Wahres berichtet.

»Interviews gebe ich morgens zwischen acht und neun. Schlechte Zeit für Sie«, zischt Sam.

Er lacht. Es klingt wie das Gurren eines großen, plumpen Vogels.

»Gehen wir was trinken?«

»Okay.«

Sie landen im Maccaroni, das ist nicht weit und hier tummeln sich am Wochenende spät abends noch zig Gäste.

Hendrik Rosen bestellt ein Weizenbier, Sam einen Wein. Sie beobachtet seine distinguierten Bewegungen, mit denen er ein Aufnahmegerät, ein Notizbuch und einen schicken Drehbleistift auf den Tisch legt. Das kleine rote Licht an dem Diktafon leuchtet.

Sie legt die Hand drüber. Rosen nimmt ihre Hand und bewegt sie weg. Legt sie auf der Tischplatte ab. Ohne etwas zu sagen.

Sam schüttelt seine Hand ab. Sie nimmt das Diktafon und steckt es in ihre Handtasche. »Ein paar Dinge laufen nach meinen Spielregeln.«

Er lächelt amüsiert.

»Ich habe kürzlich einen Artikel über Eleni Tsiadis geschrieben«, beginnt er. »Sehr spannende Recherchearbeit. Eine hochinteressante Frau. Voller Geheimnisse.«

Die du natürlich ergründen musst, Mister Superschlau, denkt Sam. Ihre Wangen werden heiß.

»Und kurz nachdem ich den Artikel fertig hatte, der in ›Artes‹ erschien«, macht Rosen weiter, »stieß ich auf die Webseite des Coburger Kongresshauses und von dort auf die Informationen zur Ausstellung Ihrer Mutter. Ich muss sagen, dass ich Victoria Mays Kunst liebe. Mehr als die von Eleni. Ihre Mutter malt positiver, stärker. Wahrscheinlich liegt das an ihrer Neigung zum Konkreten, die Eleni mittlerweile vollkommen abgeht.«

Sam nimmt einen Schluck Wein. Sie lässt ihn schwatzen. Er ist geschickt, wie eine Spinne, die das Beutetier im Netz umkreist, bis sie zum Todesstoß ansetzt. Selbstredend ist Sam längst klar, dass dieser Journalist es herausgefunden hat: Victorias Bilder fußen auf anderen Ideen. Auf den Ideen ihrer

Schwester. Er erzählt auf Umwegen. Lullt Sam ein. Sie sollte gehen. Aber das kommt nicht in Frage. Sie muss wissen, ob er es weiß. Hat John Carrick diesem smarten Knaben einen Wink gegeben? Sam strafft die Schultern.

Ihrem Gegenüber entgeht die kleine Geste nicht. Er unterbricht seinen Redeschwall kurz, beugt sich vor und fragt:

»Sie wussten es, oder?«

Sam weiß nicht, was genau er meint, und sie spürt, dass diese Unbestimmtheit seine Gesprächstechnik ist. Er geht davon aus, dass sie selbst das Gespräch in die Richtung lenkt, wo er sie haben will. Sie soll sich quasi selbst kompromittieren. Mitsamt ihrer Mutter. Die Ausstellung ist gestorben. Weiß er von Grace?

Ein junger Mann in einem blauen Anzug, blond. Mit ausrasiertem Nacken. So hat ihre Nachbarin den Mann beschrieben, der den Umschlag brachte. Nun gut, heute trägt der Typ einen Schal, Haare wachsen ohnehin schnell nach und Kleidung kann man wechseln. Sam muss unwillkürlich schmunzeln.

Ein Journalist von ›Artes‹ wollte sie dort haben, in Venedig. Aus den Augenwinkeln sieht sie, dass Rosen ihre Entspannung fühlt. Das hat er nicht geplant. Er will sie in die Enge treiben, den Stress verstärken, bis sie irgendwann nur noch froh ist, die Wahrheit sagen zu dürfen. Na warte!

»Ich glaube, es ist an der Zeit, dass ich mich bei Ihnen für die Einladung bedanke.«

Er zuckt zurück.

»Nach Venedig. Denn die stammte von Ihnen.« Sie stellt keine Frage, wirft stattdessen eine Feststellung in den Raum und lässt ihm keine Zeit, zu reagieren. Er muss seine Strategie in Windeseile umstellen.

»Eleni Tsiadis«, macht Sam weiter. »Es war eine Offenbarung, ihre Kunst zu sehen, vor allem an einem so romantischen Ort.«

Hendrik Rosen räuspert sich. »Ich …«

»Ihr Magazin klammert sich üblicherweise an die Größen, die in Mailand sitzen, in Paris, in London. So wie Eleni Tsiadis. Wer interessiert sich schon für eine Künstlerin aus dem Fränkischen? Aus Coburg?« Sie lacht. »Sehen Sie sich um. Wäre es nicht Samstagabend, hätte man die Gehsteige längst hochgeklappt. So ist es hier eben. Geruhsam. Nichts für einen Reporter von ›Artes‹.«

»Hören Sie …«

»Victoria May ist eine sehr schlichte Künstlerin. Sie ist hauptsächlich Hausfrau und Mutter, wussten Sie das?«

»Ich …«

»Wenn Sie mit mir sprechen wollten, Herr Rosen, dann vermutlich deshalb, weil ich ihre Tochter bin. Ich kenne meine Mutter besser als mich selbst. In erster Reihe steht bei ihr die Familie. Dann lange nichts. Und dann die Kunst.« Das stimmt sogar, wenn auch anders, als ich will, dass er es versteht, denkt Sam amüsiert. »Solche Künstlerinnen finden Sie als Journalist nicht attraktiv. Keine Legenden, Krankheiten, Affären. Sondern solides Handwerk. ›Artes‹ interessiert sich dafür in der Regel überhaupt nicht.«

»Wenn …«

»Stattdessen fahren Sie auf Frauen wie die Tsiadis ab, nicht wahr?« Sam beugt sich vor. »Künstlerinnen, die umrankt sind von mirakulösen Geschichten. Wie kann eine Griechin aus einem Fischerdorf, deren Eltern nicht lesen und schreiben konnten, eine gefeierte Künstlerin werden? Wie hat sie sich aus dem anarchischen Dorfverband am Mittelmeer in die Metropole Londons vorgearbeitet? Das sind die Storys, denen Sie nachlaufen.«

Sam holt tief Luft. Das reicht erstmal. Sie hat ihn aus dem Konzept gebracht.

Er trinkt sein Bier aus und ordert ein neues. Der Geräuschpegel im Lokal sinkt. Die erhitzten Gespräche voller Lachsalven und grober Sprüche sind geruhsamer geworden. Man hat sich ausgetobt.

Sam mustert Rosens Gesicht. Er war auf der Ausstellung. Und er hat angeregt mit dem Italiener gesprochen. Diesem Loredan. Sie hat ihn gesehen. Ihn jedoch nicht weiter beachtet, weil dort zu viele Menschen waren, ein einziges Chaos aus Leuten.

Die Idee, die Karte mit dem Hinweis auf Elenis Ausstellung in Venedig mir unterzuschieben, denkt Sam, die stammt nicht von ihm. Sie beobachtet die junge Frau mit der Bistroschürze, die ein frisches Weizenbier an ihren Tisch bringt. Sie stellt es schwungvoll vor dem Reporter ab. Der Schaum rinnt außen am Glas herab.

»Zum Wohl!«, sagt sie fröhlich, obwohl ihr Gesicht müde ist von einem langen Tag.

»Wer ist Ihr Auftraggeber?«, fragt Sam. Die plötzliche Panik, die in ihr aufsteigt, macht ihre Stimme scharf. Ich klinge wie Victoria, denkt sie.

»Mein Chefredakteur ...«

»Chefredakteur? Kommen Sie, Herr Rosen. Wir spielen hier nicht Märchenstunde.« Sam lacht leise auf. So direkt und unhöflich hat sie kaum jemals mit einem Menschen gesprochen. Plötzlich kommt sie sich vor wie auf einer Bühne, auf der sie sich freispielt – weil sie das Stück endlich versteht. Sie steht auf. »Jedenfalls war es sehr aufmerksam von Ihnen, über den italienischen Journalistenverband die Freikarten für Roman und mich zu ordern. Für die Finissage, meine ich.«

54

Blanca liegt im Bett und weint. Vor Verzweiflung und Einsamkeit. Vorhin ist Luna bei ihr gewesen. Sie genießt die Besuche dieser quirligen jungen Frau. Aber sie sehnt sich doch nach Sam. Victoria hat ihr das jahrzehntelang vorgeworfen: Sam ist dein Ein und Alles! Und es ist wahr: Sam erinnert Blanca so sehr an Grace. Als sie ein Baby war, schien die Ähnlichkeit nicht so auffallend. Babys sehen ohnehin alle gleich aus. Aber allmählich wuchs sie zu einem Abziehbild von Grace heran.

Blanca legt sich auf die Seite und angelt mühselig ein Taschentuch vom Nachttisch. Ihr Gesicht ist heiß vom Weinen. Sie versteht Sams Zorn. Sam hat nie wirklich rebelliert. Sie hat sich angepasst. Erst im Alter von 30 Jahren hat sie es geschafft, sich der Familie zu entziehen.

Blanca blinzelt in die Dunkelheit. Wie hat sie die Tage genossen, als Sam hier bei ihr wohnte. Sie ist richtig aufgelebt, hat sich lebendig, stark, froh gefühlt. Jetzt drückt das Alleinsein sie nieder. Daran ändern auch Lunas Besuche nichts. Luna ist eine tolle junge Frau, die für ihre Freundin Sam sogar die alte Großmutter betüttelt. Aber Luna ist nicht Sam. Da ist eine Verbindung zu Sam, die Blanca seit Jahr und Tag gespürt hat. Für Theatralik hat sie in aller Regel nichts übrig. Aber es kommt ihr doch so vor: als wären sie Zwillingsseelen. Zwei Teile einer Seele, so nah sind sie einander.

Ob es sich für Sam genauso anfühlt? Eine Zeitlang war Blanca sich dessen sicher. Jetzt beginnt sie, an allem Möglichen zu zweifeln. Sie fragt sich, ob Victoria je Sams Hände genauer angesehen hat. Letztlich können sie alle, kann die ganze Familie froh sein, dass Sam ausgerechnet Grace so ähnlich sieht.

Blanca putzt sich die Nase. Da klingelt das Telefon. Sie

fährt zusammen. Es ist spät, fast elf Uhr. Sie schaltet das Nachttischlämpchen an und greift nach dem Telefon.

»May?«

»Hier ist Roman Hallstein, guten Abend.«

»Ach.« Blanca lächelt. »Roman. Hallo.«

»Ich …«

»Sam wohnt nicht mehr bei mir.«

»Ich erreiche sie nicht. Weder zu Hause noch auf ihrem Handy. Sie geht mir aus dem Weg. Ich dachte …«

Blanca seufzt. Erwartet er von ihr, dass sie eine Beziehung kittet, die gegebenenfalls nur ein kleiner Scherz des Schicksals war?

»Am 4.6. ist Vernissage. Da werden Sie Sam bestimmt zu Gesicht kriegen. Die Ausstellung wird sie sich nicht nehmen lassen.«

Roman sagt eine Weile nichts. Blanca denkt schon, er hat das Interesse verloren und aufgelegt. »Hallo?«, ruft sie halblaut in den Hörer.

»Ich bin noch dran, Frau May. Meinen Sie, ich könnte bei Ihnen vorbeikommen?«

»Jetzt?« Fast hofft Blanca, dass er ›ja‹ sagt. Die Einsamkeit zerrüttet sie. Liebend gern würde sie aufstehen, sich anziehen und eine Flasche Wein entkorken, um mit dem Ex-Freund ihrer Enkelin auf irgendwas anzustoßen.

»Nun, ja, wenn es Ihnen nichts ausmacht.«

»Es macht mir nichts aus. Kommen Sie.«

Eine halbe Stunde später ist Roman bei Blanca. Er steht schlaksig in der Tür, das braune Haar zerrauft. Es ist ihm sichtlich unangenehm, so spät aufzuschlagen. Anstelle einer Begrüßung druckst er herum.

»Herein mit Ihnen!«, sagt Blanca.

Sie setzen sich in die Küche, wo Blanca ihnen beiden ein Glas Rotwein einschenkt. Lucienne streift maunzend um ihre Beine.

»Ich habe keinen Kontakt zu Sam«, erklärt Blanca. »Sie selbst will es so. Sie hat sich von der Familie zurückgezogen. Wahrscheinlich wurde es schlicht Zeit, dass sie sich abnabelt. Zu schade, dass sie sich auch von Ihnen entfernt hat.«

Roman zuckt die Achseln. »Ich glaube nicht, dass sie sich wirklich entfernt hat. Sie ignoriert nur. Die Tatsachen, meine ich.«

»Welche Tatsachen?« Blanca wird argwöhnisch.

»Nehmen Sie es mir nicht übel. Bei allem, was recht ist, sie muss inzwischen wissen, dass Grace ihre Mutter ist. Und nicht Victoria. Sie will es bloß nicht wahrhaben. Oder?«

Blanca verspürt den dringenden Wunsch, dem jungen Mann ihr gegenüber eine Ohrfeige zu verpassen. Sie hat weder ihre Töchter noch ihre Enkel je geschlagen. Jetzt juckt es sie in den Fingern, diesem Schnösel, der vom Leben so gut wie nichts versteht, weniger als nichts, eine Lektion zu erteilen. Langsam lässt sie den Wein im Glas kreisen.

»Woher wissen Sie es?«

»Die unglaubliche Ähnlichkeit. Die Tatsache, dass Grace totgeschwiegen wurde. In der Familie, meine ich. Warum hätten Sie das tun sollen? Um Victoria eine Karriere aufzubauen?«

»Wir dachten, es wäre das Beste für Sam, wenn sie es nicht wüsste.«

Roman beugt sich vor, setzt an, etwas zu sagen, aber Blanca hebt die Hand.

»Warten Sie! Ja, wahrscheinlich wollte Victoria ihre Karriere auf Grace' Bildern aufbauen. Sams Wohlergehen hat sie nur vorgeschoben. Andererseits: Sie wollte auch Sam haben.

Sie wollte, dass Sam ihre Tochter ist. Victoria heiratete und sehnte sich nach einem Kind, aber es kam keines. Stattdessen wurde Grace schwanger. Wieder bekam Grace etwas, was ihrer vernachlässigten Schwester vorenthalten war.« Blanca spricht immer schneller. Alles sprudelt ihr über die Lippen; was sie in Jahren zurückgehalten hat, fließt diesem Fremden entgegen, der, wie es der Teufel will, Journalist ist, ein Schreiberling, einer, der mit den Dramen der Menschen sein Geld macht. »Sam war ein hübsches Baby. Victoria war ganz vernarrt in sie. Sam hatte ein fröhliches Temperament und war leicht zu haben. Ein richtiger Sonnenschein. Grace jedoch wollte die Kleine nicht. Sie wollte Freiheit, sie wollte nicht angebunden sein, sie strebte nach einer Karriere, sie brauchte Luft zum Atmen …«

Roman schenkt Blanca Wein nach.

»Als Grace tot war, gab es für Victoria nur eins: Sie wollte Sam adoptieren. Sam sollte ihr Kind sein. Robert, ihr Mann, war sofort einverstanden.« Hier bricht Blanca ab. Sie wirft Roman einen Blick zu. »Das haben Sie auch rausgefunden?«

Er nickt.

»Wie?«

»Man muss nur genau hinsehen.«

»Lieben Sie Sam?«

Er nickt und wird rot.

»Warum haben Sie Ihren Job verloren?«

»Zuerst Ärger mit dem Chefredakteur, nachher brutale Selbstzweifel. Ich konnte den Job nicht mehr machen. Boulevard ist ziemlich dreckig.«

»Und was werden Sie in Zukunft tun?«

»Ich denke drüber nach, mir online etwas aufzubauen.«

Blanca hält es für unmöglich, mit dem Internet Geld zu verdienen, wenn keiner mehr für das bezahlt, was er dort liest. Wahrscheinlich ist sie zu alt, um die Zusammenhänge zu durchschauen. Im Moment spielt es ohnehin keine Rolle.

Roman trinkt seinen Wein aus und schenkt sich selbst nach. Er sieht Blanca direkt an. Sie findet seine grünen Augen betörend. Unwirklich. Sie passen in ihrer Intensität gar nicht zu diesem schlaksigen Mann, dem die Jeans von den Hüften rutschen. Trägt er farbige Kontaktlinsen?

»Bitte, lassen Sie mich eine Sache sagen.« Roman räuspert sich, beugt sich zu Blanca. »Es könnte sein, dass Grace gar nicht tot ist.«

55

Sam liegt im Bett. Sie hat geduscht, versucht, diesen Hendrik Rosen abzuspülen, wegzuschwemmen, und mit ihm alle Gedanken, alle erneuten Zweifel.

Jemand wollte sie in Venedig haben. Nicht Rosen selbst. Wer sonst?

Sie vermutet, dass jemand Rosen eine gute Story unter die Nase gehalten hat, wie man einem Hund einen Knochen hinhält. Und wieder wegzieht. Warte du nur, damit du ihn kriegst, musst du Männchen machen.

Wie lange ist Rosen schon hinter ihr her? War das Gefühl, beobachtet zu werden, zuverlässig oder nur eine Laune ihrer überreizten Nerven? Ist die Ausstellung in Gefahr?

Sam wälzt sich von einer Seite auf die andere. Eleni Tsiadis. Grace May. Victoria May. All die Bilder, die sie in den letzten Wochen von allen Seiten betrachtet, analysiert und durchdacht hat, mischen sich vor ihrem inneren Auge zu einem einzigen Wirrwarr an Farben, Formen, Aussagen.

Plötzlich fragt sie sich, ob Kunst überhaupt eine Aussage

macht oder nicht einfach nur aufreizend sein will. Herausfordert. Grace und ihre abstrakten Linien. Victoria, die darauf aufbaut, abmalt, neu malt, ohne je etwas Eigenes zu entwerfen. Und schließlich Eleni Tsiadis. Unikoloristisch. Düster. Extrem.

Sam fängt an zu schwitzen. Ihr Herz rast. Sie wirft die Bettdecke weg, knipst das Licht an. Während sie den Computer hochfährt, wühlt sie nach den Fotos, die sie von John Carrick hat.

Sie legt die Aufnahmen auf dem Teppich aus und ordnet Victorias Bilder darunter an. Im Netz sucht sie nach Bildern von Eleni. Sie druckt ein paar aus, legt sich bäuchlings auf den Boden und bringt alles in eine sinnvolle Anordnung. Es ist ein Stammbaum. Oben Grace' Gemälde. Darunter, links, Victorias. Daneben, rechts, Elenis.

Sam laufen die Tränen übers Gesicht. Sie checkt die Seiten, die ›Artes‹ über Eleni Tsiadis geschrieben hat. Ihre Gedanken beschleunigen, überschlagen sich. In ihrem Kopf hämmert es wir verrückt.

Es ist ein Ding der Unmöglichkeit. Es wäre wider allen Verstand, an so etwas zu glauben. Sam greift nach den Übersetzungen, die Romans Vater angefertigt hat. Ein Sturz über 30 Meter, vorspringende Klippen, scharfkantige Felsen, eine gefährliche Brandung, extreme Strömungen. Niemand kann so etwas überleben.

Die Kunstwerke, die Sam in schlechten Ausdrucken auf ihrem Teppich liegen hat, sprechen eine andere Sprache.

Eleni Tsiadis ist Grace May. Sie spricht perfekt deutsch. Das Alter stimmt. Ihr Aussehen verbirgt Eleni unter einem Hut. Es gibt nur ein einziges autorisiertes Pressefoto. Niemand weiß etwas Genaues über ihre Lebensgeschichte. Sam entdeckt einen Artikel, in dem es heißt, Eleni Tsiadis habe im Laufe ihres Lebens unablässig neue, widersprüchliche Details über ihre Herkunft ausgestreut. Absichtliche Fehlinformationen, um sich interessanter zu machen? Der Bericht, den Sam in einem Magazin online liest, wurde von Hendrik Rosen geschrieben.

Es passt alles, denkt Sam. Die Panik droht sie zu überwältigen. Hat Blanca es geahnt? Weiß es Victoria? Ist sie, Sam, wieder einmal der Trottel, der alles als Letzter bemerkt? Und ihr Vater? Welche Rolle spielt ihr Vater?

Sam zupft an ihrer Unterlippe. Plötzlich wird die Kunstszene auf Eleni Tsiadis aufmerksam. Suchen sie eine Leiche in ihrem Keller? Irgendetwas, um sie in der Öffentlichkeit bloßstellen zu können? Warum? Gibt es für den Boulevard nichts Spannenderes? Richtig schrille Promis mit Drogenproblemen und bauchfreien Outfits, deren Marktwert in Skandalen berechnet wird, weil es sonst nichts gibt, an dem man diese Sternchen messen könnte?

»Fuck!«, sagt Sam in den stillen Raum hinein. Sie vertieft sich ins Internet, liest alles, was sie über die griechische Künstlerin finden kann. Ein britisches Magazin hat vor zwei Jahren Fotos des Fischerdorfes veröffentlicht, in dem Eleni Tsiadis aufgewachsen sein soll. Ihren Erfolg schreibt die Journaille im Großen und Ganzen ihren Agenten zu, welche es angeblich geschafft haben, Eleni auf den wichtigen nationalen Kunstmärkten zu positionieren.

Sam schwirrt der Kopf. Ihr Handy klingelt, wie immer im denkbar dümmsten Moment. Sie kramt es aus ihrer Tasche. Es ist ihr Vater. Sie drückt ihn weg. ›Anruf ablehnen‹ ist momentan ihre liebste Option. Wütend wirft sie das Telefon in die Tasche. Ein heller, metallischer Ton ist zu hören. Sam greift in die Tasche. Sie hält das Aufnahmegerät in den Händen, das Hendrik Rosen auf den Tisch gelegt hat.

Sie betrachtet es näher. Es ist eines von diesen digitalen Geräten, das sich selbst abschaltet, wenn es keinen stimmlichen Input bekommt. Sam spielt daran herum. Schließlich ruft sie die bisherigen Aufnahmen ab.

Sie hört eine Stimme, die ihr bekannt vorkommt. So bekannt, dass es ihr eiskalt den Rücken hinunterläuft. Der Mann mit dem Stetson und der auffälligen Krawattennadel. Dem sorgfältigen Englisch mit dem starken italienischen Akzent.

Loredan.

Hendrik Rosen macht ein Interview mit Loredan. Der Italiener betreibt eine Kunstagentur, so, wie es sich anhört, eine der einflussreichsten in ganz Italien. Rosen stellt ein paar Fragen über die wichtigsten Künstler, die er unter Vertrag hat. Unter ihnen ist Eleni Tsiadis. Loredan nennt sie wie nebenbei als Vorletzte auf seiner Liste an besten Empfehlungen. Es folgen ein paar Worte zu Elenis Ausstellung in Venedig. Loredan erwähnt die Finissage. Rosen schwenkt zu einer Frage über die staatliche Kunstförderung in Italien. Der Agent gibt eine kurze, launige Antwort. An dieser Stelle endet das Interview. Sam will gerade abschalten, als noch einmal Loredans Stimme zu hören ist.

»Das also in die nächste Ausgabe von ›Artes‹. Sie sind mir was schuldig.«

Darauf antwortet Rosen:

»Sicher, Signor Loredan. Das ist kein Problem.«

»Wir warten bis Mitte Juni, bevor wir das Täubchen abschießen.«

Sam starrt auf das Gerät, das nun den Beginn ihres eigenen Gespräches mit Rosen abspielt.

Sie sind mir was schuldig.

Ist dieser Hendrik Rosen nicht viel zu jung, um Redakteur bei einem Magazin wie ›Artes‹ zu sein? Wie viele Journalisten würden sich die Finger nach so einer Position lecken? Sams Hände zittern, als sie das Diktafon in ihre Tasche gleiten lässt. Welches Täubchen will Loredan abschießen? Und warum?

Sam sieht auf die Uhr. Es ist spät.
Sie ruft Luna an.

Luna bringt zwei Flaschen Rotwein mit. Sie sitzen auf dem Teppich und reden. Zuerst erzählt Sam. Sie spielt Luna die Aufnahme vor. Zeigt die Ausdrucke über Eleni Tsiadis' Leben, die sie aus dem Internet hat. Trägt ihre Zweifel, ihre Vermutungen vor.

Das Licht der Deckenlampe bringt den Wein in den Gläsern zum Funkeln. Ab und zu trinkt Luna einen Schluck. Schließlich, als Sam geendet hat und ihre Freundin hilfesuchend ansieht, sagt Luna:

»Also, im Ernst: du hast da eine ganz große Sache aufgedeckt.«

»Grace lebt, Luna! Das ist unwahrscheinlich, ich weiß. Aber es kann nicht anders sein. Ich habe Eleni sprechen gehört, Luna. Sie spricht deutsch wie du und ich. Sie ist keine Griechin. Nicht der Hauch eines Akzents! Sie verwendet unsere Ausdrücke, Wörter, wie man sie nicht im Ausland lernen kann!«

»Und deine Familie hat keinen Schimmer«, stellt Luna fest.

»Nein. Da bin ich mir sicher.«

»Wie konnte das gehen? Denk an die Protokolle. Jemand stürzt aus solcher Höhe …«

»Das hat Victoria so angegeben.«

»Du meinst, es hat sich ganz anders zugetragen?« Luna sieht Sam ehrlich entsetzt an. »Dann wüsste deine Mutter …«

Sam hebt beide Hände. »Ich weiß nicht mehr, was ich glauben soll. Eleni Tsiadis geht am Stock. Sie hatte angeblich Kinderlähmung, als sie klein war. So habe ich es in einem der wenigen Beiträge aus einer britischen Zeitung gefischt.« Sie weist auf den Papierstapel, der vor Luna auf dem Teppich liegt. »Aber es könnte doch sein, dass sie den Sturz schwer verletzt überlebt hat.«

»Warum hat sie dann niemand gefunden? Entschuldige, Sam, das klingt zu konspirativ.«

»Vielleicht hat jemand sie gefunden. Sie aufgelesen, zu sich nach Hause mitgenommen und gesundgepflegt.«

»Ich bitte dich!« Luna schenkt Sam Wein nach. »Man nimmt schließlich keine Schwerverletzte mal eben so mit. Wie denn? Wenn sie sämtliche Knochen gebrochen hatte …«

»Ich weiß es ja auch nicht. Ich versuche, mir zusammenzureimen, was gewesen sein könnte. Denn eines sage ich dir: Die Bilder von Grace May vor 30 Jahren und die von Eleni Tsiadis heute, die gehören zusammen. Daran besteht kein Zweifel.«

»Klingt nachvollziehbar.« Luna blättert durch die Ausdrucke. »Ebenso wie die Sache mit Elenis Deutschkenntnissen. Ihr Alter. Alles passt. Sogar das Geheimnis, das sie um ihre Herkunft macht.«

Sam seufzt. »Es ist total unwahrscheinlich, ich weiß.«

»Nehmen wir an, es ist genau so, wie du jetzt denkst. Wie kommt deine Familie ins Spiel?«

Sam zuckt die Achseln. »Mein Großvater hätte Grace nie losgelassen. Er hätte, wenn er es gewusst hätte, alle Hebel in Bewegung gesetzt, um sie zurückzuholen.«

Die beiden Freundinnen sehen einander an. Schließlich streicht Luna sich eine Strähne hinters Ohr.

»Grace wäre ihrem Vater nie entkommen. Nur durch … ihren Tod.«

Sam nickt. Das muss sie erst mal verdauen. Ihr Kopf brummt. Gierig trinkt sie ein paar Schlucke Rotwein. »Doch Victoria hätte sowas nie gemacht.«

»Sowas?«

»Das Verschwinden ihrer Schwester zu decken.«

»Warum nicht?«, fragt Luna. »Irgendwie hätten beide etwas dabei gewonnen. Grace ihre Freiheit, und Victoria wäre endlich die unliebsame schwesterliche Konkurrenz losgeworden.«

Es ist so ungeheuerlich, dass Sam es nicht glauben kann. Trotzdem spürt sie tief drinnen: Es könnte wahr sein.

»Das könnte der Grund sein, warum sie Grace totgeschwiegen haben«, flüstert sie.

»Dein Großvater wäre mit diesem Stillschweigen sicher nicht einverstanden gewesen, oder?«

»Vermutlich nicht. Doch er starb bald. Ein Jahr nach Grace. Wenn … nun, falls es zutrifft, was wir denken, lebt sie noch.«

»Und dein Großvater starb vor Kummer, meinst du? Weil er Grace verloren hat?«

Sam nagt an ihrer Unterlippe. »Er kippte zu Hause bei meinen Eltern vom Stuhl. Herzinfarkt. Er war sofort tot. Niemand außer Victoria hat es mitgekriegt. Ich war ein Kleinkind. Und mein Vater war nicht zu Hause.«

»Wir müssen deine Mutter damit konfrontieren. Sie fragen, ob sie ihrer Schwester geholfen hat, ein neues Leben anzufangen.«

Siedend heiß wird Sam klar: Wenn sie und Luna sich eine solche Geschichte zusammengereimt haben, waren Loredan und sein protegierter Journalist ebenfalls dazu imstande. Weshalb eben jener Hendrik Rosen bei Sam aufgekreuzt ist.

»Loredan hat Rosen hierher geschickt. Um mich in die Zange zu nehmen. Auf der Finissage in Venedig hat er mich gefragt, ob ich eine Verwandte von Eleni Tsiadis bin. Er weiß es, Luna. Er weiß, dass Eleni Grace ist.«

»Und?«

»Ich glaube, Loredan als Elenis italienischer Agent verspricht sich etwas von einem Skandal. Er hat einen jungen

Typen, der geil auf Karriere ist, bei ›Artes‹ untergebracht. Der soll eine Geschichte lancieren. Erst ein Interview, in dem Eleni wie nebenbei vorkommt, als kleiner Vorgeschmack. Im nächsten Monat platzt die Blase.«

Luna blinzelt, sie kommt nicht ganz mit.

»Du meinst …«

»Es könnte Eleni Tsiadis' Marktwert enorm steigern. Als Agent verdient er mit. Wie lange verkaufen sich Elenis Bilder noch? Sie ist über 60. Solange sie lebt, kann er sie auspressen wie eine Zitrone.«

»Solange sie lebt«, murmelt Luna. »Oder wenn sie stirbt. Dann einen Skandal aufzudecken, ohne dass sie die Chance hat, sich dazu zu äußern, wäre vermutlich um einiges gewinnbringender.«

Sam starrt Luna an.

»Täubchen abschießen!« Sie sagen es beide gleichzeitig.

56

Eleni stellt die Laptoptasche ab und gibt dem Boy, der sie und ihr Gepäck in die Suite gebracht hat, 20 Euro. Er legt die Hand an die Mütze und geht davon.

Eleni lässt sich auf das Bett fallen. Sie liebt das Gabrielli Sandwirth wie kaum ein anderes Hotel in Europa. Direkt unter ihrem Fenster vollzieht sich gerade ein Farbenspiel, das zu sehen sich die halbe Welt sehnt. Auf der Lagune Venedigs spiegelt sich die untergehende Sonne. Wenn sie auf die Dachterrasse gehen würde, könnte sie den rot glühenden Feuerball hinter den Schloten von Mestre versinken sehen, drüben auf dem Festland, dem stinkenden, schmutzigen, gewöhnlichen Italien. Doch hier, ein paar Stockwerke unter ihr, auf der Riva degli Schiavoni, da klicken die Fotoapparate, werben die Gondolieri um Kundschaft, da glitzert das brackige Wasser golden und violett und blau und rot gleichzeitig. Was für eine Stadt!

Aber Eleni ist außerstande, die Dachterrasse zu erklimmen, selbst mit dem Fahrstuhl nicht. Die Reise von Florenz zurück nach Venedig hat sie alle Kraft gekostet. Die Schmerzmittel machen sie müde und träge. Sie braucht ein gutes Glas Rotwein und dazu einen Croque-Monsieur, sie wird gleich den Zimmerservice anrufen. Nur noch ein paar Minuten so daliegen, nur ein paar Minuten …

Florenz war ein Traum. Loredan, eilfertig wie stets, hat all seinen Einfluss in die Waagschale geworfen, damit sie die Uffizien besuchen konnte. Allein. Spät am Abend. Schade, dass sie nicht wirklich bei der Sache gewesen ist an jenen beiden Abenden. Sie war zu müde. Von der Reise. Von der Verwirrung. Loredan überschlägt sich in letzter Zeit mit Wohltaten. Es soll ihr recht sein, schließlich ist sie von ihm abhängig. Denn sie will in Italien bleiben. Am liebsten würde sie gleich von diesem Bett aus alles regeln, die Wohnung in London räumen lassen, das Atelier auch, alles verkaufen und neu anfangen in Venedig. In der durchlauchtesten aller Städte: der Serenissima!

Während der Himmel draußen dunkler wird, violett, dunkelblau und schließlich schwarz, nimmt Eleni noch eine Schmerztablette und wartet darauf, dass sie wirkt. Na gut, in Venedig fressen einen im Sommer die Mücken auf, le zanzare, wie sie auf Italienisch heißen, mörderische, blutgierige Viecher. Eleni kann diesen Überlebenskünstlern sogar etwas abgewinnen. In London kriecht jetzt der Nebel um die Häuser. Sie ist ihres britischen Lebens so überdrüssig.

Als sie sich endlich aufrafft und zum Telefon greift, um den Zimmerservice anzurufen, klingelt der Apparat.

»Hanna?«, lacht Eleni ungläubig. »Du?«

»Ich stehe in der Lobby deines Hotels.« Hannas Stimme ist so rauchig wie immer, ein vertrautes, kratziges Fauchen.

»Venedig lässt dich nicht los, wie?«

»Ich lade dich zum Abendessen ein.«

»Liebste, ich bin vor einer Stunde aus Florenz gekommen, mit dem Zug, ich bin durchgeschüttelt und durchgerüttelt, ich …«

»Mach dich schick, Eleni. Ich warte auf dich in der Lobby.«

»Du bist …«

»Bitte, Eleni!« Hannas Stimme klingt fast flehentlich.

»Na gut. Gedulde dich eine Viertelstunde.«

»Kein Problem. Es gibt in Venedig keine appetitanregendere Pracht als die Lobby des Sandwirth.«

Eleni lacht rau. »Da bin ich mir nicht so sicher.«

Sie humpelt ins Bad. Trotz der Schmerzblocker tut ihr die Hüfte verdammt weh. Sie hat sich mit der Reise übernommen, hätte sich mehr Zeit nehmen müssen. Was für ein Blödsinn, Florenz in vier Tagen. Das machen die Amerikaner, die ziehen sich ganz Italien in vier Tagen rein. Für sie selbst ist das nichts mehr. Sie ist zu alt und zu gebrechlich. Eleni betrachtet ihr ebenmäßiges Gesicht im Spiegel. Sie ist immer noch schön. So fühlt sie sich auch. Schon als junges Mädchen fanden alle sie schön. Und weiblich. Sie bekam viele Komplimente. Bis heute macht sie selbst gern welche. Sie schätzt Frauen, die ein wenig Aufwand betreiben, um etwas aus sich zu machen. Für Jeansträgerinnen, die schnell einen Sweater über ein Top stülpen, hat sie wenig Verständnis.

Eleni wäscht sich das Gesicht und tupft Font de Teint auf ihre Haut. Sie schminkt sich die Augen und wählt einen rostbraunen Lippenstift. Sie schlüpft in einen schokoladenbraunen Hosenanzug, setzt den großen Strohhut mit der überbreiten Krempe auf, verlässt ihre Suite und fährt mit dem Lift nach unten.

»Eleni, du siehst umwerfend aus!«

»Du auch, Hanna!«

Die Galeristin, die einen karierten Rock trägt, eine rote Bluse und dazu eine Stola um die Schultern geworfen hat, lächelt.

»Komm! Ich habe ein Taxi bestellt. Wir gehen essen.«

Eleni liebt Taxifahren in Venedig. Die schnellen Boote lassen Gondeln und Vaporetti links liegen, brausen, mächtige Wellen aufwerfend, durch die Kanäle und sind ruckzuck am Ziel.

Hanna lässt das Boot an der Rialtobrücke halten.

»Wohin soll es gehen?«, fragt Eleni, nachdem der Taxista ihr beim Aussteigen behilflich war und sich mit einer formvollendeten Verbeugung von den beiden Damen verabschiedet hat.

»Alla Madonna. Berühmt für seine Fischgerichte.«

»Na gut.«

»Es ist nicht weit, Eleni.«

»Schon okay.« Sie will vor ihrer Freundin nicht jammern. Eleni beklagt sich nie über ihr Leiden. Sie weint selten, allenfalls in der Stille eines Hotelzimmers, dem sie ein paar negative Moleküle hinterlässt, die den nächsten Bewohner traurig stimmen. Vor anderen jammert sie nicht. Sie nicht.

Das Alla Madonna liegt in einer engen Gasse, ein altmodisches Neonschild wirft fahles Licht auf den Eingang. Von außen sieht das Lokal aus wie eine Hafenkaschemme. Eine Katze streunt an Elenis Beinen vorbei. Sie scheucht das Vieh mit ihrem Stock weg.

»Sieht ja elegant aus«, unkt sie.

»Warte es ab.« Hanna stößt die Tür auf. »Ich habe einen Tisch bestellt und darauf bestanden, ein klein wenig abseits zu sitzen.«

»Was soviel bedeutet, dass wir ein bisschen mehr als fünf Zentimeter Abstand zum nächsten Tisch haben«, seufzt Eleni.

»Ich denke, du willst in Italien leben? Dann gewöhne dich dran!« Hannas Stimme klingt kein bisschen ironisch.

Sie lassen sich nieder, ein Kellner bringt unaufgefordert zwei Aperol Sprizz und die Speisekarte auf Deutsch.

»Zum Wohl!« Hanna hebt ihr Glas.

Sie stoßen an. Eleni atmet tief durch. Der Alkohol schießt ihr sofort in Kopf und Glieder. Sie liebt das Gefühl, weil es sie daran erinnert, wie leicht sich der Schmerz von Zeit zu Zeit betäuben lässt und wie gut das tut. Sie sieht sich im Lokal um, das aus zwei großen Sälen besteht, in die man so viele Tische wie möglich hineingequetscht hat. In einer Vitrine liegen Fische und Muscheltiere auf Eis. Dazu Obst in einer großen Schale. Von der Decke hängen Netze und anderes Zeug, das die Anmutung hervorrufen soll, alle toten Tiere, die auf dem Teller liegen, wären vom Wirt eigenhändig aus dem Mittelmeer gefischt worden.

»Was treibt dich nach Venedig, Schätzchen?«

»Ich will, dass du in Hamburg ausstellst. Und zwar bald.«

»Ach?« Eleni lächelt. »Bin ich in Deutschland so ein Dauerbrenner, dass du dich sogar ein zweites Mal hierherbemühst?«

Hanna lächelt nicht. »Auf der Finissage habe ich lange mit Loredan gesprochen.«

»Loredan!« Eleni macht eine wegwerfende Handbewegung. »Er geht mir mit seiner Emsigkeit zunehmend auf den Geist. Was ist?«, herrscht sie den Kellner an, der sich erwartungsvoll neben ihrem Tisch aufgebaut hat.

Hanna beeilt sich, für sie beide zu bestellen. Als der Mann davongeht, sagt sie: »Hör zu, Eleni. Das ist jetzt wirklich wichtig.«

Eleni runzelt die Stirn. Der Hut behindert sie, die Krempe ist so groß und weich, dass sie leicht abknickt und ihren Blick begrenzt. Sie sieht, wie Hanna in ihrer riesigen Handtasche kramt. Ihr wird ganz mulmig. Da stellt der Kellner ein Schälchen Meeresfrüchtesalat vor sie hin. Sie langt zu.

»Hier.« Hanna reicht einen Ausdruck über den Tisch.

Eleni legt die Gabel weg. Kauend greift sie nach dem Papier. Sie liest, stutzt, liest weiter. Als sie fertig ist, fahren die Muscheln und Garnelen, die sie so hastig vertilgt hat, in ihrem Magen Karussell.

»Fuck.«

»Nein. Du hast es in der Hand. Du musst hinfahren, Eleni!«

»Ich? Nie wieder will ich …«

»Warte!« Hanna hebt die Hand. »Du hast mich selbst darauf gebracht: auf Loredan und sein Interesse, eine Leiche in deinem Leben zu entdecken.«

»Um den Preis zu steigern, der Mistkerl!«

»Nicht nur. Ein Skandal macht nicht nur ihn reich, sondern auch dich. Aber gleichzeitig …«

Unschlüssig dreht Eleni den Flyer in Händen. Sie will nicht nach Coburg. Nie mehr. Und schon gar nicht zu einer Ausstellung von Victoria May. Mein Gott!

»Ich bin ein harter Knochen, Hanna, aber das überlebe ich nicht.«

»Das werden wir sehen. Es ist deine einzige Chance, die Dinge selbst in der Hand zu behalten, ehe Loredan zuschlägt.«

»Himmel, Hanna, ich traue ihm viele Schweinereien zu, aber er ist kein Mafioso.«

»Er ist skrupellos, wenn es um die Kunst geht. Und damit

ist er nicht allein!« Hanna zieht die Stola fester um ihre Schultern. Ihr Haar ist frisch gefärbt, rostrot fällt es in Spiralen auf ihre Schultern. Ihrer Haut jedoch sieht man den übermäßigen Zigarettenkonsum an. Selbst teure Kosmetik kann den jahrzehntelangen Raubbau nicht verbergen. »›Artes‹ hat etwas über dich gebracht.«

»So?«, fragt Eleni gleichgültig.

»Hier.« Hanna holt mehr Papier aus ihrer Tasche. »Loredan nennt dich unter seinen besten Pferden, die er im Stall hat.«

»Er stapelt tief. Loredan vertritt ausschließlich sehr gute Künstler.«

»Aber er erwähnt nicht alle. Dich wie nebenbei. Schließlich folgt noch ein Nachsatz.« Hanna kneift die Augenlider zusammen und hält die herausgerissenen Seiten weit von sich weg, um die Buchstaben entziffern zu können. »Somit freue ich mich … blablabla … zumal sich Eleni Tsiadis mit dem Gedanken trägt, in Italien vor Anker zu gehen.«

»Was?«, fährt Eleni auf. Das amerikanische Paar, das soeben an dem Tisch neben ihnen platziert wurde, sieht neugierig zu ihnen herüber. »Ich habe keine Silbe zu ihm gesagt, dass ich hier bleiben will. Ich schwöre dir, Hanna, er kann das nicht wissen.« Ihr geht das Gespräch durch den Kopf, das sie neulich, kurz vor der Finissage, auf der Terrasse des Gabrielli Sandwirth mit Loredan geführt hat. Einen Skandal brauchen wir nicht. Wir beide nicht.

»Er kann nichts wissen«, flüstert Eleni. Sie beugt sich zu Hanna vor. »Niemand weiß es. Nur du. Und du weißt es auch erst seit Kurzem.«

»Weil du es mir – Pardon – auf dem Klo gestanden hast!« Hanna lacht auf. Freundschaftlich, kumpelhaft.

»Wie Frauen das eben so machen!« Eleni zuckt die Achseln. Plötzlich spürt sie den Schmerz wieder, der von ihrer

Hüfte ins Bein hinunterkriecht. Sie denkt an Loredans Worte, mit denen er ihre angebliche Doppelgängerin, die er im Peggy-Guggenheim-Museum gesehen hat, beschrieb.

Das Gesicht dieser jungen Dame … ich hätte schwören können …

»Er macht Andeutungen, Eleni. Er kann gefährlich werden. Ein Skandal mag deine Verkaufszahlen anheben …«

»Um Himmels willen!« Eleni lässt den Ober den Rest des Meeresfrüchtesalates abräumen. »Ich wäre eine Gefangene, wenn etwas herauskommt. Ich kann nicht noch einmal von vorn anfangen, Hanna!«

Hanna lächelt traurig. »Du bist eine Überlebenskünstlerin, Eleni!«

»Nein. Eine Todeskünstlerin.«

»Unsinn.«

»Ich habe ihr Leben bereits zerstört. Ich kann das kein zweites Mal tun!« Eleni senkt die Stimme. »Das verstehst du doch, oder?«

Der Kellner stellt ihnen die filettierte und mit Öl angerichtete Seezunge hin. »Grazie.« Hanna nimmt ihre Gabel. »Ja. Das verstehe ich.«

»Lass uns essen«, bittet Eleni. Sie ist tatsächlich hungrig nach der langen Reise. Sie braucht etwas im Magen, damit die Schmerzpillen, die sie nachher nehmen wird, sie nicht innerlich zerfressen. Sie hat so viel gegeben für ihre Freiheit. Nicht freiwillig, nein. Sie hat sich dieses Schicksal nicht ausgesucht. Gar nichts von dem, womit sie zurechtkommen musste. Wahrscheinlich geht das jedem Menschen auf der Welt so, denkt sie, während sie voller Appetit den köstlichen Fisch isst. Sie hat sich den herrschsüchtigen Vater nicht ausgesucht, die Schwangerschaft nicht, den Sturz nicht, die neue Identität nicht. Sie hat freilich immer etwas aus dem gemacht, was ihr hingeworfen wurde. Versucht, allem einen Sinn abzugewinnen, um nicht verrückt zu werden. Sie hat sich eingerichtet in ihrem Leben, nimmt die Schmerzen hin, akzeptiert, dass Tabletten aller Art sie nach und nach vergiften, aber sie hat gut durchgehalten, sie genießt, was ihr bleibt.

»Du weißt nicht alles«, murmelt Eleni, als sie den leeren Teller wegschiebt und nach dem Kellner winkt, um zwei Espressi zu bestellen.

»Jesus Maria, noch mehr Geheimnisse?«

»Ich habe eine Tochter. Und ich fürchte, Loredan hat sie gesehen und eins und eins zusammengerechnet.«

57

Luna hat sich auf Sams Sofa eingerichtet. Beide schlafen weinselig und erschöpft ein, als längst der Morgen dämmert. Gegen zehn steht Sam auf, setzt Teewasser auf. Luna, den Kopf gegen das Sonnenlicht halb unter der Decke vergraben, blinzelt.

»Morgen«, grummelt sie.

»Steh auf! Lass uns ins Atelier gehen!«

»Wie wäre es mit Frühstück?«

»Ich habe nichts da. Unterwegs, okay?« Sam hat es eilig, aus der Wohnung rauszukommen. »Die Arbeit ruft.«

»Mein lieber Scholli, da habe ich mir eine ehrgeizige Mitarbeiterin angelacht.«

Sam grinst. »Arbeit ist das halbe Leben.« Sie will Luna erzählen, wie gut es ihr tut, die vertrauten Handgriffe zu verrichten, sich auf das zu konzentrieren, was machbar, gestaltbar ist. Aber für solche Gespräche scheint ihr der Morgen nicht der richtige Zeitpunkt. Mit ein paar schnellen Handgriffen räumt sie die Überbleibsel der letzten Nacht auf, gießt den Tee auf, reicht Luna eine Tasse.

Aus dem Gymnasium um die Ecke strömt eine Gruppe Oberstufler. Sie stellen sich zum Rauchen vor die Morizkirche, lachen, kichern, ziehen sich gegenseitig auf.

»Du liebe Zeit, bin ich froh, dass ich keine Schülerin mehr bin. Und nie mehr eine sein werde. Das immerhin steht fest, auch wenn sonst im Leben nichts sicher ist.« Luna stellt ihre Tasse weg.

»Lass uns gehen.«

Sie verlassen die Wohnung. Stefanie Mohr, Sams Nachbarin, bringt gerade den Müll raus. Neugierig mustert sie Luna, während sie fragt: »Sie wohnen jetzt wieder hier, oder? Geht es Ihrer Großmutter besser?«

»Ja, Gott sei Dank«, antwortet Sam.

Rasch schiebt sie Luna zur Tür hinaus.

Sie gehen über den Kirchhof. Luna gähnt herzhaft. Die Schüler sind weg. Der Tag verspricht warm zu werden, schon jetzt strahlt die Sonne in die verträumten Winkel zwischen Kirche und Gymnasium. Ein Schwarm Mauersegler zischt hoch über ihnen durch die Luft, das aufdringliche ›Krikri‹ der Vögel tönt laut in den stillen Gassen. Sam atmet tief durch. Sie fühlt sich in ihrer Wohnung eingeengt. Wie schön wäre es jetzt, bei Blanca zu wohnen, die Terrasse und den Garten zu genießen … Das habe ich alles verbockt, denkt sie selbstkritisch.

Ein Wagen pirscht um die Ecke, ein klappriger Kombi. Der Motor macht eigenwillige Geräusche und erstirbt dann.

Luna lacht. »He, da hat einer Probleme mit seinem motorisierten Schrotthaufen!«

Sam folgt ihrem Blick. Und erstarrt. Der vierschrötige Mann mit der Glatze, der frustriert die Hände auf seine Motorhaube stützt, ist niemand anders als ihr Bruder Igor.

So korpulent hat sie ihn nicht in Erinnerung. Wann habe

ich Igor das letzte Mal gesehen?, fragt sie sich. Ist das wirklich so lange her? Und seine Haare hat er ganz abrasiert. Das ohnehin dünne Kraut auf seinem Kopf wurde in den letzten Jahren immer schütterer. Dennoch sitzt ihr der Schreck in den Gliedern. Igor in Coburg?

Igor stemmt die Arme in die Hüften und geht auf Sam zu.

»Kennst du den?«, flüstert Luna nervös.

»Das ist mein Bruder Igor.«

»Genau.« Igor hat die letzten Worte gehört. »Servus, Schwester!«

Sie stehen einander gegenüber, bis Sam sich vorbeugt und kurz ihre Wange an seine legt.

»Hi«, sagt sie. »Das ist Luna, meine Freundin.«

»Tagchen.« Luna nickt freundlich. »Ich muss ins Atelier. Schön, dich kennengelernt zu haben, Igor. Du meldest dich, Sam?«

»Klar. Bis nachher.«

Luna spaziert davon.

»Was machst du hier?«, fragt Sam.

»Müssen wir das auf der Straße besprechen?«

»Dein Wagen ist zusammengebrochen.«

»Quatsch, der hustet und röchelt immer, als hätte er die offene Tuberkulose. Das ist normal.«

»Ach so.« Sam steht mit hängenden Armen da. »Ich habe nichts zum Frühstücken im Haus.«

»In Coburg gibt's doch Cafés, oder?«

Sam grinst schwach. »Möchte man meinen.«

Igor klemmt sich hinters Steuer, lässt den Motor an, der Wagen ächzt und rollt widerwillig in eine Parklücke.

Sie gehen zum Markt und setzen sich ins nächstbeste Café. Igor bestellt ein englisches Frühstück, und weil Sam zu k.o. ist, um sich dem Stress einer Auswahl auszusetzen, nimmt sie das Gleiche.

»Also. Klartext. Du willst wissen, warum ich hier bin. Ich habe gestern einen Anruf von Mutter bekommen. Panik total. Und weißt du, warum?«

»Ist wieder jemand gestorben?«

»Gestorben? Nicht dass ich wüsste. Nein, unsere Mutter ist dahintergekommen, dass Dad eine Affäre hat.«

»Autsch.« Sam sackt in sich zusammen.

»Sie hat ihn sozusagen in flagranti ertappt und hatte einen Zusammenbruch in der Künstlerklause.«

»In der Künstlerklause?«

»Passt ja zu ihr. Dramaturgisch gesehen, meine ich. Die Typen in der Kneipe riefen eine Ambulanz, und Dad fuhr gleich mit. Im Klinikum führte sie wohl einen ziemlichen Tanz auf. Dad rief bei dir an, aber du gingst nicht ans Telefon.«

Das also war der Anruf, den ich weggedrückt habe, denkt Sam. Sie schämt sich ihrer Erleichterung. Nicht auszudenken, wenn sie in dieses Drama auch noch verwickelt worden wäre.

Igor legt den Kopf schief. Der störrische Bruder, der immer alles kaputtmachte. Der an die große Schwester nie herankam, und dem der kleinere, charmante, reizend lächelnde Bruder die Schau stahl. »Wusstest du das mit der Affäre?«

Sam nickt.

»Shit«, sagt Igor. Das Frühstück kommt. Er stürzt sich auf Eier und Speck und trinkt den schwarzen Kaffee in einem Zug leer. »Weil du nicht zu erreichen warst, hat Mutter mich angerufen. Mitten in der Nacht habe ich mich auf die Socken gemacht. Zweieinhalb Stunden später war ich in Coburg. Mutter hat das Klinikum auf eigene Verantwortung verlassen und hockte auf einem gepackten Koffer.«

»Wo ist sie jetzt?«

»Im Hotel. Ich habe sie hingefahren. Nach Schloss Hohenstein. Sie wollte raus aus der Stadt, war in einem irrsinnigen Zustand. Total durch den Wind. Sie murmelte ständig was von Grace, die wohl doch die Wahrheit gesagt hätte. Und dann brüllte sie Dad an und schlug auf ihn ein.«

»Wo ist Eva?«

»Eva?«

»Die Affäre!«

»Keine Ahnung. Wie lange geht das schon so?«

»Eine gute Weile.«

»Hm. Klar.« Igor bestellt einen zweiten Kaffee. »So also bin ich nach Dunkeldeutschland gekommen.«

Sam grinst schief. »Du spinnst.« Plötzlich fühlt sie sich am richtigen Ort, hier mit Igor. Sie sieht hinaus auf den Markt, wo das Leben seinen gemächlichen Gang nimmt. Schüler mit schweren Ranzen schlurfen über das Kopfsteinpflaster, ein Kamerateam positioniert sich vor dem Denkmal von Prinz Albert. Zwei Herren in Anzügen eilen auf die Sparkassenfiliale zu. Aus der Bratwurstbude kommt blauer Rauch. Alles wirkt wohlgegeordnet. Keine Unwägbarkeiten. Eine Stadt, die Sam kennt wie ihre Westentasche, in der sie sich wohlfühlt, weil sie weiß, wie das Leben hier tickt.

Ausgenommen das Leben ihrer Familie.

»Tja, ich habe sie also ins Hotel gebracht. Bin eine Weile bei ihr geblieben. Wir haben geredet. Das heißt, Victoria hat geredet. Wie ein Wasserfall. Über alles. Über Grace. Wie sie in Griechenland über die Klippe stürzte. Über John Carrick, von dem ich bisher ehrlich gesagt nicht den leisesten Schimmer hatte. Über irgendwelche Fotos. Über einen Betrug und über Großvater. Inzwischen habe ich mir einen Reim auf die Geschichte gemacht.«

»Wirklich?« Sam sieht Igor nachdenklich an. Sie verspürt eine warme, unerwartete Zärtlichkeit. Vielleicht teilt sie mehr mit Igor, dem stillen, sperrigen Mann, der sich nicht in die Karten schauen lässt, der sein eigenes Ding macht, als ihr bisher bewusst war?

»Nikolaj hat sich verlobt«, fügt Igor hinzu. »Das stößt unserer Mutter natürlich sauer auf.«

»Verlobt?«

»Ja, wusstest du das nicht? Ganz im Stillen. Er hat mich angerufen und alles erzählt.«

»Nikolaj hat dich angerufen?«

»Sam!« Igor lacht. Es ist ein dunkles, amüsiertes Lachen. »Du bist ein tüchtiges Mädchen, aber als Schwester manchmal etwas furchteinflößend.«

»Ich? Furchteinflößend?« Etwas so Absurdes hat Sam selten gehört.

»Na, du machst alles mit, tust, was man von dir verlangt, stehst immer auf der Seite der Eltern …«

Ihr kleiner Bruder hat sich verlobt, und sie weiß nichts davon. Das tut weh.

»Nimm's nicht so schwer. Irgendwann machst du auch noch deinen eigenen Kram! Dann nehmen wir dich wieder ernst.«

Es ist witzig gemeint, aber Sam schmerzt Igors Schnoddrigkeit. Sie hat versucht, alles richtig zu machen. All ihre Kraft investiert, um sämtlichen Erwartungen gerecht zu werden. Wenn sie nur daran denkt, wird ihr schlecht. Die sonntäglichen Friedhofsgänge. Die verplanten Wochenenden. Wie selbstverständlich ihr Vater davon ausgegangen ist, dass sie seine Affäre geheim hält. Und Nikolaj, der sie als Eisbrecher benutzte, um Trixi in die Familie einzuführen. Wenn sie all diese Energie in ihren Job investiert hätte, wäre sie garantiert längst festangestellte Designerin bei ihrem Label. Sam stöhnt leise. Sogar ihr Verhältnis zu Blanca hat sie versaut.

»Sam?« Igors Stimme dringt durch das Dickicht an wütenden Selbstvorwürfen in ihrem Kopf. »Lass mal fünfe gerade sein. Keiner von uns hatte es leicht mit den Mays.«

»Warum, Igor?« Sam starrt auf den Teller mit Ei und Speck,

der vor ihr steht und langsam kalt wird. Sie schiebt ihn zu Igor hinüber. »Hier. Bitte.«

»Es ist einfach eine schräge Konstellation. Alles begann mit Isaac. Dem Oberbefehlshaber. Der hat die Weichen gestellt.« Igor bestellt noch eine ganze Kanne Kaffee, die zweite Tasse hat er längst ausgetrunken. »Blanca kam gegen ihn nicht an. Sie tat, was sie konnte. Dass Isaac Grace bevorzugte und sie nach seinem Gutdünken zu formen versuchte, konnte sie nicht verhindern. Genauso wenig wie sie verhindern konnte, dass Mutter zu kurz kam. Sie tat alles, um sie zu fördern. Na, du weißt, wie es ausging. Und irgendwie lief das Ganze unter uns nach demselben Muster ab. Du als die Älteste hast die ganze Verantwortung aufgebrummt bekommen. Ich schaltete auf stur, und Nikolaj war der Brave. Analyse zutreffend?«

»Ja. Schon.«

»Es gibt in dem Spiel keine Schuldigen, Schwesterherz.«

»Das vielleicht nicht.« Sam sieht der Bedienung zu, die eine Kanne Kaffee auf den Tisch stellt und fragend in die Runde schaut.

»Danke«, sagt Igor knapp. Die Frau geht zum nächsten Tisch.

»Aber«, macht Sam weiter, »ich habe zusehends das Gefühl, ich hätte mehr Gestaltungsspielraum gehabt. Und habe ihn nicht genutzt.«

»Selbstvorwürfe helfen niemandem.«

Sie sehen einander an. Igor hat helle Augen wie Victoria. Die Glatze lässt ihn irgendwie weicher wirken als die dünnen Strähnen, die er früher so knausrig kultivierte.

»Hast du eine Freundin?«, fragt Sam plötzlich.

»Weitere Fragen?«

»Du willst es nicht sagen?«

»Ist meine Sache.«

Sie nickt. Sie denkt an Roman, an Venedig, das schöne

Kleid, die Peeptoes, die Fahrt auf dem Vaporetto, als sie den salzigen Wind roch und seinen Arm auf ihren Schultern spürte.

»Warum bist du gekommen?«

»Schuldgefühle? Außerdem bin ich ziemlich erschrocken, als ich Victorias Gekreische am Telefon hörte.« Er schenkt Kaffee nach. »Das ist ja ihr Trick. Schuldgefühle machen.«

»Igor, was meinte Mutter damit: dass Grace wohl doch die Wahrheit gesagt hätte?«

»Meine Geschäftsauffassung war immer, möglichst wenig zu wissen.«

»Und jetzt? Hast du deine Geschäftsauffassung modifiziert?«

Igor trinkt seine Tasse aus. »Eigentlich ist das das Letzte, was ich will.«

»Wenn wir alle nach dieser Einstellung handeln«, fängt Sam an, doch ihr Bruder unterbricht sie.

»Wenn wir alle so gehandelt hätten, schon immer, du, Nikolaj und ich, hätte es für unsere Eltern Sinn gemacht, sich miteinander zu beschäftigen. Stattdessen hatten sie immer Ablenkung. Ihre leeren Wochenenden wurden von den Kindern mit Leben erfüllt.«

»Na toll!« Sam platzt der Kragen. »Es ist also Nikolajs und meine Schuld, ja? Weil wir kooperativ waren …«

»Touch down!« Igor legt eine Hand auf Sams Hand. »Das ist letztlich genau der beknackte Automatismus. Warum kapiert das nur keiner?«

»Bitte?«

»Es geht immer um Schuld, um Schuld!« Zornig schlägt Igor mit der freien Hand auf den Tisch, dass die Teller und Tassen scheppern. »Warum wechselst du das dämliche Wort zur Abwechslung nicht aus und redest von Verantwortung? Hat unsere Mutter nicht die Verantwortung für ihr eigenes

Leben? Sie hat schließlich ihre Kunst und sie kann ihre Tage sinnvoll füllen, während Dad im Geschäft ist. Sie kann sich Freunde zulegen, echte Freunde, nicht irgendwelche Coburger Großkopferten, von denen sie sich irgendeine Publicity erhofft. Und ein Ehepaar findet bestimmt an den Wochenenden auch sonst was Sinnvolles zu tun. Das nennt man Freizeit!«

Sam schüttelt Igors Hand ab. Er hat recht. Sie spürt es. Der Gedanke erleichtert sie sogar. Aber das ändert nichts an der Tatsache, dass sie an der gegenseitigen Abhängigkeit mitgebaut hat, in der sie jetzt gefangen ist wie ein Moskito im Spinnennetz.

»Du hast es dir leicht gemacht. Wegziehen, nicht mehr herkommen ...«

»Ich wäre sonst untergegangen! Und das weißt du! Ich musste weg. Mein Ding machen. Ohne Kontrolle. Ohne Unkenrufe.«

Sam sieht sein Gesicht an. Er ist müde, hat wahrscheinlich die ganze Nacht nicht geschlafen. Es ist schön, mit ihm hier zu sitzen. Sie kennt Igor so wenig. Hatte nie die Zeit zu entdecken, was sie verbindet.

»Aber ab und zu warst du bei Blanca.«

»Und auch bei Victoria. Stippvisiten. Selten.«

»Und jetzt? Was machen wir jetzt?«

»Wir ziehen an einem Strang.«

»In Ordnung. Wenn du mir sagst, an welchem ...«

»Bis zur Ausstellung lebt jeder sein Leben. Es sind nur noch anderthalb Wochen. Wir sehen uns auf der Vernissage. Unsere Eltern müssen das selbst klar kriegen. Dads Affäre hat mit uns nichts zu tun!«

»Klingt absolut nachvollziehbar.« Eine Welle der Erleichterung flutet durch Sam. »Ich habe seinen Anruf gestern Nacht weggedrückt.«

»Glückwunsch!« Igor zieht seine Brieftasche hervor. »Ich lade dich ein.«

Sie verlassen das Café. Sam will ins Atelier, so schnell wie möglich. Igor fährt nach München.

»Machs gut, Schwesterchen«, verabschiedet er sich. Ein flüchtiger Kuss landet auf ihrer Wange. Sam will die Hand ausstrecken und über die raren Stoppeln auf seiner Glatze streicheln, da ist er schon unterwegs, weit ausschreitend, was bei seinem Körperbau ein bisschen gorillamäßig aussieht.

»Tschüss, Igor«, murmelt Sam.

58

Die anderthalb Wochen bis zur Ausstellungseröffnung sind stressiger, als Sam es sich vorgestellt hat. Natürlich kann sie sich nicht aus allem rausnehmen. Die Dinge sind keine Selbstläufer. Einer muss immer geradestehen. Igor ist in München, Nikolaj schuftet in der Praxis. Luna sieht kein Problem darin, wenn Sam sich am späten Nachmittag abseilt, um zu erledigen, was sonst keiner tut.

Die Spedition holt Victorias Bilder ab. Weil ihre Mutter im Hotel wohnt und ihr Vater in der Firma ist, radelt Sam zum Glockenberg und zeigt den Arbeitern, was zu transportieren ist. Sie passt auf, dass die Bilder ordentlich eingepackt werden. Diese Aktion kostet sie einen halben Tag.

Am Tag danach ruft Frau Hartmann vom Eventmanagement an und meldet, dass weniger Quadratmeter zur Verfügung stehen, als berechnet. Sam geht ins Kongresshaus, misst nach, sortiert um.

Im Anschluss daran trifft sie den Caterer. Sie bestellt Prosecco und Weißwein, verlässt sich bei den Mengenangaben auf die Erfahrung der Profis. Sie hätte gern etwas weniger Spießiges als russische Eier und Gulaschsuppe zu den üblichen Häppchen gehabt, aber die Fantasie kommt ihr mit jedem Tag, der vergeht, mehr abhanden. Letztlich ist sie nur froh, einen weiteren Eintrag auf der ›Zu erledigen‹-Liste abhaken zu können.

Nikolajs Datenstick und das Equipment von Frau Hartmann sind nicht kompatibel, sodass sie am Abend des nächsten Tages, als sie länger als sonst im Atelier gearbeitet hat, bei ihrem Bruder vorbeigeht und ihn um Rat fragt. Nikolaj und Trixi sitzen vor dem Fernseher und schauen eine Serie an. Trixi fragt, ob Sam mit zu Abend essen möchte, aber sie hat keinen Appetit und wartet ungeduldig darauf, dass Nikolaj die Daten konvertiert. Währenddessen plaudert sie mit Trixi und fühlt sich belanglos; die langweilige, unattraktive, gestresste ältere Schwester.

Obwohl Frau Hartmann versprochen hat, am späteren Abend vor Ort zu sein, um den Datenstick entgegenzunehmen, ist im Kongresshaus alles dunkel. Sie ist auch auf ihrem Handy nicht zu erreichen.

Wütend und ausgelaugt radelt Sam in ihre Wohnung.

Hendrik Rosen ruft an und bittet um ein Treffen. Sam verneint und legt auf.

Ihr Vater ruft an und fragt, ob Sam es opportun findet, wenn er zur Vernissage kommt.

»Verdammt, Dad, das musst du wirklich selbst wissen.«

»Victoria bringt mich um, wenn ich nicht komme.«

»Na, dann ist ja alles klar.«

»Das ist nicht witzig, Sam. Deine Mutter wird auf der Vernissage so tun, als wenn nichts wäre. Auf glückliche Familie machen.«

»Hat sich ihr Zusammenbruch in der Künstlerklause nicht herumgesprochen?«

»Doch. Aber nicht der Grund dafür. Sie verbreitet in der Stadt das Gerücht, sie hätte eine Grippe verschleppt.«

»Dad, ich kann mich darum nicht auch noch kümmern. Ich gehe davon aus, dass die ganze Familie antanzt. Okay?«

»Na, dann.« Robert legt auf.

Sam tut es leid, dass sie so kurz angebunden ist. Sie sehnt sich danach, mit ihrem Vater zu reden, bei einem Glas Wein, harmonisch wie eh und je.

Pfff, harmonisch, denkt sie. Sie drückt zwei weitere Anrufe von Hendrik Rosen weg und fragt sich, ob das klug ist. Am liebsten hätte sie es, wenn die Vernissage schon vorbei wäre. In einem Augenzwinkern. Jetzt die Zeit zwei Wochen vordrehen … Sam seufzt.

Am nächsten Morgen, bevor sie zu Luna ins Atelier geht, bringt sie den Datenstick zu Frau Hartmann. An deren Stelle sitzt eine Assistentin im Büro, die hoch und heilig versprich, sich darum zu kümmern, dass die Installation läuft.

Victoria ruft wenige Tage vor der Vernissage an.

»Du kennst mich nicht mehr, mag sein. Ich bitte dich nur um eins, Sam: Die Vernissage muss gelingen.«

»Nicht nur die Vernissage, Mutter«, erwidert Sam. Sie ist vor fünf Minuten heimgekommen. Ihre Augen brennen von der Feinarbeit an einer Kostümjacke, die sie nach Lunas Vorschlägen umgearbeitet hat. »Die ganze Ausstellung wird ein Erfolg werden.«

»Hoffentlich.«

»Wohnst du immer noch im Hotel?«

»Sicher.«

Sam wartet. Sie wünscht sich beinahe, dass Victoria noch etwas hinzufügt. Dass sie reden können. Ihre Mutter indes beendet das Gespräch kühl und geschäftsmäßig. Ratlos geht Sam unter die Dusche. Lange prasselt das heiße Wasser auf ihre Schultern.

Als sie aus der Dusche steigt und ihr Haar kämmt, gehen ihr die langen Strähnen auf den Geist. Alles an ihr geht ihr auf den Geist. Sie hat nichts anzuziehen für die Vernissage. Sie wird Journalisten gegenübertreten müssen, Interviews geben, von der High Society Coburgs und der Kunstwelt angestarrt werden. Eine Designerin, die nichts anzuziehen hat?

Das Frotteetuch um die Brust geschlungen, durchwühlt sie ihren Kleiderschrank.

Sie ruft Luna an.

»Gehst du morgen mit mir shoppen?«

»Spinnst du? Ich werde dich keine Kleider von der Stange tragen lassen!«

»Huch?« Bass erstaunt starrt Sam den Telefonhörer an, als könne der eine Erklärung abgeben.

»Morgen früh um neun bin ich bei dir. Verlass dich drauf.«

Sam schenkt sich ein Glas Wein ein. Sie schaltet zum ersten Mal seit Wochen den Fernseher ein und sieht eine Talkshow, einen harten Krimi und die Spätnachrichten hintereinander. Endlich nickt sie ein.

Wie versprochen steht Luna am nächsten Morgen vor Sams Tür. Sie hält einen Kleidersack und eine Kuriertasche in der Hand.

»Den Friseurtermin habe ich schon ausgemacht. Um elf bist du dran.«

»Friseurtermin?«

»Liebste Sam! Du hast Monate für die Ausstellung geschuftet. Ein bisschen Glamour hast du dir verdient!« Aus ihrer Kuriertasche holt Luna eine Flasche Moët et Chandon.

»Hast du deine Lebensversicherung ausgezahlt bekommen?«, witzelt Sam überrascht.

»Stell sie in den Kühlschrank. Zuerst ist Anprobe.«

Luna hat ein Matrosenkleid geschneidert. Es ist eng bis zu den Hüften, mit tief sitzendem Rock, erinnert ein wenig an die Charlston-Kleider aus den 20ern. Der Stoff changiert in einem tiefen Ultramarinblau mit leicht violettem Glanz. Der Saum am Ausschnitt und auf dem Überschlag am Rücken ist im Kreuzstich bestickt; in Weiß. Auch diese Farbe wechselt, wenn das Licht über das Kleid streicht. Von Weiß zu Hellgrau.

»Luna!« Sam ist hin und weg. »Wann hast du …«

»Wir haben uns doch gegenseitig die Maße genommen, um die Prototypen für die Frankfurter Bestellung auf unsere Größen zu schneidern!« Luna lacht breit. »Clever von mir eingefädelt, wie?«

Sam grinst. »Clever ist gar kein Ausdruck. Richtig heimtückisch bist du.«

»Zieh an!«

Sam schlüpft aus ihren Klamotten. Sie streift das Kleid über.

»Sitzt wie angegossen!«

»Von wegen.« Kritisch zupft Luna an dem Stoff. »Hier müssen wir den Abnäher ein bisschen tiefer setzen. Ansonsten … schenk mir ein Lächeln.«

»Das ist schwerer als gedacht!« Sam kommen die Tränen. Eilig tritt sie vor den Spiegel im Schlafzimmer, um sich in voller Größe zu bewundern. Trotzdem rinnen ihr die Tränen über die Wangen, heiß und salzig bleiben sie in ihren Mundwinkeln hängen.

Luna nimmt sie in die Arme. »Pass auf, Süße. Mag die Welt auch zusammenbrechen: Zieh dir wenigstens die Lippen nach und leg die Perlenkette an.«

»Ich habe keine Perlenkette.«

»Hm«, macht Luna.

Sam will sich zusammenreißen. »Luna, das Kleid ist phänomenal. Aber wofür ist es schon gut? Für diese verdammte Vernissage, die bigotten Kunstfreaks und meine durchgeknallte Familie?«

»Unsinn. Für dich selbst. Vielleicht ist der eine oder andere Vertreter der Gattung Mensch dabei, den du gerne siehst.«

Sam wendet sich von ihrem Spiegelbild ab. Ein verheultes Gesicht passt nicht zu dem Kleid.

»Du brauchst noch richtig elegante Schuhe. Habe deine Größe in meinem Lieblingsladen zur Auswahl mitgenommen. Was nicht passt, geben wir zurück.«

»Jetzt mach mal einen Punkt!«

»Du hast gar keinen Vorschuss gekriegt für das Frankfurter Projekt«, schmunzelt Luna. »Das Garantiehonorar kommt also in Klamotten.« Sie kippt den Inhalt ihrer Kuriertasche aus. Drei Paar Schuhe fallen heraus. Ein Paar dunkelblaue Ballerinas, die Luna selbst sofort beiseite stellt, ein Paar klassische Pumps in Schwarz, und schließlich ein Paar hellgraue Sandalen mit dicken Sohlen und merklichem Absatz, die mit einem seidenen Band an den Fesseln befestigt werden. »Die sind meine Favoriten. Zieh an.«

Sam setzt sich aufs Bett. Sie beißt sich auf die Unterlippe, wünscht die Tränen zum Teufel. Die Sandalen passen.

»Famos!« Luna reibt sich die Hände. »Dein Haar kriegt eine Tönung in Honigblond, oder was Blasseres, Silbriges, mal sehen. Du wirst schick sein wie nie. Deine Mutter dreht durch.«

Sam lacht los und weint zeitgleich, woraufhin Luna die Champagnerflasche holt. Der Korken knallt, sie gießt den Champagner in zwei Kelche. »Auf dich, Sam!«

Sam stößt mit Luna an, dann fällt sie der Freundin um den Hals, wobei die perlende Flüssigkeit auf Lunas Shirt tropft.

»Pass auf das Kleid auf!« Luna lacht ausgelassen.

Sam schenkt sich nach. Der Champagner perlt so frisch auf ihrer Zunge, dass ihre Laune sich einfach heben muss.

Es klingelt.

»Und? Wer ist das?«, fragt Luna.

»Schauen wir.« Sam bekommt nie Besuch. Nicht dass sie wüsste. Roman hat sie vergrault, Luna ist sowieso hier, und ihre liebe Familie … daran will sie gar nicht denken. Mit dem Champagnerglas in der Hand drückt sie auf den Türöffner und wartet gespannt ab. Die Post. Genau. Es muss die Post sein. Sie beugt sich über das Treppengeländer.

Ihre Großmutter steigt langsam die Treppe hinauf. Sie trägt ein Einkaufsnetz mit Obst in der einen Hand, mit der anderen stützt sie sich am Geländer ab. Als nur noch drei Stufen zu überwinden sind, hebt sie den Kopf. Sie sieht Sam an. Lächelt bewundernd und schüchtern.

»Das ist eine Art Versorgungsbesuch«, keucht sie. »Ich habe zu viel Obst im Garten. Zu viel für mich allein. Und gut siehst du aus!«

»Blanca!« Sam spürt, wie Luna ihr das Glas abnimmt, dann stürzt sie auf die alte Frau zu. Ihr Geruch, das seidige Haar, an das sie ihre Wange schmiegt … Sie ist so unglaublich froh, Blanca zu sehen.

»Heulst du etwa?«, fragt Blanca. Ihre Stimme kommt dumpf aus Sams Umarmung.

»Nein.«

»Gut, dass Sie kommen konnten, Frau May«, mischt sich Luna ein.

Sam lässt ihre Großmutter los. »Was ist das jetzt für eine Verschwörung?«

»Kommen Sie bitte herein!« Luna nimmt Blanca das Netz ab.

Sprachlos sieht Sam zu, wie ihre Freundin einen dritten Sektkelch mit Champagner füllt und ihn Blanca reicht. »Bevor wir ans Werk gehen! Viva!«

Sam sieht sich selbst dabei zu, wie sie das Glas hebt. Es

kommt ihr vor, als beobachte sie von oben das Spektakel, in dem drei Frauen im Wohnzimmer stehen, Champagnergläser heben und feierlich anstoßen, während um sie herum Schuhe, Kleiderhaufen und allerlei Kram den wenigen Platz okkupieren.

»Jetzt«, Luna stellt ihr Glas ab, »kommt Überraschung Nummer zwei.«

»Da bin ich aber gespannt.« Blanca lächelt Sam an, kneift ihr kurz in die Wange und sieht zu, wie Luna mehr Sachen aus ihrem Kleidersack holt. »Voilà, Madame May.«

Es ist ein Hosenanzug, schwarz, der Blazer hat silberne Pailletten auf der Brust und lange Rockschöße. Die Hosenbeine sind silbern und schwarz gestreift und weit geschnitten.

»New Orleans lässt grüßen. Damit können Sie im Jazzclub auftreten, Blanca.« Beifall heischend sieht Luna von einem zum anderen.

»Du hast auch ein Outfit für Blanca genäht? Wann hast du das denn gemacht?«

»Nun«, Luna grinst, »Blanca und ich kamen auf die Idee, als wir mit Lucienne in der Küche saßen und die Welt in ihre Einzelteile zerlegten. Deine Großmutter meinte, es gäbe zur Abwechslung was Positives zu tun.«

»In all that mess!« Blanca weist aus dem Fenster, als stünde genau dort das Schlamassel, das sie alle im Griff hat.

»Aber«, fängt Sam an. Es fühlt sich so gut an, dass Blanca hier ist. Dass Luna hier ist. »Ich … danke, Luna!«

»Wenn ich den Friedensnobelpreis kriege, kommst du hoffentlich mit nach Oslo. Jetzt ist erstmal Anprobe angesagt. Für drunter, also unter den Blazer, habe ich ein simples schwarzes Top bei C&A gekauft.«

Sam kriegt den Mund nicht mehr zu, während Blanca sich die Sachen schnappt und in Sams Schlafzimmer verschwindet.

»Sag mir, dass ich nicht träume!«, bittet Sam.

»Keine philosophischen Spitzfindigkeiten! Willst du mein Kleid sehen?«

»Unbedingt.«

Fiebrig kramt Luna im Kleidersack. Sie holt zwei tiefrote Teile heraus. Einen Minirock und ein ärmelloses Top. Dazu eine fein gehäkelte Stola in noch dunklerem Rot.

»Ich fasse es nicht! Du musst Tag und Nacht gearbeitet haben!«

»Naja, was ich tagsüber gemacht habe, das weißt du ja. Ich musste nur drauf achten, nichts herumliegen zu lassen, was dir verraten hätte, dass was hinter deinem Rücken läuft.«

Eilig schlüpft Luna aus Jeans und Pulli und zieht ihre Eigenkreation an. Sam muss ihr den Reißverschluss schließen.

»Die Pumps dazu habe ich unter Dach und Fach. Und Blanca kriegt schwarze Reeboks, in denen sie prima laufen kann. Die geben dem Ensemble den sportlichen Touch.« Keck drapiert sie die Stola über ihren nackten Schultern.

Blanca kommt aus dem Schlafzimmer.

»Und?«, fragt sie, während sie sich ganz langsam im Kreis dreht. »Gehöre ich zum Club?«

Sam setzt sich auf ihr Sofa und lässt den Tränen freien Lauf. Eine Hand verwuschelt ihr Haar. Blancas Hand. Ein wenig rau und ganz warm.

»Ich habe Mist gebaut, Blanca. Ich …«

»Pssst.« Blanca lacht leise. »Es gibt eine Menge zu erzählen. Aber nicht jetzt. Jetzt wird Kosmetik besorgt, und anschließend gehen wir zum Friseur.«

59

Rolando Loredan ist schlecht gestimmt, als er Eleni im Café Florian am Markusplatz trifft. Es ist ein heißer, schwüler Tag. Sie sitzen draußen, umschwirrt von Touristen, Tauben und den Musikfetzen einer Combo, die Wiener Walzer fiedelt und dabei immer mehr beschleunigt. Ein paar Zuhörer klatschen begeistert. Gute Musik ist was anderes, findet Eleni.

»Verehrte Eleni, übermorgen Abend, da kommen Sie gewiss ins La Fenice? Caterina La Duca stellt dort im Foyer aus.«

Der Name ist Eleni nicht unbekannt. Eine Nachwuchsfrau, Mitte 30. Sie denkt an sich selbst, als sie Mitte 30 war. Zerstückelt, bewegungsunfähig, sprachlos.

»Signor Loredan, mein Bester, ich würde sehr gerne … leider, leider habe ich einen Arzttermin.«

Seine Miene verdüstert sich noch mehr. Sie hat den Eindruck, er will irgendetwas loswerden, seinen Frust dem nächstbesten Kellner um die Ohren hauen. Und es kann nicht nur deswegen sein, weil sie wegfährt.

»Es ist wichtig.« Sie senkt den Blick und schenkt Loredan ein ebenso schüchternes wie verwegenes Lächeln. »Sie wissen ja, ich muss vorsichtig sein. Keine Experimente mehr mit der Gesundheit.«

»Nein. Die Gesundheit ist das höchste Gut«, doziert Loredan steif. Er trägt einen hellen Anzug und eine Seidenkrawatte in sanftem Grün. Den Stetson hat er auf den freien Stuhl neben sich gelegt.

Ist es nicht, denkt Eleni. Wenn Gesundheit das höchste Gut wäre, könnte sie einpacken. Sie ist nicht gesund; trotzdem war der kranke, der behinderte Teil ihres Lebens der bessere Teil. Bisher jedenfalls.

Das höchste Gut ist Selbstbestimmtheit, denkt sie. Deshalb wird sie heute Abend nach München fliegen und von dort nach Coburg weiterreisen.

Das Hotel hat sie im Internet gebucht. Schloss Hohenstein. Es klingt kühn und ritterlich. Sie erinnert sich an Hohenstein. War das nicht ein wüster Ort, ein verfallenes, verkommenes Plätzchen im Wald?

»Philadelphia?«, fragt Loredan.

»Ich halte es so kurz wie möglich.« Eleni nickt. Soll er glauben, sie reist über den großen Teich. »Ich melde mich bei Ihnen. Die europäischen Handys tun es leider nicht dort drüben.«

»Ja. Ja. Sicher.« Missmutig rührt er in seinem Cappuccino.

»Sind Sie mit etwas unzufrieden, Signor Loredan?«

Er zuckt die Achseln. »Ich hätte mir etwas mehr Presse zur Finissage gewünscht. Das ist alles.«

Eleni ist längst nicht mehr pressesüchtig. Sie winkt dem Kellner.

»Pressearbeit ist eine Sache, über die wir nach meiner Rückkehr sprechen sollten«, sagt Eleni. Sie zahlt. Loredan gerät ins Schwitzen, als er seine Brieftasche zückt.

»Diesmal geht es auf mich!« Eleni lächelt ihr strahlendstes Lächeln. Sie selbst hat Loredan angerufen und ein Treffen vorgeschlagen. Sie will ihn einlullen, ihn nicht gleich mit ihrem Plan, in Italien vor Anker zu gehen, konfrontieren. Es soll so aussehen, als wäre es seine Idee, wenn sie in Venedig bleibt. Eleni hat gefühlte Millionen Mal Menschen auf diese Art manipuliert.

»Machen Sie es gut!« Er springt auf und reicht ihr die Hand. Schenkt ihr ein Lächeln. »Ich wünsche Ihnen viel Inspiration!«

Eleni schafft den kurzen Weg zum Hotel zu Fuß. Sie schwitzt, als sie ankommt, und geht in ihre Suite, um zu duschen und sich für die Reise umzuziehen. Ein Wassertaxi bringt sie zum Flughafen. An der Anlegestelle holt ein Elektroauto sie mit ihrem Gepäck ab. Sie checkt ein, trinkt einen Espresso und blickt aus den Panoramafenstern. Die Serenissima liegt im Nachmittagsdunst. Boote tuckern gemächlich über das Lagunenwasser.

Ja. Hier würde sie gern leben. Ihren Lebensabend verbringen.

Aber jetzt ist sie nervös, denn sie kehrt an einen Ort zurück, von dem sie annahm, sie würde ihn nie wiedersehen.

Das Flugzeug braucht keine Stunde bis München. Das Wetter in Deutschland ist ebenso warm, nur nicht so drückend wie in Venedig. Sie nimmt ein Taxi und handelt einen Preis aus. Der Fahrer bringt sie nach Coburg. Sein Navigationsgerät führt sie mitten in den Wald.

»Sind Sie sicher, dass es hier ein Hotel gibt?«, fragt er gähnend.

Es ist dunkel mittlerweile, doch es handelt sich um diese silbrige, sommerliche Dunkelheit, die zwar erkennbar Nacht ist, aber nicht schwarz, nicht wirklich dunkel. Und die es in Italien nicht gibt, denkt Eleni.

Wie lange war sie nicht hier! Mehr als 30 Jahre!

»Die Adresse stimmt hundertprozentig«, sagt sie, während sie Hannas Nummer wählt.

»Eleni? Alles in Ordnung?«

»Ich bin fast am Ziel.«

»Du bist wirklich gefahren?«

»Ich musste es tun.«

»Sei vorsichtig. Soll ich kommen?«

»Kannst du denn?« Eleni ist sich nicht sicher, ob es ihr recht ist, wenn Hanna sie zur Vernissage begleitet. Wenn sie untergeht, dann bitte ohne Zeugen aus ihrem aktuellen Leben. Andererseits wäre es hilfreich, wenn sie nicht allein wäre. Wer kann schon wissen, wie alles ausgehen wird!

»Ich buche für morgen Abend. Die letzte Maschine von Hamburg nach Nürnberg geht um elf, glaube ich.«.

»Bis bald!«, verabschiedet sich Eleni.

Das Taxi pirscht nun eine schmale Straße hinauf. Links liegt ein Lokal. Viele hochpreisige Wagen parken davor. Eleni lässt das Fenster herunter. Biergartengeräusche. Auch etwas, das es in Italien nicht gibt. Es riecht nach gegrillten Bratwürsten. Der Geruch sickert in ihre Erinnerungen.

Das haben sie oft gemacht. Im Garten gegrillt. Vater hat gegrillt. Mutter die Brötchen aufgebacken. Ihre Aufgabe war es meist, den Salat herzurichten. Und ihre Schwester …

Eleni wischt sich über die Augen. Ein Hase jagt vor ihnen über das Sträßchen.

»Ich bin froh, wenn ich wieder in der Zivilisation bin«, meckert der Fahrer.

Sie haben nicht viel geredet auf der über zweistündigen Fahrt. Eleni war eben noch hundemüde. Jetzt ist sie wie elektrisiert. Die Schmerzen in der Hüfte, verstärkt durch das lange Sitzen, scheinen weit weg.

Wie aus dem Nichts taucht die Einfahrt zum Hotel vor ihnen auf. Der Weg ist beleuchtet.

»Mein lieber Herr Gesangsverein!« Der Fahrer lacht. »Das ist ja fürstlich!«

»In einem Herzogtum ist alles fürstlich.« Eleni nimmt ihre Börse aus der Handtasche und zahlt eine astronomische Summe. »Besten Dank für die Fahrt. Kommen Sie gut zurück.«

Er öffnet Eleni die Tür, hilft ihr aus dem Wagen. Sie stützt sich schwer auf den Stock. Der Fahrer trägt ihren Koffer zur Rezeption. Die Lobby ist leer. Es riecht muffig. Aus dem Restaurant hört Eleni das Klappern von Geschirr. Leute lachen, rufen. Stühle werden gerückt.

Eine junge Frau eilt herbei.

»Ja, bitte?«, fragt sie.

Eleni verdreht die Augen. Diese Erinnerung an das landläufige Benehmen hier hat sie verdrängt. Sie denkt an die Lobby im Gabrielli Sandwirth. He, das ist nicht vergleichbar, mahnt sie sich.

»Eleni Tsiadis. Ich hatte ein Zimmer bestellt.«

»Waren Sie schon mal bei uns?«

»Nein.«

»Dann bräuchte ich Ihre Papiere, bitte.«

Eleni legt mit einer grazilen Bewegung ihren Pass auf die Theke.

»Sie kommen aus Griechenland?«

»Exakt.« Eleni verschenkt ein Lächeln. Sie ist der Meinung, dass sie davon immer genug haben wird. »An der Krise bin ich allerdings nicht schuld.«

Nun ist es an der Frau, zu lächeln, aber es ist ein beschämtes Grinsen, das auf ihr Gesicht tritt und sofort erlischt.

»Zimmer 409. Wenn Sie möchten, hole ich jemanden, der Ihr Gepäck trägt.«

»Sehr umsichtig.« Eleni schüttelt innerlich den Kopf. Wenn Sie möchten … kann die Lady nicht sehen, dass Eleni nicht einmal imstande ist, sich selbst eine Treppe hinaufzuhieven?

Plötzlich fragt sie sich, was sie eigentlich hier will. Sie hat das Provinzielle immer verabscheut. Aber das Fischerdorf, dieses winzige Eckchen an der Küste des Ionischen Meeres, war natürlich viel provinzieller.

Sie wartet auf den Fahrstuhl, der langsam in die Lobby kriecht. Als sich die Türen öffnen, prallt sie zurück. Hendrik Rosen kommt heraus. Mit einem Notizblock in der Hand und einem zufriedenen Lächeln auf den Lippen. Sie tritt ein Stück zurück.

Warum ist Loredans Schoßhund hier?

Rosen sieht sie erst gar nicht. Er ist ganz in seine Notizen vertieft. Seine riesige Tasche streift Eleni. Er sieht hoch. Sie senkt den Blick nicht, sondern nickt ihm zu und betritt den Fahrstuhl, wo sie auf irgendeinen Knopf drückt. Die Türen schließen sich beängstigend langsam. Sie schaut stoisch in den Spiegel und richtet ihren Hut.

60

Sam ist bester Laune. Beschwingt schließt sie ihre Haustür auf. Nach dem Friseurbesuch war sie doch noch shoppen mit Blanca und Luna. Sie hat eine grüne, weite Hose erstanden und eine Tunika, weiß mit grünen Blümchen. Sieht verboten verträumt aus, wie Luna sagte. Sam fühlt sich rundum wohl. Und ihr Haar erst! Es ist jetzt höchstens kinnlang und hat silbrige Strähnchen bekommen.

Nach dem Kaufrausch sind sie in Lunas Atelier gegangen, haben gekocht, gegessen, anschließend Blanca in ein Taxi gesetzt und sich an die liegen gebliebene Arbeit gemacht. Um kurz vor sieben, als Sam gerade nach Hause gehen wollte, hat Roman eine SMS geschickt.

Muss dich sprechen. Wichtig. Um acht im Miles and More?

Sam schleudert die Tüten mit den Einkäufen auf das Sofa. Ihre Wohnung ist ein einziger Saustall. Sie räumt die Überreste der Anprobier-Orgie von heute Morgen auf, dann holt sie ihr grünes Ensemble aus der Tüte. Himmel, sie hat auch Kosmetik gekauft. Grundierung, Concealer, Mascara, Lipgloss und einen Stift, der angeblich einen goldenen Schimmer auf das fertige Make-up zaubert. Sie hat ein halbes Vermögen für das Zeug ausgegeben, dabei macht sie sich eigentlich nichts aus

Kosmetik. Aber Blanca und Luna haben recht: Sie kann nicht im schicksten aller Matrosenkleider auf die Vernissage gehen, ohne dass ihr blasses, abgearbeitetes und sorgenvolles Gesicht einen neuen Anstrich bekommt. Wenngleich gefühlte hundert Jahre Nervereien nicht durch irgendeinen Abdeckstift verborgen werden können. Nachdenklich reiht sie die Fläschchen in ihrem Bad auf. Warum nicht ein wenig tricksen? Luna macht das genauso. Und sogar Blanca hat sich einen Kajal und Wimperntusche gekauft. Blanca wird das Rennen um die schönste Frau auf der Vernissage machen, davon ist Sam überzeugt. So einen Hosenanzug trägt in Coburg niemand.

Sie lächelt ihr Gesicht an. Es sieht verändert aus, die kurzen Haare wirken Wunder. Sie sieht auf die Uhr. Zeit, sich fertig zu machen, um Roman zu treffen. Eine ideale Chance, um gleich die neuen Kosmetika auszuprobieren.

Während Sam sparsam ans Werk geht, rasen tausend Fragen durch ihren Kopf. Was will Roman von ihr? Soll sie überhaupt hingehen? Doch warum soll sie zu Hause sitzen, bis ihr die Decke auf den Kopf fällt? Hat sich nicht mit Blanca auch alles eingerenkt? Ohne Worte, einfach so, weil es was Größeres, Wichtigeres zwischen ihnen gibt als Zerwürfnisse über Dinge, von denen sie beide wissen, dass diese Dinge nie geregelt werden können.

Sam schnippelt die Etiketten aus ihren neuen Sachen und schlüpft hinein. Schnappt Handtasche und Schlüssel und verlässt die Wohnung.

Wie schnell es Sommer geworden ist! Die Luft ist warm, weich, riecht nach Lindenblüten. Am blauen Himmel segeln ein paar dunkelgraue Wolken vorbei, wie versprengte Zeugen eines Unwetters, das sich freundlicherweise viele Kilometer weit weg ausgetobt hat.

Im Miles and More ist es vergleichsweise ruhig. Roman sitzt bereits da. Er hat eine Zeitung vor sich.

»Hallo!«

Er sieht hoch. Reißt die Augen auf. Lächelt. Springt von seinem Stuhl hoch.

»Samantha!«

Plötzlich mag sie es, dass er sie mit ihrem vollen Namen anredet.

»Hallo, Roman.« Sie küsst ihn auf die Wange. »Sag nichts. Ich bin der größte Depp aller Zeiten. Ein richtiger Volltrottel.« Die Worte sprudeln ihr über die Lippen, ohne dass sie etwas dagegen tun kann. »Ich hätte dich nicht so kaltblütig abservieren sollen.« Was soll sie hinzufügen? Ich hatte meine Gründe?

Er legt ihr die Hände auf die Schultern. »Du siehst fantastisch aus.«

»Danke.«

»Einen Prosecco?«

»Einen Prosecco. Und dann will ich wissen, was es Wichtiges gibt.« Sie erschrickt im selben Moment. Wird er nicht denken, sie ist wirklich nur gekommen, weil seine Nachricht sie neugierig gemacht hat? Ist sie nicht vor allem seinetwegen gekommen?

Roman macht sich augenscheinlich keine großen Gedanken, sondern ordert eine Flasche Prosecco. Als der Cooler auf dem Tisch steht, sagt er:

»Du musst entschuldigen, wenn ich ein bisschen weiter aushole. Aber ich finde, du musst das wissen. Das bin ich dir schuldig.«

»Du bist mir gar nichts schuldig.« Der Prosecco perlt, sie trinkt einen Schluck und genießt kurz mit geschlossenen Augen. »Eher bin ich dir was schuldig.«

»Das klären wir später, okay?«

Sie lacht. »Okay.«

»Es gibt eine Verschwörung. Eleni Tsiadis ist in Coburg.

Sie wird die Vernissage besuchen. Sie wird deiner Mutter begegnen. Gleichzeitig ist ihr italienischer Agent hinter ihr her. Er will sie in einen Skandal laufen lassen. Ins offene Messer, sozusagen. Eleni Tsiadis ist nicht die, die sie vorgibt zu sein, Sam. Sie ist …«

»Sie ist Grace. Ich weiß.«

»Du weißt es?« Alarmiert sieht Roman Sam an.

»Guck nicht wie ein betröppeltes Huhn. Ich habe es mir zusammengereimt. Die Legenden um ihre Herkunft. Sie spricht perfekt deutsch. Ich habe sie im Peggy-Guggenheim-Museum reden hören. Mit einer Freundin. Im Waschraum.«

Roman schlägt mit der rechten Hand auf den Tisch. »Es passt alles zusammen, Sam. Sie ist in Griechenland verschwunden. Grace May ist untergegangen. Und als Eleni Tsiadis wieder aufgetaucht.«

Kurz berichtet Sam, was Luna und sie sich zurechtgebastelt haben, neulich, bei zwei Flaschen Rotwein.

Roman nickt. Er schenkt ihnen Prosecco nach.

»Das Schlimmste weißt du noch nicht.«

»Das Schlimmste?«

»Ich finde, du musst es wissen. Deine Großmutter findet das auch.«

»Blanca?« Was hat Roman mit Blanca zu schaffen? Fädeln denn alle hinter ihrem Rücken Sachen ein?

»Ist dir aufgefallen, dass du deiner Mutter überhaupt nicht ähnlich siehst?«

»Ich weiß. Ich sehe aus wie … Nikolaj.«

Roman wischt sich den Schweiß von der Stirn. Hastig trinkt er sein zweites Glas leer.

»Und? Was jetzt?«, fragt Sam ungeduldig.

Roman greift nach ihren Händen. »Du hast die Hände deines Vaters.«

»Ja! Das ist offenbar das Einzige, was ich von ihm habe. Obwohl er darauf besteht, dass ich so etwas wie kaufmännisches Denken ebenfalls aus seiner Linie geerbt habe.«

»Kann sein.« Roman räuspert sich. Verzweifelt blickt er Sam an. »Ich würde hier nicht sitzen und das ganze Thema aufwärmen. Aber deine Großmutter wollte es. Sie hat mich ermutigt. Wahrscheinlich … nun, ich nehme an, sie schafft es nicht, dir reinen Wein einzuschenken.«

Sam ahnt, was Roman gleich sagt. Du siehst Grace ähnlich. Alles spricht dafür, dass du Grace' Tochter bist. Und nicht Victorias. Doch Sam will das nicht hören. Es ist erschreckend genug, wenn sie es selbst denkt. Der schreckliche Verdacht geistert längst durch ihr Unterbewusstsein, und bisher hat sie es wirklich gut hinbekommen, ihn unter dem Deckel zu halten.

Sie muss einen kühlen Kopf behalten. Mit dem Prosecco funktioniert das nicht. Sie bestellt ein Glas Mineralwasser und weiß dabei, dass es nicht am Alkohol liegt, wenn sie gleich durchdreht.

»Victoria hat dich adoptiert. Du bist Grace' Tochter. Deine Großmutter hat es mir erzählt. Grace wollte dich nicht, und Victoria wünschte sich Kinder und bekam keine. Erst später – da kamen noch deine Brüder.«

»Hat sie Grace umgebracht, um mich zu bekommen?«

»Sie hat niemanden umgebracht, Sam. Und ganz bestimmt nicht Grace. Grace ist auferstanden, sozusagen. Als Eleni Tsiadis.«

»Das ist unmöglich.«

Roman malt mit der Hand eine Spirale in die Luft. »Es gibt solche Sachen! In meinem früheren Berufsleben habe ich eine Menge Geschichten der Kategorie ›unwahrscheinlich‹ aufgetan. Menschen, die Flugzeugabstürze überlebten. Andere, die sich in Luft auflösten und irgendwann später als Ölmagnate in Saudi-Arabien wieder zum Vorschein kamen. Leute, die klinisch gesehen tot waren, unerklärlicherweise zum Leben zurückfanden und von Tunneln und Lichtern faselten.«

»Warum sagst du mir das?«

Roman seufzt.

»Eleni Tsiadis ist in Coburg. Sie wohnt im selben Hotel wie deine … wie Victoria.«

Sam lacht auf. In einem Zug trinkt sie das Mineralwasser aus.

»Aber ich habe Roberts Hände!« Sie sieht auf ihre Finger. »So lange Zeigefinger hat sonst niemand in der Familie.«

Roman nickt verständnisvoll und teilt den Rest des Prosecco zwischen ihnen auf.

Sam beißt auf ihre Unterlippe, während sie konzentriert ihre Hände betrachtet, die vor ihr auf dem weißen Tischtuch liegen. Der linke Zeigefinger ist verpflastert, sie hat sich beim Stoffzuschneiden mit der Schere verletzt. Ich muss dieser Sache ins Auge schauen, denkt sie. Am besten jetzt gleich. Umso schneller ist alles überstanden.

»Jetzt verstehe ich, was Victoria meinte. Dass Grace in dieser einen Sache nicht gelogen hatte.«

»Dein Vater hatte ein Verhältnis mit Grace.«

»Mit seiner Schwägerin.« Sam schüttelt den Kopf. Ihr Vater, ein Schwerenöter. Der brave, zurückhaltende, immer für die Familienmitglieder einspringende Robert, der seiner Frau den Rücken für die Kunst freihielt.

»Das kommt vor.«

Sam birgt ihr Gesicht in den Händen. Sie möchte weinen, aber sie kann nicht. Sie fühlt sich schwer und unförmig. Sie ist ein Stein. Durch und durch gefühllos.

»Blanca vermutet, es wäre nur eine kurze Sache gewesen. Grace war mit einem Künstler zusammen, der sie emotional und wohl auch finanziell ausbeutete. Sie machte mit ihm Schluss. War einsam, am Boden. Dein Vater und sie gingen eins trinken. Kamen sich näher. Wie das eben so ist.«

»Ja. Es gibt keinen Grund, deswegen zu verzweifeln. Es sei denn, man geht selbst als Embryo aus so einer versoffenen Nacht hervor.«

Roman lächelt schief. »Nimm es nicht so schwer. Es wurden schon ganz andere Genies im Suff gezeugt.«

Sam schüttelt den Kopf. »Das ist es nicht. Warum konnten sie es mir nicht sagen?« Obwohl sie es selbst nicht begreift, hat sie Verständnis für ihren Vater. Er, ein Gefangener der Mays, der als Individuum nicht existierte. Nur in Rollen. Als Vater. Als Mann. Als Schwiegersohn. Der ihr immer vorkam, als habe er keine eigene Vergangenheit, sondern habe die seiner angeheirateten Familie übergestülpt wie eine Kapuze.

»Sie wollten, dass du nicht zweifeln musstest an der Liebe deiner Eltern. Dass du in einer warmen Familie aufwächst, in der jeder gefördert wird. Um das zu werden, was in dir steckt.«

»Ist das nicht sehr theoretisch?«

»Frag deine Großmutter.« Roman zahlt.

»Weiß Victoria, dass Robert mit ihrer Schwester …«

»Blanca denkt, sie weiß es nicht. Sie haben nie darüber gesprochen. Aber Victoria ahnt es wohl.«

Sie verlassen das Lokal Arm in Arm. Am Theater parkt Romans Wagen.

»Weiß Blanca, dass Eleni Grace ist?«, fragt Sam, als sie sich auf den Beifahrersitz fallen lässt.

»Ich habe es ihr gesagt.«

»Du hast was?« Sams Stimme überschlägt sich.

»Sie hatte keine Ahnung.«

Sam lässt den Kopf in die Polster sinken. Roman hat ihrer Großmutter diese Nachricht ohne viel Federlesens um die

Ohren gehauen. Und Blanca musste allein damit klarkommen. Weil sie, Sam, gebockt hat. Pubertät spielte.

»Scheiße! Scheiße, Scheiße, Scheiße!«

Roman legt eine Hand auf ihr Knie.

»Warum hast du das getan, Roman?«

»Sie brauchte die Wahrheit. Meinst du nicht, sie hat ein Anrecht darauf?«

»Du bist wahnsinnig! Was für ein Schock das für sie gewesen ist! Jemand hätte bei ihr sein müssen!«

»Ich war da.«

Sam schnaubt nur.

»Und sie hat ganz ruhig reagiert.«

»Weißt du irgendwas über Schockzustände? Das ist eine ganz paradoxe Sache. Sie hatte erst einen Schlaganfall!«

»Warte doch. Sie ist okay, wirklich.«

Er hat recht. Erst heute Morgen haben wir uns gesehen, denkt Sam. Sie versucht sich zu beruhigen. Blanca wirkte ganz normal. So wie immer.

»Okay. Okayokayokay.« Sie hebt beide Hände. »Warum bist du vom Boulevard weg, Roman?«

Verdutzt sieht er sie an. »Weil ... also, summa summarum: Ich hatte Ärger mit dem Chefredakteur. Wollte mich nicht mehr verbiegen. Außerdem kam mir das alles ziemlich belanglos vor.«

Er hält vor Blancas Haus.

»Ich habe Leute regelrecht gejagt. Wegen nach außen hin protziger Geschichten, die überhaupt keine Geschichten waren, nur Randnotizen, auf der vorletzten Seite irgendeines blöden Mantelteils. Ich bin Prinzessinnen nachgestiegen und Politikergattinnen. Habe in Kurkliniken Fotos von Promis in Fangopackungen gemacht. Geschmacklos und blöd. Total nebensächlich. Ich konnte das nicht mehr. Für eine andere Abteilung, für die Politik zum Beispiel, hatte ich nicht genug

Vitamin B. Also bin ich ausgestiegen. Und erstmal ins Ausland. Durchatmen.« Erschöpft hält er inne.

Sam versteht, dass es reichen muss, was sie jetzt im Wagen erfährt. Vorerst zumindest. Sie steigen aus.

Hier oben, so hoch über der Stadt, ist es kühl. Die Veste ist beleuchtet und wirkt prächtig und uneinnehmbar. Mauern können ein Schutz sein, doch für das, was Sam bevorsteht, gibt es keinen Schutz. Ihr ganzes Leben wird vor ihren Augen in seine Einzelteile zerlegt.

Der Wind spielt mit den Bäumen und Sträuchern. Sie fröstelt in ihren leichten Sachen. Krampfhaft hält sie ihre Tasche fest. Roman legt einen Arm um sie.

»Ich habe mich nicht an dich rangemacht, weil ich in diese Misere zurückwollte. Das will ich damit sagen. Ich bin mit dir nach Venedig gefahren, weil ich mit dir zusammen sein wollte. Nicht wegen irgendeiner Reporterkiste. Keine zehn Pferde bringen mich mehr zum Boulevard zurück. Eher mache ich einen Fahrradhandel auf.«

Sam lacht. Da schreckt ein Rascheln sie auf. Lucienne schlüpft durch die Hecke, anmutig wie immer, und streicht schnurrend um Sams Beine.

»He, Lucienne.« Roman geht in die Knie. Huldvoll lässt sich die Katze streicheln.

»Sie mag dich.«

»Ist ein gutes Zeichen.«

»Lass uns reingehen.« Entschlossen stößt Sam das Gartentor auf. Schlimmer kann es nicht mehr kommen.

»Warte! Wir sind nicht die Einzigen, die Bescheid wissen.« Romans Atem geht schnell. Er greift nach Sams Arm.

»Du meinst, die wissen, dass Grace unter dem Namen Eleni Tsiadis weiterlebt?«

»Ja. Erinnerst du dich an Michele Farin vom italienischen Journalistenverband?«

»Der Kerl mit der Ray-Ban-Brille?«

»Eben der. Ich bin mit ihm in Kontakt. Habe ihn angespitzt, sich umzuhören, welche Leute gerade an Eleni dran sind. Da tut sich was. Ihr Agent Rolando Loredan rührt kräftig in der Suppe.«

»Will heißen?«

»Er hat einen Mann namens Hendrik Rosen bei ›Artes‹ untergebracht. Michele meint, dieser Rosen soll den Künstlern, die Loredan vertritt, Türen aufstoßen.«

»Von wegen unabhängige Presse«, seufzt Sam, bevor sie Roman in wenigen Worten von Hendrik Rosens Besuch und dem Aufnahmegerät berichtet. »Er hat x-mal bei mir angerufen, aber ich habe seine Anrufe blockiert.«

»Rosen ist noch in Coburg. Ich habe ihn getroffen.«

»Warum?«

»Um herauszufinden, worauf er aus ist. Sam, ›Artes‹ ist ein einflussreiches Magazin, das in mehreren Ländern erscheint. Sammler und andere Kunstbesessene orientieren sich an dem, was die Zeitschrift vorgibt.«

Sams Blick gleitet über Blancas Haus. Im Wohnzimmer ist Licht. Die Terrassenlampe jedoch ist ausgeschaltet. Sie steht mit Roman im Schatten der Sträucher. Plötzlich bekommt sie Angst. Werden sie belauscht? Verfolgt? Worum geht es hier überhaupt?

»Loredan hat davon geredet, das ›Täubchen abzuschießen‹«, flüstert sie. »Ich gehe davon aus, dass er Grace meint. Also Eleni. Aber warum abschießen, wenn er sie selbst vertritt? Das wäre wirklich kontraproduktiv.«

»Für ihn nicht. Jeder Skandal steigert den Marktwert. Man muss es geschickt einfädeln, damit nachher …«, Roman senkt die Stimme und sieht sich um, bevor er weiterredet, »… damit nachher, wenn der Eklat vergessen ist, der Marktwert höher bleibt, als er zuvor war. So funktioniert die Promipresse!«

»Lass uns reingehen«, flüstert Sam. Ihr ist unheimlich im Dunkeln.

»Loredan rechnet damit, dass Eleni nicht mehr lang im Rampenlicht steht. Er will noch einmal richtig absahnen, verstehst du? Aber deine Familie wird dabei in den Abgrund gerissen. Ich habe das etliche Male miterlebt. Und zu meiner Schande muss ich gestehen, dass ich nicht immer unbeteiligt war, wenn die Katastrophen über das Privatleben der Leute hereingebrochen sind.«

»Können wir es denn verhindern?«

»Wir müssen Eleni davon abhalten, dass sie zur Vernissage kommt. Sie muss untertauchen, bis sich alles beruhigt hat.«

»Du meinst, wir jetten jetzt in ihr Hotel und sprechen vor: Liebe Grace May, wir wissen, dass Sie es sind, und könnten Sie bitte Europa für eine Weile verlassen?« Sprachlos sieht sie Roman an. »Nebenbei bin ich Ihre Tochter, falls Sie in der Zwischenzeit vergessen haben, dass Sie mal schwanger waren.« Die Tränen purzeln über ihre Wangen.

»So in etwa hätte ich es mir gedacht. Das wäre tatsächlich die beste Lösung, Sam!« Er wischt ihr mit dem Zeigefinger ein paar Tränen weg.

Sam denkt an ihr kunstvolles Make-up und wie daneben die ganze Schminkerei ist, wenn man anfängt zu heulen.

»Dumm nur, dass Rosen im selben Hotel wohnt. Und deine … also Victoria auch«, fährt Roman fort.

Sam hebt beide Hände. »Okay. Ich kapier's. Aber lass uns erst kurz reingehen. Ganz so schlimm wird es schon nicht kommen. Ich will Blanca sehen.«

»Gut. Auf einen Grappa.«

»Du Spinner!« Sie boxt Roman die Schulter.

Sie hat sich getäuscht. Es kommt immer schlimmer als gedacht.

61

Carsten Will hat diese dämlichen Äcker geerbt. Er kann überhaupt nichts damit anfangen. Er ist Softwareentwickler und längst quer durch die Welt für seine Firma unterwegs. Nach Oberfranken kommt er selten. Um seinen Stammtisch zu treffen, seinen Ex-Stammtisch genauer gesagt; und um nach dem Rechten zu sehen.

Sie ziehen ihn alle auf, seine Kumpels. Weil er Ländereien besitzt. Die stellen sich das so toll vor! Aber was macht er mit den Äckern? Er will nicht verpachten, er will verkaufen. Trotz Krise hat er keinen Bock mehr, sich bei Holzbruch, Borkenkäfern oder anderem Mist um seine Latifundien zu kümmern, auf die sein Vater zu seinen Lebzeiten sehr stolz war.

Sorry, Paps, die Zeiten ändern sich, denkt Carsten, als er seinen Mietwagen die B 22 entlang steuert.

Wozu soll er Geld für Grundsteuer und einen Verwalter verschwenden, der alle paar Monate anruft und ansonsten dankend seine Kohle einstreicht? Irgendwie hat er das ungute Gefühl, dass die Ländereien wie eine Eisenkugel an seinem Bein hängen. Er will eigentlich gar nicht mehr nach Oberfranken zurück. Er will sich was in Kanada kaufen. Da zieht es ihn hin! Wahrscheinlich schickt ihn sein Konzern ohnehin im nächsten Winter nach Vancouver. Davon hat er geträumt, von endloser Weite, nicht von drangvoller Enge.

Sein Verwalter hat ihm vor Wochen von dem Unfall berichtet. Ein Kleinwagen hat sich in einen von Carstens Äckern gebohrt. Zum Glück ist nichts weiter passiert, aber es gab natürlich einen riesigen Aufstand, Polizei, Versicherung, und aus Gründen, die Carsten gleichgültig sind, sind irgendwelche Papiere im Nachgang des Unfalls auf dem Tisch seines sogenannten Verwalters gelandet.

Pah, Verwalter, denkt Carsten. Rolf Körber wohnt nicht weit weg von Carstens Feldern und war mehr oder weniger schnell zu überreden, sich um fremde Äcker zu kümmern. Gegen Bares natürlich, keine Überweisungen.

Carsten hat den Lohn für Körber in der Tasche. Wie verkauft man eigentlich einen Acker?, fragt er sich. Er wird es mit Körber besprechen. Beinahe ist es ihm egal, ob er dabei über den Tisch gezogen wird, Hauptsache, er ist diesen Krempel aus der Vergangenheit endlich los.

Körber wohnt ein bisschen außerhalb von Ebrach, Carsten verpasst meistens die Zufahrt zum Hof. Heute nicht. Der Hof liegt im Halbdunkel, nur aus zwei Fenstern fällt Licht in die Nacht. Zugegeben, es ist eine helle Nacht. Der Hund schlägt an. Carsten hofft, dass er an der Kette liegt. Das Vieh ist ihm nicht geheuer.

Körber wartet an der Haustür und bittet den Gast herein. Seine Frau sitzt mit dumpfem Blick am Küchentisch, als Carsten eintritt.

»Guten Abend«, sagt sie und ringt sich ein Lächeln ab, das schief auf ihren Lippen hängen bleibt. »Möchten Sie was essen? Wir haben schon Abendbrot gehabt.«

»Danke, nicht nötig.«

»Einen Schnaps?«

»Ein Bier.« Ein Seidel geht, obwohl er noch fahren muss. Er ist wirklich durstig. Außerdem lässt ihn Körber so mit seinem Selbstgebrannten in Ruhe. Körbers Frau stellt ihm einen Krug hin, Körber nimmt eine Flasche Scheidmantel aus dem Kühlschrank.

»Ewig her, dass wir uns gesehen haben. Wie laufen die Geschäfte?«, fragt Körber. Er meint es freundlich, es ist seine Art, Smalltalk zu betreiben.

»Ich bin zufrieden.« Carsten legt das Kuvert mit dem Lohn auf den Tisch. Körber quittiert es mit einem Kopfnicken.

»Na, Prost! Uns geht es auch gut, oder, Sophie?«

Körbers Frau nickt und verlässt mit einem entschuldigenden »Ich muss die Wäsche aus der Maschine nehmen« die Küche.

»Das mit dem Unfall«, hebt Körber an, »war eine ungute Sache. Der Auftakt zu mehreren Unfällen auf der Strecke.«

»Wie ist es passiert?«

»Es regnete wie die Sintflut. Zwei Wagen, Aquaplaning. Überhöhte Geschwindigkeit, behauptet die Polizei.« Körber kratzt sich im Schritt. »Die Frau riss das Steuer herum, ihr Wagen kam ins Schleudern und flog in hohem Bogen auf den Acker. Sie behauptete, dass der andere ihr auf ihrer Spur frontal entgegenkam.«

Carsten nickt. Das Bier schmeckt. Er entspannt sich. Was, wenn er Körber jetzt gleich den Auftrag gibt, nach einem Käufer für seine Äcker zu suchen? Auf das Geld kommt es ihm gewiss nicht an. Wenn er endlich in die Welt ziehen könnte, ohne an das, was andere Heimat und Vergangenheit nennen, gefesselt zu sein!

»Die Frau, die auf Ihrem Acker gelandet ist, hatte ein paar Schnittwunden. Kaum zu glauben, dass sie so glimpflich davonkam. Sie muss sich mehrfach überschlagen haben.« Körber beugt sich vertraulich vor. »Sie ist übrigens keine Unbekannte. Victoria May. Sagt Ihnen der Name was?«

Carsten schüttelt den Kopf. Entsetzt stellt er fest, dass er sein Bier schon zu drei Vierteln geleert hat.

»Künstlerin aus Coburg. Ganz große Nummer. Demnächst hat sie eine Ausstellung im Kongresshaus in Coburg.« Körber greift nach einer zerlesenen Zeitung und hält Carsten einen Artikel vor die Nase. Halbherzig schaut er darauf. Kunst interessiert ihn nicht. Was ihn interessiert, steht nicht in der hiesigen Tageszeitung. Er würde zum Beispiel gern mit einem Kajak den Yukon runterpaddeln. Nächstes Jahr, nimmt er sich vor, wird er einen längeren Urlaub für sich rausschlagen.

»Einen Tag später zerlegte sich ein junger Kerl an einem Baum. Den hat's böse erwischt.«

»Sie sagten was von Papieren.«

Während Körber ihm die Dokumente zeigt, die er von der Versicherung bekommen hat, gibt Carsten sich endlich einen Ruck.

»Ich möchte verkaufen.«

»Alles?« Körber nimmt eine neue Flasche Scheidmantel aus dem Kühlschrank. Alle seine Bewegungen sind ruhig und umsichtig. Plötzlich empfindet Carsten für den Mann Sympathie. Körber ist in seiner Welt zu Hause.

»Möchten Sie die Felder kaufen?«, fragt Carsten.

Die Frage schwingt im Raum. Carsten brummt der Kopf. Körber schenkt ihm das neue Bier ein. »Natürlich müssten wir uns über den Preis einigen.«

»Können wir gleich tun. Und dann machen wir einen Termin beim Notar.« Carsten kann gar nicht schnell genug zur Sache kommen. Die niedrige Wohnküche deprimiert ihn, das Summen des Kühlschranks, das Kläffen des Hundes draußen, das kein Ende nehmen will.

»Ich rede mit meiner Frau und rufe Sie an.«

Carsten steht auf. Er hat das zweite Bier nicht angerührt. Sei's drum.

»Melden Sie sich bald! Ich bin noch ein paar Tage in Coburg. Mindestens bis Montag.«

»Ja, mache ich.« Körber begleitet Carsten zu seinem Wagen. »Ach, übrigens, ich bin nach dem Unfall über den Acker gegangen. Zuerst musste das Autowrack weggeschafft werden, es war alles nass und aufgeweicht und schwierig. Jedenfalls ...« Er hustet ausgiebig. Carsten öffnet die Autotüren mit einem Klick. Der Hund bellt sich heiser. »Da habe ich einen Umschlag mit Fotos gefunden.«

»Fotos?«

»Ja. Komisches Zeug. Wollen Sie die mitnehmen? Sie gehören streng genommen Ihnen. Weil sie auf Ihrem Land lagen.«

»Fotos?«, wiederholt Carsten. »Sonst nichts?«

»Nein. Sonst nichts.« Körber geht ins Haus, und Carsten steht allein in der Nacht, während der Hund kläfft wie ein Besessener. Endlich kommt Körber zurück und drückt Carsten einen Umschlag in die Hand. »Altmodisch, was? Wo man doch heutzutage alles per Computer verschickt.« Er zuckt die Achseln.

Carsten nickt, steckt den Umschlag in sein Sakko und fährt davon. Mit jedem Kilometer, den er sich von Körbers Hof entfernt, fühlt er sich freier. Er passiert seinen Acker, wo sich der Unfall ereignet hat, aber er verschwendet keinen Gedanken daran. Bald ist er das alles los.

62

Eleni wird klar, dass sie in der Falle sitzt. Sie hockt am Ende der Welt in einem Hotel mitten im Wald, und im selben Hotel hat ein Journalist von ›Artes‹ sein Lager aufgeschlagen. Bis sie der Rezeptionistin verklickert hat, dass sie für niemanden zu sprechen ist, hat dieser Trottel von Rosen unter allen möglichen Vorwänden versucht, sie in ihrem Zimmer zu erreichen.

Sie knipst das Licht aus. Humpelt ans Fenster und starrt in die dunkle Juninacht hinaus, in der irgendein magischer Lichtstreif geblieben ist und die schwarze Landschaft zum

Glimmen bringt. Wie sie sich nach Venedig sehnt, sogar ihre Wohnung in London scheint ihr plötzlich wie das Paradies! Was für eine Schnapsidee, hierher zu kommen. Warum hat sie zugelassen, dass die Vergangenheit sich wieder an sie heranschlich?

Elenis Identität ist wasserdicht. Nichtsdestotrotz kann die Presse eine Menge Schaden anrichten. Ihre Familie wird zusammenklappen, wenn alles herauskommt. Also, ihre frühere Familie, von der sie sich so weit entfernt hat, dass ihr, Eleni, keine Gefühle geblieben sind, nur kalte Gleichgültigkeit. Aber hier, in einer Umgebung, an die sie sich von Minute zu Minute besser erinnert, in der Bruchstücke der Vergangenheit auftauchen, verändern sich auch ihre Empfindungen. Einst war sie ein Teil dieser Landschaft. Sie hat all diese Wälder durchstreift, um zu malen. Sie hat ihre Staffelei von Dorf zu Dorf geschleppt. Mit den Leuten geplaudert, die ihr über die Schultern schauten.

»Ich muss hier weg«, sagt sie laut zu sich selbst. Noch hat sie nichts ausgepackt. Sie braucht ein anderes Hotel in einer anderen Stadt. Während sie ihren Laptop aufklappt und sich ins Netz einloggt, um sich nach einer Alternative umzusehen, wird ihr klar, dass sie das heute Nacht nicht mehr schafft. Sie ist erschöpft von der Reise. Sie hat Schmerzen. Am besten, sie nimmt eine Schlaftablette, ruht sich aus, ruft morgen ein Taxi, das sie von hier wegbringt. Doch mitten am Tag, da wird es auffallen. Jetzt, in der Nacht, hätte sie immerhin die Chance, dass dieser Rosen irgendwann schlappmacht und einpennt.

Oder sie muss den Mann irgendwie anders loswerden. Während sie eine Tablette aus dem Blister drückt, klingt ihr die Stimme ihres Londoner Arztes im Ohr.

»Das ist ein Teufelszeug, Mrs. Tsiadis. Nur im Notfall. Und nie im Zusammenwirken mit Alkohol!«

Grüblerisch betrachtet Eleni die kleine, grüne Pille. Sie ist wirklich sparsam mit dem Präparat umgegangen. Noch 17 Tabletten sind in der Schachtel. Plötzlich voller Anspannung studiert sie den Beipackzettel.

Sie drückt den Blister leer und schiebt die Pillen in ihre Blazertasche. Sie wählt die Nummer der Rezeption, lässt sich mit Rosens Zimmer verbinden.

»Lust auf einen Drink?«, fragt sie.

»Sicher.« Er klingt wie ein verschlafener Pennäler, der sich alle Mühe gibt, munter zu wirken. »Bis gleich.«

Der Barmann wirkt angefressen, als er zwei neue Gäste erblickt. Dennoch stellt er eine Schale mit Oliven und Chips auf den kleinen Tisch.

»Schön, dass Sie Zeit haben«, versucht sich Rosen in Konversation.

»Ich habe eine Weile geschlafen und fühle mich jetzt richtig ausgeruht. Was nehmen wir? Sie sehen mir aus, als bräuchten Sie etwas Starkes.«

Er lächelt verlegen.

Eleni ordert zwei doppelte Scotch. Als der Barmann die Gläser gebracht hat, stößt sie mit dem Stock ihre Tasche von dem freien Stuhl. Hendrik Rosen stürzt sich sofort auf den Boden, um die vielen Kleinigkeiten einzusammeln.

»Das ist so lieb von Ihnen«, säuselt Eleni, während sie die Schlaftabletten in Rosens Drink fallen lässt und mit dem Spieß kräftig rührt. »Ich selbst kann mich nicht mehr bücken. Leider.«

Der Barmann kommt an den Tisch. »Ich mache jetzt Feierabend. Wenn ich Ihnen die Flasche hierlasse?« Er hat dunkle Ringe unter den Augen.

»Sicher, natürlich«, antwortet Eleni hoheitsvoll.

In ihrer Tasche ist so viel Krempel, dass Rosen eine Weile beschäftigt ist, bis er alles aufgesammelt hat. Endlich haben die Pillen sich aufgelöst. Der Scotch in Rosens Glas sieht dunkler aus als ihrer. Sie nimmt ihren Drink in die Hand und prostet ihrem Gegenüber zu.

Das Mittel wirkt schnell. Der Journalist ist nervös, er kippt sich den Scotch zu schnell hinter die Binde und sackt nach kurzer Zeit, in der er verzweifelt versucht, Smalltalk zu machen, zusammen.

»Hallo?«, ruft Eleni. Doch der Barmann ist gegangen. Eleni stemmt sich hoch und spült Rosens Glas sorgfältig aus. Sie lässt Hendrik Rosen in dem Sessel sitzen, gießt ihm einen neuen Scotch in das ausgespülte Glas und schüttet den restlichen Flascheninhalt in den Ausguss.

Eleni schnappt sich ihren Stock und hastet zu ihrem Zimmer. Die Rezeption ist nicht mehr besetzt, also sucht sie die Nummer der Coburger Taxizentrale im Netz, bestellt einen Wagen und schleppt ihr Gepäck zum Fahrstuhl.

Im Erdgeschoss schafft sie es kaum, den Koffer zu ziehen, an dessen Griff die sperrige Hutschachtel hängt, während sie gleichzeitig die Laptoptasche über der Schulter baumeln hat und sich schwer auf den Stock stützt. Sie lässt den Betrag für eine Nacht mit einer kurzen Notiz auf dem Rezeptionstresen liegen. Ein Notfall in der Familie, schreibt sie. Unerwartete und unverzügliche Abreise nötig.

Als sie durch den Hoteleingang geht, öffnen sich die Glastüren automatisch vor ihr. Draußen ist es kühl und unerwartet feucht. Eine Luft, die sie lange nicht gerochen hat. Nicht wie die allgegenwärtigen Abgase in London oder die stickige, salzige Luft in Venedig. Eine Frische, die sie vermisst hat. Merkwürdig.

Sie sieht die Scheinwerfer eines Wagens um die Ecke kommen. Der Kies knirscht unter den Reifen.

Das Taxi hält vor ihr.

Sie gerät ins Straucheln, weil die Hand, die sich auf den Stock stützt, plötzlich gefühllos wird. Taubheit macht sich in ihren Gliedern breit. Hat sie es auf die Spitze getrieben? Das Schicksal zu oft ausgetrickst? Und jetzt schlägt es zurück?

Der Fahrer steigt aus und schleppt ihr Gepäck zum Kofferraum.

»Wo möchten Sie sitzen?«, fragt er. Das Lächeln zaubert Grübchen in seine Wangen.

Grace zeigt auf den Fond des Wagens. Der Fahrer öffnet ihr die Tür. Sie hinkt stark. Im Wagen wirft sie einen kurzen Blick auf das dunkle Schloss. Weiter oben sind ein paar Zimmer beleuchtet. Sie flieht wieder einmal und sie braucht einen guten Plan.

Es klickt leise, als der Taxifahrer die Tür zudrückt und sich hinter das Steuer setzt.

»Wohin?«

»Nach Weimar.«

»Das ist ganz schön weit.« Er fährt an.

»Familienangelegenheiten.«

Sie fahren durch das Tor und rollen langsam den schmalen Weg durch den dunklen Wald hinunter. Es kommt Eleni ewig vor.

Sie lässt den Kopf an die lederne Kopfstütze sinken. Im Wagen riecht es künstlich nach Duftbaum. Das Radio läuft leise. Dazu wenige, nachtberuhigte Funkgeräusche. Als sie endlich aus dem Wald heraus sind und in eine breitere Straße einbiegen, schießt ein Kombi an ihnen vorbei. Eleni macht sich klein. Dann schläft sie ein.

63

Carsten Will kommt zu spät zum Stammtisch.

»He, Carsten, auch schon da?«, ruft jemand lachend.

Er klopft kurz auf den Tisch. »'n Abend zusammen.«

Er bestellt sich einen Kreuztrunk und setzt sich ans Ende der langen Tafel. Fast alle sind da. Er fühlt sich entspannt. Richtig fröhlich. Das erste Mal seit Langem. Körber kauft seinen Kram und dann ist er frei.

»Alles in Ordnung, Mann?«, fragt Feininger, ein früherer Kollege bei einer großen Firma in Coburg. »Was machen die Kanada-Pläne?«

Carsten berichtet. Er bestellt eine Leberknödelsuppe. Einige am Tisch hören ihm zu, wie er darüber redet, seine Zelte in Oberfranken komplett abzubrechen. Aufgekratzt erzählt er, dass Körber, sein ›Verwalter‹, seine Äcker kaufen wird. Er freut sich und lässt die Suppe darüber kalt werden.

»Tja, Carsten, also werden wir dich hier wohl eine gute Weile nicht mehr zu sehen kriegen.«

»Ja, vermutlich.«

Jemand bestellt eine Runde Schnaps. Sie trinken. Einige haben schon viel intus. Winfried Lafontaine, ein früherer Kumpel aus dem Schwimmverein, der als Journalist bei der Tageszeitung arbeitet, juxt: »Okay, Sportsfreund. Wenn du deine Yukon-Paddeltour hinter dir hast, sag mir Bescheid. Das ist ein prima Beitrag fürs Reiseblatt.«

Carsten nickt. Er schwitzt, zieht sich die Jacke aus. Die Fotos, die Körber ihm gegeben hat, fallen zu Boden. Lafontaine, der neben ihm sitzt, hebt sie auf: »Du hast was verloren!«

»Ach, das! Die lagen auf dem Acker rum. Du hast vermutlich von dem Unfall gehört? Diese Künstlerin, Victoria irgendwie …«

»Ich bin das goldene Spy-Eye von Coburg«, unkt der Journalist. Er greift nach den Fotos.

»Behalte sie. Ich habe es nicht mit Kunst.«

»Wie du meinst«, erwidert Lafontaine.

64

Sam und Roman sind zu spät zum Hotel gekommen. Eleni Tsiadis ist abgereist.

Ein verschlafener Mitarbeiter, den sie herausklingeln, benötigt eine gute Viertelstunde, um Herr der Lage zu werden, während er stirnrunzelnd Elenis Notiz liest, etliche Male das Geld nachzählt und Romans aufgeregte Fragen beantwortet.

»Es hat keinen Sinn«, sagt Sam halblaut zu ihm. »Eleni ist weitergezogen. Lass uns fahren.«

Sie treten hinaus auf den Schlosshof. Der Himmel bewölkt sich, es riecht nach Regen.

»Und jetzt?« Roman bohrt seine Schuhspitze in den Kies. »Was sollen wir jetzt machen? Uns totstellen?«

Sam blickt entmutigt an der Fassade des Hotels hoch. Es ist finster hier draußen, nur die Rezeption ist beleuchtet, ansonsten schläft wahrscheinlich jedes lebende Wesen in dem Gebäude. Was romantisch wirken soll, kommt ihr jetzt gespenstisch vor. Sie zieht die Schultern hoch. Wenn Victoria wirklich hier wohnt, hat sie Eleni gesehen?

Wir haben uns da in etwas verrannt, denkt Sam. Das Ganze ist ein Fehlschluss. Niemand kann einen solchen Sturz überleben. »Gut, vielleicht ist Eleni Tsiadis in Wirklichkeit Deutsche und hat sich eine andere Identität gegeben. Aber sie muss nicht Grace sein. Wir haben uns vertan.«

Roman sieht sie entsetzt an. »Bitte was?«

»Es ist so unwahrscheinlich. Es kann tausend andere Erklärungen geben, warum Eleni etwa im selben Alter wie Grace ist, warum sie so gut Deutsch spricht, warum sie ihr Gesicht nie komplett zeigt und warum sie solche Legenden um ihre Herkunft strickt. Es muss trotzdem nicht zwingend bedeuten, dass sie meine Tante ist.« Dass sie meine Mutter ist, denkt Sam weiter, aber das Wort kann sie nicht in den Mund nehmen. Die beiden Silben sind schwer wie ein 10-Tonnen-Felsblock.

Roman stöhnt auf. Er lehnt sich an seinen Wagen. Irgendwie haben beide keine Lust, ins Auto zu steigen und davonzufahren. Es ist, als kleben wir an diesem Hotel, weil wir hoffen, dass jemand zur Tür rauskommt und uns die Auflösung des Rätsels verklickert, denkt Sam.

»Du vergisst ihre Bilder«, sagt Roman.

»Ihre? Die von Eleni?«

»Die von allen drei Frauen.«

»Allen Dreien?«

»Die nur zwei sind.«

»Jetzt habe ich ein Problem mit der Logik.« Sam lehnt sich an Roman. Ihr Kopf sucht eine bequeme Stelle an seiner Schulter. Er riecht nach Schweiß, nach seinem Auto und ein bisschen nach Prosecco. Sie mag den Geruch. Sie will jetzt ihre Augen schließen und sich einfach aus allem ausblenden. Abhauen und erst nach der Vernissage zurückkommen.

»Was machen wir jetzt?«, fragt sie träge.

»Keinen Schimmer«, erwidert Roman. »Fahren wir zu Blanca. Hoffentlich hat sich die Journaille dort nicht inzwischen eingenistet. Am besten, du und deine Großmutter, ihr zieht ins Hotel, bis es am Samstag mit der Ausstellung losgeht.«

»Wir könnten bei Luna unterkriechen.«

Er schiebt sie ein Stück von sich weg. Dann küssen sie sich. Romans Lippen sind weich und schmecken nach Salz.

Irgendwann fängt es an zu regnen.

Die letzten Tage vor der Vernissage vergehen langsam und schnell zugleich. Blanca und Sam sind noch in der Nacht nach Elenis Verschwinden zu Luna gezogen. Roman hat das Internet durchforstet, um etwas über Elenis Verbleib herauszufinden, er hängt sich an seine Kontaktleute und führt Hunderte von Telefonaten – ohne Ergebnis.

»Sie ist wie vom Erdboden verschluckt.« Frustriert sitzt er an Lunas Küchentisch. »Statt dessen ist Rosen aktiv.«

»Inwiefern?« Blanca wischt sich die Hände an der Schürze ab. Im Herd werden ein gutes Dutzend Bananenmuffins goldbraun. Ein warmer Geruch nach Vanille zieht durch Lunas Loft.

»Hendrik Rosen hat keine Zeit verloren. Er hat einen Blog, der mit der Internetseite von ›Artes‹ verknüpft ist, seht ihr?« Roman deutet auf den Bildschirm von Sams Laptop. »Und dort schreibt er, wie ihm der Schnabel gewachsen ist. Sogar das verräterische Foto, das John Carricks Kamera vor 30 Jahren geschossen hat, hat er rechtzeitig kopiert und in seinen Text eingebettet!«

Das Netz vergisst wirklich nichts, denkt Sam erschöpft.

Geheimnis der großen Eleni Tsiadis gelüftet?, lautet die Schlagzeile. In dem Artikel spinnt Hendrik Rosen eine wilde Geschichte, in der Sams Suche nach der Vergangenheit vorkommt, die er aus Romans Text gesaugt hat, der längst nicht mehr im Netz steht. Er kommt der Wahrheit verblüffend nah. Sams Magen zieht sich zusammen, als der Autor sogar spekuliert, Eleni Tsiadis könnte eine Tochter haben. Konkreteres schreibt er nicht.

»Er hat keine Ahnung von einem Sturz in Griechenland«, seufzt Sam erleichtert, als sie den Blog überflogen hat. »Und da steht vor allem nichts über mögliche Plagiate.«

»John Carricks Fotos mit Grace' Gemälden hat er auch nicht!« Erleichtert stößt sich Roman vom Tisch ab. Er schnüffelt alarmiert. »Ich glaube, die Muffins sind fertig!«

Blanca eilt zum Herd und nimmt gerade noch rechtzeitig das Blech mit dem Gebäck heraus. »Wollt ihr Kaffee dazu?«

Sie duzen sich alle mittlerweile.

»Unbedingt!«, ruft Luna herüber.

Roman hat sich wieder im Netz verloren.

»Sam«, sagt Blanca. »Ich finde, du solltest die ganze Geschichte erfahren.« Sie hantiert an Lunas Kaffeemaschine, bevor sie sich entschlossen daranmacht, den großen Küchentisch zu decken. Kuchenteller, Löffel, Kaffeetassen. Das Blech mit den dampfenden Muffins.

»Diese Bananenmuffins hast du früher immer gemacht. Ich kenne die Muffins so lange, wie ich dich kenne.« Plötzlich wird Sam klar, dass wenigstens eine Sache gesetzt ist: Blanca ist und bleibt ihre Großmutter. Egal, was noch alles herauskommt. Daran wird sich nichts ändern.

»Wenn ihr allein darüber reden wollt«, sagt Luna, die mittlerweile am Tisch sitzt und sich ein Muffin geangelt hat, »hauen Roman und ich so lange ab.«

»Nein, bleibt nur.« Blanca setzt sich. »Ich will Frieden schließen. Das ist mein größter Wunsch.«

Luna nimmt sich noch ein Muffin. »Das klingt, als würdest du mit der Welt abschließen.«

»Frieden findet man allein mit Hilfe der Wahrheit.«

Sam setzt sich auf den Stuhl neben Blanca. Unverwandt starrt sie auf das Blech mit den Muffins. Ihr Magen ist wie zugeschnürt. Roman setzt sich ihr gegenüber. Sie hebt den Blick und schaut in seine grünen Augen. Was für ein unechtes Grün, denkt sie.

»Grace ist deine Mutter, Sam. Sie wurde schwanger. Sie hatte diese unerträgliche Beziehung zu Laurenz, der sie emotional ausbeutete. Er suchte ihre Bestätigung und ihr Urteil für seine Kunst. Er wollte unentwegt gelobt werden. Ohne permanente Ermunterung erlitt er angeblich sofort eine Blockade. Der Mann war ein egomanischer Weichling, der mit Schwierigkeiten nicht umgehen konnte und mit Menschen erst recht nicht. Zuerst umschmeichelte er Grace, und sie fühlte sich glücklich. Endlich ein Mann, der sich für sie interessierte, der nicht ihr Vater war.« Blanca legt einen Muffin auf ihren Teller. »Isaac hat Grace gefördert, wo er konnte. Er hat es gut gemeint, aber – es war eben nicht gut. Sie durchschaute, dass er sie als sein Produkt ansah. Das hasste sie. Dennoch kam sie nicht aus seinem Spinnennetz raus; die Beziehung zu Laurenz, die erste, ernste Beziehung zu einem Mann, war eine Tür.«

»Doch der Schuss ging nach hinten los«, sagt Luna.

Blanca nickt. »Laurenz nahm sich von Grace, was er kriegen konnte. Dann ließ er sie allein. Emotional ausgeweidet und schwanger. Zuerst dachten wir alle, Laurenz wäre der Vater. Grace wollte eine Abtreibung. Ihr Vater und ich, wir redeten ihr das aus. Ich versprach ihr jede Hilfe, damit sie das Baby zur Welt bringen und trotzdem eine große, bekannte Künstlerin werden konnte. Mit fortschreitender Schwangerschaft freute sie sich auf das Kind. Ich war erleichtert. Ich dachte, sie hat sich mit der Situation angefreundet. Sie war nicht mehr so jung. Wer weiß, ob sie sich noch einmal auf einen Mann einlassen würde. Es könnte für ein weiteres Kind zu spät sein. Dann kamst du zur Welt, Sam. Du warst von Anfang an ein Sonnenschein. Ein Goldkind, so nannte dich Victoria. Ein Kind, das bald durchschlief, nie kompliziert war, selten krank.«

Sam beißt sich auf die Unterlippe. Schon als Säugling hat sie sich angepasst. Ob es genetisch bedingt ist? Gibt es ein Anpassungs-Gen, das Menschen pflegeleicht macht?

»Victoria und Grace fuhren nach Griechenland. Den Fortgang dieser Geschichte kennst du. Ich schwöre dir, Sam: Bis Roman mit seiner Interpretation kam, habe ich nie damit gerechnet, dass Grace noch am Leben sein könnte. Victoria hat das genauso wenig für möglich gehalten. Isaac hat es gehofft, sich verzweifelt an so eine unwahrscheinliche Idee geklammert: Dass sein Liebling irgendwie überlebt hat. Irgendwo im Meer von einem Frachter an Bord genommen worden ist. Er dachte sich die wirrsten Geschichten aus. Dass er um die Polizeiprotokolle nachgesucht hat, wusste ich nicht.« Blanca reibt sich die Augen. »Du wurdest älter, Sam. Natürlich fiel allen bald auf, dass du Grace unverschämt ähnlich siehst. Dein Großvater starb. Und wir beschlossen, dir nicht zu sagen, dass Victoria eigentlich deine Tante ist. Dein Bruder Igor kam zur Welt. Schließlich Nikolaj. Du solltest in eine intakte Familie hineinwachsen. Victoria hat sich das gewünscht. Sie hat immer für dich gesorgt, Sam. Sie hat dich nicht anders behandelt, als sie eine leibliche Tochter behandelt hätte.«

»Ja, das weiß ich.« Sam schluckt. »Sie hat mich Igor und Nikolaj weder vorgezogen, noch mich vernachlässigt. Im Prinzip wollte sie wirklich für jeden das Beste. Nur die Wahrheit durfte ich nicht wissen.«

»Es ging immer um dich, Sam. Aber Victoria scheint sich durch das große Schweigen einen weiteren Vorteil erkauft zu haben: eine Basis für ihr künstlerisches Schaffen.«

»Grace' Bilder als ihr großer Schatz. Der eine ganze Karriere getragen hat.« Sam schüttelt den Kopf. Das alles ist zu viel. Es wird Monate dauern, bis sie all diese Enthüllungen halbwegs verkraftet hat. »Wann habt ihr gemerkt, dass Robert mein Vater ist?«

Blanca lacht auf, während sie sich die Tränen aus den Augenwinkeln wischt.

»Robert war oft bei mir, nachdem ich nach Isaacs Tod allein in Grace' riesigem Haus saß. Ich musste so vieles lernen und regeln. Papierkram hatte mir Isaac immer abgenommen. Also half Robert aus, kümmerte sich zudem um notwendige Reparaturen. Wann immer ich ihn brauchte, war er da. Eines Tages haben wir, nachdem er im Bad etwas für mich gerichtet hat, ein Glas Wein zusammen getrunken. Und er fragte mich: ›Hast du mal Sams Hände gesehen?‹ Du warst damals ungefähr 14, Sam.«

Sam schaut ihre Hände an. Verräter, denkt sie dankbar.

»Ich habe ›ja‹ gesagt. Ich hatte es tatsächlich gemerkt. Und Robert fragte: ›Du weißt es also?‹ – ›Ja, ich weiß es‹, habe ich ihm geantwortet. Darauf Robert: ›Victoria weiß es nicht.‹ Und ich: ›Dann ist es wohl besser, wenn es so bleibt.‹«

»Das war alles?«

»Ich hätte dir längst alles sagen können, Sam. Du bist erwachsen. Aber man richtet sich mit Lügen ein. Man verwebt sie so mit dem eigenen Leben, dass sie irgendwann die eigentliche Substanz zu sein scheinen.«

Sam steht auf und legt Blanca die Arme um die Schultern. Sie drückt ihr Gesicht in Blancas Haar und riecht den vertrauten Duft. »Es ist okay«, flüstert sie. »Es ist okay.« Sie wiegt Blanca hin und her. Roman und Luna sind vergessen.

Bis Luna sich räuspert und sagt: »Vielleicht hat es Victoria immer gewusst und nur nichts gesagt.«

Sam richtet sich auf. Ihre Hände liegen auf Blancas Schultern.

»Mag sein«, antwortet ihre Großmutter schlicht.

»Jetzt, Blanca«, hebt Sam an, »ist das Lügengebäude ins Wanken geraten. Was, wenn wir richtig liegen und Grace noch lebt?«

»Es mag unwahrscheinlich klingen. Ich habe diese Möglichkeit zwar für hirnrissig gehalten, aber tief im Inneren darauf gehofft. Ich habe Angst, Grace zu sehen. Ich habe Angst vor dem, was sie dazu bewogen hat, nicht zurückzukehren. Aber im Grunde kenne ich die Antwort.«

»Es war wegen ihres Vaters!«, stellt Luna fest.

Blanca nickt. »Richtig, Luna. Isaac war besessen von Grace und der Karriere, die er sich für sie wünschte. Sie hätte sich ihm nie entziehen können.«

Roman fährt spät in der Nacht heim nach Meeder. Luna experimentiert weiter im Atelier, als Sam und Blanca längst auf dem Futon liegen, der als Gästebett dient. Sam kuschelt sich an ihre Großmutter. Es ist ein Segen, diese Stunden mit Blanca zu haben, denkt sie. Trotz der Unsicherheit, wie alles weitergeht. Sie waren sich immer nah, aber nie so nah wie jetzt. Vereint in tausend Fragen und finsteren Ängsten.

»Was, wenn die Presse die Story knackt und alles aufkommt?«, fragt Sam leise. »Dass Victorias Lebenswerk nachgemacht ist?«

»Das müssen wir sehen.«

»Und – das andere? Dass Eleni Grace ist? Noch einmal kann sie nicht verschwinden.«

»Sie ist inzwischen ja ein zweites Mal verschwunden, Liebes.«

Eine Weile schweigen sie. Sie hören gedämpft die Musik, die Luna im Atelier laufen hat.

»Hast du Isaac geliebt, Blanca?«

»Geliebt und gehasst. Beides. Das ist nicht so ungewöhnlich bei Paaren. Falls du jetzt denkst, ich wäre froh gewesen, dass er gestorben ist, so muss ich ›nein‹ sagen. Weil die Liebe letzten Endes überwiegt. Weil die Freude, einander zu haben, stärker ist als alle Streitereien. Weil die Einsamkeit in einem leeren Haus grauenhaft ist.« Blanca stemmt sich auf ihren Ellenbogen und sieht Sam an. Sanft streicht sie ihrer Enkelin mit dem Finger über die Stirn. »Aber das allergrößte Glück in meinem Leben bist du, Sam. Und alles, was ich in meinem Leben getan habe, habe ich mit dem Gedanken getan, dass es die beste Lösung für dich sein muss.«

65

Der große Tag. Der Tag für Victorias Kunst und, wenn es dumm läuft, der Countdown für die Mays als Familie.

Um sieben Uhr morgens ruft Robert auf Sams Handy an. Sie antwortet verschlafen.

»Hallo?«

»Sam? Hier ist dein Vater. Es geht doch alles in Ordnung?«

»Dad, weißt du, wie spät es ist?«

Er lacht nur leise in den Hörer.

»Und weißt du zufällig, wann die Vernissage anfängt? Um elf! Noch glatte vier Stunden.«

»Wo bist du? Kann ich mit dir frühstücken?«

»Blanca und ich wohnen bei Luna. Es …« Sam richtet sich endlich auf. Blanca liegt nicht mehr neben ihr. Sie scheint irgendwo leise mit Geschirr zu hantieren. »Es ist jetzt alles zu mühsam zu erzählen. Ein Journalist hat sich an meine

Fersen geklemmt, und ich wollte mich einfach für eine Weile entziehen.«

»Geht es Blanca gut?«

Blanca taucht gerade neben dem Futon auf, eine Tasse frisch aufgegossenen Tee in der Hand. Sie zwinkert Sam zu.

»Es geht ihr gut. Wie geht es Mutter?« ›Mutter‹ sprudelt Sam leicht über die Lippen. Sie fragt sich, ob sie sich je umgewöhnen, jemals dieses subtile Wort für eine andere Frau verwenden kann. Für eine, die froh war, sie loszuwerden, irgendwie.

»Sie hat sich im Hotel eingeigelt. Bei ihr war auch ein Journalist. Einer von ›Artes‹.«

»Das hatte ich befürchtet.«

»Bitte, Sam: Victoria verdient diesen Tag. Egal, welche Vorbehalte du hast.«

»Hast du mit Eva Schluss gemacht?«

»Habe ich.«

Sam klemmt das Telefon zwischen Kinn und Schulter und betrachtet dabei ihre Hände. »Ich weiß jetzt alles, Dad.« Mehr kann sie nicht sagen. Etwas schnürt ihr die Kehle ab.

»Du …« Es ist still in der Leitung.

Blanca nimmt ihr das Telefon ab. »Ich habe ihr alles erzählt, Robert. Alles. Punktum.« Sie lauscht einen Augenblick. »Ich denke schon, dass ich weiß, was ich tue. Wir sind um zehn am Kongresshaus.«

Sie drückt die rote Taste. »So. Das hätten wir.«

»Danke.«

»Wofür?«

Sam kann nicht antworten. Die Tränen sind jetzt weit oben in ihrem Hals, der Dammbruch steht kurz bevor. »Ich gehe mal duschen«, murmelt sie.

Sie frühstücken und jede der drei Frauen wirft sich anschließend in Schale. Luna ist die Letzte im Bad.

»Es ist viel zu warm für einen Hosenanzug«, seufzt Blanca, während sie in der Küche mit einem Handspiegel hantiert und sich einen Lidstrich zieht.

»Du wirst sehen, der Stoff ist ein Traum«, widerspricht Sam. Sie muss sich jetzt auf normale Dinge konzentrieren. Nicht an Grace denken, nicht an das dumme Wort ›Mutter‹.

»Na, wenn du meinst«, brummt Blanca, während sie in die schwarzen Reeboks schlüpft. »Wenigstens kann ich mir die High Heels in meinem Alter verkneifen.«

Dafür stöckelt Luna auf Absätzen in Überlänge aus dem Bad. Das rote Ensemble passt zu ihrem Haar, sie trägt die Stola lässig über den nackten Schultern. Es sieht aus, als stünde die ganze Luna in Flammen. »Ladys? Alles bereit?«

»Klar.« Sam hat sich großzügig geschminkt, den Stift benutzt, der ihrem Gesicht einen goldenen Schimmer verleiht, und nun fühlt sie sich gewappnet.

Draußen scheint die Sonne von einem gleißend blauen Himmel. Sam stellt sich grüne Wiesen mit roten Mohnblumen vor. Wenn sie jetzt desertieren könnte …

Die drei Frauen stehen im Kreis und legen einander die Arme um die Schultern wie Fußballspieler vor dem Finale.

»Mädels: Brust raus, Kreuz durchdrücken, Kinn hoch. Heute gehen wir als Sieger vom Platz!«, kommandiert Luna.

»Jawohl!«, ruft Blanca. Aus Sams Hals kommt ein kleiner, mickriger Laut.

Heulen kann ich später, denkt sie. Heute Abend. Nicht jetzt. Sonst verläuft die Schminke und ich kann mit dem ganzen Make-up-Kram von vorne anfangen.

Roman klingelt um zwanzig vor zehn.

»Wir kommen runter!«, schreit Luna in die Sprechanlage.

Nervös stehen sie im Aufzug, der sich langsamer und

mühevoller als sonst durch die Stockwerke zu quälen scheint. Sie sprechen kein Wort.

Roman wartet am Auto. Ihm bleibt der Mund offen stehen.

»Gell, da schaust du aber!« Luna grinst, drückt ihm kurz die Schulter.

Roman begrüßt Blanca mit Handschlag. »Du siehst fabelhaft aus, Blanca!«, sagt er mit ehrlicher Bewunderung im Blick. Er wendet sich Sam zu und küsst sie. »Morgen, Sam. Total klasse, das Kleid. Die ganze Frau.« Er zwinkert ihr zu.

»Der Anzug, den er trägt, hat eindeutig bessere Zeiten gesehen«, raunt Luna Sam zu, »aber die Krawatte und das Hemd konnte ich nicht dem Zufall überlassen.«

Sam lächelt. »Grauer Anzug, hellgrünes Hemd, dunkelgrün changierende Krawatte, grüne Augen. Chapeau!«

Sie fahren zum Kongresshaus. Das herrliche Wetter hat schon viele Coburger in die Innenstadt gelockt. Im Rosengarten, der von der Südseite an das Kongresshaus anschließt, tummeln sich Spaziergänger. Die Rosenpracht ist unglaublich. Roman parkt an der Längsseite und sie gehen die paar Schritte zum Kongresshaus, doch selbst hier riechen sie den betörenden Duft der Rosen.

»Kann einen ja schwindelig machen«, murmelt Roman.

Luna und Blanca erzählen etwas. Sie lachen aufgeregt. Lunas Absätze klackern über den Asphalt.

Sam sagt nichts. Kaum kann sie sich vorstellen, dass sie seit Monaten auf diesen Tag hingearbeitet hat, manchmal frustriert, manchmal lustlos, manchmal wie in Trance. Was mache ich hier?, denkt sie.

Frau Hartmann wartet am Eingang. Sie eilt auf Sam zu: »Ihr Bruder und seine Frau sind bereits eingetroffen. Möchten Sie einen Rundgang machen, bevor das Publikum dazustößt?«

»Unbedingt«, antwortet Luna für Sam.

Frau Hartmann schließt die Eingangstür hinter ihnen ab.

»Hallo, Nikolaj!«, ruft Sam ihrem Bruder zu, der unschlüssig in der Lobby steht. Er trägt einen schwarzen Anzug, ein weißes Hemd und eine knallgelbe Krawatte. Trixi steckt in einem witzigen Ensemble aus Knickerbockers und Blazer.

»Hallo, Schwester!« Nikolaj küsst Sam auf die Wange. »Schick!« Dann begrüßt er Blanca.

»Leute«, bittet Luna, »kein Geplänkel jetzt. Lasst uns das Schlachtfeld abstecken, bevor hier in einer Stunde die Hölle losbricht.«

»Falls überhaupt jemand kommt«, murmelt Sam. Unvermittelt hat sie die Vision, mit Hendrik Rosen und ihren Eltern allein durch die Räume zu irren. Das Herz klopft ihr bis zum Hals. Sie ist froh, dass Frau Hartmann die Sache in die Hand nimmt und das Grüppchen durch die Ausstellung lotst. Die Videoinstallation läuft schon.

»Funktioniert prima, was?«, raunt Nikolaj seiner Schwester zu.

Zwanzig Minuten später stehen sie wieder vor der Tür des Kongresshauses. Ein zarter Wind bringt Abkühlung. Die Wagen des Caterers parken dort, Mitarbeiter in schwarzen Bistroschürzen tragen Platten und Container hinein. Kurz darauf fahren die Wagen davon.

Victoria erscheint. An Roberts Arm. Sie ist dünner, als Sam in Erinnerung hat. Vermutlich hat sie sich in den vergangenen Tagen vorwiegend von Gin ernährt. Doch ihr Gesicht sieht makellos aus. Das Lächeln strahlt. Sie trägt ein sehr enges, cremefarbenes Etuikleid. Das Haar ist hochgesteckt. An ihren Ohren baumeln Smaragde in Tropfenform.

»Meine Lieben«, Victoria breitet die Arme aus, »wie schön, euch hier versammelt zu sehen.«

Robert zwinkert Sam zu.

»Seid ihr zu Fuß gekommen?«, fragt Sam lahm.

»Igor hat uns gefahren.« Victoria küsst Sam auf die Wange. Sam zwingt sich, die zärtliche Geste zurückzugeben.

»Du siehst sehr schick aus, Mutter«, sagt sie.

»Du auch. Da hat wohl Luna ihre Hand im Spiel? Himmel, was bin ich nervös. Sollen wir hier draußen auf die Gäste warten? Oder drinnen?«

Roman, der in die Ausstellungsräume gegangen ist, um den Fortgang bei den Arbeiten rund ums Büffet zu checken, kommt mit nach oben gerecktem Daumen heraus. »Alles bereit. Der Prosecco und Weißwein sind perfekt gekühlt. Frau May«, er wendet sich an Victoria, »ich darf sagen, das ist eine einzigartige Veranstaltung in Coburg. Sie können stolz auf sich sein.«

»Stolz bin ich vor allem auf meine Kinder, auf Sam und Nikolaj, die das alles möglich gemacht haben.« Victoria strahlt, als hätte es in den vergangenen Wochen keine Wirbelstürme gegeben, die das Leben der Familie May in Klump gehauen haben.

Igor kommt um die Ecke. Die Glatze ist frisch rasiert, der Anzug neu. Er sitzt zu perfekt für Igors gedrungenen Körper.

»Er sieht aus wie ein Bodyguard«, flüstert Luna Sam zu.

»Hi, people!«, grüßt Igor lässig.

Es entspinnt sich eine flapsige Unterhaltung, die Sam an die Familientreffen in alten Zeiten erinnert. Eine flattrige, aufgedrehte Stimmung, das Geplänkel, mit dem man Rührung, Überraschung oder Genervtsein überdeckt. Ein paar harmlose Zoten, Gelächter, die Männer setzen sich über ihre neuen Autos in Kenntnis. Igor und Blanca begrüßen einander mit einem wissenden Lächeln, wie zwei Menschen, die ohnehin jeden Tag miteinander Kaffee trinken.

Sam schlägt das Herz bis zum Hals. Es geht los. Und sie hat keine Ahnung, wie sie in zwei, drei Stunden hier weggehen wird. Geschlagen, geprügelt und gescheitert. Oder …

»Sam?« Nikolaj berührt ihre Schulter. »Alles okay?«

»Kann man nicht sagen.«

»Trixi und ich ziehen weg aus Coburg.«

»Ach! Und deine Praxis?«

»Ich fange eben ganz von vorn an. Ich muss es tun. Mir geht hier die Luft aus. Ich kann das nicht durchziehen – Abstand zu den Eltern halten und trotzdem in Fußnähe wohnen. Wir ziehen nach Hannover.«

»Ehrlich, Nikolaj, ich freue mich, dass ihr den Absprung schafft. Tonnenweise Glück!«

Nikolaj schaut verwirrt drein.

»Ich würde vielleicht auch die Biege machen«, fährt Sam fort. »Aber ich brauche Blanca – und sie braucht mich.«

Nikolaj nickt nur, schaut auf die Uhr. »Gleich elf.«

Sam sieht sich um und fragt sich, ob sie mit den negativen Voraussagen doch richtig lag. »Wenn keiner kommt, könnten wir ja gehen«, sagt sie halblaut zu Luna, die gerade neben sie tritt.

»Cool bleiben!« Igor gesellt sich zu ihnen. »Wird schon werden. Netten Kerl hast du dir an Land gezogen, Sam.«

»Oh, danke für das Kompliment.« Sie muss lächeln.

»Sollen wir uns nicht ein Gläschen gönnen?« Igor hat Schweißtropfen auf der Glatze. »Heiß ist es.«

Da nähern sich die ersten Gäste. Sam begrüßt den Bürgermeister, den zweiten Bürgermeister, Direktoren von Schulen, Professoren der FH. Sie schüttelt warme und schwitzige Hände, versucht, die Namen nicht durcheinanderzuwirbeln. Luna steht links neben ihr, Roman rechts. Igor hat einen Klappstuhl für Blanca geholt, auf dem sie sitzt, während sie huldvoll nette Worte aller Art zur Kenntnis nimmt.

Victoria hält Hof. Sie genießt die Ehrerbietung, die Glückwünsche, lässt sich vom Bürgermeister unterhaken und schreitet mit ihm als erstem Besucher die Ausstellung ab.

»Sie ist in ihrem Element«, sagt Robert zu Sam, während sie beide langsam hinterhergehen. »Und sie hat es sich verdient, findest du nicht?«

»Wenn man die Lügengeschichten aufrecht halten will …«

»Sei nicht so. Niemand spricht nur die Wahrheit. Jedes Leben fußt auch auf Falschinformation. Oder nicht?«

»Habt ihr euch versöhnt?«

»Wir sind dabei. Heute kann ich nicht mehr tun, als ihr den Rücken freihalten.«

Sam sieht aus den Augenwinkeln, wie Blanca am Arm eines attraktiven Mannes den kleinen Raum betritt, in dem die Videoinstallation aufgebaut ist.

»Was wird morgen sein? Oder in ein paar Wochen? Wenn die Ausstellung rum ist und diese Beweihräucherungsmaschinerie Vergangenheit?«

»Wir müssen halt das Beste draus machen.«

»Hm.« Sam deutet mit dem Kinn auf den Mann neben Blanca. »Dad, ist das nicht der Lafontaine von der Zeitung?«

Robert dreht sich um. »Ist er. Ich schalte mich da mal ein.«

Mit gemischten Gefühlen sieht Sam ihren Vater auf den Journalisten zugehen. Sie schaut sich nach Roman um. Der behält seinen Posten vor der Tür, um rechtzeitig die Ankunft von Eleni Tsiadis durchzugeben. Falls sie kommt.

Luna plaudert angeregt mit Trixi. Sams Brüder sind irgendwo verschwunden. Immer mehr Menschen drängen in die Ausstellung. Plötzlich wächst Nikolaj direkt vor Sam aus dem Boden. »Hast du an ein Mikro gedacht? Die Leute wollen ihre Reden halten.«

»Shit!« Sam beißt sich auf die Unterlippe. »Wo ist Frau Hartmann?«

»Das Büro ist abgeschlossen.«

»Ist nicht wahr!« Entschlossen wählt Sam die Nummer von Romans Handy.

»Samantha?«, fragt er.

Sie mag es, wie er ihren vollen Namen ausspricht.

»Panik, Roman! Wo kriegen wir ein Mikro und Lautsprecher her?«

»Ich kümmere mich drum. Luna soll mich ablösen.«

»Nein, ich mache das selbst.«

Sam geht durch die vollen Ausstellungsräume, in denen es immer wärmer und stickiger wird. Vor der Tür atmet sie tief durch. Sie stellt sich in den Schatten, nimmt die Sonnenbrille aus der Handtasche. So fühlt sie sich besser. Make-up und Brille. Etwas, das sie schützen kann. Die Flaggen an den Masten schlagen träge im Wind. Durch die Panoramascheibe sieht sie Victoria im Vorraum stehen, ins Gespräch mit Hendrik Rosen vertieft. Den Reporter hat Sam gar nicht kommen sehen. Hauptsache, er bleibt ihr vom Leib. Wenn Victoria sich um Kopf und Kragen redet, kann sie das nicht ändern.

Kurze Zeit später hört sie die Geräusche eines Soundchecks von drinnen. Igor kommt zu ihr heraus. »Cooler Typ, dein Kerl. Für alles zu gebrauchen.«

»Sozusagen.«

»He, das sollte ein Kompliment sein.«

Sie lächelt. »Weiß ich, Igor. Willst du dir die Reden nicht anhören?«

»Ich verzichte gern zugunsten anderer. Sollen wir noch was trinken? Das Büffet eröffnen sie erst nach der Lobhudelei.«

»Okay.« Sam nickt. Igor entfernt sich, und ihr Blick bleibt an einer Frau mit langen, orange gefärbten Spirallocken hängen, die einen Hosenanzug mit weißer Bluse trägt und auf das Kongresshaus zugeeilt kommt.

»Guten Tag«, wendet sie sich an Sam. »Findet hier die Vernissage von Victoria May statt?«

Die rauchige Stimme! Schlagartig fühlt sich Sam in den

Waschraum im Peggy-Guggenheim-Museum zurückversetzt. Ist Eleni vielleicht auch nicht weit?

Igor kommt mit zwei Gläsern.

»Igor, würdest du Luna holen?«, flüstert Sam ihm zu. »Schnell!«

Ihr Bruder dreht sich um und verschwindet. Sie wendet sich an die Frau mit den karottenfarbenen Haaren.

»Sie sind Hanna, nicht wahr?«

»Ach – und wer will das wissen?«

»Ich bin Samantha May.« Sie streckt ihre Hand aus.

»Muss ich Sie kennen?«

»Sie kennen meine Mutter.«

»Nun ...« Die Frau lacht. »Ich bin Hanna Schmidt. Wenn Sie May heißen ... dann haben Sie mir den Prospekt geschickt, der die ganze Ausstellung so prächtig bewirbt.« Sie zieht aus ihrer Handtasche den Flyer, den Sam bestens kennt.

»Ja. Sie haben eine Galerie in Hamburg?«

»Nun, wenn Sie mich jetzt fragen wollen, ob ich Victoria May ausstellen möchte, so ...«

»Keine Angst.« Aus den Augenwinkeln sieht Sam, wie Luna auf den Vorplatz gestöckelt kommt. »Einen Moment bitte!«

Sie eilt zu Luna. »Das ist eine Galeristin aus Hamburg. Hanna Schmidt. Wo sie ist, ist Eleni nicht weit. Nehme ich an.«

»Okay. Und?«

»Halte hier Wache. Ich versuche, die Lady in ein stilles Eck zu ziehen und etwas über Eleni rauszufinden. Ruf an, wenn Eleni auftaucht.«

Luna nickt.

»Entschuldigen Sie!« Sam eilt zu der Galeristin zurück. »Kann ich Ihnen etwas anbieten? Im Augenblick werden gerade die Ansprachen gehalten.«

»Nun, warum nicht. Auf Reden stehe ich nicht besonders. Ein Kaffee täte gut.«

Sam führt die Dame um das Kongresshaus herum. Auf der Restaurantterrasse finden sie einen freien Tisch im Schatten und setzen sich. Sam bestellt ein Glas Wasser, Hanna Schmidt einen Café Crème.

»Tja, ich fand das wirklich interessant mit Victoria Mays Ausstellung«, beginnt die Hamburgerin eine Unterhaltung.

»Das freut uns. Wir sitzen hier in der Provinz.«

Hanna lächelt. Sie ist geschmeichelt. »Eine wunderschöne Provinz. Und sehr geschichtsträchtig.«

»Sie haben eine Ausstellung von Victoria in Hamburg in den Mund genommen«, sagt Sam lässig. »Wie wäre es, die beiden Schwestern zusammen auszustellen?« Sie nimmt die Sonnenbrille ab und streicht sich durchs Haar. Plötzlich fühlt sie sich selbstsicher und schön.

Hanna starrt sie fast eine Minute lang an.

»Sehen Sie es?«, fragt Sam freundlich.

»Sehe ich ... was?«

»Sie sehen es also.«

Hanna hustet. Sie verbirgt für eine ganze Weile das Gesicht in den Händen. Die Bedienung bringt die Getränke.

»Eleni hat mir alles erzählt«, fängt Hanna an, als die Frau außer Hörweite ist. »Sie sind Elenis Tochter.«

Sam ist, als bekäme sie einen Schlag in den Magen. Es ist eine Sache, die Geschichte von Blanca erzählt zu bekommen. Aber eine ganz andere, wenn eine vollkommen fremde Frau Bescheid weiß.

»Kommt sie? Heute?«

»Wir wollten uns hier treffen. Ich dachte, sie wäre längst da.« Hanna trinkt einen Schluck Kaffee. Der Milchschaum hinterlässt ein paar weiße Tupfer an ihrem Kinn.

66

Victoria plaudert mit Lafontaine, als endlich die Soundanlage durchgecheckt wird.

»Kommen Sie! Wir können uns nachher ausführlich austauschen!« Sie lächelt den Redakteur an.

»Einen Augenblick.« Er greift in seine Schultertasche und holt einen Umschlag hervor.

Victoria wird übel. Das sind ihre Fotos. Ein zerknitterter Umschlag mit dem Aufdruck ›Fotos für Sie‹. Der Umschlag muss völlig durchweicht gewesen sein. Das dicke Papier sieht wellig aus.

»Ich habe mich gefragt, ob diese Bilder von Ihnen stammen.« Lafontaine fächert die Fotos auf wie Spielkarten.

Victoria wirft einen Blick darauf. »Ich schätze nein.« Sie hört selbst, dass ihre Stimme zittert. Jemand hat die vermaledeiten Fotos gefunden, für die sie John Carrick ewig verfluchen wird.

»Das sind nicht Ihre Gemälde?« Lafontaine sieht Victoria lauernd an.

»Nein. Kommen Sie!« Victoria wendet sich zum Gehen.

»In den letzten Tagen ist viel geschrieben worden. Vor allem im Netz.«

»Das Netz interessiert mich nicht.«

»Sollte Sie aber interessieren. Sie haben so eine erstaunliche Lebens- und Familiengeschichte, Frau May.«

Das Wort ›Familie‹ reißt Victoria aus der Trance, in die sie abzugleiten droht.

»Was wollen Sie damit sagen?«

»Der tragische Tod Ihrer Schwester, Ihres Vaters ein Jahr später …«

Das verdammte Internet, denkt Victoria ganz sachlich.

Dieser Idiot von Roman, den ausgerechnet Sam sich an Land ziehen musste.

»Und diese Bilder hier sind nicht Ihre?«

»Nein!«

»Sie sehen aber fast so aus. Nur eben ein bisschen anders. Systematisch anders.« Lafontaine geht zu einem Bild, das geduckte Olivenbäume an einem Hang zeigt. Eigentlich nur ein paar Wirbel in Grün. Mit Bedacht wählt er ein Foto aus und hält es Victoria unter die Nase.

»Sie geben mir ein Exklusiv-Interview, dachte ich mir«, erläutert Lafontaine. »Darin sprechen wir über Ihre Familie, über den Tod Ihrer Schwester und Ihres Vaters. Sie geben mir ehrliche Antworten. Mir, niemandem sonst. Und dafür ...« Er macht eine Bewegung, als wollte er die Fotos hinter sich werfen. Beinahe hätte Victoria versucht, sie ihm aus der Hand zu reißen. Aber sie steht da wie festgefroren.

Lafontaine, diese Witzfigur von einem Redakteur, erpresst sie! Zwischen Victorias Rippen macht sich ein Stechen breit. Sie hört hinter sich das Klacken eines Gehstocks. Wendet sich um. Sieht eine Frau mit einem Panamahut näherkommen. In der freien Hand hat sie ein Glas Prosecco, aus dem sie jetzt genüsslich trinkt. Der Hut verbirgt dabei fast ihr ganzes Gesicht. Sie hat ihn tief in die Stirn gezogen. Dicht hinter ihr geht Sams Freundin Luna, die ein Handy in der Faust hat. Die Frau stellt das halb volle Glas auf einen Bistrotisch und kommt auf Victoria zu.

»Ich glaube, es ist an der Zeit, nicht wahr?«

Victoria erstarrt. Sie kann mit der Frau nichts anfangen. Sie ist groß, geht ein wenig gekrümmt, die Lippen sind stark geschminkt. Die Hand, die sich auf den Stock stützt, sieht knotig aus. Aber die Stimme. Die Stimme!

Lafontaine lässt die Fotos sinken und guckt verblüfft zwischen den Frauen hin und her. »Wer sind Sie?« Eilig kramt er in seiner Schultertasche. Die Fotos sind ihm dabei hinderlich, er klemmt sie unters Kinn.

Luna tritt einen Schritt vor. Gerade, als Lafontaine eine Kamera aus der Tasche angelt, schnappt sie sich die Fotos, kickt die High Heels von den Füßen und sprintet los.

»He!«, macht Lafontaine. Vor Schreck fällt ihm die Kamera aus der Hand und schlägt mit einem fiesen Scheppern auf dem Boden auf.

Victoria ist schwindelig. Sie lehnt sich gegen den Bistrotisch.

»Gut gemacht!« Die Frau mit Hut lacht trocken.

Victoria taumelt. Der Bistrotisch, an den sie sich klammert, gerät ins Wanken, und Elenis halb volles Glas fällt herunter und zerbricht auf den Fliesen.

»Oh, nicht schlimm, das kann passieren«, sagt Eleni Tsiadis kühl.

Sie dreht sich zu Victoria um. »Du bist alt geworden.«

Victoria hört ein seltsames Summen, das allmählich anschwillt. Hinter Lafontaine, der nicht weiß, was er tun soll, taucht Robert auf.

»Victoria? Es wird Zeit. Komm endlich! Die Herrschaften wollen mit ihren Reden anfangen.«

Er merkt nichts, denkt Victoria. Er hat mit dieser Frau eine Tochter gezeugt. Aber er merkt nichts.

»Ja, vielleicht solltest du dir die Reden anhören«, lächelt Eleni.

Nun starrt auch Robert sie an. Seine Lippen zittern. Er bringt keine Silbe heraus.

»Nimm deine Frau und sorge dafür, dass sie den offiziellen Part gut übersteht«, fordert Eleni ihren Schwager auf. »Und Sie sollten die Schmeicheleien auch nicht verpassen«, wendet sie sich an Lafontaine, »denn auf solche Berichte steht Ihr Chefredakteur bestimmt, oder?

»Robert«, keucht Victoria. »Mutter darf das nicht mitbekommen. Das wird sie nicht überleben.«

»Man kann ganz andere Dinge überleben, Victoria«, erwidert Eleni. Sie wendet sich um und hinkt davon.

67

Sam staunt nicht schlecht, als Luna um die Ecke gesprintet kommt. Barfuß, mit einem dicken Umschlag, den sie sich an die Brust presst.

»Wer ist das?«, fragt Hanna Schmidt erstaunt.

»Luna Meier, die Schöpferin des berühmten Labels LuNaht«, stellt Sam vor.

»Ich habe diesem Halunken von der Zeitung die Fotos abgeluchst. Schande über Schande, wo hat er die bloß aufgegabelt?« Keuchend lässt sich Luna in den Stuhl neben Sam fallen. »Ich musste die heißesten Pumps des Jahrzehnts dafür hergeben.« Mit schmerzverzerrtem Gesicht massiert sie sich die Zehen. »Und Eleni ist gekommen.«

»Sie ist …« Sam kann den Satz nicht beenden. Sie hat es geahnt, sich gewünscht und gleichzeitig Angst davor gehabt. Die Sonne ist weitergewandert und scheint ihr jetzt genau in die Augen. Die Bedienung kommt, fragt nach Lunas Wünschen und rückt den Sonnenschirm in Position.

»Ein Glas Rotwein«, sagt Luna. »Hier, steck den Mist ein.« Sie schiebt Sam die Fotos zu.

»Bloß nicht, kannst du sie nicht entsorgen?«

»Hallo, Bedienung, hätten Sie eine Plastiktüte oder so?« Die Frau nickt konfus.

»Hat er Kopien?«, fragt Sam.

»Hoffen wir, dass er keine hat. Ich jedenfalls habe die Konversation von Lafontaine mit Victoria May auf dem Handy.« Sie grinst sardonisch.

»Worum geht's?«, fragt Hanna.

»Das kann Ihnen Eleni besser erklären.«

»Wo ist sie?«

Luna wedelt mit der Hand. Eleni Tsiadis kommt um die Ecke und betritt die Terrasse.

»Roman wusste Bescheid, wo ihr seid«, zischt sie Sam zu. Sie wendet sich an Hanna: »Ich schlage vor, wir beide machen einen Spaziergang. Ja? Das Wetter ist ein Traum.«

»Sie sind barfuß.« Die Galeristin steht auf. »Das spielt wohl keine Rolle?«

Luna schüttelt den Kopf und bedankt sich bei der Kellnerin, die ihr eine Plastiktüte reicht. Die Fotos verschwinden darin.

In Sams Kopf dreht sich alles. Ein Karussell aus Panik, aus Worten, die unmotiviert aus dem Grau ihres Hirns aufsteigen. Sie steht auf und sieht Eleni Tsiadis entgegen, die langsam auf ihren Tisch zuhinkt. Das Gehen scheint für sie heute besonders mühsam zu sein. Oder sie will den Moment hinauszögern, in dem nichts mehr zurückzunehmen ist. Vielleicht könnte Eleni Tsiadis jetzt noch umkehren, denkt Sam. Dann wäre sie weg und ich hätte den Eindruck, einer Halluzination aufgesessen zu sein.

Die Frau mit dem Gehstock schleppt sich unterdessen näher, stützt sich schließlich auf das Tischchen.

»Ich muss dich erst ein wenig anschauen«, sagt sie rau.

»Das würde ich auch gern«, presst Sam hervor. »Aber dazu müsstest du den Hut abnehmen.«

Eleni lacht heiser. Sie greift nach der Krempe des Panamahutes und zieht ihn vom Kopf. Prächtiges, tiefschwarzes Haar fällt ihr auf die Schultern.

Sie ist schön, schießt es Sam durch den Kopf, während ihr Herz gegen das Brustbein schlägt. Es kommt ihr vor, als hätte sie zehn Espressi hintereinander getrunken.

Die Bedienung bringt Lunas Rotwein und schaut sich verdutzt um.

»Den übernehme ich, danke!« Eleni setzt sich auf den Stuhl, auf dem eben noch Hanna saß. »Ich bin getürmt. Vor ein paar Tagen aus dem Hotel ausgebüxt. Dieser Rosen hat mich in die Zange genommen. Mitten in der Nacht bin ich mit dem Taxi nach Weimar. Hanna hat ihren Flug gecancelt und ist mit dem Auto gekommen, wir haben ausgemacht, uns heute hier zu treffen.« Sie lehnt den Kopf zurück und blinzelt in den Himmel. Dabei sieht sie ein wenig aus wie Blanca.

Blanca!

»Hat Blanca …«, beginnt Sam.

»Nein, sie hat mich nicht gesehen. Victoria aber schon.«

Sie schauen einander an, für Sekunden, bevor beide den Blick abwenden.

»Ich habe eine Menge Fragen.« Sam hat den Eindruck, die Worte vibrieren, so aufgeregt ist sie.

Eleni nimmt das Glas mit dem Rotwein und trinkt einen Schluck. »Alkohol und Tabletten, das passt schlecht zusammen, oder?«

»Was für Tabletten?«

»Die Mays sind immer gerade heraus. Gefällt mir.«

Sam kann nicht glauben, dass diese Frau sie zur Welt gebracht hat. Diese schöne Frau, die so kaltschnäuzig daherkommt, die in einem gekrümmten, zerschmetterten Körper gefangen ist. Der sie nie über den Weg gelaufen wäre, wenn sie nicht das Foto gefunden hätte. Wenn sie dieser

Eleni Tsiadis alias Grace May nicht wie aus dem Gesicht geschnitten wäre. Wenn John Carrick sich nicht gemeldet hätte. Und wenn …

»Jemand wollte, dass ich nach Venedig komme«, fängt sie an, weil ihr das Schweigen aufs Gemüt drückt. »Zur Finissage. Ich habe eine Einladung bekommen.« Sie berichtet von der Karte, die ihr jemand, den sie im Nachhinein als Hendrik Rosen identifiziert hat, unter der Tür durchgeschoben hat.

»Dahinter steckt Loredan, mein italienischer Agent. Er sucht seit Jahr und Tag eine Leiche in meinem Keller. Will die Preise verderben. Er hat leider nicht alles über mich geglaubt, was ich der Öffentlichkeit aufgetischt habe.« Sie lächelt gezwungen. »Wenn Loredans Intrigen nicht schon bei ›Artes‹ Blüten treiben würden, wäre ich nicht nach Coburg gekommen. Obwohl es schön hier ist. Verschlafen und wunderschön.« Sie blinzelt in den blauen Himmel. »Bevor allerdings Loredan den Sieg einfährt, sehe ich lieber zu, dass ich die Regie führe. Und dass ich nachher meine Version an die Presse verkaufe.«

Sie ist nur gekommen, weil sie Angst vor schlechter Publicity hat, denkt Sam. Es geht nicht um mich, nicht um die Familie. Nur um ihren Stand in der Welt der Kunst.

»Ich frage mich, ob sich das Lügen gelohnt hat!«

»Wie man es nimmt.« Eleni blickt Sam an. In ihrem Gesicht zuckt es. »Ich nehme an, du hast eine Menge gehört?«

»Nicht übermäßig viel. Es wäre schön, ein klein wenig mehr zu wissen.« Sam beißt sich auf die Lippen. Hoffentlich steht Blanca das durch. Wenn Eleni jetzt auspackt und anschließend in ein Taxi steigt und davonfährt – dann muss Blanca gar nicht wissen, dass ihre ältere Tochter noch lebt. Dann können sie ihr verklickern, sie hätten sich getäuscht, sich in etwas hineingesteigert. Sie, Luna und Roman.

Lügen.

Lügen, um zu schützen.

»Als Teenager habe ich meine Schwester gehasst«, beginnt Grace. »Ich habe kaum Erinnerungen an unsere Kindheit. So ab zwölf, 13, da war Victoria mein Stresspunkt. Ich hätte sie am liebsten in die Mülltonne gekloppt und den Deckel versiegelt. Ihr Neid, ihre Eifersucht brachten mich um den Verstand. Ich wünschte, mein Vater hätte ihr mehr Aufmerksamkeit gewidmet. Dadurch hätte ich mehr Zeit und Raum für mich gehabt, und Victoria wäre nicht meine Feindin geworden und ich nicht ihre.«

»Soweit ist alles klar«, kommentiert Sam.

»Mein Vater wollte etwas aus mir machen. Das habe ich früh begriffen. Er wollte, dass ich eine berühmte Künstlerin werde. Er hielt mich für begnadet. Was ich nicht bin, Himmel, Arsch und Gewitter. Das Einzige, was mich wirklich vor anderen auszeichnet, ist meine Kreativität. Ich habe immerzu Ideen. Sie überfluten mich geradezu. Mein Vater konnte meine Einfälle nicht akzeptieren. Er nahm sie und wandelte sie in etwas um, was er für richtig hielt. Ich brauchte Jahrzehnte, um zu lernen, dass es in der Kunst kein Richtig und Falsch gibt.«

Soll ich Mitleid mit ihr haben?, fragt sich Sam. Will sie das?

»Er schleppte mich zu Malkursen und was weiß ich. Es war stinköde. Dieser Unterricht hatte nichts mit mir zu tun. Die Lehrer gaben mir keinen Raum, um herauszufinden, was da sein könnte. Aber so beginnt die Kunst: als Entdeckung, was sich in uns verborgen hält. Über Jahre sehnte ich mich weg – weg von diesen Kursen und weg von meiner Familie, an einen Ort, wo ich meine Ruhe hatte und ausprobieren konnte. Was mir fehlte, war ein Selbstlabor, und ich fand eines in Griechenland. Dafür bin ich Victoria wirklich dankbar. Dass sie mich aus meinem Tief geholt und nach Griechenland geschleppt hat. In den Schoß der hellenischen Erde, das klingt pathetisch, aber ich fühlte mich dort endlich wie ich selbst. Weit weg von meinem Vater und weit weg von den Pflichten einer Mutter.«

Sam schluckt.

»Hasst du mich?«, fragt Eleni, während sie am Rotwein nippt.

»Ich kenne dich nicht«, erwidert Sam.

»Es stimmt: Ich wollte kein Kind, doch als du da warst, da wollte ich dich. Genau dieses eine kleine Mädchen, dieses Individuum. Das war das Schlimmste: dass ich dich nicht aufwachsen sah. Dass ich nicht wusste, wie du aussahst, als du in den Kindergarten gingst, in die Schule, auf die Uni. Dass ich nicht wusste, wer deine Freunde waren und womit du dich gern beschäftigtest.«

Sam hört zu, als erzählte ihr jemand den Inhalt eines weitschweifigen Romans. Sie ist beinahe ein bisschen gelangweilt.

»Hätte ich mein jetziges Schicksal wählen können, Sam, ich hätte es abgelehnt. Ich wäre mit meiner Schwester zurück nach Coburg gefahren, hätte mich weiterhin gegen meinen Vater aufgelehnt, dich erzogen, versucht, meinen Weg zu finden. Aber ich hatte keine Wahlmöglichkeit. Ich stürzte über die Klippe und dachte in dem Moment: Mann über Bord. Das war mein einziger Gedanke, wie eine Assoziation, die sich auf tausendfache Wiederholung gestellt in meinem Hirn spiegelte. Ich schlug ins Meer und ging unter. Es tat wahnsinnig weh. Das Wasser war eiskalt. Ich riss die Augen auf und sah, wie die Sonne einen milchigen Kegel ins Wasser zeichnete. Ich kam hoch und schnappte nach Luft. Ging unter. Kam hoch. Viele Male. Mit meinen zerschmetterten Knochen klammerte ich mich am Dasein fest, solange ich konnte. Schließlich wurde ich ohnmächtig.«

»Sie hat dich gestoßen?«

»Muss wohl so gewesen sein. Ich kann mich nicht erinnern.« Grace seufzt. »Das klingt unglaubwürdig, aber für mein gemartertes, dem Tod gerade so entronnenes Selbst war dieses Detail anscheinend unwichtig.«

»Und dann?«

»Eine Welle muss mich zurück auf die Felsen geworfen haben. Man sagte mir später, das Meer wäre sehr aufgewühlt gewesen. Alle Strömungen führten vom Land weg. Ich wäre gestorben, wenn ich weiter im Wasser getrieben wäre. In einer Fischerkate kam ich zu mir. Eine Frau beugte sich über mich. Ich war schwer verletzt. Meine Hüfte und mein Becken waren gebrochen. Sie holten einen Arzt. Ich bekam Schmerzmittel. Ein Mann aus dem Dorf sprach Deutsch. Er übersetzte für mich. Erst später erinnerte ich mich nach und nach an unsere Reise. Im Nebel der Schmerzmittel und des Liegens und des Schocks kam die Erinnerung zurück, wer ich war. Grace May. Ich behielt die Wahrheit für mich und bat die Leute, die sich um mich kümmerten, der Polizei nichts über mich zu sagen. Mich zu verschweigen. Sie beruhigten mich. Im Dorf, so hieß es, gäbe es eine natürliche Abneigung der Polizei gegenüber. Noch aus Zeiten der Diktatur. Niemand würde mit den Beamten reden. Ich glaubte ihnen. Ich war zu verstört, voller Schmerz und Zweifel. Aber ich hatte mich entschieden.«

Mitleid kommt in Sam hoch. Es muss eine einsame Entscheidung gewesen sein.

»Die Frau, die mich pflegte, bis ich wieder aufstehen und erste Schritte gehen konnte, hieß Eleni Tsiadis. Sie war in meinem Alter. Eine einfache Frau voller Wärme und immer mit einem Lachen auf den Lippen. Sie hatte keine Kinder, hoffte jedoch, in absehbarer Zeit welche zu bekommen. Ihr Mann hatte mich gefunden und zu ihr gebracht. Ich sah ihn selten. Er war meistens auf dem Meer oder bei einer anderen Frau, die an Elenis Stelle Kinder bekam. Ich lernte Griechisch. Spielte mit den Silben und den unbekannten Endungen. Ich malte Buchstaben und machte etwas Neues daraus. Eine Landschaft aus einem Alpha, ein Boot aus einem Beta, irgendetwas. Ich hatte mein Selbstlabor gefunden.«

»Wie wurdest du zu Eleni Tsiadis?«

»Das war leicht. Nach einem halben Jahr, als ich ohne fremde Hilfe laufen konnte, kaufte ich Elenis Pass. Sie brauchte ihn nicht. Sie würde nie irgendwo hinreisen. Wir sahen einander sogar ein bisschen ähnlich. Damals war es in Griechenland möglich, von den Beamten, die mit dem Geburtsregister befasst waren, gewisse Dienstleistungen zu kaufen. Ich bekam meine Geburtsurkunde. Ich war Eleni Tsiadis.«

»Und die echte Eleni?«, fragt Sam atemlos.

»Die echte Eleni Tsiadis starb drei Jahre später an Krebs.«

Natürlich, denkt Sam. Es muss alles tragisch enden. Niemand darf davonkommen, niemand geschont werden.

»Ich hatte ein neues Leben. Ich war meine Familie losgeworden. Ich konnte mein Ding machen, meine Kunst leben, mich entdecken. Trotz der beständigen Schmerzen und der Behinderung. Ich lebte in Griechenland unter bescheidensten Bedingungen. Kein warmes Wasser, Strom vom Generator. Ich liebte es. Ich vermisste nichts. Nur die kleine Samantha. Die vermisste ich.«

»Ach.« Sam glaubt es und sie glaubt es nicht. Ob ihre leibliche Mutter sie wirklich vermisst hat, spielt keine Rolle. Es hätte an ihrem, Sams, tatsächlichem Leben nichts geändert.

»Schließlich kam der Ruhm, zuerst langsam und zögerlich. Sehr bald rauschte er herab, schwemmte über mich hinweg. Bis heute.« Grace setzt den Hut wieder auf und stopft mit ein paar geschickten Bewegungen ihr Haar unter die Krempe. »Und ich liebe das. Den Ruhm. Das Geld. Ehrlich.«

Sam muss lächeln.

»Bereut habe ich nichts. Nicht den Sturz, obwohl ich seitdem nicht laufen kann wie andere, nicht mehr tanzen kann. Obwohl ich Schmerzen habe. Doch ich bin am Leben.«

Ein paar Wolken segeln über den unverschämt blauen Himmel. Sam sieht ihnen nach. Aus dem Grün des langgestreckten Hügels an der Ostseite des Rosengartens lugen die Dächer der Villen. Der starke Duft der Blüten verdichtet sich in der zunehmenden Hitze des Tages.

»Ich will nicht, dass Blanca leidet«, sagt Sam nach einer langen Pause. »Ich wusste nichts. Sie haben alles von mir ferngehalten.«

»Um dich zu schützen. Das sieht meiner Mutter ähnlich.«

Es gefällt Sam nicht, wie Grace ›meine Mutter‹ sagt.

»Es ist ein Reflex, verstehst du?«, fährt Grace fort. »Es ist ja nicht so, dass ich nie Sehnsucht nach meiner Familie gehabt hätte. Bloß irgendwann war es zu spät, sich in Erinnerung zu bringen. Es war für beide Seiten besser so, wie es war.«

Sam sieht Luna Richtung Terrasse kommen. Sie trägt wieder ihre hochhackigen Schuhe. Sam winkt ihr zu.

»Luna ist meine beste Freundin«, stellt Sam vor. »Und das ist Grace May. Meine Mutter.«

»Freut mich außerordentlich.« Luna strahlt Grace an, bevor sie sich an Sam wendet. »Zu deiner Info: Das Corpus Delicti ist vernichtet. Sollen wir Grace jetzt die Ausstellung zeigen?«

»Keine gute Idee«, murmelt Sam.

»Hanna habe ich eingeweiht. Und Grace wird nichts sagen.«

»Was werde ich nicht sagen?«, kommt es von Grace.

»Wenn du die Bilder siehst, dann …« Sam weiß nicht weiter.

»Dann werden Sie schon sehen«, ergänzt Luna. »Aber behalten Sie für sich, was Sie denken.«

»Das heißt, wir inszenieren jetzt eine Familienzusammenführung?«

»Quatsch. Wir führen Eleni Tsiadis als eine griechische Nebenlinie der Familie ein. Wie war das mit dem guten Onkel Fred aus Amerika, der ein wenig aus der Art geschlagen ist, Sam?« Luna grinst durchtrieben. »Nur für die Öffentlichkeit und für die Presse. Ich habe hier einen Stammbaum ausgearbeitet, den ihr bitte rasch auswendig lernt. Onkel Freds erotische Eskapaden, die dominanten Gene der Mays, deswegen sehen sich Sam und Eleni ähnlich, blabla. Schließlich bitten wir die Gäste, dass man uns, den engeren Kreis, allein lässt, damit ihr euch aussprechen könnt.« Lunas Augen leuchten.

Ungläubig betrachtet Sam Lunas Notizen. »Aber …«

»Du hast doch ein paar tausend mehr Wörter zur Verfügung als dieses eine ›aber‹, liebe Sam«, grinst Luna. »Wie wäre es mit: ›geniale Idee, Luna‹?«

Grace lacht auf. »Saubere Lösung, ich muss schon sagen.« Sie stemmt sich hoch und greift nach dem Stock. »Auf los geht's los.«

68

Lunas Plan funktioniert, fürs Erste wenigstens. Grace gibt eine Art improvisierte Pressekonferenz, in der sie mit wenigen Worten skizziert, dass der immer unter den Teppich gekehrte Schwerenöter, Fred May, das schwarze Schaf der Familie, auch in Griechenland erotisch für Furore gesorgt hat, was der gesamten Verwandtschaft erst vor wenigen Wochen klar wurde.

»Wenn jemand nachforscht«, flüstert Sam Roman zu, »kommen sie drauf, dass das zeitlich gar nicht hinkommen kann.«

»Egal. Gib ihnen Fleisch und sie reißen es. Morgen sind neue Themen dran.«

Blanca sitzt ein wenig blass auf dem Klappstuhl, das eine Bein über das andere geschwungen. Ihr Blick hängt an Grace. Sie beantwortet einem Journalisten von Oberfranken-TV ein paar Fragen. Darauf bittet sie Luna, sie zur Toilette zu begleiten. Sorgenvoll sieht Sam ihr nach.

Victoria stottert und stammelt herum, sie ist überfordert, niemand konnte sie einweihen, geistesgegenwärtig spielt sie mit, lässt Sam sprechen, dann Grace, die sich als unbekannte Cousine und Überraschungsgast etikettiert.

»Tja, wir dachten«, sagt Sam, erstaunt darüber, wie kühl und entspannt sie klingt, »dass die Vernissage eine ideale Gelegenheit wäre, diese neu entdeckten familiären Bande öffentlich zu machen.«

Lafontaine posaunt ein paar Fragen in den Raum, Hendrik Rosen macht eifrig Notizen. Der Kulturreferent der Stadt nutzt die Chance, um sich selbst und seine Arbeit ins Rampenlicht zu rücken.

»Lass ihn reden«, raunt Roman Sam zu. »Er lenkt von uns ab.«

Schön, dass er ›uns‹ sagt, denkt Sam.

»Wer hätte sich erträumt«, ruft Robert zum Abschluss, als die Kameras im Crescendo klicken, »dass die große Eleni Tsiadis zur Familie gehört?«

Grace lächelt strahlend. »Das Leben und seine Wandlungen!« Sie wendet sich zu Rosen um und diktiert ihm einen Redeschwall, dem er mit Block und Bleistift kaum nachkommt.

Sam fällt ein, dass sie neulich Rosens Diktafon eingesteckt

hat. Sie lehnt den Kopf an Romans Schulter. »Gebe Gott, dass du recht hast, und sie ihren Hunger ein für allemal gestillt haben«, flüstert sie.

Endlich ist die Pressemeute weg, die Gäste verabschieden sich, die Wagen des Caterers parken vor dem Kongresshaus. Container und Platten werden rausgetragen. Frau Hartmann will etliches mit Sam besprechen.

Die winkt ab: »Sie haben es doch mitbekommen, Frau Hartmann! Heute hat sich ein unglaubliches Familiengeheimnis gelüftet.« Sam beugt sich vertraulich vor. »Hätten Sie nicht einen kleinen Raum, wo wir uns ein paar Minuten zusammensetzen können?«

Die Eventmanagerin gibt widerwillig den Besprechungsraum frei. Grau gepolsterte Stühle stehen um einen langen Tisch, auf dem Wassergläser auf ihren Einsatz warten. Plötzlich sind die Mays mit sich allein.

»Also, sollen wir?« Igor hakt Victoria unter. Nikolaj schiebt Trixi in den Raum. Robert folgt mit Blanca, die sofort die Fenster öffnet und sich an das Fensterbrett lehnt. Roman hat ein paar Flaschen Mineralwasser im Arm und eine letzte Flasche Prosecco. Grace setzt sich Victoria gegenüber, Hanna Schmidt neben sich. Sam und Luna gehen gemeinsam zur Stirnseite.

»Es ist, als wenn wir die Kreativsitzung leiten«, flüstert Luna. »Denk daran: Bei den großen Labels machen sie das so. Jeder bringt seine Ideen, und dann wird alles zerfleischt.«

»Das kann uns jetzt auch passieren«, gibt Sam halblaut zurück. Sie schaut dankbar auf, als Nikolaj sich neben sie setzt.

Plötzlich ist es still im Raum. Alle sehen Sam an. Manche Blicke irren von Sam zu Grace.

»Okay.« Sam räuspert sich. »Das ist eine interne Sitzung. Nichts dringt nach außen.«

»Hoffen wir, dass der Raum nicht verwanzt ist.« Igor grinst.

Seltsam, denkt Sam. Ich hätte gedacht, dass wir uns um den Hals fallen oder an die Gurgel gehen. Aber die Mays haben sich im Griff. Sie hocken sich an einen Konferenztisch und hoffen auf eine Tagesordnung.

Blanca hebt die Hand: »Ich wäre euch dankbar, wenn ihr mir sagtet, ob ich träume oder wache.«

»Du träumst. Interessanterweise ist der Traum wahr«, sagt Igor.

»Grace!« Blanca sieht ihre ältere Tochter an. »Ich kann es nicht glauben!« Sie geht auf Grace zu. Grace nimmt den Hut ab. Blanca legt ihre Hände auf Grace' Haar.

Es sieht aus, als ob sie sie segnen will, denkt Sam. Ihr Herz schlägt bis zum Hals. Die trügerische Ruhe, die sie vorhin bei der Konfrontation mit der Presse funktionsfähig gehalten hat, hat sich verflüchtigt.

Grace hält ganz still. Blanca legt ihre Wange an das schwarze, füllige Haar ihrer Tochter.

»Ich fasse es nicht!«Victorias Stimme schneidet durch die Stille. »Die verlorene Tochter.«

Igor legt eine Hand auf den Arm seiner Mutter.

Sam weiß, dass Victoria nichts anderes mehr beabsichtigt als zu verletzen. Weh zu tun. Sich selbst und allen anderen. Blanca jedenfalls scheint nichts zu hören. Sie hat die Augen geschlossen, und Grace sitzt in dieser eigenartigen Umarmung ganz still da.

Victoria ist noch nicht fertig.

»Ich habe mich nicht zu verteidigen«, sagt sie wütend. »Ich habe nichts getan.«

Grace öffnet die Augen. »Nein. Nichts«, wiederholt sie ironisch.

»Dass meine Schwester und mein Mann …« Victoria schüttelt den Kopf. »Dass du dich nach all dem hierher traust, an diesem Tag, das ist … unerhört.«

Robert springt ihr bei. »Grace, bei allem, was recht ist, wie kam das alles?« Er holt mit dem Arm aus, als müsste er die ganze Vergangenheit mit all ihren Überbleibseln zusammenraffen und in einen Mülleimer schieben.

»Vergiss es, Robert!« Victoria springt auf. »Es ist vorbei.«

Sie stolziert zur Tür, legt die Hand auf die Klinke und schaut zurück. Ihr Blick begegnet Sams.

Sam steht auf und folgt Victoria nach draußen. Mit einem lauten Knall fällt die Tür hinter ihr ins Schloss.

»Mutter, warte!«

Victoria fährt herum.

»Nenn mich nicht so.«

»Du warst immer meine Mutter. Ich kann mich nicht von heute auf morgen umstellen.«

»Nenn mich nicht so!«

»Na gut, Victoria.« Sam legt der Frau, die sie ein Leben lang für ihre Mutter hielt, den Arm um die knochigen Schultern. »Gefällt es dir besser, wenn ich dich mit deinem Namen anrede?«

»Bei Blanca tust du es auch. Und sie ist deine Großmutter.« Victoria schluchzt auf. »Wie konnte das nur alles so weit kommen, Sam?«

Sie durchqueren die Halle, wo vorhin das Büffet stand, und wo jetzt die Leute vom Reinigungsdienst beschäftigt sind.

»Lass uns gehen«, schlägt Sam vor.

Sie verlassen das Kongresshaus. Es ist heiß. Die Sonne brennt. Sie gehen die Alexandrinenstraße hinauf und biegen zum Glockenberg ab.

»Gehen wir nach Hause?«, fragt Victoria. »Aber vielleicht betrachtest du das Haus nicht mehr als dein Zuhause.«

»Victoria, ich habe nicht gelogen, nicht betrogen und nichts weiter gemacht als in ein Gefüge hineinzuwachsen, das ich mir nicht ausgesucht habe.«

»Geht uns das nicht allen so?«

Sam weiß nichts zu erwidern. Ihr ist heiß. Die Schuhe reiben. Sie erreichen die Villa, in der sie aufgewachsen ist.

»Setzen wir uns in den Garten?«, fragt Victoria.

»Okay.«

Sam zieht die Schuhe aus und lässt sie ins Gras fallen. Victoria tut es ihr gleich. Sie setzen sich in die Gartenstühle im Schatten des Hauses.

»Schön kühl hier«, sagt Sam. Sie hat vergessen, wie sehr sie den Garten im Haus ihrer Eltern immer mochte. Seine Weitläufigkeit, die dichte Hecke, in der Kohorten von Spatzen hausen. Die hohen Bäume oben beim Nachbargrundstück, wo das rote Dach der kleinen Scheune zu sehen ist, in der Robert seine Gartenwerkzeuge verwahrt.

»Willst du Tee?«, fragt Victoria.

Zehn Minuten später stehen zwei Teetassen und ein Teller mit Zitronenscheiben vor ihnen. In einem der Nachbargärten lässt jemand einen Rasenmäher an. Der Motor hustet und stottert. Nach ein paar sinnlosen Versuchen gibt der Nachbar auf. Wieder sinkt Stille auf den warmen Garten herab.

»Natürlich habe ich Angst gehabt«, sagt Victoria irgendwann. »Man hätte mich doch belangen können. Immerhin habe ich meine Schwester von einer Klippe gestoßen. Wir waren allein, es gab keine Zeugen. Niemand hat mich gesehen. Wenn die Polizei ernsthaft nach Spuren und Beweisen gesucht hätte, hätten sie am Ende womöglich etwas gegen mich in der Hand gehabt. Und ich stand unter Schock. Ich ging zur Polizei und meldete, meine Schwester wäre vor meinen Augen über den Rand der Klippe gestürzt, was auch stimmte. Denn ich weiß nicht einmal, ob ich sie wirklich gestoßen habe. Wir haben gestritten, daran erinnere ich mich.«

»Wegen Robert. Meinem Vater.«

»Ich ahnte, dass Grace mit Robert ein Verhältnis hatte. Natürlich konnte ich rechnen. Du kamst zur Welt, gute neun Monate, nachdem Grace mit Laurenz Schluss gemacht hat. Robert hat meine Schwester getröstet. Er war immer von Grace fasziniert, obwohl er sie nicht liebte, glaube ich. Robert suchte einfach ab und zu Abwechslung, und zu Beginn unserer Ehe haben wir oft gestritten. Aus den Diskussionen ging ich meistens als Sieger hervor. Erst später wurde mir klar, dass Robert dadurch unter Druck geriet und diesen Druck auf unterschiedliche Weise abbaute. Entweder stürzte er sich in die Arbeit – das war eigentlich meistens seine Lösung. Oder er schlief mit einer Frau. So wie jetzt.«

»Es tut mir leid«, murmelt Sam.

»Muss es nicht. Robert beteuert, seine Affäre mit Grace wäre kurz gewesen. Du gingst daraus hervor. Grace war doppelt durchgedreht: Zum einen, weil sie überhaupt schwanger wurde und nichts auf der Welt weniger wollte als das. Zum anderen, weil Robert dein Vater war und sie Angst hatte, ich würde dahinterkommen. Robert wusste von seiner Vaterschaft. So dumm kann kein Mann sein, dass er nicht bis neun zählen kann, aber er hat es erst vor ein paar Tagen zugegeben, als ich ihn fragte. Sein Glück war nur, dass du Grace so ähnlich sahst, schon als kleines Mädchen, dass niemand Verdacht geschöpft hätte, selbst wenn Grace aus Griechenland zurückgekommen wäre und wir dich nicht adoptiert hätten.«

Sam schweigt und wartet.

»Aber Grace war weg, und so kam alles anders. Robert hat dich immer geliebt, er hat dich vergöttert. Mir war das recht.

Ich wollte so gerne Kinder, anders als Grace, die nie welche wollte, dass es mich fast umgebracht hat, als ich zunächst nicht schwanger wurde, aber Grace wohl.«

»Weil sie wieder scheinbar mühelos etwas bekam, was du dir voller Sehnsucht wünschtest.«

»Als wir Teenager waren, hielt unser Vater uns einen Vortrag über die sieben Todsünden. Eitelkeit, Geiz, Unkeuschheit, Neid, Unmäßigkeit, Zorn, Trägheit. Ich habe sie auswendig gelernt und festgestellt, dass Neid und Zorn zu mir gehören. Sie sind ein Teil von mir, während Grace bis auf die Trägheit alle anderen in sich vereinigt. Heute denke ich oft, Grace ist durch mich geworden, was sie war, und ich durch sie. Als Einzelkinder wären wir beide zu Prachtweibern herangewachsen. Als Schwestern nahmen wir uns gegenseitig weg, was wir brauchten. Es ist nicht so, dass ich keine Selbstkritik zulassen könnte, Sam. Ich war in jeder Hinsicht zu sehr darauf konzentriert, was Grace bekam und ich nicht. Ich begann mich erst zu entwickeln, als Grace nicht mehr da war.«

»Wärst du für Mathematik begabt gewesen, wäre alles anders gelaufen. Doch du bist Künstlerin, wie Grace, und das hat den Ausschlag gegeben, dass ihr zu zweit nur eine Bühne hattet.«

»Während der Griechenlandreise haben wir uns zunächst erstaunlich gut vertragen. Wir waren beide froh, rauszukommen. Grace nach Schwangerschaft und Geburt, ich nach den Monaten, in denen es zwischen mir und Robert nur um die Firma gegangen war. Um Geld, das wir nicht hatten, um den nahen Zusammenbruch und ob es sich überhaupt lohnte, weiterzumachen mit dem Geschäft. Diese Grübeleien, die alle nasenlang bei Adam und Eva begannen, haben mich ausgelaugt, das Rechnen, das Kalkulieren, die Hunderte Blätter, vollgeschrieben mit Zahlen, immer mehr oder weniger dieselben, Tag für Tag mit neuer Hoffnung bekritzelt.« Victoria seufzt. »Weißt du, ich fand John Carrick rührend, wie er um Grace herumtanzte. Mehr auch nicht. Ich war wirklich nicht an ihm interessiert. Ich sehnte mich nach Robert. Danach, dass er zur Abwechslung mir seine Aufmerksamkeit schenkt. Dann standen Grace und ich auf dieser Klippe, ein Abendspaziergang, ein windiger Tag, die Erde und die Felsen waren feucht und die Windrichtung wechselte ständig. John war seiner Wege gezogen. Wir hatten nicht mehr viele Tage vor uns, bis wir nach Deutschland zurückfliegen würden. Wir haben über alles geredet. Wir haben einander keine Vorwürfe gemacht, stattdessen analysiert, alles aufgelistet, was zwischen uns schiefgelaufen ist. Nach einer Weile hat Grace in aller Ehrlichkeit, weil sie eben schon dabei war, gesagt: ›Sam ist Roberts Tochter.‹« Victoria stellt die Teetasse weg. »Da bin ich durchgedreht. Ich habe sie an den Schultern gepackt und geschüttelt, habe sie angefleht zu sagen, dass das nicht wahr ist. Sie hat ganz stumm dagestanden, sich nicht gewehrt. Sie strahlte aus, was ich ohnedies wusste: Dass sie dich gar nicht wollte. Und ich wollte so gern ein Kind, vor allem eine Tochter.«

Sam spürt die Einsamkeit, die Victoria so geschickt verbirgt. Dieses ganze Familiengetue, der verordnete Zusammenhalt, die erzwungenen Wochenenden: Victoria wollte eine Familie, aber sie wollte sie als Selbstverständlichkeit, als Geschenk, nicht als Trophäe, für die sie in Vorleistung zu treten hatte.

»Es ist einfach passiert. Vielleicht ist sie ausgerutscht. Ich erinnere mich an ihr verblüfftes Gesicht, als sie über die Klippe stürzte. Sie schrie, doch der Wind blies ihren Schrei hinaus aufs Meer, und ich warf mich auf den Boden und robbte zur Kante, ich suchte Grace, sie war da nicht, ich sah sie nirgends, nicht auf dem Felsvorsprung tief unten, noch sonst wo, und deshalb nahm ich an, sie sei ins Meer gestürzt, und ich wartete und wartete, dass sie wieder auftauchen würde, aber sie kam nicht. Sie war einfach nicht mehr da.«

»Warum bist du die Klippe nicht hinuntergeklettert?«, fragt Sam.

»Das war absolut unmöglich. Über 30 Meter, senkrecht, mit Überhang … das ging nicht. Meine Mutter, mein Vater haben mich tausendmal gefragt, warum ich sie nicht gesucht habe. Mein Vater hätte gewollt, dass ich hinterherspringe, mich ins Meer stürze wie ein Adler, um Grace herauszufischen!« Sie lacht verächtlich auf. »Mein Vater konnte nicht akzeptieren, dass Grace tot war. Er tat alles, um das Gegenteil zu beweisen. Mir war irgendwann klar, dass sie nicht mehr lebt. Niemand kann so etwas überleben.«

»Sie hat überlebt!«

»Ich kann es nicht glauben.«

»Du denkst, sie ist nicht Grace, sie tut bloß so?«

»Nein, sie ist es. Sie ist es, Sam. Von ihrem arroganten Gehabe hat sie nicht gelassen, im Gegenteil.«

Sam schweigt.

»Ich wiederhole mich, niemand kann so etwas überleben. Dass Grace davongekommen ist, das war eine Laune der Natur. Ein Wink Gottes, ein Wunder, was weiß ich.«

»Blanca hat Grace' Tod irgendwann akzeptiert, nicht wahr?«

»Vermutlich. Sie trauert immer noch, denke ich. Weiß der Himmel, was jetzt in ihr vorgeht. Mir gegenüber hatte sie Schuldgefühle, die sie zu kompensieren versuchte, indem sie alle ihre Kräfte auf mich lenkte, mich förderte, für mich und meine Kinder da war, Robert in der Firma unterstützte. Mein Vater blockierte, wollte die Realität ändern, meine Mutter akzeptierte sie. Dennoch habe ich ihr nicht getraut. Eine Mutter spürt immer eine Verbindung zu ihren Kindern! Und sie liebte Grace. Nicht so abgöttisch wie mein Vater, aber sie liebte sie mit dieser stetigen, zarten Liebe, mit der sie auch mich festhielt.«

Ohne Blanca, denkt Sam, was wäre ich ohne Blanca geworden? Plötzlich treibt die Sorge um ihre Großmutter sie um.

»Grace war tot, und ich hatte dich. Ich hatte Robert!«, ruft Victoria. »Es war moralisch sicherlich falsch. Trotzdem: So habe ich gefühlt. Die Angst, dass man meine Verantwortung für Grace' Tod irgendwann herausfindet, hat mein Leben im Griff gehabt. Meine Strategie war, meine Wahrheit unter Verschluss zu halten.«

»Dein Vater hat es herausgefunden. Er hat die Protokolle übersetzen lassen. Er muss etwas geahnt haben!«

»O ja, er war auf der richtigen Spur!« Victoria verzieht das Gesicht. »Er kam damit an. Wollte mich fertigmachen. Er hätte mich den Finsterlingen der Hölle ausgeliefert.«

Sam erstarrt. John Carrick schießt ihr durch den Kopf, der seltsame Abschied von ihm vor dem Hotel. Er hat durchschaut, was lief, wird Sam jetzt klar. Nicht nur zwischen Victoria und Grace, sondern ebenso zwischen Victoria und Isaac. Ihre Hände zittern. Rasch trinkt sie den Tee aus.

»Vater drohte, er hätte Beweise, und er hätte die Fotos gesehen. Er meinte John Carricks Fotos. Er hätte mich nie auf die Füße kommen lassen. Künstlerisch, meine ich.«

»Was …«

»Ich habe ihm nicht geholfen«, sagt Victoria tonlos. »Er lag auf dem Boden wie ein Käfer. Ich habe ihm nicht geholfen. Und dann war er tot.«

Sam legt den Kopf zurück und blinzelt die Tränen weg.

»Bitte, Sam. Du hast mein Leben in der Hand. Und sei froh, dass du unter ihm nicht zu leiden hattest.«

Sam geht ins Haus. Sie schließt sich im Bad ein und weint. Als sie sich beruhigt hat, wäscht sie sich das Gesicht und erneuert das Make-up.

Draußen im Garten sitzt Victoria noch immer auf dem Stuhl.

»Ich habe das Foto geholt. Aus deiner Wohnung, Sam.«

Sam nickt. Selbst das ist nicht mehr erstaunlich.

»Ich wollte nicht, dass du die Vergangenheit aufrührst. Weißt du, ich habe, als wir in Griechenland waren, und als Grace mir sagte, dass Robert dein Vater ist, geglaubt, sie will sich in erster Linie wichtig machen und mir wehtun. Das war eine Erklärung, mit der ich leben konnte.« Müde reibt sich Victoria die Augen. »Eigentlich habe ich mir nur immer gewünscht, mit dir hier so im Garten zu sitzen und zu plaudern.«

»Ja.«

»Aber du warst mir oft fremd. Ich habe oft Grace in dir gesehen und war vermutlich unausstehlich zu dir.«

»Nein. Das warst du nicht.« Sam beugt sich zu Victoria und gibt ihr einen Kuss auf die magere Wange. »Pass auf dich auf.«

Epilog

»Und du bist sicher, dass es das Richtige ist?«, fragt Igor.

Sam lacht. Sie packt zwei große Taschen und folgt ihrem Bruder zum Wagen.

»Alles geschafft. Wohnungsabnahme, Schlüsselübergabe …«

»War eine nette Wohnung.« Igor steckt den Schlüssel ins Zündschloss. »Bist du dir wirklich sicher?«

»Klar.« Sam streckt die Beine aus. Der Augusthimmel ist dunstig, es ist bereits früh am Vormittag schwül. »Ich habe alles durchgezogen. Die ganze Ausstellung, bis zur Finissage. Es hat keine Katastrophen gegeben. Keine üblen Verleumdungen, keine Morde.« Sie sagt es mit einem halben Lachen in der Stimme. »Bei den Mays kann man nie wissen.«

Sie hat mit niemandem über das geredet, was Victoria ihr über den Tod ihres Großvaters mitgeteilt hat. Nicht mit Roman, nicht mit Luna, nicht mit Blanca. Egal, wie niederträchtig die Tat war – es hat nichts mit mir zu tun, verteidigt sich Sam. Und es würde nichts mehr ändern.

»Nikolaj ruft mich sporadisch an.« Igor scheint irgendwie erleichtert, dass er das Thema wechseln kann. »Er und Trixi fühlen sich wohl in Hannover.«

»Wurde Zeit, dass sie hier wegkamen.«

»Und du?«

Sam lacht. »Himmel, Igor, genauso könnte ich fragen: Und du?«

»Es gibt ab und zu eine Frau in meinem Leben.«

»Ach nein!«

»Nichts, was ich meiner lieben Familie um den Bart schmieren werde, ganz bestimmt nicht.« Igor sieht konzentriert auf die Straße. Der vollgepackte Kombi keucht mühsam die Weinstraße hinauf. In der Stadt ist es ruhig. Die großen Ferien haben begonnen, viele Coburger sind im Urlaub. Das Grün der Bäume ist dunkel geworden. Weil es lange nicht geregnet hat, sehen die Hecken und Gärten staubig aus.

Vor Blancas Haus steht Romans Wagen. Der Kofferraum ist beladen mit Werkzeugen aller Art.

»Dein Kerl ist ein Tausendsassa.«

»Solange er weiter nach einer Möglichkeit sucht, als Journalist einzusteigen, kann er ebenso gut den Handwerker machen«, meint Sam. »Die Wohnung im ersten Stock ist klasse geworden. Klein, aber fein. Blanca muss sich von nun an nur noch um das Parterre kümmern, und damit hat sie weiß Gott genug zu tun.«

»Ihr zieht zusammen? Du und Roman?«

»Das werden wir sehen. He, Igor!« Sam öffnet die Wagentür. »Leg mich nicht fest, okay? In meinem Leben war viel zu lang alles vorherbestimmt.«

Blanca kommt ihnen über den Gartenweg entgegen. Sie strotzt vor Energie. Von der Gartenarbeit in den vergangenen Wochen ist ihre Haut gebräunt. Außerdem hat sie wieder mit der Bildhauerei angefangen, und die anstrengende Arbeit hat für mehr Muskeln und eine geradere Haltung gesorgt.

»Die letzte Fuhre?«, fragt sie.

Sam umarmt sie. »Wir haben's geschafft.«

»Kommt rein. Ich habe einen Auflauf im Herd. Roman ist anscheinend am Verhungern. Wie sieht es mit dir aus, Igor?«

Igor grinst. »Essenspausen sind mir immer willkommen.«

Sie sitzen zu viert um den großen Küchentisch. Lucienne hat es sich ausgerechnet auf Igors Schoß bequem gemacht. Roman köpft ein paar Bierflaschen. »Auf Sams neues Zuhause!«

Sie stoßen an.

»Grace hat angerufen. Gestern Abend«, sagt Blanca, als die Schüssel mit dem Auflauf sauber ausgekratzt dasteht.

»Ach ja?« Igor hebt die Augenbrauen, während seine Finger durch das dichte Katzenfell streicheln.

»Sie hat uns eingeladen, Sam. Nach Venedig. Hat sich dort eine Wohnung genommen und ein Atelier eingerichtet.«

»Uns?« Verwirrt sieht Sam Blanca an. »Dich und mich?«

»Zum Kennenlernen.«

Roman zwinkert Sam zu. »Keine dumme Idee.«

»Und Victoria?«, fragt Sam.

»Victoria ist nicht eingeladen.«

Sam seufzt.

»Das ist nicht zu reparieren, Sam«, sagt Blanca. »Wir müssen uns damit abfinden.«

»Vielleicht gar nicht so dumm«, fügt Igor an. Behutsam schiebt er die Katze von seinen Beinen und steht auf. »Alles zu seiner Zeit. Ich muss los. Gewöhn' dich gut ein, Schwester!«

Er küsst Sam auf die Wange. Dann geht Blanca mit ihm hinaus.

ENDE

Weitere Romane finden Sie auf den folgenden Seiten und im Internet: www.gmeiner-verlag.de

Friederike Schmöe
Wieweitdugehst
978-3-8392-1098-7

»Eine spannende Story.«
Bayern im Buch

Auf dem Münchner Oktoberfest wird ein 14-jähriger Junge in der Geisterbahn ermordet. Ghostwriterin und »Wiesn-Muffel« Kea Laverde begleitet ihren Freund Nero Keller, Hauptkommissar im LKA, bei den Ermittlungen. Dabei trifft sie auf Neta, die beruflich Kranken und Trauernden Geschichten erzählt, um deren Schmerz zu lindern. Als auf Neta ein Mordanschlag verübt wird, versucht Kea den Hintergründen auf die Spur zu kommen. Sie stößt auf einen Sumpf aus Gier, Lügen und unerfüllter Liebe …

GMEINER
Wir machen's spannend

Friederike Schmöe
Bisduvergisst
978-3-8392-1034-5

»Von Anfang bis Ende spannend.«
Nürnberger Zeitung

Sommer 2009, während der »Landshuter Hochzeit«. Als die 82-jährige Irma Schwand die niederschmetternde Diagnose Alzheimer erhält, beauftragt sie die Münchner Ghostwriterin Kea Laverde, ihre Erinnerungen aufzuschreiben. Die Autobiografie ist für ihre Enkelin Julika bestimmt. Doch kurz nach dem letzten Interview mit Irma wird das Mädchen ermordet aufgefunden.
Während der Kokon des Vergessens sich immer enger um die alte Dame schließt, entdeckt Kea, dass Irma jahrzehntelang einen Mord gedeckt hat – eine Tat, die in den letzten Wochen des 2. Weltkriegs geschah …

GMEINER

Wir machen's spannend